中外语言文学学术文库

西方长篇小说结构模式研究

A Study of the Structural Patterns of Western Novels

刘建军 著

华东师范大学出版社

图书在版编目（CIP）数据

西方长篇小说结构模式研究 / 刘建军著. —上海：华东师范大学出版社，2017
（中外语言文学学术文库）
ISBN 978-7-5675-6875-4

Ⅰ.①西… Ⅱ.①刘… Ⅲ.①长篇小说—小说研究—西方国家 Ⅳ.①I106.4

中国版本图书馆CIP数据核字（2017）第217545号

西方长篇小说结构模式研究

著　　者	刘建军
策划编辑	王　焰
项目编辑	曾　睿
特约审读	汪建华　胡顺芳
封面设计	金竹林　王怡红
责任印制	张久荣

出版发行	华东师范大学出版社
社　　址	上海市中山北路3663号 邮编 200062
网　　址	www.ecnupress.com.cn
电　　话	021-52713799 行政传真 021-52663760
客服电话	021-52717891 门市（邮购）电话 021-52663760
地　　址	上海市中山北路3663号华东师范大学校内先锋路口
网　　店	http://hdsdcbs.tmall.com
印 刷 者	江阴市华力印务有限公司
开　　本	710×1000　16开
印　　张	19.75
字　　数	318千字
版　　次	2017年10月第1版
印　　次	2017年10月第1次
书　　号	ISBN 978-7-5675-6875-4/I.1754
定　　价	63.00元

出 版 人　王　焰

（如发现本版图书有印订质量问题，请寄回本社客服中心调换或电话021-52717891联系）

《中外语言文学学术文库》编委会

成员：（按姓氏音序）

辜正坤　何云波　胡壮麟　黄忠廉

蒋承勇　李维屏　李宇明　梁　工

刘建军　刘宓庆　潘文国　钱冠连

沈　弘　谭慧敏　王秉钦　吴岳添

杨晓荣　杨　忠　俞理明　张德明

张绍杰

总　序
GENERAL PREFACE

改革开放以来，国内中外语言文学在学术研究领域取得了很多突破性的成果。特别是近二十年来，国内中外语言文学研究领域出版的学术著作大量涌现，既有对中外语言文学宏观的理论阐释和具体的个案解读，也有对研究现状的深度分析以及对中外语言文学研究的长远展望，代表国家水平、具有学术标杆性的优秀学术精品呈现出百花齐放、百家争鸣的可喜局面。

为打造代表国家水平的优秀出版项目，推动中国学术研究的创新发展，华东师范大学出版社依托中国图书评论学会和南京大学中国社会科学研究评价中心合作开发的"中文学术图书引文索引"（CBKCI）最新项目成果，以中外语言文学学术研究为基础，以引用因子（频次）作为遴选标准，汇聚国内该领域最具影响力的专家学者的专著精品，打造了一套开放型的《中外语言文学学术文库》。

本文库是一套创新性与继承性兼容、权威性与学术性并重的中外语言文学原创高端学术精品丛书。该文库作者队伍以国内中外语言文学学科领域的顶尖学者、权威专家、学术中坚力量为主，所收专著是他们的代表作或代表作的最新增订版，是当前学术研究成果的佳作精华，在专业领域具有学术标杆地位。

本文库首次遴选了语言学卷、文学卷、翻译学卷共二十册。其中，语言学卷包括《新编语篇的衔接与连贯》、《中西对比语言学—历史与哲学思考》、《语言学习与教育》、《教育语言学研究在中国》、《美学语言学—语言美和言语美》和《语言的跨面研究》；文学卷主要包括《西方文学"人"的母题研究》、《西方文学与现代性叙事的展开》、《西方长篇小说结构模式研究》、

《英国小说艺术史》、《弥尔顿的撒旦与英国文学传统》、《法国现当代左翼文学》等；翻译学卷包括《翻译理论与技巧研究》、《翻译批评导论》、《翻译方法论》、《近现代中国翻译思想史》等。

  本文库收录的这二十册图书，均为四十多年来在中国语言学、文学和翻译学学科领域内知名度高、学术含金量大的原创学术著作。丛书的出版力求在引导学术规范、推动学科建设、提升优秀学术成果的学科影响力等方面为我国人文社会科学研究的规范化以及国内学术图书出版的精品化树立标准，为我国的人文社会科学的繁荣发展、精品学术图书规模的建设做出贡献。同时，我们将积极推动这套学术文库参与中国学术出版"走出去"战略，将代表国家水平的中外语言文学学术原创图书推介到国外，构建对外话语体系，提高国际话语权，在学术研究领域传播具有中国特色、中国高度的语言文学学术思想，提升国内优秀学术成果在国际上的影响力。

《中外语言文学学术文库》编委会

2017年10月

前　言
FOREWORD

　　长篇小说是艺术作品，其本质是作家以审美方式认识生活所形成的艺术理念的表现。当我们站在一个新的角度，即抛开长篇小说具体文本表面的艺术技巧，而将其艺术作为一个具有深层文化内涵和深藏着独特艺术规律的文化现象来研究的时候，就会发现，在其表象背后，存在着一个具有着自身独特范畴的艺术模式世界。换言之，长篇小说具有着内在的艺术构成和演进规律、内在的运行机制等一整套特殊语码。长篇小说结构实则就是一个本质上靠自身规律制约的、在自己领域规定自己特性的艺术形式。我们将这种小说独有的艺术存在，命名为"长篇小说的结构模式"。长篇小说的结构模式反映了小说艺术构成的深层规律，是小说艺术的共有特征。

　　这种考察长篇小说的方式并非是空穴来风，也不是小说批评家心血来潮和想当然的产物。自古希腊以来，西方世界的文艺学者和文学理论家，就已经表现出了对文学艺术作品内在本质的注重。亚里士多德在他的《诗学》和《修辞学》中，就把"行动"（动作）看成是构成叙事作品最为本质的东西。1800年德国作家斯达尔夫人的文艺论著《论文学》的出现，标志着现代文艺社会学的产生，从而使得西方的批评家们开始有意识地将文学艺术作品的内在构成规律与社会现实生活联系起来进行考察。但是，这种非常有价值的考察方式，很快落入了用社会生活规律来取代艺术自身规律的窠臼。随着实证主义理论和庸俗社会学的出现，社会的发展规律，社会生活的底蕴流程完全取代了叙事艺术自身发展的规律。叙事艺术规律自觉或不自觉地变成了社会发展规律的附庸。

　　19世纪末20世纪初西方现代文论的兴起，不管其内在存在着多少弱点和不足，但是，不可否认的是，它们都体现出了寻找文学艺术，特别是叙事艺术内在规律和自我规定特征的尝试。俄国的形式主义批评和欧美的新批评学派,在"文学性"的大旗下,将形式要素看成是文学艺术独立存在最本质的东西。意大利最著名的形式主义批评家桑克蒂斯(1817—1883)也将美等同于形式,又将形式等同于艺术。在他看来,艺术形式既不是理想也不是美,而是有生命的东西。由此出发,他认为,如果要在艺术的长廊中置一雕像,就是在那里放上形式。盯住它,研究它,原理会从那里产生出来。"在形式的前面,存在着创造之前的那个东西:混乱。""形式就是它自身,就像个人就是他本身一样……审美世界不是幻象,而是现实的东西……有生命的东西就是它。"[1]深受索绪尔《现代语言学教程》影响的结构主义学派,认为"言语"和"语言"分属于不同的范畴。"言语"背后存在着一个普遍的"叙事语法"。文学批评家在这一现代语言学理论的启发下,认为在文学作品中,特别是叙事文学里,也存在着一个制约着文本表面现象的深层结构。认为决定文学文本特性的不是那种表面的具体的文本所显示出来的东西,而是深藏在一个个具体文本深处并决定着文本之所以成为文本的要素——结构。对此,著名结构主义批评家兹维坦·托多罗夫(1939 —)指出, 我们可以把两种可能的文学批评方法作一个对比:理论的批评和描述的批评。结构分析的实质基本上属于理论性和非描述型的;换句话说,这种研究的目的从来不是对具体某一部作品的描述。作品将被视为某种抽象结构的表现,仅仅是实现这个抽象结构的一种可能;而对那个结构的理解才是结构分析的真正目的。[2]

西方长篇小说作为人类历史和文化史上最为重要的艺术现象之一,典型地体现出了这种独特的内在艺术模式特征。所以,对这一艺术现象的深入考察,对我们重新认识小说艺术,揭示小说艺术的独特规律,建立崭新的小说艺术美学,具有巨大的实践意义和理论意义。这就是笔者1992年申报国家教育委员会哲学社会科学规划项目《西方长篇小说结构模式研究》的学术动因。

项目完成后,该结项成果以《西方长篇小说结构模式论》为题出版。随之获得了较好的反响。并相继获得教育部第二届人文社会科学优秀研究成果三等

---

[1] [意大利]克罗齐著:《作为表现的科学和一般语言学的美学历史》。王天清译,中国社会科学出版社1984年版,第204—205页。
[2] [法]托多罗夫著:《叙事的结构分析》。转引自王逢振、盛宁、李自修编:《最新西方文论选》。漓江出版社1991版的相关章节。

奖和中宣部外国文学研究优秀图书奖三等奖。但此后，因为笔者研究兴趣的转向和工作繁忙等原因，对这个领域的研究中断了。今年，承蒙华东师范大学出版社的厚爱，决定重新出版这本著作。对此，我非常犹豫和踟蹰。一则，这毕竟是笔者二十多年前写作的一部旧稿，里面不可避免的会带有那个时期的思想痕迹和观念上的局限。再则，这也是我三十多岁的时候写作的第一本学术著作。当时的知识储备和学术视野乃至知识扎实的程度，远远不能达到我今天对自己树立的标准和要求。但华东师范大学出版社领导们的盛情难却，好友兰天先生、朱林民先生和汪燕女士的反复催促，加之很多高校和非高校的从事小说研究者的学者，包括我的学生们常常向我索要此书（据说该书在旧书网上已经炒到300多元一本），于是只好捡拾旧作，不揣浅陋，同意重新出版。

此次再版的《西方长篇小说结构模式研究》是在1994年书稿的基础上修改而成的。我在修订中，力图在保持原有书稿基本内容和主要观点的基础上，对行文中的一些文字错误和现在看来不妥当的观点提法等进行了订正，同时对原来书稿中一些论证不深入、不完善的地方，进行了文字添加和改写。书名和很多章节的文字也做了调整。同时还加写了第八章第三节原书稿中没有的内容，并在附录中增加了1990年发表在东北师大学报上的《西方长篇小说三大结构模式概说》一文。总的看来，修改量达到了百分之三十左右。虽说我力图将其改的更好些，但毕竟是在炒冷饭。加之此时与当年的研究已经相隔日远，我的兴趣它移，想要再修改好些，也是力所不逮了。若说这部书稿还有些价值的话，不过是它记录了我曾经研究过这个课题罢了。然而，值得我稍感安慰的是，其中很多看法和观点，尽管是二十多年前的，仍然还能给人一些启迪。

刘建军

2017年10月再记于东北师范大学

目录 CONTENTS

绪论：关于长篇小说结构模式的理论概说 /1
    一、西方长篇小说的地位与作用 /1
    二、小说结构与结构模式的基本内涵 /3
    三、研究的理论意义与实践价值 /6
    四、研究的主要方法与基本原则 /9

第一编 演进论

第一章 西方早期叙事艺术的产生与流变 /12
    第一节 古代希腊叙事艺术的开创功绩 /13
    第二节 罗马叙事艺术的演进流程及形式贡献 /27
    第三节 欧洲中世纪叙事文学成就与形式特征 /34

第二章 西方长篇小说艺术发展成就概说 /48
    第一节 文艺复兴时期与西方长篇小说的兴起 /49
    第二节 17至19世纪初长篇小说实绩与基本特征 /61
    第三节 19世纪中后期西方长篇小说艺术成就大观 /69
    第四节 20世纪西方长篇小说艺术发展略说 /80

第二编　构成论

第三章　"流浪汉小说式"结构模式界说　/ 96
　　第一节　"流浪汉小说式"结构的构成及其特征　/ 96
　　第二节　"流浪汉小说式"结构的构成规律　/ 103
　　第三节　"流浪汉小说式"结构的艺术效应　/ 113
　　第四节　"流浪汉小说式"结构的成因考察　/ 124

第四章　"巴尔扎克小说式"结构模式界说　/ 130
　　第一节　"巴尔扎克小说式"结构的构成及其特征　/ 130
　　第二节　"巴尔扎克小说式"结构构成规律　/ 138
　　第三节　"巴尔扎克小说式"结构的艺术效应　/ 148
　　第四节　"巴尔扎克小说式"结构的成因考察　/ 156

第五章　"意识流小说式"结构模式界说　/ 162
　　第一节　"意识流小说式"结构的构成及其特征　/ 162
　　第二节　"意识流小说式"结构的构成规律　/ 170
　　第三节　"意识流小说式"结构的艺术效应　/ 177
　　第四节　"意识流小说式"结构的成因考察　/ 184

第六章　西方长篇小说三大结构模式的变异形态　/ 191
　　第一节　"流浪汉小说式"结构的变异形态　/ 191
　　第二节　"巴尔扎克小说式"结构的变异形态　/ 200
　　第三节　"意识流小说式"结构的变异形态　/ 207
　　第四节　西方长篇小说基本结构模式变异的一般规律　/ 213

第三编　机制论

第七章　西方长篇小说结构模式内在机制的考察　/220
  第一节　关于长篇小说结构生发点的探讨　/220
  第二节　关于长篇小说结构线的构成方式　/228
  第三节　结构形成和演进的内在动力类型与性质　/234
  第四节　结构形式内部运动的受控机制　/242

第八章　略论其他艺术要素与结构模式关系　/247
  第一节　叙述视角对结构模式的作用　/247
  第二节　时间观念的变化对结构模式的影响　/253
  第三节　空间观念的变化与结构模式的关系　/262

附录篇　/274
  附录一：西方长篇小说的三大结构模式概说　/275
  附录二：中西长篇小说结构模式比较谈　/285
  附录三：初版后记　/295

Table of Contents

Introduction: Survey of the Theories of Structural Patterns of Novels / 1

I. Position and Functions of Western Novels   / **1**

II. Connotations of Structure and Structural Patterns of Novels   / **3**

III. Theoretical and Practical Significance of the Research   / **6**

IV. Methodology and Basic Principles for the Research   / **9**

Part One Evolution of Novels

Chapter One   Emergence and Transformation of the Early Western Narratives   / 12

I. Initiation of Ancient Greek Narratives   / **13**

II. Evolution and Contributions in the Art Form of Roman Narratives   / **27**

III. Achievements and Formal Features of European Medieval Narratives   / **34**

Chapter Two   Overview of the Development of Western Novels as a Literary Genre   / 48

I. Renaissance and the Rising of Western Novels   / **49**

  1. Cultural Factors for the Rising of Western Novels   / **49**

  2. Differences Between Modern Novels and Ancient Narratives   / **57**

II. Achievements and Characteristics of the Novels from 17th to Early 19th Centuries　/ 61

　　1. Achievements of the Novels from the 17th to Early 19th Centuries　/ 61

　　2. Characteristics of the Novels from the 17th to Early 19th Centuries　/ 67

III. Landscape of Mid and Late 19th Century Novels　/ 69

　　1. Artistic Achievements of Mid and Late 19th Century Novels　/ 69

　　2. Characteristics of Mid and Late 19th Century Novels　/ 78

IV. Development of the 20th Century Novels　/ 80

　　1. Introduction to the 20th Century Novels　/ 80

　　2. Analysis of the Characteristics of the 20th Century Novels　/ 92

Part Two Structure of Novels

Chapter Three Structural Pattern of "Picaresque Novels"　/ 96

I. Elements and Characteristics of the Structure of Picaresque Novels　/ 96

II. General Rules in the Formation of the Structure of Picaresque Novels　/ 103

III. Artistic Effects of the Structure of Picaresque Novels　/ 113

IV. Factors for the Formation of the Structure of Picaresque Novels　/ 124

Chapter Four Structural Pattern of "Balzac Novels"　/ 130

I. Elements and Characteristics of the Structure of Balzac Novels　/ 130

II. General Rules in the Formation of the Structure of Balzac Novels　/ 138

III. Artistic Effects of the Structure of Balzac Novels　/ 148

IV. Factors for the Formation of the Structure of Balzac Novels　/ 156

Chapter Five Structural Pattern of "Stream-of-Consciousness Novels"　/ 162

I. Elements and Characteristics of the Structure of Stream-of-Consciousness Novels　/ 162

II. General Rules in the Formation of the Structure of Stream-of-Consciousness Novels　/ 170

III. Artistic Effects of the Structure of Stream-of-Consciousness Novels　/ 177

IV. Factors for the Formation of the Structure of Stream-of-Consciousness Novels　/ 184

Chapter Six Variations of Three Major Structural Patterns of Western Novels   / 191

I. Variations of the Structure of Picaresque Novels   / 191

II. Variations of the Structure of Balzac Novels   / 200

III. Variations of the Structure of Stream-of-Consciousness Novels   / 207

IV. General Rules of Variations in the Basic Structural Patterns of Western Novels   / 213

Part Three Mechanism of Novels

Chapter Seven   Internal Mechanism of the Structural Patterns of Western Novels   / 220

I. Starting Point of the Structural Formation of Western Novels   / 220

II. Formation of the Structural Line of Western Novels   / 228

III. Internal Dynamics and Essence of the Structural Formation and Development of Western Novels   / 234

IV. Checked Mechanism in the Internal Structural Changes of Western Novels   / 242

Chapter Eight Effects of Other Elements on Structural Patterns   / 247

I. Point of View and Structural Patterns   / 247

II. Change of Time Notions and Structural Patterns   / 253

III. Change of Space Notions and Structural Patterns   / 262

Appendix   / 274

A Summary of the Three Major Structural Patterns of Western Novels   / 275

A Comparison Between Chinese and Western Novels in Terms of Structural Pattern   / 285

Postscript to the 1994 Edition   / 295

绪论：关于长篇小说结构模式的理论概说

一、西方长篇小说的地位与作用

长篇小说是世界文坛最为引人注目的文学现象之一。

俄罗斯著名文艺批评家别林斯基在谈到这个问题的时候，曾经指出："长篇小说超过一切其他种类的文学，独赢得社会的垂青：社会把长篇小说看作是自己的一面镜子，从它认识到自己，从而完成了自我认识的伟大过程。"[1]又说："时代的史诗是长篇小说。长篇小说包括史诗的类别和本质的一切征象。"[2]文学发展的实践也确实如此。可以说，长篇小说的艺术形式自从出现以来，时至今日确已成为世界文坛最重要、最富有影响的文学样式。它以其浩瀚的篇幅、巨大的规模、宏伟的结构，以及错综复杂事件的描写、众多人物形象的刻画、诸样人们心理流程的展示等特性，映照和表现着人类社会生活的底蕴。大卫·赫伯·劳伦斯说过："长篇小说是唯一能生动地展现生活的书。书本不等于生活。书本只是承载的振动。然而长篇小说这一种振动能叫整个儿活人相与共振。"[3]正因为长篇小说所固有的特性，所以，它与人类的物质生活、精神生活，特别是艺术生活密不可分。

我们知道，长篇小说在人类的历史进程中，曾经对不同时代的人们认识世界、表现世界起过极其重要的作用，并拥有最广大的读者群。长篇小说作品，

---

[1] [俄]别林斯基：《别林斯基论文学》，梁真译，新文艺出版社1958年版，第179页。
[2] 同上书，第200页。
[3] [英]戴·维·洛奇编：《二十世纪文学评论》上册，葛林等译，上海译文出版社1987年版，第248—249页。

亦如百花园中难以计数的美丽花朵，绚丽多姿，仪态万千，争奇斗艳。千百年来，它深深地根植于各民族文化的肥沃土壤之中，感受着时代历史变动的风云，沐浴着人类情感的雨露，伴随着小说作家的缕缕心香，竞相开放，形成了人类历史中令人眩目的宏伟的文化景观。长篇小说作品绵延不断出现的过程，实际上就构成了一部活动着的人类形象化的历史。由此我们也可以断言，没有长篇小说的成就，就没有人类世界波澜壮阔的文学艺术历史，至少是没有今天这样一部完备的艺术史。长篇小说艺术，为万紫千红的人类文坛，平添了无限的生机！

较之东方，西方[1]长篇小说创作所取得的成就更为突出。西方长篇小说的艺术是与一系列伟大作家的名字和杰出作品的名字联系在一起的。阿普列尤斯、塞万提斯、巴尔扎克、狄更斯、马克·吐温、托尔斯泰、高尔基、乔伊斯、海明威、加西亚·马尔克斯、卡尔维诺等就是其中杰出的代表。他们用自己的如椽巨笔，表现了他们所理解的历史发展进程、人们的生活样态以及各种各样的价值追求。《金驴记》、《堂吉诃德》、《人间喜剧》、《双城记》、《复活》、《克里姆·萨木金的一生》、《尤利西斯》、《永别了，武器》、《百年孤独》以及《寒冬夜行人》等就是众多长篇小说中的佼佼者。正是在这些经典性的作品中，表现了不同时代和不同民族的社会风貌、问题、要求和审美趣味。因此，研究西方长篇小说的艺术规律，就为我们认识和把握整个西方世界人类社会历史发展的进程，特别是西方"风俗"[2]历史的进程和总体风貌，提供了一个有益的视角。

由于论述对象的关系，我们首先必须对"西方长篇小说"的概念作出界定。应当指出，"西方长篇小说"是一个内涵极为丰富的集合概念。所谓西方，按文学史家通行的看法，它主要是指由欧洲和美洲大陆构成的文化世界。无论是东欧还是西欧、南欧还是北欧，无论是北美洲、中美洲还是南美洲，凡是欧洲和美洲各个民族、各个地域和各个国家都被涵盖在"西方"的概念之中了。这样，"西方长篇小说"的内涵实际上就包括了西方世界各国各民族产生的全部的长篇小说作品。同样，又由于历史发展的原因，西方的长篇小说又包

---

1 这里所使用的"东方"与"西方"的概念，大致对应于"亚非"和"欧美"的概念。
2 恩格斯在谈到巴尔扎克小说的时候，曾经将其称为一部"风俗史"。我认为，这一论断可以用在一切小说或一切叙事作品上。因为小说或其他叙事作品都是用形象（情感形象或人物形象）表现世界的，是通过具体描写来反映生活的。因此，具有着表现时代氛围（风俗）的鲜明特点。

含着"原始长篇小说"和现代意义上的长篇小说两种内涵的作品。这一切,决定着"西方长篇小说"概念本身的丰富性。同时,这也说明着这一研究对象的复杂性。

二、小说结构与结构模式的基本内涵

自从长篇小说的艺术形式在西方世界产生以来,也就出现了研究这一现象的种种文学批评著作。正如长篇小说创作本身处于不断变化和重构的历程中一样,对长篇小说的分析、认识和批评也在不断地嬗变和更新。例如,在古希腊时期即已产生,时至今日仍有着巨大影响的社会学批评,曾经在近二千年的时间里一直居于西方长篇小说批评的主导地位,显示出了极强的生命力。而19世纪末20世纪初以来所出现的诸如文化人类学、符号学、阐释学、接受美学、现象学、文艺心理学以及后现代各种文化理论等等新的批评学说,也从不同的角度对长篇小说这一文化现象作出了新的解读和诠释。可以说,批评的视野从来没有像今天这样宽阔。

但就总体的批评倾向而言,大致不外乎两个向度。对此,匈牙利著名艺术史学家阿诺德·豪泽尔在谈到文学批评现象的时候,曾对批评所涉及的两个主要方面,讲过这样一段话,大意是说,在他看来,"艺术作品就好像一个窗户,通过它人们可以观察窗外的世界,而不去考虑观察工具的性质、窗户的形式、颜色和结构。但是人们也可以把注意力集中在窗户上,而不去留心窗外可见物体的形式和意义。艺术总是对我们呈现这两方面的内容"[1]。这就是说,批评总是涉及两个古老的话题:或偏重于思想内容的考察,或注意于艺术形式的探讨。

在很长时期内,无论中外,对文学作品的批评,注重思想内容(包括作品倾向和思想主题以及社会价值等)一直是受到批评家们所尊崇并被大肆宣扬的。进入20世纪以来,尤其是俄国形式主义批评和欧美"新批评"以及结构主义"符号学"的出现,批评的钟摆开始转向对形式问题注重的向度。但问题在于,艺术作品从来都是内容和形式的统一体。根本不存在没有内容的形式,更不存在没有形式的内容。所以,走向内容和形式相统一的研究,必然是今后文

---

[1] 转引自《钟山》,1992年第4期,第169页。

学批评的基本走向。

除现有研究形式和内容的严重割裂之外，在研究中出现的另外一个弊端则是，很多注重研究内容和形式相统一的批评者，仅仅就个别作品的内容和形式的统一问题作出分析和解说，但缺乏从宏观的视野上，换言之，缺乏从形式发展演化的大趋势上去看待社会发展的深层底蕴。这样就造成了形式发展仍然与社会发展脱节的弊端。

本书从长篇小说结构模式入手，就是要从艺术的角度，来考察其如何与内容相辅相成，更重要的是，它与时代发展之间的密切关系。我们知道，结构及其结构模式，是长篇小说艺术形式一个极为重要的内容，也是艺术审美的一个极其重要的领域。艾耶尔在其美学论著《语言、真理和逻辑》一书中，曾鲜明地表达了下述的看法：一般地说，对情节的结构主义方法的研究是审美完成中偏重于客体的研究。研究的目的，是以形式构造本身来表明形式和它的发展，即满足于寻找形式之所以是审美形式的结构。这里所说的"审美形式的结构"，其实是"有韵味的形式"，即包含着内容底蕴的形式。因此，我们以结构，尤其是结构模式作为研究对象，就会对西方长篇小说的艺术发展和流变性的文化形式特征，有个更为全面和深入的了解。

众所周知，结构和结构模式，是既有联系，又有区别的两个概念。关于结构，它有两层含义：一是指写作过程中的"结构"，即指如何构建作品；另一是指作品形成之后的形态，即作品所体现出来的形式面貌。它们是一个写作过程的两个阶段，是动态与静态的有机结合。这样，如果我们把这两层含义放在一起，对艺术结构下个定义的话，那么"结构"就是文艺作品的组织形式和内部构造的人为安排。作家、艺术家正是根据他对生活的认识，按照形象和主题的要求，对生活材料、人物、事件、场景等进行新的组合与安排，使作品形成统一和谐的有机整体。这样的定义，才能够使人们在研究"结构"的过程中，既不偏重于单纯地考察结构的过程，也不会孤立地分析具体的结构形态，从而才能避免片面性。结构的重要性在于，它是作品赖以存在的关系构成，没有结构就没有作品或艺术品的存在。

结构模式是指某些具体结构形式所形成的某种类型的相对稳定的结构趋势和形态。它是一个时期内形成并稳固下来的众多个体性作品结构的共同趋向，是一个文化发展阶段结构所具有的总体性特征、标准和法则。同样，它也是某类结构的标准形式或使小说家可以照着做的标准样式，具有"类"的属性。它类似于福柯所说的一个时期文化意义上的"知识型构"。对此，俄罗斯小说家契诃夫曾经说过，人们"可以把各个时代艺术家创作的最优秀作品搜集起来，放在一起，使用科学方法来理解其中有一种什么共同的东西使它们彼此相近，成为它们价值的原因。这种共同的东西就是法则。"[1]也可以说，与"结构"概念相比较，"结构模式"概念的特征明显地具有偏重于探讨结构构成基本规律的意味。这是因为，任何一种结构模式都是在众多具体的、相近的结构形式的基础上产生的。没有数以百计、数以千计乃至数以万计同类具体的结构形式，就不会有某种结构模式产生。而众多具体的结构形式所具有的共同性特征，实则就是一种涵盖着众多具体结构形式的规律和法则。这实则就决定着，当我们在研究"西方长篇小说结构模式"这个课题时，我们就不是再偏重于某种作品结构的具体形态的说明，而是众多结构的类形态考察，是在研究长篇小说结构艺术的基本特征和基本规律。

如前所言，以往人们在研究结构艺术时，曾自觉或不自觉地存在着一个弊端，即在研究一部作品的具体结构形式时，总是忽略其结构模式的意义。这就导致着我们对作品的结构艺术分析，始终给人一种零乱的、不系统的感觉。例如，文学批评家面对一部或几部长篇小说的结构时，可能将其分析得极为出色。但是，我们却很难看出这些作品结构之间的互相借鉴、影响和联系。这说明了结构自身的发展规律并没有得到自觉的注意和总结。美国当代著名美学家乔治·桑塔耶纳曾指出，对艺术品形式构成规律的忽视，是人们审美能力薄弱的表现。"诉诸个别的感官和诉诸财富与豪华的联想，远远先于诉诸在知觉上形式的和谐。在音乐方面，我们也见到同样的程序，初时，我们只欣赏它的感性价值和感伤情调；只有受过音乐教育之后，我们才能欣赏它的形式。"[2]

有鉴于此，本书的写作重点是在将西方的长篇小说作为一个整体艺术现象进行宏观把握的基础上，从结构模式的角度切入，来审视和探讨西方长篇小说结构的基本规律。其目的是对以往学术界所进行的稍嫌零散、孤立的小说结构艺术研究加以匡正，从而使长篇小说结构模式研究进一步走向系统化和理论化。

---

[1] [俄]契诃夫著：《对艺术法则的探求》，转引自李永生著：《短篇小说创作技巧》，山西人民出版社1984年版，扉页。
[2] [西班牙]乔治·桑塔耶纳著：《美感》，杨向荣译，中国社会科学出版社1982版，第110页。

三、研究的理论意义与实践价值

今天，研究和探讨西方长篇小说的结构模式问题，其理论意义和现实意义是多方面的。简而言之，主要有如下三点：

第一，它是当前人们的审美能力趋于深化的需要。桑塔耶纳认为："形式的美，不论在人为的事物上或自然的事物上，都是最后才能发现或赏识的。肯定它需要时间，欣赏它需要知觉的缜密和素养。"[1]他曾经举例说，活动和颜色就是首先使儿童对玩具和动物感兴趣的因素；未开化民族的艺术家首先懂得装饰，到很久才晓得设计。他们的岩洞或草屋涂满了油彩或挂满了战利品，后来才注意到对它们样式的快感。

为了便于说明问题，我们将详细考察一下关于人体艺术的发展演进过程，以便论证为什么说"形式的美是在最后才被发现或赏识的"。众所周知，原始艺术中对人体的认识和表现，大体上源自于性意识（即种群或种族延续的意识）。这不论是西欧在3万年前出现的《罗塞尔的维纳斯》，还是在我国新疆新近发现的远古壁画，都有力地证明了这一点。因此，可以说在人类的早年时代，真正的审美动因并非是人体艺术创作动因，而创作人体也不是为了单纯审美的需要。然而，随着几千年来文明的发展，人的思维、情感、活动等等逐渐离开了原始人的纯生理本能的驱使，开始借用人体画面来表达崇拜自然、歌颂青春、讴歌爱情、追求个性解放的思想感情。这样，人体艺术就离开了性崇拜、生殖崇拜等纯粹的生理欲求而演化成了以审美为特征的精神情感的运作活动，进而发展成为表达某种政治情感、道德情感为内容的审美载体。尤其是随着人们审美能力的进一步提高，发展到现代阶段人们对人体艺术的兴趣又逐渐演进到了对审美对象本身美的构成的探讨阶段。例如黑格尔就曾指出，最圆满的是人体形状。在这个阶段，人体形状显然已被刻画成为一种更高的、更适合的表现形式。因为精神到了这个阶段，一般已经开始离开单纯的自然的事物，转到了它以自己的独立存在来表达自己。如果说，黑格尔的看法带有其哲学体系缺陷的话，那么，马克思则站在辩证唯物主义和历史唯物主义的高度，谈到了人体美的自身构成的问题。在承认劳动创造了人的前提下，他指出："动物

---

[1] [西班牙]乔治·桑塔耶纳著：《美感》，杨向荣译，中国社会科学出版社1982版，第110页。

只是按照它所属的那个种的尺度和需要来建造，而人却懂得按照任何一个种的尺度来进行生产，并且懂得怎样处处都把内在的尺度运用到对象上去。因此，人也按照美的规律来建造。"[1]也就是说，人类不仅按照美的规律创造了世界，同时，也按照美的规律创造了人自身。从一般意义上说，马克思提出的"人也按照美的规律来创造"的思想，就包含着对人体本身美的构成规律的揭示。这实则是人类对人体艺术审美能力的再一次深化。

西方长篇小说的演进过程和人们对其美感内涵的认识，也体现出了与人体艺术发展相类似的三个阶段。在其诞生的初期，纯粹的讲故事、听故事构成了作家和读者对长篇小说的基本要求和共同心态。故事讲得好与坏、能不能吸引人，也是最初的文艺批评家对一部小说的最主要的判断尺度。所以，最初的小说是把娱乐人们感官当成了其最基本的价值取向的。随着长篇小说的不断发展，其自身讲故事的功能越来越让位于对一定时期内社会生活的描写和对富有典型意义人物形象的刻画。小说批评家们也开始转向，把一部作品对一定时期的社会生活反映得深刻与否、人物形象塑造得成功与否，当成了主要的审美价值取向。这样，长篇小说的审美就从纯粹的娱乐功能转向了社会价值功能。但20世纪初以来西方长篇小说演进嬗变的现实，愈来愈显示出其对自身形式变化和技巧更新的注意。小说的批评家们也愈来愈抛开作品的内容而转向对其形式的解读。尽管西方学者们的批评理论都不同程度地存在着这样或那样的弊端，但对作品形式的注意、对其批评分量的加大，无可辩驳地显示出了这样一个基本的事实：作品的审美再一次走向了深化，艺术品的形式分析再一次向美的领域还原。今天，我们要建设社会主义的新文艺，就不能不注意研究西方长篇小说的结构艺术发展和批评流变的趋势，就不能不将我们的审美视野再来一次深化。但需要指出的是，这次深化并非是对一部作品简单的艺术形式还原，而是对小说审美规律的新建。

第二，研究西方长篇小说的结构模式，注意其发展流变的一般规律，也是帮助小说家提高其组织、建构长篇小说结构能力的需要。勿庸讳言，在长篇小说的创作实践中，经常可以发现这样的情形，即同样的故事、同样的人物、同样的主题，由于作品所采用的结构形式不同、布局安排不同，常常会产生出完

---

[1] [德]马克思著：《1844年经济学哲学手稿》，见《马克思恩格斯全集》第42卷，人民出版社1972年版，第97页。

全不同的艺术效果。还有些初学写作长篇小说的人，虽然在创作前后，也曾研究过众多的长篇小说经典之作的结构经验，但却收效甚微，构建不出较为成功的作品结构。这两种情况，实则说明了一个问题，即一个小说家要想创作出成功的长篇小说作品，不注意作品结构艺术规律的探讨，不注意长篇小说结构模式的研究，是根本不行的。

近年来，我国文坛长篇小说创作相对沉寂的状况也很说明问题。当短篇小说、中篇小说一波又一波地涌现出一大批较为成功作品的时候，长篇小说的创作却没有取得相应的成就。且不说没有出现过能与古典长篇小说如《三国演义》《水浒传》《西游记》《红楼梦》比肩而立的颠峰之作，甚至也未能出现过真正能跻身于世界当代文坛的作品。[1]造成这种相对沉寂局面的原因固然是多方面的，有些原因（如过多地行政干预，商品经济大潮的冲击，作家心态浮躁、脱离生活乃至知识面的狭窄和欠缺等）可能是更主要的。但是，对长篇小说结构规律注意不够、对结构理论掌握和研讨的不足，不能不说也是原因之一。近几年，当我们看到一些有关研究中短篇小说结构理论的著作相继问世的时候，有关研究长篇小说结构理论著作的出现几乎少得可怜。这种理论研究的状况势必影响长篇小说的创作。孙犁先生积毕生之创作经验，深知结构作品的费力与艰难。他曾在一篇题为《关于长篇小说》的著名论文中，开宗明义地写道："创作长篇小说，感到最困难的，是结构问题。"[2]对这一最难的问题，我们却缺乏理论上的自觉，这必然会导致长篇小说创作的不景气。

如前所言，西方长篇小说取得了巨大的成就。其独特的长篇小说传统、独特的结构艺术成就以及在此基础上所形成的独特的结构模式体系，是一笔十分宝贵的财富。对之进行科学的总结和认真的把握，将使我们的作家能更清醒地掌握长篇小说结构艺术的规律性，克服盲目地、自发式地结构作品的局限，从而创作出能与西方小说相媲美的不朽作品来，为繁荣我国的长篇小说创作做出新的贡献。

第三，研究西方长篇小说的结构模式及其规律，也是帮助欣赏者系统地把

1　写作这部书稿的时间是1993年，当时国内还没有出现当前这样长篇小说繁荣的状况，例如还没有出现莫言获得诺贝尔文学奖的情况，所以这样的断言是根据当时的情况而言的。为了保持本书的原貌，故仍然保留这个论断。
2　高彬编：《长篇小说创作经验谈》，湖南人民出版社1981年版，第1页。

握每一部西方长篇小说的思想水平和艺术成就的需要。众所周知，文学作品首先是为读者而写的。当代美国著名学者威恩·C·布斯曾经指出，小说家有个不可推诿的任务，就是造就他的读者。他甚至断言，无视读者的存在非但不表明作家的才华，反而是一种不负责任的轻率举动。对一种文学批评理论来说，也是如此。当前中国读过西方长篇小说的人，可能数以亿计。这就要求我们的文学评论家为其打开一些观察、欣赏美不胜收的长篇小说百花园的窗口。固然，探讨长篇小说的艺术规律，引导读者真正进入西方长篇小说的审美领域，可以通过不同的渠道，从不同的角度切入。但我认为，结构理论与结构模式的研究，也许是其中最重要、最基本的途径之一。原因在于，通过结构模式的认知，读者可以迅速地把握某一部长篇小说结构的类型，从而可以有目的地指导其阅读活动。这也还因为，长篇小说的性质和它反映现实生活的独特艺术功能，都同它的结构特征密切相关，并主要是通过它的结构特征集中地表现出来的。所以，对读者而言，把握其长篇小说结构模式，不仅提供了一种简便的入门方法，也提供了从艺术分析角度进入长篇小说内部的独特途径。

四、研究的主要方法与基本原则

皮亚杰指出："如果必须把内容重新整合在形式里，那同样重要的就是要记得，既不存在绝对意义上的形式，也不存绝对意义上的内容。……任何形式，对于包含这个形式的那些更高级的形式而言，就是内容；任何内容，对于这个内容所包含的那些内容来说，就是形式。"[1]这说明，在长篇小说中，内容和形式是不可分割的。结构模式作为结构艺术规律性的总结，其实质也是内容和形式的统一。

结构作为长篇小说的"骨骼"，是构成事物的各种要素按一定的地位、一定的关系相互作用和相互联系的形式。那么，它必然要体现内容的要素。而人物、事件、环境乃至人的思绪等等，往往既是长篇小说的题材要素，也是作品结构的具体内容。所以，对西方长篇小说结构，特别是结构模式的研究，就不该是纯形式的研究，而应该是内容与形式相统一之研究。

同样，"结构"本身所呈现出的相对静止的"静态"特征，使得人们在研

---

1 [瑞士]皮亚杰著：《结构主义》，倪连生、王琳译，商务印书馆1984年版，第78页。

究长篇小说"结构"时，往往容易流于静止形式的考察。而当我们把目光集中注视到"结构模式"的领域之后，运动的、发展的、历史的、现实的、情感的、审美的诸多层面就显现出来了。这就使得这种研究更富于"动态"的特征了。

有鉴于此，我认为，内容与形式研究之相统一、静态与动态研究之相统一、构成特征与审美效应研究之相统一，应该而且必须是我们对"西方长篇小说结构模式研究"的主要方法和要遵循的基本原则。

正是出于上述的考虑，笔者在本书写作过程中，有意识地突破了纯结构论的模式；也没有再像以往的研究小说结构论著那样，专设章节分别论述结构与人物、事件、环境之间的关系，以及一部作品结构的具体构成方式（如何开头结尾、过渡照应、层次段落等），而是从演进论、构成论和机制论三个层面，宏观立体地对西方长篇小说的结构模式问题进行了全方位的综合考察，以期抛砖引玉，将长篇小说理论的研究引向深入。

我们有幸生活在西方长篇小说已经有了漫长的发展历史，诸种不同思想内容、风格流派、艺术技巧和手法的作品大量出现的辉煌时代。同样，我们也是有幸生活在国内外历代学者付出了巨大精力、热忱和智慧，提供了从各种研究角度，采用各种研究方法解读长篇小说的理论已经成熟了的时代。这是我们的幸运，也是我们的机遇。我们应该通过自己的辛勤努力，把对西方长篇小说的研究工作做得更好些，以迎接小说新形态时代的到来。

第一编
演进论

第一章
西方早期叙事艺术的产生与流变

较之东方（泛指亚洲、非洲），西方文学自诞生以来，就形成了无与伦比的、强大的叙事传统。当我们站在世界文化总体格局的高度，来审视欧美文学发展历史的时候，就会发现，其叙事艺术，尤其是长篇叙事艺术构成了其源源不断、汹涌澎湃的艺术长河中一股强大的涌流。这正如国内外一些文化学者、文学史家所指出的那样，如果说，东方文学自诞生伊始，就是"重情"民族的"主情"艺术产物的话，那么，西方文学（主要指欧美文学）则是"主事"民族"叙事"传统的产物。

西方文学中的这种叙事特征及其传统，是在漫长的艺术实践中不断地发展和强化起来的，它最早的渊源，可以追溯到上古时代。而其在奴隶制社会时代以及中世纪社会的演进，又直接导致了现代意义上的长篇小说艺术的产生。囿于学识，笔者无力对西方民族心态、文化传统乃至审美特征进行全方位的考察（尽管我认为这一切乃至其他因素的合力作用是西方叙事传统出现的动因），为此，我们仅仅选择从叙事自身层面切入，试图在对西方早期文学现象与东方早期文学现象的粗略比较中，特别是在对西方叙事传统演进过程的描述中，考察一下这种叙事传统的嬗变轨迹，看其是如何运行发展以及如何成为后代长篇小说艺术产生的前提与基础的。

第一节
古代希腊叙事艺术的开创功绩

一般认为,古代希腊文学是后代欧美文学的源头。西方世界后来所形成的强大叙事传统,毫无疑问,其最初的萌芽就孕含在希腊文学最早所产生的文学艺术作品之中。

众所周知,希腊神话是古代希腊人最初的意识活动成果,是人类早年不自觉的艺术创作产物。从艺术形式的角度而言,古代希腊的神话艺术,也是西方世界最早出现的文学艺术形式之一。与同属于人类早年产生的、不自觉的艺术产物的其他国度和民族的神话艺术相比,它以其内容的丰富多彩、结构的宏大严整而著称于世。

根据许多研究者对古代诸多民族神话的深入研究显示,印度的神话虽然博大繁多,但它实际上是最缺乏系统性的。叙事的随心所欲带来了结构上的极其松散,以致于任何将印度神话系统化、明晰化的努力都会令人感到头痛。而较之印度和希腊神话更为古老的"苏美尔——巴比伦"神话,在系统化方面最多也只达到了印度神话的水平。至于与"苏美尔——巴比伦"文明同步起源的古代埃及,因其古老而与世隔绝,神话系统的不稳定性也是世人皆知的,以至于在今天对各种神系说法的差别仍然极大。中国是人类历史上的"四大文明"古国之一。在远古时代,汉民族也曾产生过灿烂的神话艺术。但任何研究者又不得不承认,中国上古时代所产生的汉民族神话,实际上是比较零乱的,缺乏完整的、统一的系统,没有形成唯一的主神和以他为核心的神际关系网络。而希腊神话却恰恰相反,是极其富于系统性的,它的叙事艺术、结构艺术都显示出了极强的系统性与完整的艺术蕴味。可以说,希腊神话是古代希腊人不自觉创作的一部关于他们对世界万事万物起源的解释和说明的宏大完整的叙事艺术篇章。

我以为,希腊神话所开创的叙事体系和结构艺术特征主要表现在以下几个方面:

一是古代希腊人是自觉地将众多散在的神话传说有意识地融汇为一个统一的艺术整体的。谢六逸将古代的神话划分为"独立神话"与"体系神话"[1]两

---
[1] 谢六逸著:《神话学ABC》,上海世界书局1928年版,第70页。

种类型。在他看来,"独立神话"产生于原始社会早期,是氏族公社制和原始思维的产物。它以个体的、独立的、粗糙简略的艺术存在为特征。而"体系神话"则渗入早期文明社会和逻辑思维诸多因素。从社会发展的角度看,"体系神话以其特有的神异形式再现了晚期原始社会逐步阶级化、秩序化的生动图景"[1]。在艺术上,"体系神话"以综合性、逻辑化、系统化为存在特征。

在人类社会中,无论是亚洲还是非洲,无论是欧洲还是美洲,最早期出现的神话,都是以单个的、散在的面貌显现的。尽管在对很多民族的神话艺术研究整理过程中,现代学者或文学史家,力图将其系统化起来,但这种努力并不能真正反映出远古时代神话的系统风貌。究其原因,恐怕是与这些民族在原始社会缺乏逻辑的自觉、体系的自觉不无关系。

在谈到古代希腊神话的时候,这里有一个重要的问题应该搞清楚。我认为,古希腊神话,应该将其分为"前希腊神话阶段"和"希腊神话阶段"两个发展时期。"前希腊神话阶段"主要指的是在希腊文化还没有形成之前而形成的神话传说。由于此时的神话是由生活在地中海周边的(包括迈锡尼地区、克里特岛、小亚细亚等地)各个原始部落或原始民族产生的,所以,我们也可以把前希腊神话称之为"爱琴神话"。可以说,此地域每个早期出现的民族或族群,都在自己的文化范围内产生了自己的神话传说。

前希腊神话的主要特征是:这些神话是东地中海广阔地域的不同原始民族松散产生和各自创造的神话。例如,在远古的爱琴神话中,波赛东既是海神和地震之神,又是克罗诺斯和瑞亚之子,还是宙斯、哈得斯、赫拉、得墨忒耳和赫斯提亚的兄弟,安菲特里忒之夫,特里同、阿米科斯、安泰俄斯、斯客戎、俄托斯、厄菲阿尔忒斯和波吕斐摩斯等之父。甚至在公元前2000年的铭文中已提到波赛东。当时波赛东的别名意为"大地的摇撼者",因此有理由猜测,波赛东最初并不是海神,而是地神。"波赛东"这一名字的意义很可能是"地神之夫"。波赛东大约专司大地的生产,同时在有些部落的神话中,他也是地下水神,因而有"大地摇撼者"的称号,因为古代人认为地震是由于地下水作用的结果。后来,波赛东虽不再被视为地下水神,然而"大地摇撼者"这一别名却保留了下来。除了大地和海神特征之外,波赛东最初可能还作为图腾崇拜的马的形象。他的别名之一叫"希皮俄斯",意即"马神"。在小亚细亚

---

[1] 谢选骏著:《神话与民族精神》,山东文艺出版社1986年版,第15页。

的爱奥尼亚地区和岛屿上,波赛东特别受到崇拜。在希腊本土,波赛东的神庙多修在海岬和海角上。祭祀波赛东的圣物除马以外,还有海豚、牛和松树。从以上关于波赛东的介绍中,可以看出,爱琴众多神祇身上都兼有自然力和人的双重职能。

爱琴海地区这些散在独立出现的神话和传说,又都主要是以自然为对象的产物。在这些神话中,人与人之间的矛盾虽然有所涉及,但更多地是探讨人与自然的关系。例如,存在于公元前3500年前后的爱琴地区最早的远古人类之一的皮拉斯基人是最早的爱琴神话创造者之一。他们的创世神话大体内容是说,在原初时代,世界本是个大混沌体。在这个混沌体中,最早出现的神是女神欧律诺墨。她赤身裸体从大混沌中产生后,划分出天空和海洋。这就是创世的开始。她在海洋的浪尖上起舞,抓住了北风"玻瑞阿斯"并在揉搓中使北风变成了大蛇"俄菲翁"。大蛇长大后与女神交合,女神有了身孕后变成了"鸽子",并在浪尖上做窝生下"宇宙卵"。俄菲翁按女神的吩咐在卵上盘绕七次,结果宇宙卵破裂,从而产生了天地万物,包括日月星辰、山川河流、花草树木、鸟兽虫鱼等等。世界诞生后,俄菲翁自称是创世主,惹恼了欧律诺墨,被打入黑暗洞穴。俄菲翁被打落的牙齿在阿该亚生出了皮拉斯基人的祖先皮拉斯古斯和其他的人。从这个神话中,我们可以看出,是女神欧律诺墨从混沌里冲出并划分出天空和海洋;是她抓住北风并使他有了生命;是她与北风的交合并在北风的劳作下,生出了天地万物。但在埃及神话中,拉神(太阳神)和奥基里斯(死神)则是创造世界的主要力量。而在赫梯人或苏美尔人中间,则产生了如尼普尔的主神恩利尔、乌鲁克的主神安努、埃利都的主神埃阿,合为地、水、天三神。此外还有西巴尔的太阳神沙马什、乌尔的月神辛等。这些远古的神话之间,没有什么必然的联系,都是散在出现的产物。

在爱琴地区各个早期民族产生的神话中,大体也是这种情况。这充分表明,爱琴神话出现时期,人与自然的矛盾,仍然是人类社会出现的主要矛盾。自然的规定成为了此时主要的"知识型构"。这样的现实,决定着当时出现的看问题和思考问题的出发点,都是从人的欲望出发。因此,我们将此时出现的理性,称为"欲望理性"。

爱琴海地域早期产生的神话,还不具备后来希腊神话那种"人神同形同性"的特点和体系化的形态。在考古发掘中可以见到,众多的祭祀遗址中保留有大量的动物祭品残骸，但却极少有以人型出现的偶像或绘画。到了爱琴时代的中后期，半人半兽的神灵形象开始出现。例如晚期米诺斯的一尊泥塑就兼有鸽子和人的双重形象，它有人的手和脸，头上又有鸽子的冠，被称为"鸽子女神"。这种人兽不分的状况在克里特神话中有着鲜明的反映。

  尤其值得注意的是，在早期的爱琴文化世界里，神话中并没有后来被作为希腊神话典型特征的"神人同型同性"观念，人们所崇拜的自然与生殖神常以兽型妖灵的形象出现。克里特人最早崇拜的就是自然界中的各种事物和现象，如山川、洞穴、石头、树木、山羊、太阳和月亮等。由于当时的死亡率非常高，克里特人发展出了对生殖女神的崇拜，认为生殖女神是自然界的生命之源。他们希望她能带来人畜的兴旺和作物丰收的幸运。有时他们还把身体患病部位捏成泥像投入火中，祈求女神为他们治病。引人注目的是，各种祭祀仪式不是由男祭司主持，而是由女祭司主持。此外，牡牛在克里特人的信仰中也占有重要的地位，从克诺索斯王宫的壁画和巨大的浮雕中都可以发现牡牛的形象。在宗教仪式、娱乐活动和庆典中，牡牛都起着重要的作用。流行于克里特的斗牛不仅是一种娱乐，也具有宗教性质。在壁画中经常出现斗牛场面。考古学家在克诺索斯王宫一间被称为"祭祀室"的房间中，发现了带大角的牛头被放在彩色赤陶土的供台之前，这说明，克里特人祭祀时也常常把牛当作祭品。克里特人的宗教信仰中还有对双面斧的崇拜。起初斧头被当作各种宗教仪式的供物，后来斧头又成了崇拜的对象。双面斧出现在克诺索斯王宫中许多描绘宗教仪式的壁画中，在王宫神堂的柱子上和陶器上也有这种双面斧的标记。克里特人还崇拜持蛇女神。克诺索斯王宫的壁画中就有这位女神，考古发掘也发现了持蛇女神像。一般认为，克里特人相信蛇是维护房屋安宁的神。克里特人也相信冥世的存在。他们常常在死者的墓葬中放置食物、武器、工具、装饰品等，希望死者在另一个世界里享用和使用。与这一状况相一致的是，远古爱琴地区盛行着从自然物崇拜到精灵崇拜、亡灵崇拜、图腾崇拜、祖先崇拜等各种早期历史阶段上的崇拜形式。

  现有材料表明，公元前12世纪前后，克里特—迈锡尼文明（广义地说是爱琴文明）灭亡了，而恰恰是"从迈锡尼文明的灰烬中升起的凤凰是古典希腊，……新的希腊文明以令人瞩目的速度迅速成熟起来。"[1]新兴起的古代希腊人

---

[1] [美]萨拉·柯耐尔著：《西方美术风格演变史》，欧阳英、樊小明译，中国美术学院出版社1992年版，第8—9页。

是富于理性的，也是富于逻辑的自觉与体系的自觉的民族。在原始社会晚期阶段，希腊人实际上就已经不自觉地开始了编制全希腊一统神系的工作。依据国内外学术界较为一致的看法，在古代希腊氏族社会早期，每个氏族均有各自的图腾，正是这些图腾发展成为了各自的神祇。而随着各原始氏族部落逐渐迈入文明的门槛，这些各自散在的个体神话在各个氏族部落融合为一个统一的希腊民族的过程中，逐渐形成了一统神系。在希腊文明创建的过程中，应该说"荷马们"起到了极为重要的伟大作用。也可以说，希腊文化形成这一功绩应该归功于前12世纪到前8世纪众多的"荷马们"（行吟诗人）。我们知道，在"克里特—迈锡尼"文明灭亡后，很多流浪的行吟诗人，他们以特洛亚战争故事为基本依托，并根据新的时代需求和与爱琴时期完全不同的新的思想观念，对以前产生在爱琴地区不同民族、不同时代的大量神话，进行了选择、改造、剔除的体系化过程。严格地说，所谓"希腊神话"，应该指的就是经过荷马们用新的思想和价值观对古代爱琴神话系统化和体系化后的神话形态。也可以说，从文化传承的意义上讲，对希腊这种新文明的构建，是从荷马们对爱琴远古神话的体系化努力开始的。

　　根据现存资料显示，在前12世纪到前8世纪的历史发展阶段，全部庞大众多的希腊神话即已开始围绕着两个著名的、处于中心地位的神祇而展开。这两个神祇一个是地母该亚，一个是主神宙斯。就出现较早的神话来看，地母该亚处于此时众多散在神话传说中的绝对中心地位。从社会形态学意义上来说，众多学者指出了此时神话之所以以女性该亚为中心，说明了此类神话所反映的是希腊古代社会远古时期母权制时代的社会现实。但若从文艺叙事学、结构学的意义来考察，地母该亚实际上构成了将全部早期神话连缀成一个完整的、系统的艺术整体的关键性因素。无论是天父乌拉诺斯、女儿瑞亚以及其他神祇的活动，无不与该亚或直接、或间接地发生联系。在希腊的晚期神话中，亦即文学史家们所说的"俄林波斯神统"中，"体系神话"已经形成。这一方面当然是古代希腊人思维能力和认识能力向更高阶段飞跃发展的结果，是各个氏族神话广泛传播、彼此交融的产物。但也不可否认，这也同时是古代希腊人在叙事上走向系统的产物。在"俄林波斯神统"中，另一个神祇，即雷霆之神（亦称主神）宙斯毫无疑问处于了全部神话传说的中心地位。在他的统治下，俄林波斯山成了一个高度组织化、纪律化的社会。尤其是其他诸神，无论其身分或尊或卑，法力或大或小，其与主神宙斯在叙述上联系都是其他民族的神话难以比拟的。

原始希腊人在这种不自觉的艺术创造中所进行的不自觉的一统神系的努力，其实正是希腊民族在叙事艺术中高于其他民族的地方。也可以说，希腊民族在其早期文化的发展中，显示出了极强的叙述系统化的能力。这同时也说明了，希腊民族在其文明的演进过程中，比其他民族高明的地方，或曰幸运的地方是抓住了"独立神话"之后"体系神话"构成的这一重要环节，从而导致了其注重叙述系统的宏大叙事模式的产生。

二是古代希腊人在编制一统神系过程中，不仅注重了整个神话体系的完整，而且在其总系统统筹下的每一个相对独立的具体神话故事中，既注意了与主神的联系，同时更注意着其自身情节的完整和统一。例如，希腊神话中，就其中每一个主要神祇所构成的故事而言，基本上是遵从着从其来源（或出生）、主要功业进而到其结局的叙事线索。人们在谈到希腊神话的时候，在惊异其规模宏大的同时，又无不为它所包含的每一个具体的神话故事的严谨完整和丰富多彩而折服。处于全部希腊神话，尤其是晚期神话的中心地位的宙斯，他的经历，完全可以构成一部个人的叙事长篇巨著。他的一个个具体的行为，至今仍是西方世界经久不衰的文学艺术题材。我们说到宙斯，脑海屏幕上就会常常映现出他出生时的磨难、他的威严、他的放荡与荒唐。可以说，在世界其他任何民族神话的主神中，没有哪一个可以像他那样自身就会构成一个完整的、规模如此宏大的艺术世界。除主神宙斯之外，希腊神话中的其他一些神祇，例如天后赫拉、太阳神阿波罗、爱与美之神阿芙洛狄忒、智慧女神雅典娜、月神阿尔忒弥斯、战神阿瑞斯等等，任何一个的经历和事迹都可以说是细节丰富、描写精湛、结构严谨的叙事艺术的卓越篇章。甚至一些小神祇，如普罗米修斯、美惠三女神以及缪斯九位女神等都可以构成各自头尾完整的叙事故事。

不仅如此，在希腊人注重展示个体神话丰富、生动、完整性的同时，又由于建立"体系神话"的需要，有意识地注重了诸种神话间的联系。如果我们从结构学的角度来考察，就会发现全部庞大的希腊神话，一方面与中心神祇（如早期的该亚、后期的宙斯）所构成的主要情节线索相统一，从而形成了与中心情节相联系的庞大宏伟的结构体系。另一方面，希腊诸多散在神话在走向体系化、系统化的过程中，在情节结构上也极为重视彼此间的联系与对接。还以著名的神祇普罗米修斯为例，让我们来说明其"盗天火给人类"的故事是怎样与其他神话联系在一起的。作为庞大的希腊神话中众多神祇中间的一个不太重要的小神，由于他违背了主神宙斯的禁令，偷天火给人类，这就与宙斯发生了尖锐的冲突。这种与中心情节线索的靠近实际上就使得这一本来属于个体的神话故事具有了系统的特性。而当普罗米修斯受到惩罚，被钉在高加索的山崖上，此间遇到受赫拉迫害的伊娥以及其他神祇，最终又是大英雄赫拉克勒斯救了他。这样，普罗米修斯的故事又与其他多个神话传说连结在一起，成为整个希腊神话系统中不可缺少的一环。

三是古代希腊神话所开创西方叙事传统的过程中，不自觉地显露出了外在观照视点统筹下建构长篇叙事作品结构模式的端倪。希腊神话是古代希腊人在社会生产力极为低下的历史条件下不自觉地创造出来的一个外在的艺术世界。尽管它毫无疑问是希腊原始社会时期氏族生活的反映，但它又毕竟是希腊人想象的产物。对神话的创造者——亦既叙述者来说，是站在全知全能的、无所不知的"神"的角度来叙述天庭所发生的一切的。这种外在观照的叙事视角带来了其结构模式的两种选择。

就整体神话系统中的个体神话而言，由于它们是在漫长的历史不同时期内，由不同的氏族部落在不同的地点分头创造出来的，所以，融汇在庞大希腊神话系统中的个体神话，几乎完全是根据一个神祇的经历，按从前到后、从头到尾的情节发展线索结构而成的。这一点我们在希腊神话中的重要组成部分——英雄传说中可以得到最贴切的论证。例如"赫拉克勒斯系统""忒修斯为民除害""伊阿宋智取金羊毛""特洛亚战争"等系统，都是这种单一叙事结构模式最辉煌的体现。赫拉克勒斯是希腊神话传说中有名的大力士。神话从他幼年讲起，说他在摇篮里就扼死了赫拉派来谋害他的水蛇。少年时代，恶德女神来引诱他走享乐的道路，但他听从了善德女神的劝告，决心不畏险途，为民造福，建功立业。传说在他成人之后，杀死过有九个头的毒龙和女妖美杜萨，建立了十二件大功，最后升上了俄林波斯山，成了不死的神。赫拉克勒斯的神话结构表明，把握一个神祇的经历从头到尾安排其生平事迹的结构形态，是西方叙事传统中结构艺术的最初的典型方式。

但希腊人高明于其他各民族的地方在于，如前所言，他们适时地抓住了建立"体系神话"这一重要环节。正是在他们建立"体系神话"的努力中，导致了另一种结构形态——多线索交叉式结构的出现。诚然，希腊神话在诞生伊始，毫无疑问，都是以个体神话、单一线索的结构形态存在的，但在希腊神话体系化过程中，一方面，通过宙斯及其与下属诸神"乱伦""滥爱"、纠葛、打斗行为之描写，使众多散在个体神话融为一体，构成了希腊体系神话错综复杂的神际关系网络。另一方面，各种散布在各地的神话被"串连""交织"在一起，实际上就使得全部庞大的希腊神话在总体结构布局上，形成了与个体神话完全不同的结构形态——亦即以横向布局、多种情节互相交织的结构形态。尽管这种结构在当时还是不自觉的，但仍可以看出其人为努力的强烈痕迹。

凡此种种，可以看出，希腊神话的这种体系功能和结构努力构成了西方后来的叙事艺术，尤其是长篇叙事艺术的真正开端。

由希腊神话所确立的宏伟的、完整的叙事传统和结构艺术，不仅被正在踏入文明门槛的公元前九、八世纪的行吟诗人们不自觉地创造出来了，而且也被后来的希腊人继承和强化起来了。《荷马史诗》的多次修订过程，可以说是希腊人对其神话体系不断完善的过程。由此可见，由于"体系神话"的薄弱，无论是埃及、巴比伦、希伯来还是印度和中国，或因为没有史诗作品出现，或因为史诗与神话的游离，均没有像荷马史诗那样与神话的叙事艺术发生如此密切的联系。

不仅神话被荷马们体系化了，而且史诗作品（即叙事故事）也经历了逐步体系化的完善过程。据史料记载，在古代希腊，史诗创作极为兴盛，史诗作品亦极为繁多。例如，曾有一系列史诗故事以特洛亚战争为题材在各地流传。除了我们所知道的最著名、最完整地保留下来的《伊利亚特》《奥德修纪》外，还有其他一些重要的史诗断片也在流传。如《塞浦路斯之歌》叙述的是大地母亲请求众神解除她过重的人口负担；佩留斯和忒提斯的婚礼；帕里斯的公断；特洛亚战争的开始，直到阿喀琉斯发怒的所有事件。《埃塞俄比亚英雄》主要讲述了特洛亚大英雄赫克托耳死后直到阿喀琉斯中帕里斯暗箭身亡等一系列事件。其中埃塞俄比亚英雄门农增援特洛亚城建立功绩并战死的经过，是这部口传作品的一个重要片断。《小伊利亚特》着重记述了阿喀琉斯的葬礼以及奥德修斯与埃阿斯为得到他的盔甲所发生的争执。《伊利翁的毁灭》主要情节则由帕里斯的结局、木马计的使用、拉奥孔的惨死和特洛亚最终的陷落所构成。由于这些传说产生的时代各不相同，地域的分布也非一处，因此，可以说，它们都是

"个体史诗"的显现("个体史诗"概念在这里照搬了"个体神话"的概念)。

盲诗人荷马(以及其他行吟诗人)的伟大功绩在于,他们以行吟诗人的职业习惯和艺术直觉,通过巨大的艺术才能,对当时散在流传在希腊和小亚细亚的有关特洛亚战争的传说进行了自觉的"体系化"创造,从而继承和发展了古代希腊神话所开创的叙事传统。

应该说,荷马自觉地将诸种纷纭复杂、各种独立的史诗故事形成了一个有一定的长度和规模的叙事佳品的努力,主要表现在两个方面:一方面,荷马在有意识地连缀众多的散在故事时,像晚期的体系神话的构成一样,突出了史诗的完整性。尽管在今天我们很难再看到荷马史诗的原始风貌,但仍可以从各种文献资料中看出,史诗是从希腊密尔弥多涅斯人的首领佩琉斯与爱琴海海神的美丽女儿忒提斯在马人希隆的山洞中举行婚礼开始的。这种开篇,不仅引出了希腊诸神的参与以及后来对整个战争的影响,同时也为他们的儿子、希腊最伟大的英雄阿喀琉斯的出场以及其他人物的出场埋下了伏笔。此后,史诗依次描写了帕里斯拐走海伦,引起希腊人与特洛亚人的战争;十年后"木马计"的使用;特洛亚城的陷落以及希腊人的班师。最后以另一个大英雄奥德修斯历经磨难,回到家乡收束。这种首尾相接的叙述方式尽管仍很原始、粗糙,但它仍将全部庞大的故事镶嵌在一个较为严密的结构框架之中了。这种努力应该说在艺术精神上与希腊神话晚期的"体系化"努力是完全一致的。另一方面,像神话在构成体系时力图通过宙斯的中心线索来连缀全部散在的神话故事一样,荷马也找出了阿喀琉斯、奥德修斯这样贯串整个作品的中心线索。诚然,作为民间口头创作的荷马史诗的中心情节线索,还并不像后来那样明晰。但是,这种立足中心情节线索来叙述全部庞大的故事的努力仍然是显而易见的。

进入到文明社会之后,有两个重大的文化事件对古希腊叙事传统的固定和成型起了重要的作用。第一个事件就是公元前8世纪的赫西俄德撰写《神谱》一书。以今天我们的眼光来看,《神谱》一书仍嫌简略,人为地编制神系的痕迹很重。但是,应该说,正是这部书的编撰使希腊神系的谱系关系有了较为清晰的勾画。它的出现不仅标志着希腊神话谱系的最终完成,而且也促成了希腊神话体系的最终定型。这一点,恰恰反映了希腊人叙事艺术的自觉和精明。相反,其他民族尽管其神话也丰富多彩,然而由于在刚刚迈进文明社会时没有产生自己民族的"赫西俄德",结果使得他们的神话艺术缺乏系统和完善。这实际上反映出了一个事实,即在其他民族文化的发展中,他们丢掉了关键的一个环节。

第二个大事件是对荷马史诗的整理。悲哀的是,某些民族在丢掉了神话系统化的环节之后,又丢掉了第二个环节,即对史诗的整理和系统化环节。这就使得把本应该属于其他早期民族的荣誉拱手让给了晚来的希腊人。

根据古希腊和罗马作家提供的资料判断,大约在公元前6世纪中叶,庇士特拉妥在雅典当政时(前560—前527),荷马史诗被首次记录下来。我认为,这种记录的过程本身就是一个整理和系统化的过程。因为现在看不到庇士特拉妥时代文人们记录的原本,所以我们今天很难看出其被记录时的真实面貌。但有一点可以肯定,这个"记录本"与今天流行的版本差距颇大则是不争的事实。这一点也是被许多研究者根据零散史料的研究所证明了的。由此我们可以猜测,公元前6世纪记录下来的手抄本是粗糙的、原始的,结构冗杂而不紧凑的。它的形态可能类似于印度古代史诗《摩诃婆罗多》中心故事被大量地淹没在历史文献之中。尽管如此,这种记录毕竟给"荷马史诗"的进一步再加工留下了粗坯,同时也反映了进入文明社会不久的希腊人创作长篇叙事作品的自觉努力。

更为难能可贵的是,在公元前4世纪末到前2世纪中叶,托勒密王朝都城亚历山大城的一些著名学者,如泽诺多托斯(约生活于前4世纪末至前3世纪初)、阿里斯托芬涅斯(约前257—前180)和阿里斯塔科斯(约前215—前145)等对荷马史诗艺术的完整性又一次做出了巨大的贡献。据说泽诺多托斯不仅对史诗的文字作过不少加工,而且是他首先采用了现在通行两卷的分卷法。后两位学者认为,为了保证史诗的完整性,《奥德修斯》最后有一卷是他从别处取来补上去的。阿里斯托芬涅斯据此对泽诺多托斯的版本作了谨慎的修订。而阿里斯塔科斯在对史诗文本的仔细研究中,校订得极为严谨,有些学者估计他的校订本就是流传至今的荷马史诗抄本的基础。

经过系统修订后的荷马史诗,可以说标志着希腊古代长篇叙事艺术和结构艺术的成熟。泽诺多托斯等人的修订本不仅保留了古希腊神话所开创的基本的叙事精神(自觉地建立一定长度的叙事体系,宏观的、外部的、全能的叙事视角),而且在结构安排及结构布局上,也达到了叙事艺术典范性的高度。这一方面体现在,修订后的荷马史诗在结构艺术上更为凝练、集中和紧凑。《伊利亚特》将10年特洛亚战争浓缩到最后一年的40多天里,并采用情节交叉、人物回忆等多种结构布局手段,展示了战争的全部进程;《奥德修纪》通过倒叙和多种描写手法的运用,描绘了主人公10年间的曲折历程。这不仅是其他民族的史诗艺术由开头至结尾的纵向直线型写法所不能比拟的,而且也带有自觉的、文人化的结构艺术的痕迹。另一方面,在修订后的史诗中,中心情节线索的作用大大地被突出和强化了。如果说,在未修订前的史诗中,基本上采用的是以事件的演进为构成特征,偏重于事件的流程,以人物为中心情节的构成还不甚明了,即没有以一个人物的活动贯穿始终、统率全篇的中心情节的话,那么,修订后的作品则自觉地强化了中心人物作为中心情节线索的统筹、联缀、贯穿作用。恐怕泽诺多托斯等古代学者之所以在修订时要将完整的史诗断为两部,一个重要原因是根据人物(具体来说是主人公阿喀琉斯和奥德修斯)自身活动所构成的情节的完整性来加以考虑的。换言之,是依据结构自身的统一和完整加以考虑的。这样,整个以特洛亚战争事件发展过程为主要内容的史诗,在修订后实则就变成了以两个主人公不同的经历和命运为内容的史诗了。描写事件被塑造人物的努力所取代。史诗的修订过程实际上变成了西方长篇叙事作品的自觉创作和走向了文人化的成熟过程。

  古希腊神话所开创的叙事传统和结构艺术,不仅在荷马史诗的创作和写定的过程中得到了继承、发展和强化,而且在大约公元前6世纪开始出现的原始小说中,也得到了进一步的弘扬与推动。

  值得注意的是,"希腊原始小说"这一概念并不是一个僵化、静止的词汇。它的内涵中包容着"原始小说"这一形式本身不断演进和完善的过程。

  很多国内外学者曾为梳理欧洲原始小说的生成与发展的脉络做了扎实的、富有成效的工作。根据他们所勾画出来的线索,可以粗略看出希腊原始小说演进发展的基本状况。

  希腊当代著名作家科·阿西马科普洛斯认为,希腊古代的神话传说,"可算得上是希腊小说的开端"。[1]中国当代学者塞昌槐先生亦曾指出:"希腊原始小说大约肇始于公元前6世纪,其滥觞则可以上溯到神话时代。"例如,他曾举例说:"希腊原始小说中最早的故事源自于希腊神话,比哺育出荷马史诗的传说'特洛亚故事'更早的'阿耳戈英雄们的故事'具有足以和《奥德修

---

[1] 塞昌槐:《欧洲原始小说简论》,见《外国文学研究》1990年第4期,第83页。

纪》媲美的情节系统与传奇色彩，可谓希腊冒险小说的远祖。"[1]

在荷马史诗里，小说艺术的特征也有过不自觉的体现。古希腊著名作家琉善曾断言，希腊冒险小说之始祖乃荷马史诗："带头写这类海外奇谈的祖师爷，正是荷马笔下的那个奥德修斯。他在阿卡喀俄斯王一伙人中，大讲被拴住的风、独眼巨人、吃人生番、多头怪兽，以及他的伙伴被人用药变了形状。"[2]荷马史诗中的这种描写，尽管还不是小说艺术，但却具有着小说艺术的蕴味。

一般而言，小说的创作并不属于民间集体口耳相传创作的范畴，它是个体意识觉醒的产物，是作家个人凭藉文字和个人才智写作的结果。这样，文字的自觉使用才使得属于文人个体创作的原始小说艺术形式的出现成为了可能。根据有关资料显示，古代希腊真正书面语言的出现和文字的自觉地大规模地被运用，大约在公元前7—6世纪前后。例如前面我们所说过的原始形态的荷马史诗大约在公元前6世纪前后被记录下来的状况，就只有在文字已经相对普遍使用的情况下才会做到。这也同时提出了一个问题：既然一部规模宏大的长篇史诗可以被记录下来，那么，散在各地的、篇幅较短的史诗故事是否也会被记录下来呢？答案是肯定的。而短篇的、片断性的史诗故事在被记录的过程中，个人的创作因素（个人创作的目的性、艺术风格、结构考虑等等）必然十分活跃。这样，记录本身就可能发展成为创作过程。由此而来，当一部原始史诗故事的"记录稿"问世时，这一努力实则就造就了希腊原始小说最初的书面形式。

除了文字记录神话和史诗故事促使希腊原始小说出现的因素之外，塞昌槐先生还指出了另外两种艺术实践对原始小说艺术形式出现所起的作用。其一是"在神话和史诗之后，古希腊的抒情诗和戏剧进一步推动了小说创作的兴盛。以萨福为代表的抒情诗，以其对社会生活的个人体验和极为细腻的爱情心理描写对以后的爱情传奇小说产生了直接的影响。欧里庇得斯的悲剧和克里提阿斯、莫斯克翁、索西芬尼斯、卡瑞斯等人的'新悲剧'，刻意贴近现实生活，促进了古希腊小说写实倾向的形成。阿里斯托芬的奇幻想象和犀利讽刺，不仅为冒险小说注入了新鲜血液，而且成为讽刺小说的先驱。米南德的'新喜

1　蹇昌槐：《欧洲原始小说简论》，《外国文学研究》1990年第4期，第83页。
2　蹇昌槐：《欧洲原始小说简论》，《外国文学研究》1990年第4期，第83页。

剧'，则在结构艺术方面为田园传奇小说准备了条件"。[1]其二是古希腊散文的出现，特别是公元前6世纪前后艺术散文的出现，例如《伊索寓言》等等，也直接推动了希腊原始小说艺术形式的产生。

这样，当时间推移到公元前六、五世纪时，在多种因素的综合作用下，希腊原始小说呈现在世人面前。当然，由于时间之水的冲刷，我们今天已经很难再看到最初原始小说的独立样本。但是，在公元前5世纪之后出现的历史著作中，却保留着大量的希腊原始小说的片断。例如，塞昌槐先生就指出："这些艺术化的历史著作，不仅使口头相传的故事融进历史，构成一个'有机整体'，而且还是传奇小说最早的储存库。"在"历史之父"希罗多德的历史著作《希腊波斯战争史》中，就镶嵌着许多纯粹民间创作风格的小说。如"坎道列斯的王后""阿利昂海上脱险""居鲁士的重年""佐披洛斯智陷巴比伦""聪明的窃贼"等。其中"阿利昂海上脱险"乃是现有希腊最早的冒险小说之一。

公元前4世纪，希腊历史学家色诺芬草创了长篇传奇《居鲁士的教育》和另一部历史著作《长征记》。两部作品均展示了系统的故事和异常生动的细节，充满了传奇小说特有的艺术特征。

公元前3世纪，希腊作家欧赫墨罗斯与伊安布洛斯首创了《神圣经典》和《太阳岛》两部珍藏在狄俄多罗斯的《世界史》中的乌托邦小说。在此期间问世的还有另一部佚名的浪漫传奇小说《泰尔王子阿波罗尼俄斯的故事》。

从上述的引证中明显可以看出，古代希腊原始小说尽管还没有完全从神话传说以及史诗的题材制约中解脱出来，在体裁上，也与历史著作混同一体，缺乏其体裁本身的独立性；但是，从作品情节构成上来看，其故事情节本身已经相对集中，那些枝蔓冗杂的非主要情节，尤其是与主要人物和主要情节无关的内容，已被大大地压缩和削减。从结构技巧上看，以一个人物为中心情节线索，并通过其直线型运行来统筹全篇的漫游式结构的构成手法，已开始显露出对荷马史诗等叙事结构的明显继承。例如，在公元前5世纪出现的"阿利昂海上脱险"这一古代希腊原始小说的经典性作品中，作者通篇始终是围绕中心主人公、举世无双的竖琴手阿利昂的经历和命运来安排全部的情节和进行结构布局的，从而使故事更为集中和紧凑。这个故事结构的构成如同缩小了的《奥

---

[1] 塞昌槐：《欧洲原始小说简论》，《外国文学研究》1990年第4期，第83页。

德修纪》。至于在其他方面，诸如人物性格刻画、环境展示、肖像和心理描写等，古代希腊原始小说均自觉或不自觉地进行了初步的实验。

应该指出的是，古代希腊人不仅在艺术实践中，从神话传说到英雄史诗，又从历史著作到原始小说发展了叙事艺术，并使之形成了传统。同时，他们还自觉地从理论上对此加以了说明。毕达哥拉斯、苏格拉底、柏拉图等人的美学论著中，都包含着明显的艺术形式的思想。而伟大的文艺理论家、美学家亚里士多德，则在他的著作《诗学》中，对古代希腊的叙事艺术做了极为重要的总结。他在谈到悲剧的时候，曾深刻指出："悲剧是对于一桩严肃、完整、有相当广度的事件的模拟""所谓完整，指事之有头，有身，有尾。所谓头，指事之不上承他事，但引起他事发生；所谓尾，恰恰与此相反，指事之必然的或或然的上承某事，但无他事继其后；所谓身，指事之承前启后者。""在诗里，正如在别的摹拟艺术里一样，一件作品只能摹拟一个对象；布局既然是事件的摹拟，它所摹拟的就只限于一桩完整的事件，里面的情节要有紧密的联系，任何部分一经挪动或删削，就会破坏整体。"[1]

有人或许不理解，为什么亚里士多德在谈到悲剧的六个成分里，认为"最重要的是布局"[2]，然后才是性格、思想、文词、歌曲、布景。其实，这正是亚里士多德在他的那个时代更深邃地理解和把握了希腊民族叙事艺术的精髓的结果。他所指出的"悲剧[3]是对于一桩严肃、完整、有相当广度的事件的摹拟""一件作品只能摹拟一对象""一桩完整的事件"等思想，应该说正是对古希腊神话以来叙事系统化、体系化努力的总结；而他强调布局，主张把布局放在创作首位的思想，尤其是强调"史诗不应像历史那样结构"，[4]应该像荷马那样，虽然"特洛亚战争有始有讫，但荷马并没有企图写整个战争"，而是"选择其中一部分，而把其余的作为穿插，使故事不致单调"[5]的思想，也是与古代希腊叙事结构艺术的实践极为一致的。

总之，通过对古代希腊的神话艺术、史诗艺术和早期原始小说艺术的考

1　[古希腊]亚里士多德：《诗学》，《文艺理论译丛》1958年第2期，第7、9、10页。
2　[古希腊]亚里士多德：《诗学》，《文艺理论译丛》1958年第2期，第11页。
3　在亚里士多德的意识中，"悲剧"主要指的是对一件严肃事件的模仿，主人公的结局并不一定是悲。这说明，亚里士多德所说的悲剧，其实是严肃的戏剧。
4　[古希腊] 亚里士多德：《诗学》，《文艺理论译丛》1958年第2期，第11页。
5　[古希腊] 亚里士多德：《诗学》，《文艺理论译丛》1958年第2期，第26页。

察，我们完全可以看出希腊民族不同于其他民族在叙事艺术和结构艺术方面所开创的特点及其依次继承关系。恰恰是此，构成了西方叙事文学传统的发轫和民族叙事心理特征的积淀与形成。

第二节
罗马叙事艺术的演进流程及形式贡献

古代罗马是继希腊之后西方世界出现的另一个强大的民族。罗马民族晚出的历史条件，造成了其在文化发展过程中的独特性。一般而言，罗马文化自从诞生伊始就接受了希腊文明的成熟之果，但同时又体现着本民族的丰富个性。而其叙事艺术，这两种内涵是十分明显的。

与希腊文学样式产生的顺序一样，罗马文学中最先出现的也是神话艺术。根据有关历史资料显示，公元前753年至前510年的王政时期，正是罗马民族处于从氏族社会向奴隶制社会的过渡阶段。此时前后，罗马本民族的神话已经出现。现有资料表明，与爱琴神话产生时期相类似，最早的罗马神话也是零星而又散乱的，并且是与原始时代早期的迷信观念紧紧相联的。例如，从早期的罗马文化遗迹中可以看出，古代罗马人认为每个地方或场所都有它自己的神祇，如家神、灶神、囤神、门神等等。又由于罗马人早期主要从事农牧业生产，因此，认为田地、山林、泉水、河流等也各有专门的神祇居住掌管。其中较著名者如羊群和作物之神法乌努斯、林神狄安娜等。这种零星的、散乱存在的神话形态深刻地表明：罗马神话在其早期阶段也处于原始的、单个的"独立神话"发展阶段。

但是，与其他民族，尤其是希腊民族的神话艺术相比，罗马的"独立神话"阶段极为短暂。其"体系神话"的形成很快取代了"独立神话"散在自发的形态。我们之所以如此说，主要原因在于，罗马人"独立神话"阶段在向"文明的、综合的""体系神话"阶段过渡和演进中，遇到了一个千载难逢的良机并且具备了得天独厚的条件：即在罗马神话在其形成伊始，就受到了希腊神话成熟体系的影响。同时，罗马民族与希腊民族精神气质和文化心理的相近，也使得两者神话艺术之间的影响和罗马人对其接收成为了可能。这样，希腊民族已经成熟了的"体系神话"的构成方式，不仅免除了罗马人重新费尽心智编制罗马一统神系的开创性劳作。而且，希腊"体系神话"的构成形态和叙事精神也必然会以直观的、印象式的方式直接进入罗马人的精神世界和艺术世界。

据有关史料记载，古罗马居民原为拉丁人，操拉丁语。在成分复杂的古意大利居民中，罗马的文化发展是比较快的。尤其是罗马北方的伊特鲁里亚人的文化发展更远较罗马人为早。加之古希腊人早在公元前8世纪即开始向意大利半岛南端和西西里岛移民。这样，在早期的罗马文化产生和发展的同时，就实际上已保留着伊特鲁里亚和古希腊文化的痕迹。在公元前5至前4世纪罗马人的扩张中，在统一意大利中部和南部时，也同时吸取了这些部族文化中不少有益的成分。尤其是在"希腊化"时期，在对希腊文化和其他民族文化的接触过程中，希腊的体系神话进入罗马，罗马神话很快丰富发展起来。[1]

罗马神话在原始"个体神话"的基础上向"体系神话"迅速演进并发展起来，这一方面体现在，在后来的罗马神话中，由于接受了希腊体系神话的影响，在其系统中，主神的地位进一步提高，有些神的职能发生了变化，神际关系更为紧密，神话系统较之希腊更为完备。另一方面，从结构艺术上说，形成了以主神朱庇特为中心线索的强大的、有机的结构网络系统。对此，我们只需剖析一下朱庇特在罗马神话中地位的演进过程以及有些神祇的职能变更情况，便可以得到证明。

在早期罗马本土产生的个体神话中，朱庇特与尤诺原本具有相同的职能，同为司掌风雨、收获、事业的成功和胜利的神祇。就其当时在神界的地位而言，它与其他的神祇（如土地神拉尔、门神雅努斯等）也基本相同，同为某个方面的神祇。但是，随着罗马国家的发展，在对希腊神话的接受过程中，希腊完整的"体系神话"中主神宙斯对全部神祇故事的统筹作用，使得罗马人不能不面临着他们在建立"体系神话"过程中所遇到的第一个难题：主神的缺少使任何体系化的努力均成了泡影。于是，最简捷的办法也许就是让罗马的神祇朱庇特与希腊的主神宙斯角色重叠合一，使其成为能够统治全部散在神祇的主神。而尤诺则从原来罗马地方神系中分离出来，开始作为朱庇特的妻子，取得类似于希腊神话中赫拉的地位，开始主管婚姻和生育。由此可见，大神朱庇特在全部罗马神话中中心地位的确定，不仅使罗马神话的体系化努力成为了可能，而且在整体结构上，也确立了将其全部个体神话贯穿在一起的中心情节线索。

1　参见《中国大百科全书·外国文学卷》，中国大百科全书出版社1982版的有关条目。

不仅如此，罗马神话里，在与希腊神话相对应的神祇中，有些神的司掌范围进一步扩大，职能也有很大的变动。这本身其实就是"体系化"的结果。如弥涅尔瓦，在后来的罗马神话中，她已不再是单纯的技艺女神，而且成了智慧的象征，成了医生、雕塑家、乐师、诗人的保护神。再如狄安娜同阿尔忒弥斯混同后，除了具备后者的全部职能外，又成了平民和奴隶的保护神。

凡此种种，充分说明，罗马人在希腊神话的基础上，创造而非照搬了神话艺术。罗马人的神话体系更为完整缜密，叙事的规模进一步扩大和严整，结构的有机性和布局的严密性更为自觉和加强。正因为如此，对罗马神话的一些传统的看法理应受到盘诘。在很长的时间内，有些学者一说到罗马神话，就认为是对希腊神话的照搬，认为罗马神话除了改换了神的名字（有些甚至连名字都没改变）外，没有什么太大的变化，这实际上是缺乏对罗马人艺术精神深入了解的武断之词。

罗马人系统的、体系化的叙事特征，不仅体现在神话艺术上，在其史诗艺术中，也有鲜明的表现。在长期以来流行的文学史学说中，罗马人一直被认为在氏族社会向阶级社会过渡期间没有产生真正的民间史诗。对此，我不敢苟同。按罗马人注重叙事艺术的系统性和追求结构艺术严密性的文化精神特质来看，这一民族在继承希腊文化的过程中，不可能不受到荷马史诗的影响，不可能不做出史诗艺术——即长篇叙事艺术的努力。后来出现的著名的文人史诗的作者维吉尔，也不可能凭空建造起他的《埃涅阿斯纪》那样宏伟的叙事艺术大厦。

主观猜测没有任何学术性的价值，真正的科学论断应该来自其文学发展历史的本身。通过对罗马晚期神话中几个较为完整传说故事的考察，便会发现，它们实际上已经完全具备了真正的人民史诗的诸要素。可以说，它们就是古罗马真正的"荷马史诗"。这几个故事当中最著名的就是关于埃涅阿斯的传说和罗慕洛兄弟建立罗马城的传说。从现存的这两个神话传说故事来看，它们的叙事规模，与早年创作而成的神话相比，具有较强的史诗特征。

一般而言，严格意义上的史诗艺术大都产生在从氏族蒙昧社会向文明社会的过渡时期。原始社会的意识形态和阶级社会的思想观念的有机交融，构成了史诗内容的重要特色。民间流传的埃涅阿斯的传说和罗慕洛兄弟的故事，实则在内容上就包含着这两种因素。加之这些传说产生在公元前3世纪之前的罗马社会，而此时正是罗马民族从原始社会向奴隶制社会的过渡阶段，这也使其作为史诗的产生具备了典型的社会历史条件。再者，一个民族史诗的形成，均是广大人民群众不自觉的艺术创作，是口耳相传的产物。埃涅阿斯等传说早就在民间流传，并经过漫长历史时期的发展形成及定型的过程，也与其他民族史诗的形成过程是极其相似的。又如，就史诗艺术而言，一部作品，既然被尊为"史诗"，那么，它自身在叙述中，必然会以一定的历史事件或历史脉络为基础，具有较强的讲史要素；同时，又把神话因素作为坚信不移的史实大量地融汇其中，形成亦神话非神话、亦历史非历史的艺术存在形态。而这一特点，在有关埃涅阿斯和罗慕洛兄弟的传说中，亦已完全具备了。

有鉴于此，我们似乎可以说，罗马人在特定的历史时期内，也曾产生过自己民族的民间史诗。然而，埃涅阿斯、罗慕洛兄弟等传说的分散存在状态，似乎又表明着此时的罗马史诗亦处在"个体史诗"阶段。

可贵的是，罗马民族叙事艺术体系化的努力似乎比其他民族（包括希腊族）更为自觉。特别是进入文明社会之后，依靠个人的力量创作系统化的史诗更成为当时的时尚。这实际上是"个体史诗"向"体系史诗"过渡的伟大实践。约生于公元前270—前201年间的诗人奈维乌斯，用萨图尔努斯诗体写成的罗马第一部"文人史诗"《布匿战纪》，以及另一位诗人恩尼乌斯（前239—前169）写成的《编年纪》等，都表现出了罗马民族史诗叙事走向严整和统一的体系化的风貌。而这种体系化的努力，在后起诗人维吉尔、奥维德的创作中则走向了成熟。

生活在公元前1世纪前后的伟大诗人维吉尔（前70—前19）的卓越功绩在于，是他继承了罗马人（上溯乃至希腊人）的叙事传统，并凭借个人的力量，完成了对罗马"个体史诗"向"体系史诗"的转变过程，从而把罗马史诗发展到了古代作品无与伦比的完美叙事阶段。

从维吉尔创作其著名史诗《埃涅阿斯纪》的实践过程本身，可以明显看出他对古希腊和罗马早期叙事传统与结构艺术的自觉继承和精心重构。其一，这部史诗冲破了以往长篇叙事作品那种先分散产生，后经一人或数人之手进行连缀、删削的成书格局，创作变成了一个人从开始到完成的有意识创作。这样，叙事的完整性自无须赘言，结构布局亦已成为其创作伊始的清醒把握。先远古神意的原因到后来现实事件的结果，先个人经历的描绘到后来宏大战争场面的刻画，其叙事和结构已完全脱蜕了古代口头艺术的制约，变成了纯粹的文人创作。其二，众所周知，这部史诗共12卷，近万行。前6卷的结构艺术和叙事技巧，主要摹仿于荷马史诗《奥德修纪》。而后6卷，主要摹仿《伊利亚特》。但要看到，这种摹仿，已不再是下意识地简单照搬，甚至与修订后的荷马史诗相比，它的结构布局已浑然一体，不再是两个部分的机械重叠和相加。其三，此部史诗还在罗马早期有关埃涅阿斯和罗马城邦建立的众多故事及众多情节中，突出了埃涅阿斯活动的中心情节线索，并强化了"奥古斯都"屋大维"奉天承运"的主题。凡此种种说明，维吉尔通过《埃涅阿斯纪》所体现出来的叙事与结构艺术，已达到了古代长篇叙事作品的高峰。这也标志着罗马人在继承希腊叙事艺术传统的基础上，使其达到了定型和成熟的阶段。

与之相比，奥维德（公元前43—公元18）的长诗《变形记》则在叙事角度和结构艺术方面另辟蹊径，展示了罗马叙事艺术的新体系化方式。《变形记》全诗共15卷，取材于古希腊罗马神话。作家叙事体系化的高明之处在于，他没有采用自古希腊以来利用某一人物的活动作为结构中心线索，从而贯穿全篇，形成完整叙事整体的方法。而是根据古希腊哲学家毕达哥拉斯"灵魂轮回"的理论，用变形，即人由于某种原因被变成动物、植物、星辰、石头等这一线索贯穿全书，将250多个古希腊罗马神话故事联结成为一个有机的艺术整体。虽然奥维德也是按照故事发生的时间来叙述和结构作品的，但它完全不同于维吉尔的《埃涅阿斯纪》，他的体系化努力完全是通过丰富的想象力，根据神话传说的某些外表联系，而不是某个中心人物活动的线索来实现的。这在西方叙事艺术上，无疑具有开创之功。它是继罗马神话体系化方式、维吉尔叙事体系化方式之后的另一种特殊方式。

公元前1世纪，即在维吉尔创作《埃涅阿斯纪》、奥维德创作《变形记》，罗马叙事艺术达到成熟和高峰的时代，另一种叙事作品形式——罗马的小说创作也开始蓬勃发展起来。较之史诗，这些散文体的叙事作品，纯粹更是一种文人的个人创作形式。

应该指出，罗马小说对希腊文学叙事传统和结构艺术的继承更为明显，因而也更为成熟。早期的罗马小说家，众所周知，大都是希腊人的后裔，并用希腊文进行创作。其中，阿里斯提得斯的《米利都传奇》（已佚）首开一代文风，它标志着罗马帝国境内小说形式的出现。随之，安东尼俄斯·第欧根尼的

《图勒远方的奇事》、卡里同的《凯勒阿斯与卡利罗亚》以及阿里安的《亚历山大远征记》等小说,可以说,既是希腊叙事文学的余音,也是罗马小说艺术的先导。当这些作品被翻译或改写成拉丁文后,它们的叙事特征和结构特征不可能不对真正的罗马小说家的小说创作产生影响。

现存已知最早的用拉丁语创作的小说是公元1世纪罗马作家佩特罗尼乌斯的作品《萨蒂利孔》,这也是古代罗马最早出现的长篇小说之一。全书规模宏大,共有20个章节。主要特点是采用散韵结合的语言,由小说主人公安柯尔皮乌斯自述行窃生涯,同时广泛描写社会风俗,中间穿插着一些民间故事。由于这部小说的内容集中在一个主人公身上,以主人公安柯尔皮乌斯的流浪活动为贯穿情节和场面的线索,这就使得情节线索清晰、突出,结构布局严谨、合理。尤其是作家借鉴了《奥德修纪》和《埃涅阿斯纪》的结构形式,首创了类似于后代"流浪汉小说"式的结构形态。从这部小说叙事的完整性、系统性以及结构艺术的严谨性来看,叙事体系化的努力已成了当时作家创作的自觉准则。当然,这部小说毕竟又产生于罗马小说艺术刚刚诞生时期,它的前面虽然曾有过希腊原始叙事艺术的实践,但毕竟刚刚开始草创,还不成熟和完善,因此,在艺术形式上还具有明显的过渡性特征。例如,作品中游离于情节之外的成分(轶事、戏作等)不时出现,使情节结构显得拖沓、冗长和松散。再者说,由于只注重主人公活动的单纯描写,缺乏人物与环境的关联意识,所以导致情节的单薄和线索本身力度的羸弱。

在公元2世纪,古代罗马小说,尤其是长篇小说又一次达到罗马叙事艺术的辉煌顶点。它的标志是阿普列尤斯的长篇巨制《金驴记》(又名《变形记》)的问世。作品以主人公鲁巧意外地变形为驴之后颠沛流离的经历为中心情节线索,广泛地反映了当时罗马社会的生活和风土人情。故事写道:正直淳朴的青年鲁巧因事赴希腊北部的提萨利,不想这里盛行妖术。当他住宿在高利贷者米罗家中时,误吃了米罗妻子、女巫师的魔药,结果被变成一头驴,并被一群强盗掠走。他历经磨难,先沦落到奴隶主庄园,后又辗转卖给磨坊主和菜农,继而又相继落入兵士之手和成为贵族厨奴,最终被伊希斯女神所救,恢复了人形,并皈依了伊希斯教门。

这部小说的内容价值姑且不论,作品的艺术形式,特别是结构艺术形式成就颇高。其表现在:(1)篇幅虽然宏大,场景虽然广阔,但故事更为集中,结构更为紧凑，全部作品基本上围绕着鲁巧变驴之后的见闻而展开。这种以集中见宏大，以单纯见复杂，以单一见广阔的叙事手法，使"长篇小说"艺术特征更为鲜明。（2）以鲁巧的活动构成统筹、支撑全部结构中心骨架的意识更为强烈，更为自觉。这就既保证了情节统一于一体，又表现出了灵巧、自由的结构构成的灵活性。（3）以主人公自述方式讲述自己的故事，主观心灵的展示比重相对增多。人物性格刻画不仅靠外在行动来体现，同时也与人物的心理感受结合在一起了。这三个特点表明，说明《金驴记》已纯粹成为作家自觉创作的产物。总之，可以说，《金驴记》的叙事艺术成就，亦即其宏大的篇幅、广阔的场景、缜密的结构，在古代长篇小说中尚无有能出其右者。它的问世表明，由《埃涅阿斯纪》以及《萨蒂利孔》所发展起来的直线型单一纵向结构形式已臻于完善，罗马原始小说艺术已经成熟。

这种叙事和结构方式甚至已成为当时的小说家们创作的时尚。如琉善的《真实的故事》《亚历山大——假预言家》；伊安布利斯的《巴比伦故事》；阿基琉斯·塔提奥斯的《琉基佩和克勒托丰》；朗戈斯的《达夫尼斯和赫洛亚》；赫利奥多罗斯的《埃塞俄比亚传奇》等，都在继承和发展着这种叙事传统和结构传统。

到了公元3世纪，随着罗马帝国的衰落，罗马小说也走向了衰微。此时罗马民族的叙事艺术虽然难以再现往昔的辉煌和鼎盛，但仍有一些杰作值得称道。其中佼佼者当推菲洛斯特拉托斯具有浓郁东方特色的小说《提阿纳人阿波罗尼奥斯传》，以及现在已知为欧洲原始小说最后一部作品的色诺芬的《安特亚和哈布罗墨科斯》。在这些小说中，我们仍可以明显看出古代罗马叙事和结构艺术的风姿。

对罗马小说历史发展的简略回顾，不难发现，就小说这一体裁而言，它出现的作品之多、成就之高、叙事之完整、结构之严谨，不仅优于希腊文学，而且世界上其他民族的文学也难以与之媲美。这是罗马民族对人类文学艺术做出的独特贡献。

综上所述，我们可以看出：（1）罗马人的叙事和结构艺术成就，毫无疑问，是在继承希腊叙事艺术的精髓和在希腊结构艺术的基础上发展起来的。同样，他们又结合自己本民族思维与审美特点，加以了强化和改造，从而创造出了恢宏博大的叙事精品。（2）就其叙事和结构艺术的发展而言，其又体现出了明显的阶段性——即神话时期的体系化影响、史诗阶段的文人个人创作的体系化努力和原始小说创作阶段追求叙事体系化和完整性的自觉,已成为当时罗马叙事艺术发展和演化进程的三个阶段。这种阶段性又恰恰反映了罗马民族叙事能力的不断深化过程和注重叙事艺术、热爱叙事艺术的典型心理发展特征。

(3)罗马叙事艺术的卓越成就也是与当时独特的美学思想影响分不开的。由于罗马时期的文艺理论和美学思想大半都受到"希腊化"时期马其顿的亚历山大里亚学派的影响。所以,罗马时期的文论已由希腊时代的文艺对现实的关系和文艺社会功用之类根本问题转向形式技巧分析。朱光潜先生曾深刻指出,罗马文艺在发展中,"人们所醉心的是艺术形式的完美乃至纤巧。希腊文艺落到罗马人手里,'文雅化'了,'精致化'了,但也肤浅化了,甚至公式化了"。[1]这就是说,对艺术技巧的重视已成为当时创作和审美的风尚。这一审美特征虽然在内容上难以再现希腊文学的殊荣,但在其叙事和结构艺术等形式上则必然会比希腊作品更为高超和精妙。这也就是为什么我们不能小视罗马叙事艺术在西方文学史上地位的原因所在。

第三节
欧洲中世纪叙事文学成就与形式特征

从公元476年西罗马帝国被蛮族灭亡时起,欧洲进入了封建社会发展阶段。与灿烂辉煌的东方中古时代的文化成就相比,毫无疑问,欧洲中世纪是人类文明史上的黑暗时代,也是文学艺术历史发展的相对沉寂时期。然而,笔者认为,在这种特定的历史背景和文化氛围中,欧洲叙事文学的成就却开创了一个新的时代,体现出了更为完善和更为成熟的艺术形式特征。从总体上说,欧洲中世纪的长篇叙事作品艺术形式的系统化或体系化的努力,比希腊罗马时代更为自觉和强化。

把握中世纪欧洲叙事文学的主要成就,是人们进一步深入探讨其艺术形式特征的前提。但在这里首先要指出的是,笔者所说的中世纪叙事性作品,是把当时出现的无论用韵文还是用散文,乃至散韵结合形式写成的故事性作品(戏剧作品除外),都涵盖其中的。因为唯其如此,我们才能够对欧洲中世纪叙事

---

[1] 朱光潜:《西方美学史》上册,人民文学出版社1982年版,第100页。

文学的形式特征、总体成就乃至形成的基本原因，作出新的解释和辨析。

按我国学术界一直采用的根据描写内容和作家成分的分类方法，欧洲中世纪文学常常被分成民间文学、僧侣文学、骑士文学、城市市民文学四类。在这种划分中，我们可以看出，无论是在当时出现的民间文学，还是僧侣文学与骑士文学以及稍后出现的城市市民文学中，都包含着大量的、并对后来文学产生了极大影响的叙事精品。

先看民间文学。欧洲中世纪民间文学的主要成就是叙事性作品。尤其是长篇叙事性作品极为发达。举例来说，现已整理记录下来的规模庞大的北欧神话《埃达》以及"萨迦"等作品，是欧洲中世纪文学中，最早集中反映了氏族社会末期"蛮族"部落生活和思想观念的杰作。在氏族原始公社制向封建制社会过渡时期，尤其是在昔日蛮族人刚刚侵入欧洲大陆前后，又产生了日尔曼人的早期史诗《希尔德布兰特之歌》、盎格鲁·撒克逊人的早期史诗《贝奥武甫》以及芬兰人的史诗杰作《卡列瓦拉》。伴随着欧洲中世纪封建社会逐渐巩固，11世纪前后，属于人民群众集体创作的长篇叙事精品达到了高峰阶段。其显著标志是涌现出了以法兰西人的民族英雄史诗《罗兰之歌》、日尔曼人的英雄史诗《尼伯龙根之歌》、西班牙人的民族英雄史诗《熙德之歌》和古罗斯的英雄史诗《伊戈尔远征记》以及拜占庭的《狄吉尼斯·阿克里特：混血的边境之王》等为代表的一大批灿烂辉煌的长篇叙事佳作。这种来自民间的人民群众的叙事创作，可以说直接伴随了中世纪欧洲封建社会的历史发展进程。甚至这种创作努力在中世纪封建制度发展到13世纪前后的鼎盛时代也没有停止。比如说，12世纪之后英国出现的《罗宾汉谣曲》，就其本质来说，也是当时一种说唱形式的叙事艺术。

众所周知，僧侣文学是中世纪欧洲文坛占统治地位的文化现象。勿庸讳言，这类作品虽然充斥泛滥，但终因缺乏思想价值而被时间的潮水冲涤殆尽。正因为如此，当它们被历史淘汰之后再钩沉其原貌并非易事。但是，假如我们从其叙事艺术的一些有代表性的作品来看，例如法兰西加洛林时期出现的保罗的《伦巴德人史》和后来英国下层僧侣作家兰格伦的叙事长诗《农夫彼尔斯》，以及集中世纪文学之大成的意大利诗人但丁的《神曲》等，都可以说是杰作。这也无疑可以昭示出，叙事作品尤其是长篇叙事精品，在教会文学中并非是空白。

伴随着骑士制度而兴起的欧洲骑士文学，在叙事艺术上成就斐然。其中大量出现在法国北方的骑士传奇（亦称"骑士叙事诗"）给欧洲中世纪叙事文学提供了新的范例。其中以模仿古代优秀作品而驰名于世的经典之作，如《亚历山大传奇》《特洛亚传奇》《埃涅阿斯传奇》等杰出篇章，继承和发展了古代希腊罗马的叙事题材，取得了新的成绩。而不列颠系统的骑士传奇，则围绕着古凯尔特王亚瑟的传说发展起来，从而更集中地表现了欧洲中世纪封建制度形成前后波澜壮阔的历史。其中较杰出的作家除了一些民间行吟诗人外，还有法国诗人克雷蒂安·德·特洛亚（约生活在公元12世纪）、德国诗人哈尔特曼·冯·奥埃（约1170—1215）、沃尔夫拉姆·封·埃森巴赫（1170—1220）等。在这个系统中，成就最高、影响最大、艺术结构最为完整的当推《特里斯丹和绮瑟》这部传奇。此外，属于拜占庭系统的传奇故事，主要是指那些以拜占庭流传的希腊晚期故事为蓝本，经过文人加工改造而创作成的叙事作品，其中《奥迦生和尼哥雷特》（约产生于13世纪）为其佼佼者。

12世纪之后欧洲出现了现代城市的萌芽，从而产生了专门反映城市市民阶层思想感情的市民文学。据现有资料显示，目前流传下来的著名城市文学的经典之作几乎均是叙事作品，或是与叙事文学关系极为密切的戏剧脚本。一个十分有力的例证是，当时出现了一大批艺术水准极高、叙事结构非常严整的"韵文故事"。"韵文故事"是当时在法国最为流行的一种城市文学类型，也是人们喜闻乐见的一种说唱故事的叙事形式。今天我们仍很熟知的一些有代表性的"韵文故事"如《布吕南》《驴的遗嘱》《以辩论征服天堂的农民》《农民医生》等，无不都是脍炙人口、久传不衰的城市文学精品。作为市民叙事文学扛鼎之作的韵文寓言故事《列那狐的故事》和《玫瑰传奇》等，其高超的叙事艺术至今仍被文学史家所称道。

在上述对欧洲中世纪叙事文学实绩的粗略勾勒中，我们可以简略地窥视到其基本风貌。尽管就其总体成就来说，在漫长的1200多年历史时间里，仅仅产生这些屈指可数的叙事作品，并不能令人满意。但是，当我们从文学叙事艺术和结构形式角度来重新审视这些作品的时候，就会发现，这些叙事文学在其叙事结构形式上，已显示出了对古代希腊罗马叙事结构特点完全发展了的崭新特征。从西方文坛整个叙事性作品历史发展的链条上来看，它是极为重要的一环。可以毫不夸张地说，没有这些作品在形式上的实践（尽管可能有时这种实践是不自觉的），就没有后代的长篇小说艺术。换言之，正是由于欧洲中世纪这些作品的出现，才带来了其叙事艺术、结构艺术逐步向现代意义上的小说艺术靠拢，为后来西方长篇小说的诞生作了形式上的准备。

为了给上述断言提供出切实的依据，我们有必要对欧洲中世纪叙事艺术，尤其是长篇叙事艺术的形式特征进行一番深入的说明和剖析。在我看来，中世纪欧洲叙事文学的结构艺术特征，除了继承了古代希腊罗马所开创和发展了的体系化、系统化结构艺术优长之外，还在下述三个方面得到了长足的发展。

其发展的特征之一，是表现为在保持叙事情节完整性的同时，故事情节线索开始由复杂变简约。或者说，在一部长篇叙事作品的形成过程中，创作者们（无论是个体的还是集体的）对与主要情节线索无关的，或关系不大的次要情节线索以及冗杂枝蔓的内容进行了剔除和删削，从而使其叙事结构形式更为集中、凝练和严谨。

文学史上一个极为常见的现象是，愈是生产力水平低下时期出现的叙事作品，往往内容愈庞大，结构愈冗杂。这无论是从古代印度还是巴比伦，无论是从希伯来还是美洲印地安人的文学实践中都可以找出充分的例证。究其带来这种结构冗杂的原因，恐怕一是在于创作过程本身缺乏总体构成意识，带有强烈的随意性；二是由于人们在长时间，有时甚至是几个世纪口耳相传过程中具有不同经验的人反复增添内容的结果；三是与这些民族本身缺少形式逻辑的自觉思维有关。但欧洲中世纪所出现的诸民族，尽管也经历了其他民族均经历过的人类早年阶段，均有其相似的创作长篇原始叙事作品的过程，但他们毕竟生活在古代希腊罗马叙事经验已经出现过的土地上，已有的叙事经验不能不影响到他们叙事作品结构形式的构成。

对这种艺术形式由"繁"到"简"的考察，所依据的必须是作品的实际。根据现有资料，欧洲现存的中世纪最早出现的叙事性文学作品当属北欧的神话和传说，亦即《埃达》和"萨迦"。这些作品大多产生在民族大迁徙前后。假如我们将这些北欧神话、传说同世界上其他民族神话、传说的形式艺术对比起来进行研究，就会发现，这些作品是最有系统性的，结构形式是最为简洁集中的。这主要表现为：（1）主神单一，以主神的强大中心情节线索主宰着整个神话体系；（2）神际关系较单纯、清晰，从而形成了严密的体系构成。例如，北欧神话中的主神奥丁，其职能范围比希腊神话中的主神宙斯更大，统治功能更强，在神话体系中的地位也更重要。作品介绍，他原本是远古神话中的风神，后来，经过漫长的历史集中化过程，变成了众神之王。他全权执掌着神世间的一切事物，具有至高无上的权能。但他的统治与宙斯的统治不同之处在于，他是靠自己的"分身"功能统治世界的。作品中讲到，他的别名有200多个，而每一个别名都代表了他的一种本领和一种统治方式。可见，奥丁比起希腊神话中的宙斯来，更有一种"唯一神"的特征，更富于"集权"倾向。这种主神地位的强化体现在作品的形式艺术上，实则就是主要情节线索的集中和单一的有力表现。

不仅如此，在神际关系上，其他的神祇也均围绕主神奥丁构成了一个更为紧密的网状世界。例如，奥丁的妻子弗丽嘉是爱神，主要司管婚姻与家庭生活。奥丁的长子托尔为雷电之神，托尔的妻子西芙为土地和丰收女神。奥丁的另一个儿子巴尔德尔为光明之神，巴尔德尔的孪生兄弟霍尔德尔为黑暗之神，布拉吉为诗神等等。这种神际关系，从表现看来，极类似于希腊神话中神的谱系。但与希腊神话相比，北欧神话中神的司职分工不仅更集中在奥丁及其少数直系亲属身上，而且各自活动的范围以及围绕他们周围发生的事件也简洁多了。对此，有些学者指责北欧神话没有希腊神话内容丰富和规模宏大。其实，从形式角度来看，这更显示出了作品情节线索的简洁和集中。

北欧神话和传说中的这种驱"繁"就"简"的叙事形式倾向，随着蛮族的南侵而在欧洲大陆获得了反响。事实上，当真正的欧洲大陆文化（中世纪文化）出现伊始，大约在公元600年前后就产生了古代日尔曼人的史诗《希尔德布兰特之歌》。这部早期史诗，现虽然仅存残篇，但经过众多前辈学者的多方面努力，已可大致推知其故事原貌。作品取材于民族大迁徙时的英雄传说，集中描写了狄特里希最忠实的部下希尔德布兰特的曲折故事。由于受到奥达克的压迫，希尔德布兰特随同主人狄特里希逃奔匈奴，并遗留下了儿子哈都布兰特。30年后，他们在带着军队重返故乡途中，希尔德布兰特与儿子率领的军队相遇。父亲虽然认出了儿子，但儿子却不认识父亲，并将其当成了狡猾的匈奴人而向他挑战。希尔德布兰特经过激烈的内心斗争，英雄荣誉感战胜了血缘关系，接受了挑战。

这部史诗与古代史诗一样，内容上均为一部分是史实，一部分是传说。但细究起来，它更类似于中世纪后来出现的长篇传奇。这并非仅仅是由于它的内容当中神话性的成份大大减少和现实生活内容比重的加大,更重要的是它在构成形式上,已经抛弃了古代史诗枝蔓冗杂的弊端,使主要情节线索更为集中和鲜明。可以说,正是由于情节线索上的删繁就简,才导致了此部史诗比古代史诗更为简洁的形式风貌。

在欧洲中世纪后来出现的那些著名史诗中,我们同样可以看出其情节结构由繁到简的形式化努力。这些史诗作品情节线索的单纯简洁、结构形式的严整缜密、中心故事情节的单一有力,亦历来为文学史家们所称道。

不仅属于人民的创作体现了这一鲜明的形式艺术由繁入简的特征,就是在骑士文学、市民文学的一些颇具代表性叙事作品里,这种简洁的表现形态也是随处可见的。骑士文学中以亚瑟王为核心的传奇故事,恐怕在一般人的眼里,其叙事的系统性和结构构成形式是最为松散和冗杂的了。但事实并非如此。应该注意的是,所谓骑士传奇中的"亚瑟王的故事"的称谓,不过是后来的文学史家为归类或说明属于与亚瑟王活动有关的众多散在故事所采用的一个概念。换言之,"亚瑟王的故事"并不是一部作品,而是题材相近的众多传说构成的一类故事的总称。明确了这一点,当我们再单独考察其中的一个故事,如特洛亚的《朗斯洛和小车骑士》或《培斯华勒与圣杯传奇》的时候,又有谁能说它们的主要情节线索不集中、不简洁、不精练呢?又怎么能说它们不是恰好体现了中世纪叙事形式的基本精神呢?

发展特征之二,是在欧洲中世纪出现的有代表性长篇叙事作品中,在材料运用和结构布局上亦体现出了"片断化"的倾向。这里所讲的"片断化",并不是说欧洲中世纪所出现的长篇叙事作品在反映生活事件、场景时是断片的和零碎的,也不是说在情节结构安排上是不完整的。而是说,描写一个时期的一个生活事件或一个人物的某种经历(即片断时间内出现的事件或经历)愈来愈构成了当时作家或鬻歌者(即行吟歌人)的描写选择。由于材料运用相对集中,结构布局上注重片断时间及场景之内的情节线索的精心安排和前后呼应,从而使人们在阅读此类作品时,能产生一种洞悉某种生活的片断的感觉。

已有的艺术经验告诉我们,古代希腊罗马出现的长篇叙事艺术,是与当时人们对漫长历史发展的认知心理水平分不开的。因此,就其所描写的内容而言,都带有极强的史传特点。一般都采用一个时代跟随一个时代、一年接踵一年的"编年史"式的构成方式。其内容上的这种制约,必然会带来材料运用和结构安排上的纵向直线型随意排列特点。大多长篇叙事之作或从神界矛盾起源写起，从而导出现实生活事件的矛盾冲突；或起始于对远古荒蛮时代传说的追溯，从而引出作者生活时代的种种斗争。前者如编订前的原始形态的荷马史诗，后者如罗马时代文人史诗的典范性作品《埃涅阿斯纪》，莫不如此。不仅希腊、罗马是这样，举凡世界上其他民族古代所出现的长篇叙事之作，如巴比伦人的《吉尔加美什》、印度人的《摩诃婆罗多》和《罗摩衍那》，以及美洲印地安人的史诗《波波尔·乌》等，也都或多或少地显示了这方面的特点。另外，古代作品形式上的这种特征恐怕也与人们口耳相传的创作方式有关；同时可能也与当时人们缺乏已有的长篇叙事艺术经验的借鉴与参照有关。由于口耳相传，在创作过程同步没有文字记录，这样，不同地域、不同时期的口传者就会把自己所知道的古代神话、各种知识、所见所闻和诸多事件随意加在原来的作品母体上，从而使作品的内容含量逐渐增多，结构规模逐渐扩张。加之，在这些古代长篇叙事作品形成时，已有的艺术形式只限于人们在不自觉状态下创作而成的神话与传说，这就决定着此时进行创作的人们只能把眼光自觉或不自觉地盯在以往历史的进程上。而任何民族的人们所生活过的历史都是实实在在的存在，它或者保存在人们的记忆中，或者保存在巫术或原始艺术痕迹（如岩画、舞蹈等）中，从而能使长篇叙事艺术的初创者们能较为容易地在创作时采用以展示历史进程的方式来构成其叙事艺术的结构形态。

然而，欧洲中世纪叙事性作品的创作者却处于这样的时代：虽然经历过文明进程的断裂，但漫长的欧洲文学历史的发展和诸种文明的融合已有足够的书面长篇叙事作品可资借鉴，"希腊化"时期和早期拜占庭对古代文化的传播与研究亦使人们的叙事经验已有丰厚的积累。这样，在原有艺术成就的基础上，艺术形式的进一步发展就成为了可能。书面叙事文学的范本可使他们反复揣摩和把玩以评判其优劣短长。加之中世纪"蛮族"已知历史的相对短暂，也使得当时社会中的人们不必或不能够像古代人那样去追寻自己辉煌的历史。换言之，他们也没有辉煌的历史可供炫耀。这样的现实就必然会使得他们在自觉的或不自觉的长篇叙事艺术创作实践中，割舍其以漫长的历史流程为纵向结构形式的构成方式，而以把握其某一特定历史瞬间中所发生的事件或某种人生的片断来加以集中描写。这就带来了叙事形式艺术"片断化"的崭新特征。

《贝奥武甫》是欧洲中世纪较早出现的一部长篇叙事之作。主要反映了盎格鲁·撒克逊人在欧洲大陆的早期生活。有趣的是，这部展示一个民族漫长历史的史诗，在结构上却分为了两个部分。前一部分主要写了生活在瑞典南部的耶阿特族青年贝奥武甫渡海到丹麦，消灭了残害人民的怪物格伦德尔和巨妖之母。后一部分的时间则拉到50年后，写已年迈的贝奥武甫作为国王为本族人除害，杀死火龙并因而牺牲了的事迹。这种结构本身说明，该部史诗恰恰是用两个片断式的故事表现了一个民族历史的全景。故事的叙述和结构本身已经与古代的"编年史"式的构成方式具有了根本性的分野。

晚出的史诗作品，甚至在材料的运用和结构布局上更明显地体现出了这种"片断化"的倾向。《罗兰之歌》，虽然许多人用"描写的是查理大帝的故事"概括其内容，但实际上它所展示的是查理麾下的猛将罗兰在征服萨拉哥撒山国时的活动片断。而《尼伯龙根之歌》也不过是反映了围绕争夺尼伯龙根宝物所发生的一段历史事件。至于《伊戈尔远征记》，片断化叙事的意味则更为明显，全部史诗仅仅描写了古罗斯王公伊戈尔的出征、被俘以及最终逃出囚禁的过程。

不仅口耳相传的民间文学如此，就是以个人创作为主体的其他长篇叙事作品，这种特性也是极其明显的。在骑士文学中，读者会发现，在各个相对独立的故事系统中，每一个独立的故事无不是一个英勇武士片断生活的集中展示。而像《特里斯丹和绮瑟》这样比较典范的作品，本身描写的也不过是男主人公特里斯丹的"片断性"的人生遭遇。正是这种剪裁和结构方式，使得它极为接近于后来出现的长篇小说。假如我们将这些作品与希腊罗马时代的原始小说形式面貌相比较，就会更进一步感到二者间明显的差异。

教会文学虽然没有流传下来什么值得称道的叙事传世佳作，但是，从现存的一些"圣徒奇迹故事"等改编的作品中，内容与形式谁都不会怀疑完全是属于"片断化"的。至于城市文学中的一些叙事杰作，包括《列那狐的故事》和《玫瑰传奇》等，虽然其篇幅较长，但史传性质已基本上不复存在。

由此可见，这种剪裁和结构上的"片断化"努力，实际上标志着欧洲叙事艺术形式的进一步发展和成熟。

发展特征之三，欧洲中世纪叙事作品形式特点及成就还表现在，在结构布局中，多种情节线索的联系及其技巧运用更为自觉和鲜明。

克林斯·布鲁克斯和罗伯特·潘·华伦曾经指出："当我们一谈到情节的

时候，我们心中所关注的是：作家对于从一个（真实的或想象中的）情节中引出来的一些事实如何加以选择和安排的问题。"[1]又说："当我们说'一部小说'、'一则故事'或'一个情节'的时候，我们就本能地包含了这样一个完整的概念。我们所指的就是，许多组成部分，亦即形形色色的个别事件，都已经结合在一起了。"[2]那么，中世纪叙事作家是怎样结合起众多场景、众多情节线索的呢？我以为，这是与他们在结构作品时对"扣结"技巧的注重分不开的。可以说，在中世纪所出现的叙事作品里，无论是韵文的，还是散文的，都十分注重叙事情节线索的"扣结"在结构布局中的作用。所谓"扣结"，这里主要指的是在情节和结构上所显示出来的连接点和交界点。而中世纪叙事艺术对"扣结"的重视，又是通过对前后相接的两个故事中"伏笔"运用、"戏胆"因素的作用和类似戏剧化的线索纠葛描绘而显示出来的。

　　先说两个具体故事和场景间"伏笔"的作用。在谈到这个问题时，我想先就古希腊长篇叙事艺术经典之作《奥德修纪》的连接特征进行一番回顾。在《奥德修纪》中，主人公奥德修斯10年海上漂泊所经历过的一个个具体事件，是或详或略地被作为一个个有声有色的故事来描写的。场景描写虽然集中，但在前一个场景中却缺乏必然要引出下一个场景的情节埋伏（当然，除了一些个别故事，如"太阳神岛"等之外），场景与场景之间的转换主要靠的是奥德修斯的平淡讲述。例如，在史诗中，我们常常会阅读到这样的诗句"离开特罗之后，风把我们带到吉康人的地方伊斯马洛"，或者"我们离开那里继续航行，心情沉重，庆幸自己逃脱死亡，但……"等。这种叙事方式在结构构成上实际上是抛开了"扣结"的作用，而变成了纯粹的讲述式外部串联。

　　在中世纪叙事作品中，则出现了另外一种情形。史诗《罗兰之歌》的故事开始于7年战争的最后一年。其情节发展可分为四段：一是查理大帝接受罗兰建议，派遣甘尼伦前往萨拉哥撒议和；二是甘尼伦与敌手设下奸计，诈降，设埋伏；三是查理大帝班师返国，罗兰率军殿后，遭敌军伏击，罗兰战死，全军覆没；四是查理大帝归国后惩罚叛贼。如果我们把这部史诗情节发展的每个阶段都看成是一个个相对独立的具体场景的话，就会看到，在前一个场景的具体

---

[1] [美]克林斯·布鲁克斯、罗伯特·潘·华伦著：《小说鉴赏》（上册），主万等译，中国青年出版社1986年版，第67页。

[2] [美]克林斯·布鲁克斯、罗伯特·潘·华伦著：《小说鉴赏》（上册），主万等译，中国青年出版社1986年版，第67页。

描摹中，都蕴含着导致下个场景必然出现情节因素。如甘尼伦对罗兰的嫉恨导致了罗兰的殉国等。这样，在结构构成上，实际上就形成了情节自身所独有的连接方式，即由单纯的讲述、交待变成了伏笔情节的演化，从而表现出了与剪裁布局"片断化"特征息息相关的叙事结构形态。

其次，我们看一看"戏胆"对结构"扣结"所起的作用。由于来自民间文学的影响。11世纪末出现的长篇骑士传奇，使叙事艺术进一步走向成熟。其中一个重要现象是类似于戏剧中所固有的"戏胆"要素的出现。例如在著名的"亚瑟王系列"传奇作品中，那只令众多骑士为之奔忙的"圣杯"；再如《特里斯丹和绮瑟》中的神秘奇异饮之即能产生不可遏止情爱的草药；以及《伊万或带狮子的骑士》中勇猛的雄狮、吕娜送给伊万的能使其隐身的戒指等，都是骑士传奇中不可缺少的戏胆。它们总是伴随着或促使着主人公们去经历离奇曲折的事件。也就是说，每当情节发展需要转折变化的时候，"戏胆"因素总是在起着重要的作用。它促使情节发生转折、故事进程发生变化以及结构布局呈现出新的形态。这样，虽然有时作家们不一定非要在前一个场景的描写中留下伏笔，但是，靠"戏胆"因素的作用仍可以使情节线索继续展开。这种状况，我们可以称之为"扣结"形成的另一种形式。

再次，对"扣结"本身的戏剧化描写也是造成艺术形式严谨的一种手段。应该说，对"扣结"本身的戏剧化描写，在古希腊修订后的荷马史诗《伊利亚特》中，就已经有过成功的范例。但这不过是个别现象。而在欧洲中世纪，这已经成了众多叙事之作的经常性的选择。比如《伊戈尔远征记》，根据魏荒弩先生的意见，认为它"有着复杂的展示作者思想意图的结构"。[1]在这篇史诗中，主要描绘了王公伊戈尔对突厥民族的一支波洛夫人入侵俄罗斯的远征。作品顺序是伊戈尔率师出征，开头的胜利以及随后的惨败和被俘；基辅大公斯维雅托斯拉夫号召俄罗斯人民团结，保卫国土；随后是伊戈尔逃脱囚禁，回到俄罗斯。其中，伊戈尔从出征到失败，明显是情节发展的转折点。但这个"转折"并不是作者用一句话交待出来的，而是通过详细的描绘加以表现的。特别是通过故事性的描绘详细揭示了伊戈尔失败的多种原因；这里除了敌众我寡之外，尚有王公内部的不团结。"王公们抗击邪恶人的斗争停止了，因为弟兄对

1　《伊戈尔远征记·译者序》，见《伊戈尔远征记》，魏荒弩译，人民文学出版社1983年版，第9页。

弟兄说道，'这是我的，那也是我的'"，"于是他们给自己制造了叛乱，而那邪恶的人便节节胜利地、从四面八方侵入俄罗斯国土"。上述的这种对具体失败原因场景的深入刻画，实际上就是对情节线索"扣结"的充分反映与表现。这实际已不是故事，而是后来长篇小说惯用的笔法了。

这种对"扣结"的戏剧化展示与描写，我们在其他作品中也可以经常碰到。如在《三个驼背歌者》全部故事中，有这样一个情节：一天，漂亮的女主人为掩盖与三个驼背歌者的暧昧关系，在同样是驼背丈夫回家时，将三人藏在密封的箱子里，结果不幸全部被闷死。从整体结构上看，这个场景是连接前后情节的一个"扣结"式场景，不是简单的过渡性交待。再如，在《屈打成医》中农民被打的过程描写；在《斯里斯丹和绮瑟》中国王马克对特里斯丹及金发绮瑟的迫害等，莫不如此。

凡此种种，构成了欧洲中世纪叙事艺术和结构艺术的总体和基本特征。特别需要强调指出的是，这种种特征在13世纪末、14世纪初的意大利诗人但丁《神曲》的创作实践中，发展到了较为完美的程度。举凡国内外有关论及《神曲》的学术著作，无一不是看到了它在结构形式上的杰出成就。我以为，除了众家一致所肯定的《神曲》在结构上严谨和缜密之外，还体现出了其叙事情节线索的单一和有序（例如全部诗作主要描写的是但丁游历幽明三界的经历），情节安排和结构布局的"片断化"倾向（全诗写的是但丁本人的一场梦，他从1300年4月8日入梦，4月14日出梦，是他一生漫长经历中短短的七天中的事件）；情节变化转折时杰出的"扣结"安排（例如但丁从地狱去炼狱，从炼狱到天堂的前面伏笔，后面照应的描写等）。这也说明，但丁的《神曲》，在叙事结构形式上，不愧是中世纪欧洲叙事艺术的集大成式的著作。他正是用自己杰出的《神曲》结构的构成，透露出近代长篇小说艺术形式即将出现的曙光。

纵观欧洲中世纪叙事文学的艺术形式成就及特征，可以看出，它有着自己独特的文化成因。这种独特的文化成因倘若用一句话来概括，那就是：它是多种文明和文化大融合的结果。

公元476年，在欧洲北部蛮族连续多年的南侵之后，条顿族部落首领奥多莎灭亡了西罗马帝国，从此欧洲开始进入了封建社会。这些雄悍而未开化的蛮族大举进犯文明发达的欧洲大陆本身，实际上就是民族大融合的过程。而民族大融合，就其本质来说，就是当时各种文化、各种文明的大融合。这种融合首先表现在众多蛮族部落各自文化的融合上。我们知道,"蛮族"本身是个群体概念,其中分为克尔特人、日尔曼人、斯拉夫人、盎格鲁·撒克逊人等等不同的部族。一般而言,它们各自均有着其固有的文化传统。尽管我们今天还缺乏更为翔实的材料来区分这些部族原始文化的差异,但是,由于地域、语系以及生产力水平的不同,可以肯定,文化的差异是必然存在的。例如,我们在凯撒于公元前1世纪中叶所写的《高卢战纪》和塔西陀于公元1世纪末所写的《日尔曼尼亚志》中,就可以看到日尔曼人生活状况和文化水平的特点及其文化高于其他部族的材料。可以说,正是在这样多种文明的碰撞、冲突、吸收、排斥的过程中,产生了独具特色的中世纪的新质文化,其中当然包括着与此相适应的叙事艺术形式。而各个蛮族历史的相对短暂和文化发育的相对缓慢,又必然使得他们在民族文化的融合过程中采取一种追求单纯、简明的文化心态,正是他们的这种心态和追求导致了中世纪叙事形式的独特特征。

不仅如此,中世纪伊始各个蛮族的民族文化的融合,又是在一块曾经产生过灿烂的古代文化的土地上进行的。尽管此时,辉煌的希腊罗马文化已经成为昨日黄花,但它们的影响并没有随着这些民族的灭亡而立即销声匿迹。从理论上说,一个落后的民族征服一个先进民族的同时,必然同时会被这个先进民族的文化所征服。长期以来,有一种误解,似乎蛮族入侵欧洲大陆之后,中世纪文化与古代文化就再也没有任何联系了。这其实并不符合欧洲文学发展的实际。举例来说,被中世纪奉为"伟大神学家"的圣·奥古斯都,早年就曾对希腊罗马文学有着相当深刻的研究,并酷爱荷马和维吉尔史诗中的一些描写爱情的部分。公元752年加洛林王朝建立之后,查理大帝也"还派人搜集和抄写古代抄本"。[1]至于在中世纪欧洲占有重要地位的拜占庭文化,不仅保存了大量古代的文化典籍和艺术作品,而且"世俗古典文化的传统,也表现于拜占庭文化的各个方面"[2],"希腊、罗马文化的传统在拜占庭未曾中断"。[3]上述史实充分说明,尽管中世纪初期的蛮族入侵者和后来的封建主阶级是不理解古代的艺术思想和价值的,但他们所征服和生活的地方毕竟是希腊罗马古典文化根植很深的区域。虽然多次摧残使古代文化遭到了巨大的破坏,但其艺术精神作遭

---

1 引自周一良、吴于廑主编:《世界通史·中古部分》,人民出版社1972年版,第35页。
2 引自周一良、吴于廑主编:《世界通史·中古部分》,人民出版社1972年版,第58页。
3 引自周一良、吴于廑主编:《世界通史·中古部分》,人民出版社1972年版,第35页。

人们心理积淀的产物,是不可能被轻易铲除的。古代叙事形式传统,在中世纪文学中也不可能不顽强地表现出来,并且不能够不与诸多蛮族部落原始文化的形式因素融合交织在一起。

除上述原因之外,我们还要看到,中世纪叙事艺术独特的形式成就,与基督教文化的影响也不无关系。中世纪占统治地位的基督教文化,毫无疑问,其本质是与古代文化格格不入的。但是,假如我们从叙事艺术形式的角度来考察,便会发现,宗教文学对古代世俗文学的排斥,主要是内容和精神上的,而不是艺术形式上的。可以说,宗教作品的出现甚至还进一步推动了欧洲叙事艺术形式的发展和成熟。之所以这样说,其理由在于:(1)众所周知,教会垄断文化教育后,在教会和寺院兴办的学校中,所教的课程主要为七艺。其中前三艺是文法、修辞和逻辑。而这三艺在罗马时代即已经受到推崇。它的主要目的是教给人们看待事物、进行写作的形式技巧,这不能不促使当时作家对形式问题的注意。(2)基督教承认上帝主宰一切,是一神教,而古代希腊罗马是多神教。这样,基督教僧侣们拼命鼓吹皈依上帝的结果,除了使人们的思想和意识依附到神学观念上之外,它还潜移默化地使人们思维的方式,包括叙事艺术形式思维的方式逐渐走向单一和抽象。(3)如果从宗教文学自身的形式演进流程来考察,我们也可以看出这一文学对中世纪叙事形式特征形成的重要作用。我认为,宗教叙事艺术形式的变化大体可分为三个阶段:其一,早期的极类似于民间创作的自发分散形式的出现阶段,如《旧约》中所包括的希伯来人古代作品等即是如此;其二,为建立宗教体系的需要所形成的以"上帝"为核心的体系化阶段,基督教"一神化"的体系实际上已昭示了以一个情节为中心线索的结构构成蕴味;其三,为宣传教义目的对《圣经》故事进行有意识分头重新创作改编阶段。当中世纪中期,宗教僧侣们为了更广泛地宣传基督教教义而对《圣经》的故事进行分头改编时,实际上是在进一步推动着材料剪裁和结构布局"片断化"进程。我们知道,在中世纪初期,人们所能看到的绝大多数宗教作品都是以拉丁文面貌出现的。然而,当时认识拉丁文的人甚寡,这使得大多数宗教信徒无法接受宗教的影响。有鉴于此,有些聪明的神职人员便将《圣经》中的故事片断编成哑剧,结果宗教剧的形式应运而生。到了12世纪,则开始用拉丁口语体和当地土语融合后的语言,如奥依语、奥克语、罗曼语等,为哑剧加上对白,使其更加容易被观剧者接受。而戏剧结构本身的严整以及多种多样体裁作品的类似努力，不能不使当时的叙事艺术形式向更简洁、更集中、更严谨的方向迈进。

总而言之，欧洲中世纪叙事形式应该说取得了很高的成就，具有鲜明的特征。它继承了古代希腊罗马已有的成就，并对后来长篇小说的出现作了艺术上的准备。而这一切，又完全是中世纪欧洲民族大融合，不同质文化相杂糅的产物。上述考察也为我们提供了认识中世纪欧洲文学的一个新的角度，即我们不能仅仅用思想价值的单一标准去全面否定千余年的文学历史，而对艺术形式的考察也是一个重要方面。唯其如此，我们才能真正公允地认识和评价中世纪欧洲叙述文学的成就。

第二章
西方长篇小说艺术发展成就概说

经过古代希腊罗马和欧洲中世纪叙事艺术的漫长发展及其流变，尤其是其不断的体系化努力以及结构艺术的渐趋成熟，终于在欧洲文艺复兴时期，导致了现代意义上西方长篇小说艺术形式的诞生。纵观这一现代艺术形式700多年间的产生、演进乃至不断变化的历史，可以看出，它一方面胶着人类社会的历史进程，不断地用美的方式反映和表现着风云变幻、错综复杂的人类自身的物质生活与精神生活。另一方面，也不断地丰富和完善着自身的形式构成，表现着长篇小说形式发展的一般规律。

如果我们对西方长篇小说发展的历史进行整体直观，就会发现，文艺复兴运动时期的三百多年，是西方长篇小说产生的时期。而自文艺复兴时期长篇小说的崭新艺术形式出现后，其艺术发展的阶段性也是十分明显的。它的演进流程大致可分为三个阶段：第一个阶段大约涵盖17至19世纪30年代初两个多世纪；第二个阶段是19世纪30年代到20世纪初；第三个阶段，毫无疑问，当属于已经终结、成为历史的20世纪和蓬勃发展的21世纪初期。笔者之所以这样划分，是因为在每个长篇小说历史发展的阶段中，别的方面姑且不论（例如思想内容、艺术精神、作家审美理想、作品艺术风格等这一切都与上述的划分相对应。因为笔者重在结构艺术形式方面对西方长篇小说进行考察，所以，上述这些课题只能留待于笔者的另一部著述去完成了），仅从艺术结构形态方面来看，在西方长篇小说艺术发展的不同阶段，均体现出了相对独立的结构艺术的独特特征。具体说来，17至19世纪30年代前出现的西方长篇小说，在艺术上，是以展示故事为基本特征的。在结构构成上，是以单一情节线索的演进见长的。所以，这一阶段又可以称之为"单一情节线索为主导的以叙述故事为特征的小说结构的构成阶段"。而19世纪30年代之后，小说艺术的演进使其变成以展示诸种社会关系，塑造诸种典型人物为特征，并以多情节线索交织的结构构成形式取代了单一情节线索的构成方式。对此，我们可称之为"多情节线索为主导的重在展示人物关系为特征的小说结构的构成阶段"。20世纪之后西方出现的长篇小说，在艺术上以其展示小说家心灵的隐秘活动作为主要价值取向。情节线索的消隐和解体，使得再用传统的方式去建构小说的情节线索已不可能。因此，这一阶段，可称之为"无核心情节线索为主导的以展示人物（包括作家）心灵思绪为特征的小说构成阶段"。

为了便于深入探讨，我们将对这三个阶段的西方长篇小说艺术的演进过程及其特征做一番进一步的分析。

第一节
文艺复兴时期与西方长篇小说的兴起

现代意义上的西方长篇小说艺术形式兴起于何时？目前研究界的主流观点认为，西方小说，尤其长篇小说是在18世纪兴起的。[1]而我认为，现在我们所说的"西方长篇小说"，就其本质而言，是文艺复兴时期的产物，是伴随着近代社会的出现而出现的一种现代艺术形式。也可以说正是文艺复兴才催生了现代意义上的西方长篇小说艺术。这个问题的重要性在于，任何一个艺术形式的出现和基本形成，总是和历史的变革和时代的发展需求密切相关的。

一、西方长篇小说兴起的文化原因

首先，我们需要从形式艺术的角度重新考察一下"长篇小说"这一概念的内涵。长篇小说既然是近代西方社会出现的一种独特的文学体裁，那么，它在艺术形式上就必然有着区别于其他文学样式的特征。最简单地说，它必须具有与中世纪及其之前出现的长篇韵文作品（如史诗）和长篇散文叙事之作（如长

---

[1] 参见国内外相关的教科书及其小说研究著作。其中尤以美国学者伊恩·P·瓦特的《小说的兴起》中的观点为影响最大。

篇故事、长篇传奇）完全不同的形式特征。

具体而言，（1）长篇小说一般是个体艺术劳动的成果，是作家个人艺术能力的综合反映与体现。也就是说，它不像民间出现的长篇故事那样，是经过漫长时间的流传和多人的口耳相传才最终形成的。长篇小说中汇集着的不是群体的艺术经验，而是个体的艺术经验和生活感悟。由于长篇小说是个体艺术能力的结晶，因此，它体现了形式艺术自觉的统一性和严整性。如主题思想、叙事角度、人物命运、情节线索、结构布局等均在创作伊始，就被作家周密地思考过了。所以，才能做到长而不散，长而不乱，统一严整，浑然一体。（2）与民间文学中出现的长篇故事相比，长篇小说在人物、情节、环境三要素的关系上，也体现出了三要素联系的紧密程度不同、联系组合的方式不同、三要素构成量也不同的明显差异。有的学者指出，在中世纪出现的故事结构中，三要素之间虽有联系，但并不十分明显。这不仅体现在一些流传在不同的地区然而内容又很相似的故事中，人物与环境可以变来变去但又不对事件本身产生根本性的影响；而且还体现在环境往往通过事件间接作用于人物，人物形象与性格的表现主要取决于讲故事人在铺陈事件时所提供的机会。而长篇小说则恰恰相反，它更强调在三者的关系中进行写作，强调环境决定人物性格，而人物性格又构成情节基础，三者间紧密相连，不能分离。再如，从三要素排列组合的方式看，事件在故事结构中始终处于中心地位，人物、环境是交待事件的载体，受制于事件并为事件服务。而小说，特别是长篇小说则更注重对多种性格及其相互关系的刻画；或者注重对人物心理流变的展示，事件不过是表现人物、展示心态的载体。又如，在故事结构中，事件的叙述着重在"人物做什么"上，至于为什么这样做的心理根据，则展示得不充分。而长篇小说则在表现做什么的同时，不仅展示怎样做，乃至还展示想什么，怎样想。越是长篇小说，这种比重就越大。所以，这往往带来形式上的一个现象，即在与一部长篇故事同样长篇幅的一部小说中，很难包容同样多的事件。其原因盖出于此。[1]（3）长篇小说必须要具有一定规模的长度和篇幅，内容含量丰富，结构严谨宏大。长篇小说的文字量大约至少在十万字以上，多者可达百万字。通常取材于较为宽广的生活片断和较为复杂的历史过程。正因为长篇小说的篇幅长、容量大，所以，可以反映广阔的生活场景，展现某一历史时期或历史阶段甚至几个时代的

1　请参阅高尔纯《短篇小说结构理论与技巧》第一章第1节，西北大学出版社1985年版。

社会现实。这就形成了长篇小说本身的独有特征，例如时代氛围、历史特征、社会风貌、自然景物、人物关系乃至美学表现、语言风格等，都是这种宏大体系中不可或缺的因素。而在此前出现的欧洲长篇的民间故事，尽管也反映出了某种叙事体系的自觉和结构艺术的自觉，但将长篇叙事艺术自身作为一个宏大的自成体系，对各种因素自觉和有机的把握，则是不够的。（4）长篇小说在文体运用上，常用散文体作为主要叙事手段。换言之，长篇小说一般均采用散文来写作，或叙述故事，或描绘场景，或刻画人物，或表现作家和作品中人物的繁杂心态。而韵文样式或散韵结合的语体模式则是中世纪及其之前民间说唱文学的主要特征。我们知道，在中世纪及其之前出现的民间长篇叙事作品，之所以乐于选择韵文形式做为创作的主要手段，其根本原因，恐怕与它的口耳相传的产生有关，同时也是与其传播手段的局限有关。更重要的是由于故事的集体性、口头性、变异性、传承性的特征，它的服务对象是文化水平较低（主要表现为不识字）的听众。所以，朗朗上口、引人入胜、晓畅易记是故事采用韵文形式或散韵结合形式的主要考虑。而作为散文体出现的书面文字的小说艺术则避免了这种选择。

从上面我们对长篇小说形式特征的几个方面的深入考察，可以看出，它已成了与中世纪及其之前长篇叙事艺术完全不同的一种新的艺术形式，是在已有叙事艺术经验和成果基础上诞生的一种新的长篇文体形态。

其次，我们之所以说"西方长篇小说"的艺术形式是近代社会的产物，另一个重要原因是，我们上述的长篇小说的形式特点又只能在生产力发展到一定条件下才能产生，是一定的思维模式的产物。所以，它的出现，又完全是受近代社会生产力的发展水平所决定的，是近代生产力发展和思维模式发展的结果。人类文学历史发展的实践告诉我们，任何艺术形式的产生，都有其时代的特殊规定性。

笼统地讲，自古以来，西方人看待人和宇宙的思维方式有四种不同的模式：第一种是自然的的模式，集焦点于自然现象的运作上，用自然现象和朴素的对自然规律的认识来解释人类的活动，同时也像看待其他有机体一样把人的思想行动看成是自然秩序的一部分；第二种是超越自然的模式，集焦点于某种逻各斯上（在中世纪主要指上帝），把人看成是神创造的一部分；第三种模式是人文主义的模式，集焦点于人，以人的愿望要求作为自己看待世界一切事物的出发点；第四种是科学模式，即用某种学科理念为出发点，遵从与之相适应的科学逻辑来看待世界。在这四种模式中，第一种模式在上古社会中占有主导地位，这是与此时人与自然相互依存密切相关；第二种则在中世纪占支配地位，这与当时的西方神学有着特殊的关系。而文艺复兴时期出现的人文主义看待问题的模式则同14世纪以来的文学艺术、史学和社会思想有着同样密切的关系——虽然这种模式是从古代世界甚至中世纪文化中吸收其哲学传统，但它的现代形态是在文艺复兴时期才形成的。至于科学的模式的建立还要晚些，到了17世纪才开始出现直至19世纪才真正形成。如"神话艺术"只能产生在生产力极为低下，人们不可能科学地解释自然现象和社会现象的原始社会时代；"史诗艺术"只能产生在从蒙昧社会向文明社会过渡的时代，产生在人们可以半想象、半事实地解释自然与社会现象（尤其是重大社会现象，如战争、抗拒自然力量等）的历史时期。所以，马克思才深刻地指出："随着这些自然力实际上被支配，神话也就消失了。"[1]我们也可以说，"史诗的必要条件"也消失了；而属于有意为之的个人的诗歌创作和戏剧创作等艺术形式的出现，又无不与奴隶制阶段以来人类进入了文明社会，生产力的进步使个人意识产生出来的历史现实有关。

如前所言，长篇小说属于个人创作，是具有一定的规模和长度、具有崭新的艺术审美特征、反映社会生活又是极为丰富和极为广阔的一种新的艺术形式。本质上，是长篇叙事艺术趋于思维自觉的产物。所以，它的出现，必然也要与一定的生产力发展水平相适应。这样，这种艺术形式不仅在生产力极为低下的原始社会阶段出现是不可想象的，就是在生产力水平虽然有很大的发展，但仍不很发达的奴隶制社会阶段，乃至封建社会历史阶段出现也是不可想象的。有人可能不同意这种看法，甚至会举出古希腊罗马时代的一些长篇小说作品对此予以反驳。我以为，尽管古代希腊罗马曾产生和出现了诸如佩特罗尼乌斯的《萨蒂利孔》、阿普列尤斯的《金驴记》那样伟大的长篇小说杰作，但是，在作家力图将其叙事系统化、体系化的同时，又将大量非小说内容因素和非小说形式因素冗杂地汇集其中，结果使它们并没有完全脱蜕尽原始叙事艺术的痕迹。因此，我们同意那种意见，即它们隶属于欧洲原始长篇小说的范畴。

---

[1] 中共中央马克思、恩格斯、列宁、斯大林著作编译局编译：《马克思恩格斯文集》（第八卷），人民出版社2009年版，第35页。

例如《萨蒂利孔》，在作家叙述主人公流浪汉安柯尔皮乌斯故事时候，却又将散文与诗歌、哲学与喜剧、传奇与真实等混同杂糅，并在主干情节之外，大量穿插了民间传闻、神话传说、历史故事等内容。这虽不乏有一定的艺术感染力，但毕竟使人感到它更靠近民间故事作品而非现代意义上的长篇小说。细究《金驴记》，也颇具与《萨蒂利孔》相类似的特点。所以，把这类作品的出现当成西方长篇小说出现的标志，似乎也难以令人同意。

  按通常的历史学观点划分，1640年英国资产阶级革命是西方近代历史的开端。但真正的历史变革实则在14世纪初的文艺复兴时期就已经开始了。文艺复兴时期是欧洲历史上的一个特殊阶段。从公元13世纪末14世纪初开始，处于地中海沿岸的一些欧洲现代城市开始萌生。由于生产力的发展和科学技术的进步，在封建社会内部已开始陆续出现了资本主义生产关系的萌芽。新的生产力和生产关系的出现，打破了以自给自足为特点的、封闭的自然经济模式。随着手工业和商业贸易的发展，尤其是15世纪末新航路的开辟和地理大发现，生活在欧洲大陆上的人们获得了更为广阔的活动天地。马克思指出："社会的物质生产力发展到一定阶段，便同它们一直在其中运动的现存生产关系或财产关系（这只是生产关系的法律用语）发生矛盾。于是这些关系便由生产力的发展形式变成生产力的桎梏。那时社会革命的时代就到来了。随着经济基础的变更，全部庞大的上层建筑也或慢或快地发生变革。"[1]这种变革涉及当时社会上层建筑的各个方面。而长篇小说艺术，作为一种独特的艺术形式，毫无疑问，它也属于上层建筑的范畴，所以，它的适时出现，就是必然的了。因为社会生产力的发展和进步，明显导致了人们视野的开阔和对一定时期内社会生活及人际关系、人物命运等整体把握能力的提高。以前，在自然经济模式占统治地位的社会里，由于物质生产水平的限制，使得在此种条件下创作的艺术家们，一般总是只能认识和把握自己亲耳听到或亲身体验过的事件。而个人实际活动能力的局限，相对来说，又使得他们的社会经验和艺术经验十分狭窄。这样，在他们的艺术思维领域中，"世界""生活""人生"等概念常常被囿于狭小的内涵之中。"鸡犬之声相闻，老死不相往来"，既是当时人际关系典型境况的反映，也是艺术家思维局限的写照。"不知有汉，无论魏晋"更是典型地表现了社会封闭与信息隔绝的悲哀。而新的生产力与生产方式的出现，则有力地冲破

---

[1] 《马克思恩格斯文集》第二卷，北京：人民出版社2009年版，第591页。

了由自然经济模式中所产生的社会封闭性和人们思想意识上的局限性、保守性。这种新的社会历史条件，不仅给当时从事艺术创作的人们提供了一种以个人的能力艺术地认识世界、认识客观事物，从而把握其生成、发展、衰亡过程的历史机遇与认知方式；同样，也为这种以浩瀚的篇幅、细致的描写、众多的人物、繁杂的事件以及全息性、全景式表现视角见长的长篇小说艺术形式在欧洲大陆的应时应运而生，提供了历史机遇与条件。这也就是我们为什么将欧洲文艺复兴时期看成是现代长篇小说艺术出现和创立时期的另一个根本性原因之所在。

再次，我们之所以说现代意义上的长篇小说艺术形式是西方近代社会的产物，其另一个理由在于，正是在欧洲文艺复兴运动开始之后，众多的小说作家才开始了大规模的长篇小说艺术创作的实践，才开始自觉地把长篇小说的创作真正当成了艺术地反映客观现实生活和人们思想感情的主要形式和手段。

欧洲文艺复兴前后，曾涌现出了一大批较有影响的长篇小说作家和作品。除此之外，还有一些已被历史的尘埃埋没了的、使我们今天已难以再见其真实风貌的作品。

我以为，西方文艺复兴时期出现的长篇小说可以分为两个时期，即初创早期和初创后期。先说早期。最早的长篇小说作家当属意大利佛罗伦萨人乔万尼·薄迦丘（1313—1375）。1336年，他用土斯堪尼语散文写成了长篇传奇小说《菲洛哥罗》。这恐怕是近代欧洲出现得最早的一部长篇小说。作品通过对一个青年异教徒和一个信仰基督教姑娘相恋的爱情故事的叙述与描写，展示了他们相爱的艰难和最终冲破重重阻力、终成眷属的结局。方平先生指出："《菲洛哥罗》可说是欧洲文学中第一部具有相当规模的小说。"[1]1344—1345年，薄迦丘又写成了另一部长篇小说《菲亚美达》，作品主要描写了一个妇女遭受不幸的爱情故事。作者在写作时，"摆脱了古典和神话题材的套子，而开始描绘现实生活中的人物；作者把一个失恋的少妇的内心世界的种种感受：她的爱情和痛苦，幻想和希望等，都细腻地刻划出来。这部作品被认为是欧洲文学中第一次出现的'心理小说'"。[2]而他在1348—1353年花费巨大精力完成的代

---

[1] 方平著：《十日谈·译本序》，见《十日谈》译本，上海译文出版社1983年版，第27页。

[2] 方平著：《十日谈·译本序》，见《十日谈》译本，上海译文出版社1983年版，第27页。

表性作品《十日谈》，我认为，从其形式特征看，它也是一部结构独特的长篇小说。[1]

由于受到薄迦丘长篇小说创作经验的启发，特别是受到《十日谈》所开创的独特的结构形式的影响，英国14世纪杰出的作家杰佛利·乔叟（1340？—1400）也创作了他自己的长篇小说作品《坎特伯雷故事》（1387—1400）。作品虽然未能最后完成，但在当时的历史条件下，亦已是极为难得的长篇小说之作了。后来的法国小说家玛格利特·德·那伐尔（1492—1549）也于1559年出版了颇受这种结构手法影响的、极类似于《十日谈》的《七日谈》。

托马斯·莫尔（1478—1535）既是英国最主要的人文主义作家，也是长篇小说艺术出现早期的一位重要人物。他用拉丁文写成的长篇对话体幻想小说《乌托邦》（1516），曾被认为是近代表现空想社会主义的一部经典之作。

法国的弗朗索瓦·拉伯雷（1495？—1553）则是对西方长篇小说艺术的创立起了关键性作用的另一位作家。他花费了20余年的时间（1532—1553）写成的5卷集的长篇小说《巨人传》（全称《迪普索德国王庞大固埃及其骇人的传记经五元素国的抽象法学已故的阿尔科弗里巴编纂恢复原样》），可以说使西方长篇小说的艺术在文坛上真正引起了人们的注意。我国著名翻译家成珏亭先生曾深刻指出："小说，特别是长篇小说，作为独树一帜的文学体裁在文学史上确立其地位，在法国是以《巨人传》为起点的。"[2]在形式上，它不仅是一幅展示16世纪初法国封建社会的全景式的巨幅画卷，而且在中心情节线索对整个作品结构的制约、在注重小说创作三要素等有机构成方面，均作出了巨大的贡献。

上述欧洲14世纪初到16世纪上半叶出现的这些长篇小说，展示了这种新艺术形式早期初创的实绩。正像任何艺术形式在发展过程中，均会走向不断完善一样，西方长篇小说在16世纪后期，即初创时期的第二个阶段，则获得了更大的发展，走向了成熟。

可以说，西班牙人对现代长篇小说艺术从初创走向成熟，作出了不可磨灭的贡献。西班牙人似乎对长篇小说艺术有着天然的偏爱。他们既好田园小说，

---

[1] 关于《十日谈》和《坎特伯雷故事》在形式上体现出了长篇小说的特征问题，我在本书第六章第一节做了详细的论述，请参阅。
[2] ［法］拉伯雷著：《巨人传》（上卷），成钰亭译，上海译文出版社1981年版，第9页。

又好骑士小说，特别是对描写现实生活中流浪汉题材的小说，更是情有独钟。且不说在1497年就开始在社会上流传一部长篇对话体小说《瑟列斯丁娜》——此部小说曾产生了广泛的影响。就骑士小说而言，这种作品在当时出现的数量之众多、影响之大，恐怕任何读过《堂吉诃德》的人，都会对其中举出的众多骑士小说篇目，留下深刻的印象。

　　西班牙在16世纪中叶产生的流浪汉小说这种新的类型，对欧洲后来长篇小说艺术，特别是结构形式艺术的发展和规范化，起到了极为重要的作用。而更为有趣的是，这种长篇小说艺术走向成熟的最初借鉴，却来自于一部篇幅不太长的无名氏的作品，即《小癞子》。这部小说通过小癞子的流浪历史，创造了一种崭新的作品体裁和结构模式。正是由于受到它的深刻而直接影响，才使得以主人公活动为线索、注重主人公性格和经历以及所见所闻为基本特征的长篇小说大量涌现。例如，约半个世纪后出现的马提奥·阿列曼（1547—1614）的《阿尔法拉契人的古斯曼》，就是其中的佼佼者。它分为上下两部（分别出版于1599、1604），就是模仿了《小癞子》的写法，只不过它以更长的篇幅、更大的规模，更深刻地反映了西班牙的社会生活。

　　可以说，正是在西班牙的骑士小说、流浪汉小说的影响下，特别是在其结构艺术影响下，才造就出了标志着现代西方长篇小说艺术成熟的杰作《堂吉诃德》。

　　16世纪下半叶，英国的小说发展也出现了类似于西班牙的情形。一方面，一种属于传奇性质的小说开始出现，如以约翰·李利的《攸弗依斯》（1579、1580）、菲利普·锡德尼（1554—1586）的《阿卡迪亚》（1590）等为其代表。另一方面，反映社会下层的流浪汉生活或手工艺人命运的小说也开始大量问世。其中值得称道者有纳施（1567—1601）的《不幸的旅客》（1594）、狄罗尼（1543？—1600？）的《纽伯利的杰克》（1596—1600）等。在英国文学中，虽然没有像西班牙那样，此时也产生出类似于《堂吉诃德》那样的杰作，但与16世纪以前出现的长篇叙事作品相比，这些作品已更具现代长篇小说的基本特征及规模。

　　正因为有鉴于此，我们才说，西方长篇小说艺术是近代社会的产物。只有明确了这一点，才会真正地澄清在文学史教科书中关于小说概念，特别是"长篇小说"概念滥用而引起的种种误解。

二、现代长篇小说与古代叙事作品的差异

在我们证明了西方长篇小说是近代社会产物的命题之后，我们还有必要对初创时期的长篇小说的特点进行一番考察，以求对西方长篇小说初创时期的特质有较清醒的把握。

纵览此时西方社会特别是欧洲大陆所出现的诸多长篇小说，便会发现其明显的、独特的艺术特点。这些众多的长篇小说代表作，可以说，它们均是在欧洲古代和中世纪叙事艺术经验的深刻影响下出现的。因此，这时出现的作品，无论在题材、体裁和艺术手法的选择及运用上，都不免带有明显的对已有的叙事艺术，特别是对民间叙事艺术结构借鉴的痕迹。

先说材料的选择。正像其他艺术形式在初创时期一样，对已有材料的重新改编和重新处理往往更优先于创作新的故事。以拉伯雷的创作为例，就可以明显看出这一点。国内外一些学者曾多次指出，拉伯雷具有雕刻家那种化腐朽树根为神奇的造型艺术的能力。他花费近20余年的时间，以深刻的现实主义风格和阿里斯托芬式的喜剧艺术手法创作而成的5卷集巨著《巨人传》，就是依据中世纪法兰西的一本浅薄的民间故事《高长硕大的巨人卡冈都亚》改编的。至于稍早于它之前出现的诸如薄迦丘的《十日谈》、乔叟的《坎特伯雷故事》等，对已有材料使用的比重均大于创作新故事的比重。东方的、西方的、古代的、现实的、民间的、书面的诸多已有的故事构成了这些小说的基础。稍晚于《巨人传》出现的塞万提斯的长篇小说《堂吉诃德》，在人们眼中，对现成材料的继承和采用可能是最少的，作品中的人物、故事、场景、事件等基本上源自于作家个人生活的体验和艺术经验；堂吉诃德和桑丘·潘扎也可以说是西方长篇小说史上第一次完全由一个作家塑造而成的活生生的现实生活中的人物。但是，就是这样一部标志着现代西方长篇小说真正成熟的作品，里面仍然夹杂着大量的已有的民间故事和传说。其中最典型者当推《好奇莽汉小说》等。以至于这些故事甚至被许多研究者认为，它们在作品中的出现破坏了其结构的和谐。除此之外，众多的研究者还指出，《堂吉诃德》亦在其他多方面均受到了古代的英雄史诗和中世纪骑士传奇等叙事样式的多种影响。

再看作品构成的过程。此时的西方长篇小说的创作过程，也明显带有草

创时期的痕迹。作为一部真正成熟的长篇小说，它往往是作家周密思考的产物。创作过程、结构过程的随心所欲和无计划性，往往更体现着民间故事的创作特点和形成特征而非长篇小说的创作特征。由于此时的长篇小说刚刚从中世纪以及之前的民间叙事文学的母体中挣脱出来，加上作家在思想上又缺乏创作长篇小说的艺术准备和理论上的自觉，因此，此时作家在创作过程中，明显地表现出了创作过程的紊乱和计划性不足的弊端。缺乏通盘考虑，常常像民间长篇叙事作品那样，先产生一部分，然后再加以调整，或曰加以完善，乃是此时长篇小说作家创作的通病。还以拉伯雷的《巨人传》为例，我国著名翻译家成钰亭先生曾指出："《巨人传》仍未脱尽口头文学的稚气：纵观全书，结构松散，有时失之拖泥带水，有时又大跨度地跳跃，缺乏整体的美感。"[1]那么，这种弊端是如何出现的呢？根本原因恐怕是由于作家在创作伊始并没有一定的通盘考虑和缜密的写作计划使之然。众所周知，这部小说首先写成的是第二部。1532年出版了《庞大固埃》后，1535年作家又回头补写了第一部《卡冈都亚》。这样，结构的松散似乎就是不可避免的了。再者说，由于缺乏通盘的计划和整体性的构思，此部长篇小说的前两部与后三部的比重也明显不同。尤其是头一卷写的是两代巨人（国王格朗古杰和儿子卡冈都亚）的生平事迹和文治武功。而后面用四卷的篇幅写另一个巨人（庞大固埃）的受教育和漫游寻找"神瓶"的过程，这不仅明显地给人以作品结构前后手法不同的印象，而且在整个作品的安排及布局上，也给人以不平衡的头轻脚重之感。

此时西方长篇小说创作过程缺乏通盘考虑及其缺少总体的计划性，并不是个别现象，也不仅仅限于拉伯雷一人。例如，英国小说家托马斯·莫尔的《乌托邦》，这部作品虽然被后来的文学史家们认为是表现空想社会主义的最初一部对话体幻想小说，但我们毋宁说它主要的写作动机仍是要创作一部社会学著作。正因为如此，该部长篇小说在内容上的逻辑考虑实则超出了在艺术上的完整把握。现全书被大体划分出来的两部分内容中，前一部分主要揭示的是当时英国社会出现的"羊吃人"的现象；而后一部分则顺理成章地导出了作家所企盼的空想社会主义的理想。这样，假如我们从结构艺术的角度来考察，便会看到，该部小说缺乏后代长篇小说那种艺术上谋篇布局的缜密考虑，特别是为考虑思想的表达而不顾艺术和谐的败笔之处，随处可见。

---

1 [法]拉伯雷著：《巨人传》（上卷），成钰亭译，上海译文出版社1981年版，第9页。

甚至像《堂吉诃德》这样标志现代西方长篇小说成熟的作品，结构布局上的考虑不周之处也是不乏其例的。例如堂吉诃德的仆从桑丘丢驴后莫名其妙失而复得的描写；再如堂吉诃德最终"幡然醒悟"的结局，都显得突兀和不合常理。这也说明了作家在创作伊始结构上的考虑还欠周详，说明小说创作的自觉程度还不够。这些败笔，一般来说在后来成熟时期创作的长篇小说中，是很少出现的。

再从结构模式的意义上看。结构模式，如前所言，是某种结构形式成为众多长篇小说的共同选择。换言之，是依据某种结构形式所形成的作品大规模涌现，从而形成了结构艺术的趋同性、集中性和稳定性。同样，我们还须指出，既然某种结构模式的形成需要以大量作品的出现为前提，那么，结构模式的出现，实则标志着一种文体的形成或成熟。由此出发，我们来观照、审视西方长篇小说初创时期的结构艺术，就会发现，虽然此时长篇小说的作品出现较多，最初的结构模式的萌芽已经出现，但是真正的结构模式还没有最终形成。

纵观此时出现的西方长篇小说结构形式，大约有以下几类：一是中世纪及其之前出现的民间长篇叙事故事常常采用的"框架"式结构，仍在对此时出现的长篇小说的结构布局产生着重要的影响。所以，有些长篇小说，如薄迦丘的《十日谈》、乔叟的《坎特伯雷故事》、那伐尔的《七日谈》等，虽然对这种结构进行了多方面的改造，但本质上仍呈现着这种民间文学结构艺术的底蕴。二是"流浪汉故事"的结构形式仍然起着重要的作用，对作家的创作仍然具有着极大的影响。我们知道，自古希腊《奥德修记》产生以来，西方文坛上，常常有一些作家在其叙事作品中，以选择一个中心人物，用一条直线型向前发展的线索来结构作品。这种实践在古代小说《萨蒂利孔》《金驴记》中存在过，在中世纪的《列那狐的故事》中也有过继承。但是，在现代小说中，特别是长篇小说中，刚刚使用时并没有显出比古代和中世纪的类似结构高明多少。拉伯雷的《巨人传》是这种结构在近代长篇小说中的最初尝试，在结构上（不是思想上）其实也并不比《金驴记》等作品更严谨、更成熟。三是多线索交织的"网状"结构形式的作品亦有零星的出现。诸如在当时出现的骑士小说的个别作品中，已出现了一些颇具多线索交织的成品。因为篇幅的限制，在此笔者很难——列举出这样结构的作品并对之加以详尽的说明，但在塞万提斯的《堂吉诃德》中，他在谈到1490年出版的西班牙最早的一部骑士小说《著名的白骑士悌朗德传》时,曾通过作品中的人物贝罗·贝瑞斯神父之口,说过这样一段话:"我觉得这部书趣味无穷,很可解闷。里面讲到英勇的骑士堂吉利艾雷宋·台·蒙达尔班;他的兄弟托马斯·台·蒙达尔班和封塞咖骑士;还讲到勇敢的悌朗德和恶狗打架,少女'欢乐姑娘'口角玲珑,寡妇'娴静夫人'谈情说爱、弄虚作假,还有皇后娘娘爱上了她的侍从伊博利多。老哥,你听我说句平心话,照它的文笔来说,这是世界上第一部好书。"[1]这种多情节线索在一部小说中出现,其本身就表明了小说结构的丰富性。

  这三种主要的结构形式,各自发展的情形及其取得的成就在当时并不一样。"框架"结构形式,由于更大程度上是取自于民间叙事文学的已有形式,并且在人物、事件、环境三要素之间缺乏有机的联系和制约,所以,经过改造后,亦已与"流浪汉小说"的结构方式较为相近,结果随着艺术观念的发展,逐渐导致了这种结构形式的淡出和消解。这一点,我们从《十日谈》《坎特伯雷故事》以及《七日谈》之后,西方文坛再很少出现这类结构形式的长篇小说的事实中就可以证明了。而那些多故事、多情节交织的类似于"网状"结构的作品,由于受当时时代发展的限制、思维能力的制约乃到审美观点的局限,也没有在文艺复兴时期形成多大的气候。而在此时唯一发展起来的结构形式,乃至后来成为一种重要的长篇小说结构模式的,则是以单一情节线索向前发展的"流浪汉小说"结构。从《巨人传》到《堂吉诃德》,正是这种结构类型不断地被众多的长篇小说作家所接受,并加以不断地完善的结果,从而逐渐成为了当时长篇小说结构艺术的主流,并为后代西方长篇小说的繁荣和发展打下了良好的基础。

  上述的考察也表明,虽说在欧洲文艺复兴的几百年时间内,长篇小说的结构逐渐向"流浪汉小说式"结构形态靠拢,并在《堂吉诃德》的创作实践中得到了较为高超的体现。但是,我们又不能不说,此时长篇小说的"结构模式"意识在作家的头脑中还不强烈。换言之,长篇小说的结构在将近300年的时间里,一直处在作家的探索过程中。这也说明,正是由于此时没有现成的长篇小说结构形态可以借鉴,因此才形成了众多长篇小说呈现出五花八门的结构形态的局面。由此,我们也可以体会到此时长篇小说家创作活动的艰难:一方面他们要继承从希腊古代到中世纪已有结构艺术的成就;另一方面,又要花大力

---

[1] [西班牙]塞万提斯著:《堂吉诃德》(上册),杨绛译,人民文学出版社1979年版,第44页。

气探索长篇小说结构艺术的独特构成规律，以求创作出一种新的结构形式。但是，值得后人欣慰的是，他们终于用自己的不懈努力，完成了这一历史赋予的艺术使命。虽然所花费的时间稍嫌漫长了一些，但较之东方诸国，不能说不是最先找到了长篇小说的一种结构模式——亦即长篇小说结构构成的一种规律，从而为后代西方长篇小说的繁荣和发展打下了良好的基础。也为后代西方长篇小说其他结构模式的出现作了充分的准备。

第二节
17至19世纪初长篇小说实绩与基本特征

一、17至19世纪初长篇小说实绩

自从文艺复兴时期现代西方长篇小说艺术出现之后，尤其是以塞万提斯的《堂吉诃德》出现为标志，西方长篇小说走向成熟之后，这一崭新的近现代艺术形式，在欧美大陆获得了迅速的发展。在一定的历史时期内，几乎成了占主导地位的一种文化景观。

在欧洲17至19世纪初期的200多年时间里，长篇小说无论在数量上，还是在质量上，都比文艺复兴时期有了长足的发展。先说17世纪长篇小说发展的情况。在人们的印象中，似乎欧洲17世纪小说，特别是长篇小说并不发达。但文学史的实践告诉我们，在此时，很多国家都出现了成功的艺术精品。例如，在西班牙，虽然我们为了叙述的方便，将塞万提斯的《堂吉诃德》放到了文艺复兴时代进行了讲述。但从发表的时间看，它仍属于17世纪初的长篇小说作品。尤其值得介绍的是，就在塞万提斯逝世后不久，西班牙另一位小说家弗朗西斯科·德·克维多（1580—1645）在1626年发表了著名的流浪汉小说《流浪汉的榜样，无赖们的借鉴，骗子堂巴勃罗斯的生平》，其实，这部作品早在1604年即已写成，只不过22年后才发表而已。作品用第一人称写成，主要叙述了主人公巴勃罗斯外出流浪的经历和见闻，艺术技巧比以往同类作品有所提高。他的另一部小说《梦》发表在1627年。该作以梦幻的形式、寓意深刻的象征手法，对各色人等作了出色的描写。与他同时代的另一位西班牙作家巴尔塔萨尔·格拉西安（1601—1658）的哲理小说《好评论的人》也是值得一提

的杰作。小说也以寓言的形式描写了主人公从青年到老年的人生历程。在英国，约翰·班扬（1628—1687）的长篇寓言小说《天路历程》（共两部，分别发表在1678、1684）显示了17世纪英国小说的实绩。而德国17世纪后半期的著名小说家汉斯·雅科布·封·格里美尔斯豪森（1622？—1676）更是一位多产的小说作家。在他生命的最后10年中，他创作了一系列类似于西班牙流浪汉体裁的"痴儿故事"，共10卷。其中的1至6卷，即是我们今天所熟知的长篇小说《痴儿西木传》（又译为《西木卜里其西木斯奇遇记》，1668—1669）。这部作品被公认是以第一人称自叙体裁写成的德国第一部流浪汉小说。此外，在1670年他又出版了《女骗子和流浪者大胆妈妈》及《少见的轻浮兄弟》。1672年至1675年，他又有《神奇的鸟窝》两卷集问世，从而构成了"痴儿故事"的整体。格里美尔斯豪森还写作了其他许多小说，较著名者有《黑与白，或讽刺的香客》（1666）、《洁白的约瑟》（1667）等。此外，还有小说家莫舍罗施、贝尔等人的创作，也为当时的德国小说增添了光彩。在17世纪法国文学中虽然古典主义的戏剧作品和诗歌作品占有主导地位，但长篇小说的创作也亦未落后。弗朗索瓦·德·拉·莫特·费纳隆（1651—1715）的传奇小说《帖雷马科斯历险记》（1699），采用拉伯雷《巨人传》相类似的结构形式，把荷马史诗《奥德修纪》第四章中的故事，作了重新的改造，表现出了崭新的思想。至于另外一些作品，如于尔菲的牧歌体小说《阿斯特雷》（1607—1627）、斯卡隆的《滑稽小说》（1651）等，虽然在不同程度上受到了17世纪初"巴罗克"文风的影响，形象怪诞、矫揉造作、华而不实，但毕竟也体现出了此时小说创作的成就。而女作家德·拉法耶特夫人（1634—1693）的《孟邦西埃公主》（1662）、《柴伊德》（1670）、《克莱芙王妃》（1678），均具备了长篇小说的规模和结构。尤其是后者，被公认为是法国第一部心理小说名著。

从17世纪西方的长篇小说艺术结构上看，早期流浪汉小说艺术的影响似乎完全规定着、制约着每一部作品的形式特征。

18世纪具有全欧性大规模的另一次思想解放运动——启蒙运动的兴起，带来了小说作家思想视野的进一步开阔和小说形式的多方面探索。因此，可以说，到了18世纪，西方长篇小说艺术迎来了它的大发展时期。

就英国而言，一大批小说家继承和发扬流浪汉小说传统，取材现实生活，艺术上有了较大的进步。丹尼尔·笛福（1660？—1731）对英国乃至欧洲18世纪长篇小说的发展起过很大的作用。他在59岁时发表的著名长篇小说《鲁滨逊漂流记》（1719）是西方继《堂吉诃德》之后又一部影响极为广泛的作品。此后，他于1720年发表的《辛格尔顿船长》，1722年出版的《摩尔·佛兰德斯》和《杰克上校》，以及在1724年发表的《罗克萨娜》等，都可以说是当时长篇小说的艺术精品。约拿旦·斯威夫特（1667—1745）尽管只写作了一部长篇寓言讽刺小说《格列佛游记》（1726），但它却使作家获得了世界性的声誉。而亨利·菲尔丁（1707—1754）则以众多成功的长篇小说创作，使其成为了18世纪英国杰出的现实主义长篇小说作家。他的《约瑟·安德鲁传》（1742）、《大伟人江奈生·魏尔德传》（1743）、《弃儿汤姆·琼斯的故事》（1749）以及《阿米莉娅》（1751）等，反映的社会生活面更广阔，人物性格塑造更丰满，结构更加完整。特别是他对小说的认识，已达到了理论上的自觉。撒缪尔·理查生（1689—1761）在当时英国长篇小说界也有很高的声望。他于1739年11月动笔、1740年1月完成的书信体小说《帕米拉，又名美德受到了奖赏》，共4卷。出版后曾受到了读者的热烈欢迎。他最成功的长篇小说当推《克拉莉莎·哈娄》（1747—1748）。该作品曾影响了法国作家卢梭和德国作家歌德。托比亚斯·斯末莱特（1721—1771）曾在翻译《堂吉诃德》与《吉尔·布拉斯》的基础上，创作了杰出的长篇巨著《蓝登传》（1748）、《裴迪南伯爵》（1753）、《朗斯洛·格里弗斯爵士》（1760—1762）和《亨佛利·克林克》（1771）等。奥立佛·哥尔德斯密斯（1730—1774）以《世界公民》（原名《中国人信札》，1760—1761）和《威克菲牧师传》（1768）的成功创作，也享誉当时的英国文坛。而作为感伤主义小说代表作家的劳伦斯·斯泰恩（1713—1768），则以形式极为独特的9卷集巨著《商第传》（1765—1767）和充满感伤主义情调的《感伤旅行》（1768）等成功之作，推动了英国长篇小说向前发展。还尚需指出的是，此时"哥特式小说"的出现，也为英国长篇小说呈放出了异彩。贺拉斯·瓦尔浦（1717—1797）、拉德克力夫夫人（1764—1823）、路易斯（1775—1818）、麦图林（1782—1824）等人的小说作品，显示出了18世纪英国小说的另一种风貌。

18世纪的法国，由于此时凡尔赛宫不能再以自己的艺术趣味影响文艺界，因此，艺术思想的解放促使了长篇小说创作的进一步繁荣。虽说此世纪初小说家的作品与上一世纪的小说传统仍有一定的联系，但它更多地表现在艺术上而非思想上了。阿兰-列内·勒萨日（1668—1747）毫无疑问当属于此世纪法国长篇小说的当然创始人。他的代表作长篇小说《吉尔·布拉斯·德·山悌良那传》（简称《吉尔·布拉斯》，共4部，分别于1715、1724、1735年发表），被公认为法国18世纪上半叶最优秀的现实主义作品之一。随着时代的发展，长篇小说艺术形式在典型的启蒙作家手中，变成了纯粹宣传资产阶级革命思想的工具。游记体小说、书信体小说、对话体小说、教育小说、哲理小说等诸种新形式中都有长篇作品出现。查理-路易·德·斯贡达·孟德斯鸠（1689—1755）以其长篇书信体小说《波斯人信札》（1721）闻名于世。此作开了法国18世纪哲理小说的先河。而德尼·狄德罗（1713—1784）的《修女》（1760年写成，1796年出版）、若望·雅克·卢梭（1712—1778）的《新爱洛绮思》（1716）和《爱弥儿》（1762）则代表着18世纪法国长篇小说的新成就。此外，安东尼·法兰克·普雷沃（1697—1763）的《德·格里欧骑士和曼侬·莱斯戈的故事》（1732，简称《曼侬·莱斯戈》）也值得称道。

　　对德国18世纪长篇小说成就的考察，我们不能不提到这样一些卓越的名字：史纳伯、维兰德、歌德等。约翰·高特夫里特·史纳伯（1692—1752）是在英国作家笛福的《鲁滨逊漂流记》深刻影响下，创作出了他的《弗尔逊堡孤岛》的。这部小说在1731年第一次出版时，就引起了人们极大的兴趣，以至于从1731年到1772年之间，翻印不下26次之多。而另一名小说家克利斯朵夫·马丁·维兰德（1733—1813）则以著名作品《阿迦通的故事》（1766—1767）和《金镜》（1772）在文学史上占有一席之地。《阿迦通的故事》主要描写了主人公阿迦通（意即"好人"）从脱离理想世界的幻想转向现实生活，并决心为公众事业献身的发展过程。这部"教育小说"为这种体裁日后在德语文学中的盛行奠定了基础。不仅如此，他的小说在语言上和结构上在当时也是很成功的。真正把德国18世纪长篇小说提高到全欧和世界水平的是伟大的作家约翰·沃尔夫冈·歌德（1749—1832）。他在"狂飙突进"运动时期写成的长篇书信体小说《少年维特之烦恼》，到18世纪末就已被译成俄、英、法、意等10多个国家的语言。而他花费近60年（几乎与《浮士德》同样长的创作时间）写成的另一部长篇小说《威廉·迈斯特》（即《威廉·迈斯特的学习时代》，1795—1796；《威廉·迈斯特的漫游时代》，1829），则显示了德国"个性教育长篇小说"的真正功力。其晚年出版的《亲和力》（1809）和自传体长篇小说《诗与真》（1811—1831），在本质上仍然体现着作家18世纪的艺术理想。此外，值得一提的德国长篇小说家还有路德维希·蒂克（1773—1853）。虽然他主要的创作活动在19世纪初，但他在1798年写作的长篇小说《弗兰茨·斯坦恩巴尔德的漫游》，因其同歌德的《威廉·迈斯特的学习时代》进行论战，也在当时产生了较大的影响。

18世纪长篇小说除了在欧洲大陆走向繁荣外，在美洲也有了呼应。据最近研究成果显示，生于西班牙后到南美的阿隆索·卡里奥·德·拉·班维拉（1715—？），曾在1775—1776年间化名在秘鲁秘密出版了《引导盲人的小拉撒路，从布宜诺斯艾利斯到利马》。虽说文学史家常以"游记"名之，但实际上，它应该是深受西班牙流浪汉小说影响而产生的一部独特小说。特别是在结构艺术上，显示出了与文艺复兴时期西班牙小说不可分割的联系。

纵观18世纪西方长篇小说艺术，可以看出，在流浪汉小说艺术仍具有巨大影响的同时，形式上的多方探索已开始起步。

当我们放眼西方19世纪初期三十年左右时间内长篇小说实绩的时候，可以列举的作品就不是短篇幅所能容纳得了的了。此时较为著名的长篇小说作家和作品极为众多，择其主要者有英国的瓦尔特·司各特（1771—1832）。他创作的27部长篇历史小说中，以《艾凡赫》（1819）和《昆丁·达沃德》（1832）最为著名。他的历史小说丰富和发展了19世纪初期的欧洲文学，并对后代长篇小说家的创作产生了深刻的影响。从某种意义上说，正是司各特的创作把西方长篇小说艺术提高到了一个新的水平。女作家简·奥斯丁（1775—1817）虽生活在世仅42年，但却以6部长篇小说享誉世界文坛。她的《理智与情感》（1811）、《傲慢与偏见》（1813）、《曼斯菲尔德花园》（1814）、《爱玛》（1815）、《诺桑觉寺》（1818）和《劝导》（1818）等，都是19世纪初英国文坛不可多得的长篇小说佳作，对英国长篇小说的发展起到了承前启后的作用。而著名作家和诗人乔治·戈登·拜伦（1788—1824）的未竟长篇诗体小说《堂璜》（1818—1823）显示了当时小说创作的新收获。

在法国，虽然在19世纪前25年大革命动荡的年代里，长篇小说的创作比较萧条，但夏多布里昂（1768—1848）和史达尔夫人（1766—1817）的自传体小说，打破了文坛的寂寞。夏多布里昂的《阿达拉》（1801）和《勒内》（1805）；史达尔夫人的《黛尔菲娜》（1802）、《高丽娜》（1807）等小说，给后来的法国长篇小说的大规模涌现作了艺术上的准备。此时，贡斯当（1767—1830）的小说《阿道尔夫》（1816）和塞南古（1770—1846）的小说《奥培曼》（1804），通过一系列"世纪儿"思想历程的描写，表现了对传统小说结构形式的继承。

在德国，诺瓦利斯（1772—1801）的长篇小说《亨利希·冯·奥夫特尔丁根》（未完成，1802年问世）拔了德国19世纪小说创作的头筹。约瑟夫·冯·艾沁多尔夫（1788—1857）的《预感和现实》（1815）以及《一个废物的生涯》（1826）与霍夫曼（1776—1822）的《公猫穆尔的人生观，附乐队指挥约翰·克赖斯勒的传记片断》（1820），显示了德国19世纪初期长篇小说创作的新收获和新成就。

俄国作家亚历山大·谢尔盖耶维奇·普希金（1799—1837）的长篇诗体小说《叶甫盖尼·奥涅金》（1823—1830）的问世，使俄罗斯的长篇小说创作几乎在空白的基础上一下子站到了世界文坛的高峰。而意大利作家亚历山德罗·曼佐尼（1785—1873）的历史小说《约婚夫妇》（1821—1823）的出版，也为罗马民族的后裔赢得了一席之地。

特别值得提出的是，正是在19世纪初年，后来成为世界文坛上一支重要力量的美国长篇小说也破土而出了。它的创始人，毫无疑问，当推詹尼斯·费尼莫·库柏（1789—1851）。1821年，当庸俗的英国流行小说在美国还有相当市场的时候，库柏就写出了第一部民族题材的长篇小说《间谍》。此后又一鼓作气，先后写出了《开拓者》（1823）、《水手》（1824）、《最后的莫希干人》（1826）、《草原》（1827），以及后来发表的《探路者》（1840）和《打鹿将》（1841）等。可以说，库柏的创作实践不仅在题材上和形式上对美国长篇小说的产生和发展作出了巨大的贡献，而且反过来也影响了欧洲文学，特别是欧洲长篇小说的发展。

通过上述对西方17至19世纪初期长篇小说艺术成就的粗略考察，可以明显看出，这200多年间西方文坛所产生的长篇小说作家和作品，比文艺复兴时期长篇小说艺术初创阶段300余年间有了长足的进步。这充分地说明，长篇小说艺术在西方文坛所占的比重日益增大，并逐渐成为与传统的诗歌形式、戏剧形式和散文形式（主要指寓言、杂文、故事等）并驾齐驱的一种新的文体形式。同时也说明，这种艺术形式已经逐渐被越来越多的作家与读者所接受、所认同，成为反映近现代社会生活和人们思想感情的一种新的艺术体裁。

二、17至19世纪初长篇小说的基本特征

我们之所以把17世纪至19世纪初期西方长篇小说成就看成是一个整体，是因为在这200多年里出现的西方长篇小说，在叙事艺术上，从主流上看，一般均体现出了下述共同性特征。

其一，此时出现的大多数长篇小说作品，都是以《小癞子》和塞万提斯的长篇小说《堂吉诃德》的叙述方式为借鉴或曰为蓝本的，从而形成了一种以单个主人公的生活经历直线型向前运动并加以讲述众多故事的叙事形态。换言之，一个人的经历及其他所面临的各种遭遇，是众多长篇小说作家均感兴趣的题材，也是构成一部长篇小说的基本内容。对此，我国近代著名学问家、近代小说研究者苏曼殊在对比了中外18世纪前后出现的小说后，就曾经敏锐地指出："泰西之小说，书中之人物常少，中国之小说，书中之人物常多；泰西之小说，所述者为一二人之历史，中国之小说，所叙者为一社会之历史。"[1]苏曼殊所说的西方小说"所述者为一二人之历史"的特点，我们无论是在17世纪的小说，如克维多的《流浪汉们的榜样，无赖汉们的借鉴，骗子堂巴勃罗斯的生平》、班扬的《天路历程》、格里美尔斯豪森的《痴儿西木传》中，还是在18世纪笛福的《鲁滨逊漂流记》、勒萨日的《吉尔·布拉斯》、歌德的《威廉·迈斯特》中，乃至在19世纪初期的小说如拜伦的《唐璜》、普希金的《叶甫盖尼·奥涅金》中，都可以找到充分的根据和证明。这种叙事方式甚至影响到了19世纪中后期出现的一些长篇小说。例如我们在狄更斯和马克·吐温的小说中，都可以找出这种叙事形式的深刻影响。这种叙事形式实际上形成了其结构艺术的一种独特模式。关于这一点，我们将在本书下面的章节中加以集中论述。

其二，与上述特征相联系，此时出现的西方长篇小说的第二个特征是，在创作时，作家又是以动作性很强的故事情节作为关注的中心之点的。由于此时作品要着重表现一个人物的命运或经历，这样，就决定着小说中的人物或他们的经历必须要具有极强的动作性、传奇性或神奇性。一般而言，这些长篇小说中的主人公，都不是社会中性格平常、经历平凡的人。无论生活地位的高低贵贱、经济状况的富有贫穷，任何人物要想成为此时小说中的主人公，他自

---

[1] 转引自陈平原著：《中国小说叙事模式的转变》，北京大学出版社2003年版，第217页。

身必须有超乎寻常的举动和行为。这也就是为什么此时长篇小说主人公大多是流浪儿、冒险家、探险者、漫游者、武士或骑士、多余人乃至精神忧郁者的原因之所在。正因为小说家要注重作品中人物经历的不平凡性，所以，他们在写作时才能够对这个主人公种种不平凡的事件加以多方面的、浓墨重彩的描绘。但是，任何事物的发展都有其两面性，事物的发展又往往会走向它的反面。由于此时作家在自己的作品中，过多地强调了对人物传奇性行动的描写和反映，结果最终又导致了生活故事化的展示比重大大超过了真实的人际关系的描写和人物性格的塑造。人物成了展开故事情节的工具，或者说，人物仅仅成了展开故事情节的工具和载体，人物性格成了作家讲述故事的副产品。许多国内外学者，把此时的小说阶段称为"故事小说阶段"或"生活故事化的展示阶段"，应该说，是非常准确的。

其三，此时，就其众多长篇小说作家的创作心态而言，仍在或多或少地延续着民间故事创作时的心态特征，即把长篇小说的创作当成表达写作之先已经具有的某种思想观念的过程和手段。长篇小说作品仍在起着作家某种观念传声筒的作用。我们说，在民间故事中，"惩恶扬善"的思想主题一般都极为明确的。而这里的"善"和"恶"的内涵，往往是历史积淀的结晶，是在故事创作之前，甚至很早以前就已经定型了的概念。所以，故事创作者们往往用一个杜撰的吸引人、感动人的情节，把这个事先已有的思想表达出来就可以了。那么，从此时西方作家创作小说过程来看，用小说作品表达一种现成的思想观念的人恐怕也不在少数。17世纪长篇小说大多没有脱离开在它们之前产生的《小癞子》所提供的现成的思想结论和价值导向；18世纪小说重在宣传启蒙主义的政治观念和哲学思想；而19世纪初期小说更是以作家主观情感和主观意识的宏扬为前提，这一切恐怕都是不争的事实。

凡此种种，构成了17至19世纪初西方长篇小说艺术的基本特征。而正是由于这些特征，使我们有理由把这200多年的小说看成是一个艺术阶段。也可以说，这200多年是西方长篇小说的发展阶段。它们从文艺复兴时期的初创形式中走来，经过17世纪对已有形式零星模仿，18世纪至19世纪初形式上的多方探索，逐渐走向了成熟。而正是在这一阶段成就的基础上，才带来了19世纪中后期长篇小说艺术的大繁荣。

第三节
19世纪中后期西方长篇小说艺术成就大观

一、19世纪中后期西方长篇小说的成就

很多文学史家不止一次地指出，19世纪的文坛是西方长篇小说辉煌的时代。经过了古代希腊罗马、中世纪叙述艺术的影响，特别是经过了14到19世纪初几百年间长篇小说艺术实践的发展之后，从19世纪30年代开始，长篇小说的发展历史，出现了以往从来没有过的辉煌场面：浩荡整齐、力量庞大的作家队伍；有组织、有纲领的文学流派和文学集团；目光敏锐、身手不凡的批评界以及历史上从未有过的如此众多的长篇小说读者。这一切，构成了无与伦比的人类长篇小说时代的文化景观。

文学史家们是以"批判现实主义"的概念来命名19世纪30年代之后一段时期内的西方文学的。而西方（特别是西欧）的批判现实主义文学，则首先在法国形成。法国作家司汤达（原名亨利·贝尔，1783—1842）的长篇小说《红与黑》（1830）的问世，则标志着批判现实主义在长篇小说领域中最早获得了反映。我认为，这部作品的出版，具有形式学的全部意义：即他找到了把长篇小说这种艺术形式和新出现的复杂生活统一起来的最佳途径和方式。抛开其他因素不论，假如我们单纯从艺术形式的角度来看问题，就会发现，司汤达的《红与黑》的出现，实际上是在艺术领域中为用长篇小说的形式去反映、表现变化了的新生活举起了一面具有深远影响的旗帜。它的出现使人们看到了反映丰富生活的一种复杂而有效的新形式。

不仅在法国如此，下述的现象也恐怕并非是一种巧合：在西方主要国家和民族中，当批判现实主义文学兴起的时候，都有一部长篇小说或几部长篇小说的优秀作品在起着先导的作用。例如在英国，查理·狄更斯（1812—1870）的《匹克威克外传》（1837）和《奥列佛·特维斯特》（1838）就为后来长篇小说作为英国批判现实主义文学的主要形式奠定了基础。在俄罗斯，1830年普希金的《叶甫盖尼·奥涅金》的问世和1836年他另一部长篇小说《上尉的女儿》的写作完成，在艺术形式上也深刻地影响了果戈理和托尔斯泰等人长篇小说创作。甚至远在美洲大陆，美国文坛也有三位著名的小说家用自己的长篇小说创

作，对这种艺术形式和批判现实主义艺术主张的有机结合作了尝试，并最终影响了后代美国批判现实主义作家的文体选择。这三位美国作家，一个是奈萨尼尔·霍桑（1804—1864）。他的长篇小说《红字》（1850）以殖民地时期新英格兰生活为背景，描写了一个受不合理婚姻束缚的少妇犯了为加尔文教派所严禁的通奸罪而被示众的故事，从而深刻暴露了当时政教合一体制统治下殖民地社会中的某些黑暗。另一个是赫尔曼·梅尔维尔（1819—1891），他以写航海冒险生活见长，所著的《白鲸》，是用寓言手法写成的一部长篇小说杰作，但可惜的是，这部小说在当时并没有得到应有的重视。再一个则是女作家斯托夫人（1811—1896）。她的长篇小说《汤姆叔叔的小屋》（1852）则主要通过主人公老汤姆和其他黑人奴隶命运的描写，控诉了南部蓄奴制度的残暴和野蛮。

还应该指出，在这些先导性作家所举起的长篇小说形式的大旗下，很快聚集起了一大批极富艺术才华的作家艺术家，构成了各自国家长篇小说创作的"集团军"，并出现了一大批世界级的长篇小说艺术精品。

先说法国。司汤达在发表《红与黑》之后，还写成了《巴马修道院》（1839）和《吕西安·娄凡》（未完成）等一系列长篇小说杰作。奥诺雷·德·巴尔扎克（1799—1850）作为"对现实关系具有深刻的理解"[1]的伟大作家，他用自己一大批经典式的长篇小说作品，如《朱安党人》（1829）、《驴皮记》（1831）、《欧也妮·葛朗台》（1833）、《高老头》（1834）、《塞查·皮罗多兴衰记》（1837）、《幻灭》（1837—1843）、《农民》（1844）、《贝姨》（1846）、《邦斯舅舅》（1847）、《交际花盛衰记》（1847）等，不仅对当时社会中的各种关系作了深刻的描写，并且使长篇小说叙事艺术和结构艺术发展到了一个新的历史高度。可以毫不夸张地说，正是由于他的"可怕的劳作"[2]，批判现实主义文学才得以成为当时法国文学和世界文学的主要潮流，同时也使得长篇小说艺术成为"近代最了不起的创造"。[3]维克多·雨果（1802—1885）也是法国19世纪30年代之后长篇小说队伍中的重要成员。1831年他便以一部颇具浪漫主义色彩的历史小说《巴黎圣母院》确立了自己在文

---

1 ［德］马克思著：《资本论》（第3卷），《马克思、恩格斯论文学艺术》（二），人民文学出版社1982年版，第129页。
2 转引自二十四所高等院校编《外国文学史》（第3册），吉林人民出版社1984年版，第97页。
3 转引自二十四所高等院校编《外国文学史》（第3册），吉林人民出版社1984年版，第97页。

坛上的地位。此后，他又以长篇杰作《悲惨世界》（1861）、《海上劳工》（1866）、《笑面人》（1869）和《九三年》（1874）等创作的辉煌成就，成为长篇小说大家。居斯塔夫·福楼拜（1821—1880）继承着巴尔扎克的传统，在巴尔扎克逝世后，以《包法利夫人》（1856）、《萨朗波》（1862）、《情感教育》（1869）和《圣安东的诱惑》（1874）等一系列长篇小说的创作，表现了长篇小说艺术形式的精致性。虽然很多文学史著作均把爱弥尔·左拉（1840—1902）放在"自然主义"的章节中来讲述。但若从长篇小说形式发展的角度而言，恐怕他的创作在艺术上也是最鲜明地体现了巴尔扎克小说对他的影响的。姑且不论他的《卢贡—马卡尔家族》的总体构成多么类似于《人间喜剧》，就是每一部小说，例如《小酒店》（1877）、《娜娜》（1880）、《萌芽》（1885）、《金钱》（1891）和《崩溃》（1892）等在结构艺术上，与巴尔扎克的小说也有异曲同工之妙。我们甚至可以说，左拉的小说在结构艺术上，有些地方比巴尔扎克更成熟、更精妙。在谈到19世纪法国30年代之后长篇小说作家作品的成就的时候，我们也不能忘记阿尔弗莱德·缪塞（1810—1857）、乔治·桑（1804—1876）、欧仁·苏（1804—1857）、大仲马（1802—1870）、基·德·莫泊桑（1850—1893）、小仲马（1824—1895）等人的名字和作品。缪塞的《一个世纪儿的忏悔》（1836），乔治·桑的《安吉堡的磨工》（1845）；欧仁·苏的《巴黎的秘密》（1842），大仲马的《三个火枪手》（1844）、《基督山伯爵》（1844—1845），莫泊桑的《一生》（1883）、《漂亮的朋友》（1885）和小仲马的《茶花女》（1848），虽然在反映生活的深度与广度上，包括在总体艺术成就上，难以与上面提到的几位大师相比，但他们的创作却也显示出了法国19世纪下半叶长篇小说的整体实力。在20世纪初期，法国长篇小说领域在艺术上仍存留着19世纪余韵的作家，仍可以举出诸如阿纳托尔·法朗士（1844—1942）和罗曼·罗兰（1866—1944）。法朗士的4卷集长篇小说《当代史话》（1897—1907）以及《诸神渴了》（1912），罗兰的10卷集小说《约翰·克利斯朵夫》（1904—1912）和四部曲小说《欣悦的灵魂》（1922—1933），正是在继承19世纪长篇小说艺术传统的基础上，取得了新的成绩。

再看英国。由狄更斯所开创的19世纪30年代中后期的长篇小说艺术，是由包括他在内的"一批现代英国杰出的小说家"的创作实践才使之成为一股强大的潮流的。在《匹克威克》和《奥列佛·特维斯特》出版之后，狄更斯随即又发表有《董贝父子》（1848）、《大卫·科波菲尔》（1850）、《荒凉山庄》（1853）、《艰难时世》（1854）、《双城记》（1859）等。正是由于这些成功作品的问世，使他毫无疑问成为当时英国长篇小说艺术领域的公认领袖。与此同时，威廉·梅克庇斯·萨克雷（1811—1863）也以长篇小说《名利场》（1848）的创作，暴露了英国社会拜金主义的风习。伊丽莎白·盖斯凯尔夫人（1810—1865）的《玛丽·巴顿》（1848）反映了宪章运动期间尖锐的劳资矛盾。夏洛蒂·勃朗特（1816—1855）的《简爱》（1847）表现了小人物的反抗和对幸福爱情的追求。他的妹妹艾米莉·勃朗特（1818—1848）则以唯一的一部长篇小说《呼啸山庄》（1847），表达了她反对邪恶、憎恨压迫的思想感情，其作在艺术上的成就，今天仍令作家们和研究家们津津乐道。另一位女作家乔治·艾略特（1819—1880）也以其《亚当·比德》（1859）、《织工马南》（1861）、《米德尔马奇》（1871—1872）、《丹尼尔德兰达》（1876）等杰出作品的创作跻身于"一批杰出小说家"的行列。

在第一个"集团军"使英国的长篇小说成为当时文坛的主流之后。19世纪六七十年代至20世纪初，英国长篇小说的活力仍然不衰，小说的艺术性也有新的发展。托马斯·哈代（1840—1928）以一系列长篇小说的创作，如《远离尘嚣》（1874）、《还乡》（1878）《卡斯特桥市长》（1886）、《德伯家的苔丝》（1891）和《无名的裘德》（1896）等，不仅把作品场景转换到了资本主义入侵后的农村，洋溢着浓郁的土壤气息，而且更显示出了叙事和结构技巧的成熟。他的"威塞克斯小说"的系列形式，是与法国《人间喜剧》《鲁贡一马卡尔家族》形式比肩而立的英语小说独创形式，是对小说艺术形式的新创造和新贡献。这一形式对后代的美国作家福克纳等人产生了较大的影响。约翰·高尔斯华绥（1867—1933）以三个长篇小说三部曲的创作引起了世人的瞩目。《福尔赛世家》包括着《有产业的人》（1906）、《骑虎》（1920）和《出租》（1921）三部巨著。作品通过一个家族命运的描写，揭示出了现代资本主义社会的发展趋势。《现代喜剧》三部曲《白猿》（1924）、《银匙》（1926）和《白天鹅之死》（1928）以及《尾声》三部曲《女侍》（1931）、《开花的荒野》（1932）、《河那边》（1933）均展示了英国小说新的形式特征。此外，此时出现的其他长篇小说作品，如威廉·莫里斯（1834—1896）的

《乌有乡消息》（1890）、奥斯卡·王尔德（1856—1900）的《道林·格雷的肖像》（1890）、罗伯特·特莱斯尔（1869？—1911）的《穿破裤子的慈善家》（1906—1910？）等，也体现着19世纪英国长篇小说的艺术底蕴。值得一提的还有小说家赫伯特·乔治·威尔斯（1866—1946），他以50部长篇小说的成就令世人瞩目。他早期的作品多为科幻题材，《时间机器》（1895）、《隐身人》（1897）和《星际战争》（1898）等，既充满引人入胜的科学预言和幻想，又对现代社会制度中的不合理现象进行了讽刺。1900年后，他的目光开始注视城市下层社会小人物的生活与命运，《托诺-邦盖》（1909）以高超的艺术技巧，被评论家认为是19世纪末英国社会的变革史。

总而言之，由于19世纪中后期众多作家的共同努力，使得英国的长篇小说登上了新的艺术峰巅，也使小说艺术形式更加精粹，更加成熟。

在俄国，普希金所高举的现实主义长篇小说的艺术旗帜首先是被19世纪四五十年代的创作群体继承下来并发扬光大的。米哈伊尔·尤利耶维奇·莱蒙托夫（1814—1841）、尼古拉·瓦西里耶维奇·果戈理（1809—1852）、亚历山大·伊凡诺维奇·赫尔岑（1812—1870）、伊凡·谢尔盖耶维奇·屠格涅夫（1818—1883）、伊凡·亚历山德罗维奇·冈察洛夫（1812—1891）、尼古拉·加夫里洛维奇·车尔尼雪夫斯基（1828—1889）等，可以被看成是19世纪俄罗斯文学长篇小说第一个艺术群体的卓越代表。莱蒙托夫的《当代英雄》（1840），果戈理的《死魂灵》（1842），赫尔岑的《谁之罪》（1841），屠格涅夫的《罗亭》（1856）、《贵族之家》（1859）、《父与子》（1862），冈察洛夫的《奥勃洛莫夫》（1849—1859），车尔尼雪夫斯基的《怎么办》（1863）等成功的作品，使长篇小说艺术成为了当时俄国文坛的主流。

19世纪六七十年代之后，由普希金开创的、经过果戈理等人发展了的俄国长篇小说创作出现了第二个高潮，并达到了其巅峰阶段。费奥多·米哈依洛维奇·陀思妥耶夫斯基（1821—1881）的《被侮辱与被损害的》（1861）、《罪与罚》（1866）、《赌徒》（1866）、《白痴》（1868）、《卡拉马佐夫兄弟》（1879—1880），米哈伊尔·叶甫格拉福维奇·萨尔蒂柯夫（笔名谢德林，1826-1889）的《戈罗夫略夫一家》（1880），列夫·尼古拉耶维奇·托尔斯泰（1828—1910）的《战争与和平》（1863—1869）、《安娜·卡列尼娜》（1873—1877）和《复活》（1889—1899）等作品，都是这一时期产生的杰作。尤其是托尔斯泰的这三部作品，从艺术角度上看，至今还无有人能出其右者。史诗式的宏伟结构、人物心理的辩证发展与深刻剖析，精湛的叙述技巧等，都堪称不可企及的艺术范例。

20世纪初以高尔基（原名阿列克塞·马克西莫维奇·彼什科夫，1868—1936）为代表，再一次形成了俄国乃至前苏联早期的长篇小说创作的高潮。尽管此时由于革命和战争等一系列复杂原因的影响，有些小说家的艺术才华没有得到尽情的发挥，但那些长篇小说的杰作，仍显示出了俄罗斯长篇小说传统的博大精深和对后代小说创作的巨大影响力。高尔基的《福玛·高尔杰耶夫》（1899）、《三人》（1900）、《母亲》（1906），自传体三部曲《童年》（1913）、《在人间》（1914）、《我的大学》（1923）和《阿尔达莫诺夫家的事业》（1925），以及最后一部史诗性长篇小说《克里姆·萨姆金的一生》（1925—1936）等，就是在今天，我们将其放在世界文学的总体格局中，也毫不逊色。此外，亚历山大·绥拉菲莫维支（1863—1949）的《草原上的城市》（1909）、《铁流》（1924）等作品，我们亦不应将其遗忘。

再看德国小说。19世纪30年代初，随着歌德的逝世，德国的长篇小说艺术的发展经历了一段相对的停滞时期。直到七八十年代台奥多尔·冯达诺（1819—1898）的长篇历史小说《暴风雨前》（1878）的问世，才使得德国长篇小说开始了又一次勃兴。从此时起至其逝世，他在20多年里完成了20多部小说。较著名者有《沙赫·冯·乌特诺》（1883）、《迷惘、混乱》（1888）、《燕妮·特赖贝尔夫人，或那里可以心心相印》（1892）及其代表作《艾菲·布利斯特》（1895）等，均为名作。而德国20世纪初长篇小说达到高峰，是与曼兄弟等人的名字联系在一起的。亨利希·曼（1871—1950）一生以19部长篇小说的成就，屹立于世界文坛。他于1894年出版的第一部长篇小说《在一个家庭里》，在1900年出版的另一著名作品《在懒人乐园里》，艺术上明显受到了巴尔扎克和莫泊桑的影响。《垃圾教授》（1905）和《小城》（1909）也均是不可多得的杰作。《帝国三部曲》中《臣仆》（1911—1914）、《穷人》（1917）和《首脑》（1925）的相继问世，使其小说艺术进一步成熟。他的弟弟托马斯·曼（1875—1955）则以长篇小说《布登勃洛克一家，一个家庭的没落》（1901）一举成名。《王爷殿下》（1909）、《魔山》（1924）和20世纪三四十年代完成的《约瑟和他的兄弟们》四部曲（1933—1943）等，都以高度的艺术技巧，从典型人物的变换中表现了历史时代的更替。他的小说结构，都经过精心的设计，显示出了德国长篇小说成熟阶段叙事和结构艺术的典型特征。赫尔曼·海塞（1877—1962）是和亨利希·曼、托马斯·曼兄弟同时代的另一位长篇小说作家，1904年长篇小说《彼得·卡门青》的发表，奠定了他在文坛上的地位。《在轮下》（1906）、《克努尔普》（1915）、《草原之狼》（1927）、《东方之行》（1932）和《玻璃球游戏》（1943）等，从多方面进行艺术探索的角度，展示了20世纪初期德国社会和人类精神的种种问题。

美国长篇小说主要是在19世纪下半叶到20世纪初期发展起来的。马克·吐温（1835—1910）是美国长篇小说艺术中最杰出的代表与领袖。可以说，正是马克·吐温创作使长篇小说传统在美国文坛得以巩固。从他与华纳合作出版了《镀金时代》（1873）开始，长篇小说即成了他最喜欢使用的体裁。1876年，《汤姆·索亚历险记》的出版，标志着他的长篇小说创作的新发展。而《哈克贝利·费恩历险记》（1884）的问世，诚如英国诗人托·艾略特所言，在英美两国开创了新文风。甚至大作家海明威也把它提到了文学传统的高度，认为"全部美国文学起源于马克·吐温的一本叫做《哈克贝利·费恩历险记》的书"[1]。此外，他著名的长篇小说还有《王子与贫儿》（1881）、《在亚瑟王朝廷里的康涅狄格州的美国人》（1889）等。与此同时，威廉·豪威尔斯（1837—1920）也以40部左右的长篇小说作品，呼应着马克·吐温对这一文体的开拓。尽管他的许多小说，后来都被历史淘汰了，但诸如《现代婚姻》（1882）、《赛拉斯·拉帕姆的发迹》（1885）、《时来运转》（1889）、《从阿特鲁丽亚来的旅行家》（1894）、《穿过针眼》（1907）等，至今仍令人称道。进入20世纪后，美国长篇小说又取得了新成就。弗兰克·诺里斯（1870—1902）的"小麦史诗"三部曲虽未最后完成，但其中第一部长篇小说《章鱼》（1901）却仍然产生了较为广泛的影响。查尔斯·契斯纳特（1858—1932）的《雪松林后面的房屋》（1900）、《一脉相承》（1901）和《上校的梦想》（1905）等长篇小说，虽然成就不一，但作为一个黑人作家，在当时美国的社会条件下，能写出这些作品，仍是难能可贵的。杰克·伦敦（1876—1916）是自觉地运用长篇小说体裁进行创作的另一位美国作家。他一生中共完成了长篇小说9部，其中尤以《海狼》（1904）、《白牙》（1906）、《铁蹄》（1908）、《马丁

1　《中国大百科全书·外国文学卷》，中国大百科全书出版社19下卷，第1010页。

•伊登》（1909）和《天大亮》（1910）、《月谷》（1913）等成就为高。瓦普顿•辛克莱（1878—1968）的小说《屠场》（1906）在当时也产生了巨大的影响。在20世纪初，真正把美国长篇小说艺术从马克•吐温达到的艺术水平发展到一个新阶段的是西奥多•德来塞（1871—1945）。当1900年他的第一部长篇小说《嘉莉妹妹》出版后，虽然遭到了道德家们的封杀，但一些有识之士却给予了高度的评价。诺里斯就认为这是"从未见过的一部最好的书"[1]。我认为，它也是美国小说中，最早体现出现代美国社会意味的一部长篇作品。《珍妮姑娘》（1911）出版后，大评论家门肯亦称它是自马克•吐温的《哈克贝利•费恩历险记》以来美国最优秀的小说。[2] 20世纪20年代前后，是德莱塞长篇小说创作的高峰时期。《欲望三部曲》（包括《金融家》，1912；《巨人》，1914；《斯多葛》，1947）、《"天才"》（1915）和代表作《美国的悲剧》（1925）等与此前发表的小说一样，显示了从思想到艺术对美国文学传统的继承、发展和突破。

虽然由于篇幅的关系，我们不能详尽地论述每一个欧美国家长篇小说的实绩。但是，我们也要看到，除上述四国外，长篇小说在欧美其他国家中，也恰好是在19世纪后期发展起来的。换言之，长篇小说的艺术形式是在19世纪后期和20世纪初期才真正成为整个西方世界共同喜爱的文体的。无论是东欧，还是西欧；无论是南欧，还是北欧；无论是南美，还是北美，此时几乎每一个国家都具有了成功的长篇小说作家和作品。例如，此时在波兰，出现了亨利克•显克微支（1846—1916）的历史小说三部曲：《火与剑》《洪流》《伏沃迪约夫斯基先生》（1883—1888）和《你往何处去》（1896），也出现了符瓦迪斯瓦夫•莱蒙特（1867—1925）的长篇小说四部曲《农民》（1902—1909）。在捷克，涌现出了有捷克历史小说创始人之誉的阿洛伊斯•伊拉塞克（1851—1930），他的《斯卡拉克一家》（1874）、《狗头军》（1884）、《在激流中》（1887—1890）、《抗击众敌》（1893）、《弗•勒•维克》（1886—1906）等长篇小说作品，反映了当时人民生活和社会历史的变动。另一位捷克作家加罗斯拉夫•哈谢克（1883—1923）的长篇小说《好兵帅克》（1920—1923）也在文学史上有相当大的影响。而匈牙利文坛，此时米克沙特•卡尔

---

[1] 《中国大百科全书•外国文学卷》，中国大百科全书出版19上卷，第239页。
[2] 《中国大百科全书•外国文学卷》，中国大百科全书出版19上卷，第239页。

曼（1847—1910）创作的长篇小说《可敬的老爷们》（1884）和《奇婚记》（1900）也属于杰作之列。保加利亚作家伊凡·伐佐夫（1850—1921）的长篇小说《轭下》（1887—1889），在艺术上也有很高的成就。

在南欧，意大利19世纪70年代的文坛，出现了真实主义文学。其杰出代表乔万尼·维尔加（1840—1922）以长篇小说《马拉沃利亚一家》（1881）、《堂·杰苏阿多师傅》（1889）等杰出作品影响了意大利整整一代作家。格拉吉亚·黛莱达（1871—1936）就是在这种影响下成长起来的杰出代表。她的《灰烬》（1904）、《橄榄园的火灾》（1918）等，以高超的艺术才华，使她获得了1926年度诺贝尔文学奖。19世纪后半叶西班牙杰出的长篇小说作家有尼托·佩雷斯·加尔多斯（1843—1920），他的46卷集巨著《民族轶事》（1873—1912）是所写78部小说中最受欢迎的作品。而另一位小说家克拉林（1852—1901）则仅以两部长篇小说《女当家的》（1884）和《独生子》（1891）而闻名于世。

在19世纪美洲大陆，长篇小说除美国外，在其他国家也开始大规模出现。北美加拿大文学中第一部历史小说《老一辈的加拿大人》（1863）是由作家菲利浦·欧贝尔·德·加斯佩（1776—1871）创作的。安东·热兰-拉茹瓦（生卒年不详）的《垦殖者若望·里瓦》（1862）和《经济学家若望·里瓦》（1864）虽然情节简单，但仍显示出了其艺术上的努力。在墨西哥，伊格纳西奥·曼努埃尔·阿尔塔米拉诺（1834—1893）此时写成了《蓝眼盗》（1870）、《克莱蒙西亚》（1869）和《山区圣诞节》（1871）。在南美洲，主要成就在阿根廷、智利、哥伦比亚、巴西等国。阿根廷著名小说家何塞·马莫尔（1817—1871）以著名长篇小说《阿玛利亚》（1851）首先揭开了拉美小说创作新的一页。智利的阿尔贝托·布莱斯特·加纳（1830—1920），曾立志要成为"智利的巴尔扎克"。他的小说《马丁·里瓦斯》（1862）和《在光复时期》（1897）等显示出了他对巴尔扎克艺术手法的继承。哥伦比亚小说家豪尔赫·伊萨克斯（1837—1895）的颇具浪漫主义色彩的半自传体抒情长篇小说《玛丽亚》（1867）至今仍备受称道。巴西的曼努埃尔·安东尼奥·德·阿尔梅达（1831—1861）的《一个民兵军官的回忆录》（1852）已显示了巴西民族长篇小说的雏型。而从阿卢伊西奥·坦克雷多·贡萨尔维斯·阿塞维多（1857—1913）的《姆托拉》（1881）问世开始，巴西长篇小说走向成熟，并出现了马查多兄弟等一大批继承者。

通过上述对19世纪30年代至20世纪初期西方长篇小说艺术成就的粗略考

察，可以看出，长篇小说已成为近现代社会最主要的艺术形式，它以其从未有过的辉煌成就成为这时文坛最重要的文化现象。

二、19世纪中后期西方长篇小说的基本特征

19世纪中后期西方文坛出现的长篇小说作品，从艺术角度来看，它具有着此时小说艺术所具有的极其鲜明的特征。

特征之一。就总体而言，大多数长篇小说作品，都用多情节线索的安排和复杂的结构布局方式取代了此前占主导地位的单一情节线索的小说构成方式。也就是说，虽然在狄更斯的小说《匹克威克外传》、马克·吐温的《汤姆·索亚历险记》等一些作家创作的作品中，还有第一个长篇小说发展阶段叙事模式和结构模式影响的痕迹的话，那么，此时产生的大部分长篇小说大多抛弃了《堂吉诃德》所确立的结构传统。在一部小说中，不再是那种单个人物的活动痕迹和命运纵向流程的单线式向前演进，而是众多人物关系的纠缠，是社会上诸种人物关系在小说中艺术化的反映和体现。在此时出现的长篇小说中，描写的是"人与人之间、个人与集体之间、集体与集体之间、个人或集体与社会或自然力量之间的冲突；在冲突中自觉意志被运用来实现某种特定的、可以理解的目标，它所具有的强度应足以使冲突达到危机的顶点"。[1]也就是说，在此时产生的长篇小说的情节结构上，常常通过多种情节线索之间的发展和演进，构成小说情节发展的各种矛盾和冲突，构成结构艺术的基本形态。这也决定着，此时长篇小说作家所感兴趣的题材，不再是哪一个奇异或超常人物的历史，而是由众多人物活动着的一段时期的社会生活。这也就是为什么巴尔扎克所说的"法国社会将成为历史学家，我只应该充当它的秘书"[2]的根本原因和真谛所在。

特征之二，在此时出现的西方长篇小说作品中，极富典型特征的人物性格的塑造和描写获得了前所未有的重视，并取得了重大的成功。众所周知，人物性格的存在和发展从来不是孤立的。正如前一章节所言，单纯地追求人物性格的传奇性，往往使小说更类似于故事。而在社会条件和环境中，特别是在人与

---

1 [美]劳逊著：《戏剧与电影的剧作理论与技巧》，邵牧君、齐宙译，中国电影出版社1961年版，第213页。
2 [法]巴尔扎克著：《巴尔扎克全集》（第1卷），傅雷译，人民文学出版社1984年版，第8页。

人之间所形成的特定关系中,去塑造人物,才能较好地把握其性格形成的过程,才能真正塑造出平凡而非传奇的、贴近当代人生活的而非远离生活、远离人生的作品人物。从上面我们所列举的大多数西方长篇小说的经典作品中,我们可以看到,就其中一些主要人物形象而言,一般都不带有传奇性,是现实生活中真实的人的反映。他们的活动、行为,乃至最隐秘的思想,都能在现实生活中找到最终的根据。就人物的性格而言,这些作品中所出现的人物性格,都是逐渐形成的,是发展中的性格,是诸种社会关系作用下的产物。换言之,已经定型了的、一成不变的性格常常受到小说家的排斥。同样,倘若我们借用福斯特的理论,也可以说,上述长篇小说中出现的人物性格,都不是扁平的,而是圆型的,成功的人物性格都是一个矛盾的复合体。所以,有些学者将此时出现的长篇小说阶段看成是"性格小说"阶段,认为正是在这个时期,小说走进了人的世界,特别是走进了人的深层的性格和情感的世界。原来人物为故事服务的地位被颠倒过来,故事变成为塑造人物性格服务的手段,变成了性格的载体。这种看法和意见是非常深刻的,也是符合西方长篇小说发展实际的。

特征之三,和上述两大特征密切联系,此时西方文坛所出现的长篇小说作家,不再满足于固守将已有的观念加以艺术图解的创作模式,新的创作心态是力图将小说的创作本身变成认识复杂多变社会生活的一种过程。科学与文学的联姻,从而开始的新的长篇小说创作的革命是此时的大趋势。19世纪令人眩目的自然进化论、实证哲学、社会主义科学思想和科学技术的发明,以及商品经济的发展,造成了人们注重客观世界,注重事物发展规律的唯物主义的时代风尚。这样,反映在长篇小说的创作中,作家往往通过对一段时期内社会生活的清醒观察和如实描写,从而揭示出这段时期内的阶级关系和各种社会关系的变动。并常常通过作品场景和人际关系的展示,使倾向自然而然流露出来。特别是,这种现实主义的描写还会纠正作家本人的思想偏见,使作家可以得出与原来思想认识完全相反的结论来。例如,巴尔扎克就世界观来说是属于保皇党的,但是,正是通过他在小说中对各种社会关系变动的如实描写,却最终得出了他所钟爱的贵族们不配有好命运的结论。左拉在理论上是自然主义的鼓吹者,但是他却运用本身创作高超的艺术功力,最终使自己的大部分小说变成了批判现实主义的杰作。在狄更斯、托尔斯泰的创作中,我们也会清楚地看到这一点。

可以说，正是艺术上的这些特点，才使我们有理由把19世纪30年代至20世纪初近百年间的长篇小说看成是一个新的发展阶段，而且是高峰阶段。

第四节
20世纪西方长篇小说艺术发展略说

一、20世纪西方长篇小说的基本风貌

从西方长篇小说的叙事艺术和结构艺术的发展角度来考察，笔者认为，从20世纪二三十年代开始，西方长篇小说发展到了新的历史阶段。西方社会19世纪末20世纪初物质生产的进步，带来了社会结构的深刻变动，各种现代主义思潮的出现，带来了人们艺术观念的巨大变化，从而也导致了长篇小说艺术新形态的萌生和繁荣。

首先应该指出的是，正像任何事物的变化都并非是一时出现和完成的一样，西方艺术观念，特别是长篇小说观念的变化，也经历了几十年的孕育和演变过程。其实，这种变化早在19世纪下半叶即已经开始。在一些极富真知灼见的论著中，很多学者均指出了俄国作家陀思妥耶夫斯基和美国作家亨利·詹姆斯（1843—1916）对现代小说艺术产生所起到的重要作用。高尔基在谈到陀思妥耶夫斯基艺术地位的时候，曾深刻指出："应该有这样的人出现了：他在灵魂深处体现着人民对一切苦难的追忆，而且把这可怕的追忆反映出来——这人就是陀思妥耶夫斯基。"[1]他的著名小说《双重人格》（1846）实际上就体现着西方长篇小说现代艺术观念的最初尝试。在这部作品中，着重于人物人格分裂的分析，着重于人物内在本性和精神状态矛盾变化的精雕细镂，从而把性格形成的社会环境置于次要的地位，这就昭示着长篇小说新面貌的即将出现。亨利·詹姆斯用自己的《一个女士的画像》（1881）等一系列成功的长篇小说创作，特别是通过作品主人公心理流程变化的阐释，也为西方小说技巧的发展开拓了新的领域。在《一个女士的画像》这部小说中，它尽管还未完全脱蜕传统长篇小说叙事艺术的影响，但他在展示女主人公伊莎贝尔命运的时候，着重描绘的是伊莎贝尔在故事各个发展阶段的内心反应和主观感受。在被称为亨利·

---

[1] [苏]高尔基著：《俄国文学史》，新文艺出版社1956年版，第433页。

詹姆斯后期的"三大杰作"的《鸽翼》（1902）、《专使》（1903）和《金碗》（1904）中，作者把心理分析的写法推向了他自己创作的顶点。

但是，笔者认为，仅仅指出这两位作家是不够的，其实英国和法国等国家的长篇小说由古典传统向现代艺术的转变也在此时开始了。大卫·赫尔伯特·劳伦斯（1885—1930）是英国文坛这一艺术转变的代表。他的小说中，传统的艺术韵味和现代艺术意识有机结合，表明了他是一个艺术换型时期出现的长篇小说作家。他的《白孔雀》（1911）、《儿子和情人》（1913）、《虹》（1915）、《恋爱中的女人》（1921）、《羽蛇》（1926）和《查泰莱夫人的情人》（1928）等，既从传统的技巧出发，又不看重传统形式和情节构成方式，就实际上兼及了小说艺术两个阶段的特点。与其相似的另一位英国小说家是约瑟夫·康拉德（1857—1924），他的小说在艺术上也体现出了明显的传统艺术手法和现代艺术意识的杂糅。他的13部长篇小说，如《水仙号上的黑家伙》（1898）、《黑暗的中心》（1899）、《吉姆老爷》（1900）、《特务》（1907）和《在西方的眼睛下》（1911）等，虽然描写的是惊险事件，但他所注重的并不是事件本身，而是惊险事件在人们心理上引起的反应。此外，法国作家爱德华·杜夏丹（1861—1949）也以其《被砍掉的月桂树》（1887）的创作，位列西方现代主义小说家的前驱队伍之中。

当我们把上述长篇小说家的创作放到19世纪后期和20世纪初期的文坛，和其他现代主义流派作家的创作进行一番比较，恐怕我们就会得出一个较为明确的结论：这就是西方现代小说艺术的嬗变是以心理分析小说，或者说是以"意识流"小说的创作为先导的。换言之，其他现代主义流派，如象征主义、未来主义、表现主义等，或因没有产生小说，特别是长篇小说作品，或因出现长篇小说作品的时间稍晚，因此都没有起到开拓性的作用。

正是以注重心理分析小说为开端，西方长篇小说在欧美各个国家都显示出了新的艺术成就。

20世纪初期的法国，是长篇小说艺术换型得最有成就的国家之一。马塞尔·普鲁斯特（1871—1922）是促使西方现代主义长篇小说艺术走向成熟的最杰出的作家之一。他以毕生精力写作完成的7部集长篇小说《追忆逝水年华》（1913—1927），是将弗洛伊德和柏格森的理论融于一炉，将无数的回忆、遐想、潜意识的萌动巧妙地串联在一起，从而构成的一部现代西方文学的经典之作。它的出现使人们看到了法国小说完全与巴尔扎克等传统小说家的作品不同的结构新形式。

如果说，普鲁斯特的创作展示了法国乃至西方小说形式新风貌的话，那么，第一次世界大战前后，还有一些长篇小说作品仍继承着以往的传统，以现实主义的艺术手法描绘着社会生活。罗歇·马丁·杜伽尔（1881—1958）作为著名小说家之一，他在杰出的8卷集长篇小说《蒂波一家》（1922—1940）中，通过一个资产阶级家庭的生活展示，再现了第一次世界大战前后法国与欧洲资本主义社会的政治、经济、精神生活的各个方面，该作因艺术上的高超成就获得了1937年诺贝尔文学奖。弗朗索瓦·莫里亚克（1885—1970）虽被认为也是现实主义作家，但擅长心理分析，着重描写人物的内心冲突，也是其创作的重要艺术特色之一。他的《黛莱斯·德克罗》（1927）、《蝮蛇结》（1932）、《黑夜的终止》（1935）等20多部长篇小说，在文学史上至今仍有相当大的影响。安德烈·纪德（1869-1951）是法国文学中又一位世界级的长篇小说作家，1925年出版的《伪币制造者》以彼此没有联系的几个故事的平行发展和没有开端、没有结局的独特布局，推动了长篇小说结构艺术新的探索。而亨利·巴比塞（1873—1935）的《火线》（1916）和《光明》（1919）出版后也都引起了轰动。从艺术上看，安德烈·马尔罗（1901—1976）无疑也可以归入这一行列。他发表有关于亚洲的3部小说《征服者》（1928）、《人类的命运》（1933）、《王家大道》（1933），以及后来出版了以西班牙内战为背景的《希望》（1937）等成功之作。

在二三十年代出现的超现实主义文学，虽然在长篇小说上没有取得什么成就，但安德列·布勒东（1896—1966）的中篇小说《娜嘉》（1928）在艺术上对后来西方世界的长篇小说创作也产生着一定的影响。相比之下，路易·阿拉贡（1897—1982）1926年出版的《巴黎的农民》则更显示了超现实主义在长篇小说领域中的成就。但若与他后来发表的6卷巨著《共产党员们》（1947—1951）相比，恐怕后者的成就会更高些。

第二次世界大战结束之后，法国长篇小说创作进入到了新阶段。存在主义代表作家中，让-保尔·萨特（1905—1980）从1938年发表了著名的表现存在主义思想的小说《恶心》之后，在创作剧本的同时，也仍在使用着长篇小说的艺术形式表达着自己的哲学思想。他的未完成的多卷本巨著《自由之路》，其中已发表的《理性的年代》（1945）、《缓期执行》（1945）和《心如死灰》（1949）等，可以说，也是艺术成就颇高的。萨特以其文学主张和创作实践，对第二次世界大战之后的法国文学和世界文学均产生了巨大的影响。另一位存在主义小说家阿尔贝特·加缪（1913—1960）也以出色的长篇小说创作令人称道。他的成名作《局外人》（1942）和另一力作《鼠疫》（1947）甚至使他早于萨特获得了诺贝尔文学奖。

就在存在主义文学方兴未艾之时，法国小说界又经历了一次突变，这就是在20世纪五十年代"新小说派"的产生。"新小说派"刚刚问世时，被认为是"古怪""荒诞""象精神病发作"，不为人们所接受。可是，到了六十年代，却成了法国文坛的重要现象，其影响迅速波及到了欧美各国。阿兰·罗布-格里耶（1922—2008）是新小说派公认的领袖。主要作家还有娜塔莉娅·萨洛特（1900—1999）、米歇尔·布托尔（1926—2016）、克罗德·西蒙（1913—2005）、玛格丽特·杜拉丝（1919—1996）等。他们反对以巴尔扎克为代表的现实主义小说写作方法，公开宣称与19世纪现实主义的文学传统决裂，力图创作新的小说形式。例如，萨洛特的作品就独具一格，不仅与传统小说截然不同，而且与新小说派的其他作家相比也大相径庭。她一直都在革新传统小说的创作方法和语言，探索小说新的表现领域。萨洛特认为，传统小说中的对话以及对人物特征的描绘都容易使读者形成思维定势，某程度上是在误导读者，没有任何文学价值。因此小说家必须尽量不提供与人物有关的标志，以免读者不由自主地从中得到不真实的假象。"新小说"派中最重要的长篇小说代表作有罗布——格里耶的《窥视者》（1955）、萨洛特的《金果》（1963）、布托尔的《变化》（1957）、西蒙的《佛兰德公路》（1960）等。这一流派直到20世纪八十年代还有很大的影响，1985年西蒙获得了诺贝尔文学奖。

英国长篇小说艺术的转型也是以意识流小说的创作为标志并发展起来的。虽然我们在大卫·赫尔伯特·劳伦斯、凯瑟琳·曼斯菲尔德（1888—1923）的小说创作中，已经可以看到这种变化的端倪，但是，真正将此作为长篇小说创作的一种艺术方式并使之定型的，则应归功于杰出的爱尔兰籍作家詹姆斯·乔伊斯（1882—1841）。1916年他的自传体长篇小说《青年艺术家的肖像》的发表，是英国新的长篇小说艺术确立的标志。在这部小说中，作家通过主人公斯蒂芬·代达罗斯的意识流动，特别是潜意识的流动，以及让混乱的意识和清醒的意识交织在一起的手法，显示出了英国现代小说艺术的新走向。当他费时7年精心创作完成了代表作《尤利西斯》（1922）之后，可以说，英国现代长篇小说艺术达到了新的高度。而《芬内根们的苏醒》（1939）的创作花费了他整整16年的时间。这是一部用梦魇的语言来表现自我意识的"梦幻小说"，作家自称这是他的一部杰作。但它比《尤利西斯》更加隐晦，意识流手法的运用更加老练。维吉尼亚·伍尔芙（1882—1941）是英国现代文学中又一位杰出的意识流小说家。她一生都在致力于小说形式的探索和革新。她的《雅各布房间》（1922）、《达罗卫夫人》（1922）、《到灯塔去》（1927）和《海浪》（1931）等，在作品主题和艺术技巧方面有意识地进行实验，并终于使其现代小说形式臻于完美。

在第二次世界大战之前，除上述作家进行长篇小说艺术形式的新探索之外，有些继承着现实主义文学传统的小说家也在用自己的创作丰富着英国的文坛。深受巴尔扎克与左拉影响的阿诺尔德·本涅特（1867—1931），曾写出了《五镇的安娜》（1902）、《老妇人的故事》（1908）、《克莱汉格》三部曲（1910—1915）和《赖斯曼阶梯》（1923）等杰作。爱德华·摩根·福斯特（1879—1970）既是现代小说理论家，又是杰出的作家。他的评论著作《小说面面观》（1927）至今仍有较大的影响。而他的5部长篇小说均取得了较高的成就。《天使不敢涉足的地方》（1905）、《最长的旅行》（1907）、《一间可以看得到风景的房间》（1908）、《霍华德别业》（1910）和《印度之行》（1924）等，继承着英国风俗小说的传统，文字优美精练，并常有一些现代主义小说手法的精妙运用。威廉·索默斯特·毛姆（1874—1965）自1897年发表了第一部长篇小说《兰贝斯的丽莎》之后，又相继完成了《人性的枷锁》（1915）、《月亮和六便士》（1919）、《彩巾》（1925）、《大吃大喝》（1930）、《刀刃》（1944）等。这些小说也使其显现出了与传统小说不同的形式特征。

第二次世界大战之后，英国长篇小说成就从总体上来说，已不如从前。艺术创新意识的不足、小说团体或流派的鲜见，恐怕是长篇小说总体实力下降的原因之一。此时值得提出的长篇小说作家唯有克里斯托弗·衣修午德（1904—1986）。他早年受到表现主义的影响，写过一些作品。他成功的小说都是在定居美国后写成的。较有名者有《紫罗兰姑娘》（1945）、《夜晚的世界》

（1954）、《单身汉》（1964）、《河畔相会》（1967）等。戈拉汉姆·格林（1904—1995）在战前以写"消遣小说"和"严肃的文学"两类作品而闻名于世。《内心人》（1927）、《斯坦布尔列车》（1932）、《布赖顿硬糖》（1938）、《权力与荣耀》（1940）等都在当时产生了一定的影响。战后，他又写作了《沉静的美国人》（1955）、《病毒发尽的病例》（1961）、《喜剧演员》（1966）和《人的因素》（1978）等。格林的小说，善于安排情节，并把电影艺术的一些手法，引入作品，从而更深刻地展示了现代人的心理与精神世界。

恐怕战后出现的长篇小说作品《蝇王》（1955）是英国最有影响的一部杰作。它的作者威廉·戈尔丁（1911—1993）因此获得了1983年度诺贝尔文学奖。他的长篇小说还有《继承者》（1955）、《品契·马丁》（1956）、《自由降落》（1959）、《金字塔》（1967）、《航行礼节》（1980）以及《纸人》（1984）等。瑞典文学院对他的小说技巧给予了高度的评价。

德语国家在本世纪初，就开始了在各个艺术领域的变革。表现主义思潮从绘画领域开始逐渐进入到了小说领域和其他艺术领域。在长篇小说创作方面，生于奥匈帝国统治下的布拉格的奥地利作家弗兰茨·卡夫卡（1883—1924），被公认为是"现代艺术的探险者"。[1]他以怪诞、变形、佯谬、分身、交混、割裂、无序等一系列艺术手法，表现了现代西方知识分子伤痕累累的精神世界。他的3部长篇小说《美国》（1914）、《审判》（1918）、《城堡》（1922）被称为"孤独三部曲"，体现了表现主义小说的鲜明特征。可以说，卡夫卡的作品影响了当代所有的欧美现代派文学，包括表现主义、存在主义、超现实主义、荒诞派戏剧、新小说、黑色幽默等。德国小说家阿尔弗雷德·德布林（1878—1957）对20世纪德国长篇小说艺术的发展也有突出的贡献。他吸收了20世纪以来欧洲小说艺术的各种手法，如叙述角度的不断变换、联想、意识流、内心独白、蒙太奇以及事实报道等，进行了新的艺术创造。他的长篇小说《王伦三跳》（1915）、《华伦斯坦》（1920）、《山、海与巨人》（1924）、《柏林，亚历山大广场》（1929）、《1918年11月》（1937-1950）、《哈姆莱特或漫漫长夜有尽头》（1956）等，以表现主义技巧为主体，又广融各家之长，取得了很高的艺术成就。

---

[1] 叶廷芳著：《现代艺术的探险者》，花城出版社1986年版。

除表现主义外，现实主义小说在曼兄弟、海塞等人创作的同时，列昂·弗希特万格（1884—1958）也写出了长篇小说《侯车室》三部曲（1930—1940）和另一个三部曲《约瑟夫斯》（1932—1945）。埃里希·马利亚·雷马克（1898—1970）以长篇小说《西线无战事》（1929）一举成名。第二次世界大战前后，又相继发表了《流亡曲》（1941）和《凯旋门》（1946）。五六十年代，他出版了《生死存亡的年代》（1954）、《黑色的方尖碑》（1956）和《里斯本之夜》（1962）等。他的长篇小说，从艺术上看，与美国作家海明威的作品具有相似之处。阿诺尔德·茨韦格（1887—1968）是另一位在长篇小说艺术领域中有突出贡献的德国作家。他的《格里沙中士案件》（1927）、《1914年的青年妇女》（1931）、《凡尔登的教育》（1935）、《国王登位》（1937）、《停火》（1954）、《时机成熟》（1957）等，构成了他描写第一次世界大战的一组现实主义长篇小说系列《白种人大战》，具有编年史和史诗性质。

第二次世界大战结束后，东西德分治，奥地利共和国宣布永久中立。因此，德语小说呈现出了分头发展的局面。战后德意志民主共和国出现的杰出长篇小说作品，有威利·布莱德尔（1901—1964）的《亲戚和朋友》三部曲（《父亲们》，1941；《儿子们》，1949—1952；《孙子们》，1953），安娜·西格斯（1900—1983）的《死者青春长在》（1949）、《抉择》（1959）和《信任》（1968），埃尔温·施特里马特（1912—1994）的《赶牛车的人》（1950）、《丁柯》（1954）等。在德意志联邦共和国，长篇小说的杰出作家和作品也大量涌现，如沃尔夫冈·克彭（1906—1996）和他的《草中的鸽子》（1951），亨利希·伯尔（1917—1985）和他的《亚当，你到过哪里？》（1951）、《……一声没吭》（1953）、《一个小丑的看法》（1963）、《以一个妇女为中心的群像》（1971）、《丧失了名誉的卡塔琳娜·勃罗姆》（1974）和《监护》（1979），京特·格拉斯（1927—2015）和他的《铁皮鼓》（1956-1959）、《非人的岁月》（1963）、《比目鱼》（1977），西格弗里德·伦茨（1926—2014）和他的《面包与运动》（1958）、《德语课》（1968）、《家乡博物馆》（1978）等就是其杰出的代表。在德语文学中，瑞士作家弗里德里希·迪伦马特（1921—1990）的《诺言》（1958）也有代表性。

20世纪二三十年代之后，苏联长篇小说由于受到各种极左文艺政策的影响，艺术上的转型特征并不十分明确，但就长篇小说成就来看，也很可观。米哈伊尔·亚历山德罗维奇·萧洛霍夫（1905—1984）是继托尔斯泰、高尔基等大师创作之后，把苏联小说，特别是长篇小说创作艺术再一次提高到世界级水平的又一位杰出作家。他的史诗性巨著《静静的顿河》（1928—1940）结构庞大复杂，历史内涵丰富。能与它媲美者，恐怕唯有托翁的《战争与和平》。阿列克塞·尼古拉耶维奇·托尔斯泰（1882—1945）也是对苏联长篇小说艺术作出了巨大贡献的艺术家，他的《苦难的历程》三部曲（《两姊妹》，1922；《一九一八年》，1927—1928；《阴暗的早晨》，1940—1941）和《彼得大帝》（第一卷，1929—1930；第二卷，1933—1934；第三卷，1944-1945，未完成）也是苏联文坛长篇小说的佼佼者。列昂尼德·马克西莫维奇·列昂诺夫（1899-1994）战前就曾以长篇小说《索契河》（1930）等优秀创作，受到高尔基的称赞。战后，在1953年完成了代表作《俄罗斯森林》。该作以19世纪末到20世纪40年代漫长的俄罗斯社会变动为背景，展示了广泛的社会生活，艺术上亦颇具功力。康士坦丁·米哈依洛维奇·西蒙诺夫（1915—1979）的《日日夜夜》（1943）、《生者与死者》三部曲（1954—1970），也是不可多得的艺术杰作。此外，瓦西里耶夫（1924—2013）的《这里的黎明静悄悄》（1969）、邦达列夫（1924—）的《岸》（1975）、恰科夫斯基（1913—）的《围困》（1968—1975）等在艺术上也属于精品之列。

除上述之外，此时欧洲其他各国长篇小说也是佳作迭出。北欧有丹麦作家马丁·安德逊·尼克索（1869—1954）的《征服者贝莱》（1906—1910）、《蒂特，人的女儿》（1917—1921）和《红色的莫尔顿》（1945—1948）；也有挪威女作家西格里德·温塞特（1882—1949）的《克里斯丁·拉夫朗的女儿》三部曲（1920—1922）；瑞典作家帕尔·拉格尔克维斯特（1891—1974）的《侏儒》（1944）和《巴拉巴》（1950）；冰岛作家贡纳尔·贡纳尔松（1889—1975）的5卷集巨著《山间的教堂》（1923—1928）等。在东欧，出现了波兰作家加罗斯拉夫·伊瓦什凯维奇（1894—1980）的《荣誉和赞扬》（1956—1962）；罗马尼亚作家卡·彼特雷斯库（1894—1957）的《爱情的最后一夜，战争的第一夜》（1930）；捷克作家卡列尔·恰佩克（1890-1938）的长篇幻想小说《鲵鱼之乱》（1936）等；南斯拉夫作家伊沃·安德里奇（1892—1975）的长篇三部曲《德里纳河上的桥》（1945）、《特拉夫尼克纪事》（1945）、《女士》（1945）等。在南欧，意大利作家路易其·皮兰德娄（1867—1936）的长篇小说《已故的帕斯卡尔》（1904）《老人与青年》（1913）、《一个电影摄影师的日记》（1915）等，颇具现代主义的艺术特色。意大利当代最著名的作家当推阿尔贝托·莫拉维亚（1907—1990），他在长达半个世纪的创作中，写出了很多部长篇小说，其中尤以《冷漠的人们》（1929）、《罗马女人》（1947）和《内在生活》（1978）成就最高。在当代西班牙作家中，首屈一指的当为卡米洛·何塞·塞拉（1916—2002）。他的名作分别是《帕斯奈尔·杜阿尔特一家》（1942）和《蜂房》（1951）。在希腊，当代小说家卡赞扎基斯（1883—1957）在1946年也写成了颇具影响的长篇小说《阿勒克西·卓尔巴斯的一生》。

在20世纪的西方长篇小说成就中，美洲大陆的文坛极为引人注目。可以说，当代长篇小说的艺术试验，很大一部分是在美洲大陆进行的。

先说美国长篇小说的成就。如果说20世纪初至二三十年代，美国文坛的现实主义小说在德莱塞等作家的创作中得到了长足发展的话，那么，产生在欧洲大陆的一些现代主义文学流派和其艺术方法，在二三十年代美国文坛上也获得了呼应。威廉·福克纳（1897—1962）是在长篇小说艺术上，继亨利·詹姆斯之后出现的美国现代文学中最自觉、最有成就的意识流长篇小说作家。他一生共写了19部长篇小说。1929年他的代表作《喧哗与愤怒》的发表，标志着"意识流"长篇小说形式在美国的成熟，也标志着自普鲁斯特、乔伊斯之后意识流小说又一种构成形态的出现。此后的1929年至1936年间，是福克纳创作力最为旺盛的时期。此时他出版的长篇小说有《我弥留之际》（1930）、《八月之光》（1932）、《押沙龙，押沙龙》（1936）等，这些作品，在艺术上继续进行着新的开拓。四十年代之后，他还相继发表了有"斯诺普斯三部曲"之誉的《村子》（1940）、《小镇》（1957）和《大宅》（1959）。正是这些杰作使他获得了1949年度诺贝尔文学奖。欧内斯特·海明威（1899—1961）的创作活动时间几乎与福克纳相同。他是以独特的风格、简洁的文体，显示了美国小说新的艺术面貌的。1926年，海明威头一部重要的长篇小说《太阳照样升起》问世。作品因其对第一次世界大战之后青年一代的幻灭感和失望情绪作了真实的反映，因此，该作成了"迷惘的一代"的代表作。1929年，他的另一部长篇小说《永别了，武器》的出版，显示了海明威艺术上的成熟。四五十年代，欧洲存在主义思想的传播,使他的长篇小说逐渐具有了这一哲学的韵味。此间他相继发表了《有的和没有的》(1937)、《丧钟为谁而鸣》(1940)、《过河入林》(1950)以及中篇小说《老人与海》(1952)和长篇遗作《海流中的岛屿》(1970年出版)等一系列杰作。1954年,瑞典皇家科学院在授予他诺贝尔文学奖时,对他的创作给予了高度的评价,认为他"精通现代叙事艺术"。弗·司各特·菲兹杰拉尔德(1896—1940)也是在二三十年代文坛上颇有影响的小说家,他的代表作《了不起的盖茨比》(1925)、《夜色温柔》(1934)等显示出了其艺术上的独创性。

20世纪三十年代前后,还有几个美国长篇小说家的名字熠熠生辉。约翰·斯坦贝克(1920—1968)最优秀的作品大都发表在30年代。其中《愤怒的葡萄》(1939)是公认的美国大萧条时期的一部史诗。小说杰出的现实主义的艺术描写手法,曾是他获得1962年度诺贝尔文学奖的重要原因之一。在"哈莱姆文艺复兴"中涌现出来的黑人作家理查德·赖特(1908—1960)在艺术上与斯坦贝克相近。他亦以现实主义的手法展示了现代美国社会中黑人的命运和觉醒,其代表作《土生子》(1940)亦被认为是黑人文学中的里程碑。

五六十年代之后,美国长篇小说艺术开始更进一步向多元方向拓展。杰罗姆·大卫·塞林格(1919—2010)的长篇小说《麦田里的守望者》(1951),被认为是第二次世界大战结束到今天的当代美国文学两部"现代经典"中的一部[1],这部作品在艺术上把马克·吐温等人开创的文学传统和心理现实主义的分析技巧有机结合,产生了独特的艺术魅力。它实际上影响了20世纪五十年代产生的"垮掉的一代"的长篇小说作家们的创作。

在美国五十年代产生的"垮掉的一代"作家中,杰克·凯鲁亚克(1922—1969)用一部长篇小说杰作《在路上》(1957)使他在美国和世界文学史上留下了自己的名字。在这部小说中,充分展示了垮掉派小说创作反英雄、反情节、反结构、反传统的特点。

在20世纪六十年代,美国文坛出现了"黑色幽默"派。这是一个典型的现代主义小说流派,其中许多作家均是长篇小说作者。约瑟夫·海勒(1923—1999)是"黑色幽默"派的代表人物之一。1961年他的长篇小说《第二十二条

---

[1] 《麦田里的守望者·译者前言》,见[美]塞林格著:《麦田里的守望者》,施咸荣译,漓江出版社1983年版,第1页。

军规》的发表，展示了"黑色幽默"小说的基本思想特征和艺术倾向。他另有长篇小说《出了毛病》（1974）和《像黄金一样好》（1979）等，也表现出了拿痛苦开玩笑的艺术特色。库特·冯尼格（1922—2006）也是一个很有成就的"黑色幽默"派小说家，他的《猫的摇篮》（1963）、《上帝保佑你，罗斯沃特先生》（1965）、《五号屠场》（1969）、《囚犯》（1979）等，均以其荒诞的描写展示了现代人类社会所遇到的种种窘境。此外，托马斯·品钦（1937—）的《万有引力之虹》（1973）、约翰·巴思（1930—）的《烟草经纪人》（1960）等，也在当代美国文坛上占有一席之地。

20世纪下半叶美国文坛还出现了一大批颇有成就的犹太小说家和黑人小说家。

在犹太小说家队伍中，艾萨克·巴什维斯·辛格（1904—1991）成就较高。他的长篇小说主题大都展示在现代文明和排犹主义双重压力下犹太人在异邦的命运。较著名的作品有《莫斯卡特家族》（1950）、《戈莱的撒旦》（1955）、《鲁伯林的魔术师》（1960）和《萨沙》（1978）等。因其作品继承了意第绪文学和美国文学的双重传统，获得1978年诺贝尔文学奖。索尔·贝娄（1915—2000）是用创作来极力探索当代西方世界精神危机的小说家。从1944年他发表了处女作《晃来晃去的人》起，相继出版了《奥吉·玛琪历险记》（1953）、《雨王汉德逊》（1959）、《赫索格》（1964）、《赛姆勒先生的行星》（1970）、《洪堡的礼物》（1975）、《院长的十二月》（1981）等一批长篇小说杰作。1976年，他以"对当代文化富于人性的理解和精妙的分析"而获得诺贝尔文学奖。学术界认为他是继福克纳和海明威之后最伟大的美国当代小说家。

在20世纪下半叶出现的黑人作家中，詹姆斯·亚瑟·鲍德温（1924—1987）和托尼·莫里森（1931—）的成就较高。前者曾写下了长篇小说《向苍天呼吁》（1953）、《乔瓦尼的房间》（1956）、《另一个国家》（1962）、《告诉我火车开走多久了》（1968）和《假若比尔街能够讲话》（1974）等杰作。后者以《最蓝的眼睛》（1970）、《秀拉》（1973）、《所罗门之歌》（1977）、《黑婴》（1981）、《宠儿》（1987）和《爵士乐》（1992）等优异的长篇小说创作获得了1993年度诺贝尔文学奖。

20世纪是拉丁美洲文学的黄金时代，也是拉丁美洲长篇小说史上空前的繁荣发展时期。有影响的流派、优秀的作家和作品不断涌现。不足百年所产生的作品无论在数量或质量上都超过了此前四百年来用西班牙文字写成的拉丁美洲文学作品的总和。

根据国内外一些学者的意见，20世纪拉丁美洲文学的第一个高潮是20年代前后出现的地方主义文学。地方主义有三大代表作品，即哥伦比亚作家何塞·欧斯塔西奥·里韦拉（1889—1928）的长篇小说《草原林莽恶旋风》（1924）、委内瑞拉作家罗慕洛·加列戈斯（1884—1969）的长篇小说《堂娜芭芭拉》（1929），阿根廷作家里卡多·吉拉尔德斯（1886—1927）的长篇小说《堂塞贡多·松勃拉》（1926）。在这些作品中，展示了拉丁美洲原始大自然的威力，描写了热带原始森林、潘帕斯草原超人的力量和文明人的无能为力，并以表露出的新的艺术手法为后来的魔幻现实主义小说的出现打下了坚实的基础。

20世纪50年代前后，现实主义革命文学使拉丁美洲文学达到第二个繁荣期。其实，现实主义革命文学是从1911年墨西哥革命开始的，直至五六十年代达到高潮。在这一文学中，涌现出来的著名长篇小说作家及作品有墨西哥作家马里亚诺·阿苏埃拉（1873—1952）和他的《在低层的人们》（1916）、《起义者佩德罗·莫雷诺》（1935）、《诅咒》（1955），秘鲁小说家西罗·阿莱格丽亚（1909—1967）及其《广漠的世界》（1941）等。

从19世纪末到20世纪初，就在地方主义和现实主义革命文学蓬勃发展的时候，以"现代主义"命名的一个文学改革运动出现在拉丁美洲文坛上。在三十年代以后，名目繁多的各种现代派，诸如世界主义、立体主义、表现主义、先锋派、超现实主义、荒诞现实主义、魔幻现实主义、结构现实主义等出现在文坛上。特别是魔幻现实主义文学以全新的面貌经过几十年的发展，在六七十年代轰动了世界文坛，成为拉丁美洲文学发展的第三个高潮。而长篇小说创作，又是魔幻现实主义文学中最重要的艺术形式之一。

古巴作家阿尔基罗·卡彭铁尔（1904—1980）是魔幻现实主义先驱之一。他在20世纪三四十年代发表的两部长篇小说《埃古·扬巴·奥》（1933）和《这个世界的王国》（1949）最先体现出了"神奇现实"特有的艺术魅力。危地马拉作家米格尔·安赫尔·阿斯图里亚斯（1899—1974）是魔幻现实主义小说的杰出大师。1946年他出版了代表作长篇小说《总统先生》。此作以深邃的思想内容和神奇的艺术手法，享誉世界文坛。此后，他还相继发表了长篇小说《玉米人》（1949）和三部曲《强风》（1950）、《绿色教皇》（1954）、

《被埋葬者的眼睛》（1960）。正是"由于其出色的文学成就，他的作品深深地根植于拉丁美洲印第安人的民族气质和传统之中"[1]而获得1967年度诺贝尔文学奖。哥伦比亚作家加西亚·马尔克斯（1928—2014）的创作，达到了魔幻现实主义文学成就的最高峰。从他于1955年发表了第一部长篇小说《落叶》开始，就以高超的魔幻现实主义手法，相继出版了《恶时辰》（1961）、《百年孤独》（1967）、《家长的没落》（1975）、《霍乱时期的爱情》（1985）等长篇小说杰作。特别是《百年孤独》被译成了世界各种主要语言，研究专著已达400余部之多，受到了全世界各国读者的热烈欢迎。作品以神奇的手法，用幻想与现实交织的画面，通过马孔多镇布恩迪亚家族七代人的经历，反映了拉丁美洲近百年来的历史。1982年，他获得了诺贝尔文学奖。当代墨西哥作家胡安·鲁尔福（1918—1986）用虚幻怪诞手法写成的《佩德罗·帕拉莫》（1955）也颇具魔幻现实主义长篇小说的艺术风韵。尤其在其作品中，现实与梦幻、人间与鬼域、过去与现在界线的打破和交融等艺术技巧，对拉美乃至后来世界其他各国小说创作均产生着重大的影响。

二、20世纪西方长篇小说特点初探

根据上述我们对西方文坛20世纪长篇小说的艺术成就所做的粗略勾勒和扫描，可以发现，其艺术的更迭、变化乃至融合与创新，构成了20世纪长篇小说色彩斑斓的艺术世界。可以说，一部20世纪西方长篇小说的艺术史，就是多种小说创作方法及其形态的多元探索史。但是，当我们将其作为一个整体来加以考察时，便会发现，在它们所体现出来的艺术上的多种差异中，还存在着多方面的趋同性或曰共同性特征。

特征之一，20世纪出现的西方长篇小说艺术，从叙事形式上看，故事的解体、情节的淡化、心理分析以及人物精神状态和心理流程的直接呈现，导致了长篇小说结构形态的激烈变化。19世纪占统治地位的用多情节线索交织及其开头、发展、高潮，然后最终走向结局的有序布局方式，已经被无情节线索，或没有明显的、完整的情节线索的小说构成方式所取代。换言之，长篇小说作品

---

[1] 转引自廖星桥主编：《西方现代派文学500题》，辽宁人民出版社1988年版，第577—578页。

的结构难以再用情节线索发展及交织、纠缠等传统方式去组合与构成，这已经成了20世纪西方大多数长篇小说作品的共同性特征。可以说，"无情节线索或情节线索的淡化与消解"是其艺术的一般规律。这一特点，我们不仅在意识流小说、表现主义小说、超现实主义小说、存在主义小说、新小说、"黑色幽默"小说等现代主义小说诸种流派的成功之作中，可以得到证明，就是在用传统的创作方法，诸如浪漫主义、现实主义方法创作而成的长篇经典作品里，我们也会找到根据。以现实主义小说艺术为例，很多文学史家和文艺批评家，在谈到20世纪西方长篇小说艺术特征的时候，都看到了20世纪现实主义长篇小说与19世纪以典型化来严格摹仿现实、反映现实著称的长篇小说之间的明显差异。至于魔幻现实主义、结构现实主义乃至近年来西方产生的新现实主义，与传统的现实主义艺术就更加相去甚远了。在这种20世纪出现的所谓现实主义长篇小说中，虽说仍有情节线索，但是情节线索本身前后一贯的联系已不甚紧密；虽说仍有诸多情节线索的纠缠，但构成纠缠的原因常常不再是情节本身发展的逻辑关系而是心理因素或其他形式因素。所以，批评的实践常常使人们感到对现代社会产生的小说从艺术上划分是如此的困难，即一部作品究竟是注重情节发展的，还是注重心理流变的，是情节小说还是心理意识小说很难说清楚。因此，聪明的批评们家常常用"你中有我，我中有你"来对此加以说明。这不是批评家的狡黠，而是作品本体就是如此。

特征之二，与作品情节淡化和消解的特征相联系，此时西方长篇小说描写的对象，已从注重社会客观存在的生活，特别是人际关系的描写转向对作家本人或作品中人物内心世界的阐释。一般而言，20世纪出现的长篇小说，在展示人物内心世界时，往往采用两种主要方式。其一，以意识流、新小说、黑色幽默等流派为代表的现代主义小说展示方式。在这类长篇小说中：（1）在对人物的内心世界进行表现时，作家的心绪和作品中人物的心绪已几乎相等或完全融为一体；（2）作品所涉及的人的心理活动达到了人类心理意识的各个层面，理性意识的、下意识或潜意识的，乃至无意识的诸种意识活动不仅均有所涉及，而且常常是以下意识和潜意识的活动为主导，将众多的意识因素有机地构成一个完整的内心世界景观，（3）作品由于以人的意识活动为基本描写对象，从而省略了一切传统的长篇小说的故事情节、人物性格、环境场景等外在的载体。这样，传统的叙事方式已被打破，过去、现在、将来的有序的时空逻辑已被心理意识的纷然杂陈所取代。意识流动或心理活动的展示，既是载体，亦是本体。其二，在非现代主义长篇小说中，即在仍处于传统叙述方法的范围内的20世纪其他长篇小说中，虽然还有故事情节的发展、人物形象的塑造和作品环境的展示，但是，作家已经向作品中人物的内心世界纵深发展，并把发掘人物性格深层结构中的矛盾斗争，写出灵魂的深刻和复杂，当成了小说创作主要的描写选择。在这里，作家所热衷于展示的是人物的内心感觉，是诸种事件所引起的人物内心的冲突、矛盾、困惑和痛苦等。所以，有些学者将20世纪小说的发展特征称之为"心理印象小说"，或把这个阶段称之为"内心世界的审美化展示阶段"，是有道理的，也是符合西方20世纪长篇小说艺术发展实际的。

特征之三，如果说19世纪之前西方的长篇小说作家，是把创作本身当成认识复杂多变的社会生活的一种过程和方式的话，那么，20世纪许多作家则是在作品中更多地表达了他们对现实生活的困惑、迷惘和不解。在传统价值观念解体的同时，随之出现的还有传统思维模式的解体。过去传统长篇小说家在创作时，作家或者往往要通过自己的艺术描写告诉人们某种价值判断；或者通过某种具体生活的描绘，给读者展示或使读者领悟到某种价值评判。典型的现代主义小说与之完全相反，它们完全抛弃了价值评判。小说创作的无目的性，进而言之，无思想性和无倾向性是作家在创作时的基本追求。不能说教，或无法对混乱荒诞、难以理喻的世界得出结论，几乎是这类作家创作长篇小说艺术作品的共同心态。正因为如此，我们才能够真正理解为什么此时出现的一些长篇小说故事会解体，情节线索会消隐；也才能够理解为什么有些小说家会热衷于展示人的下意识和潜意识世界。当有人问及法国著名荒诞派戏剧家贝克特，在他的戏剧名作《等待戈多》中的戈多是指什么时，贝克特回答："我要是知道，早就在戏里说出来了。"[1]这句话，我认为，也完全适用于20世纪的一些长篇小说作家。也可以说，这句话是他们共同心态的体现。

当我们通过本章四节的篇幅对西方长篇小说艺术发生与发展的历史进行了粗线条的勾勒和扫描之后，可以说，正是在这不同的艺术流变阶段中，诞生出了西方长篇小说三大基本结构模式，即"流浪汉小说式"结构模式、"巴尔扎克小说式"结构模式和"意识流小说式"结构模式。

1　赵乐甡、车成安、王林主编：《西方现代派文学与艺术》，时代文艺出版社1986年版，第380页。

第二编
构成论

第三章
"流浪汉小说式"结构模式界说

第一节
"流浪汉小说式"结构的构成及其特征

1554年,西班牙的一个身世已不可考的无名氏出版了一部薄薄的小说《小癞子》(全称为《托梅尔斯河上的小拉撒路》)。作品主要叙述了一个名叫拉撒路的穷孩子在谋生过程中的复杂经历。小癞子从小离家流浪,作家根据他的足迹所至,在描写了其性格成长发展过程的同时,又先后安排了他给狡黠虚伪的瞎子引路、给极端吝啬的教士当佣人、给虚荣心极重的破落绅士做跟班、给修士当仆从、给一个兜销赦罪符的人当帮手等种种事件。这样,小说不仅塑造了一个活生生的小流浪汉的形象,而且还通过主人公小拉撒路的活动分别展示了当时西班牙社会各个阶层不同人物的精神面貌和生活场景。作为近代西方社会出现的一部典型的流浪汉小说,从艺术上看,它鲜明地表现出了以主人公的亲身经历为情节线索,按主人公的活动足迹,通过其活动过程、所见所闻来安排各种生活场景的结构构成特点。

应该指出,《小癞子》的出现,绝不是偶然的,这是西方叙事艺术漫长历史发展的结果。它的篇幅虽短,但在叙事和结构艺术上,已明显更为严谨,更具有形式学价值。可以说,正是《小癞子》的叙事与结构方式,直接对西方长篇小说的结构形成与发展,提供了新的范本,并产生了极其重大而深远的影响。此时或以后出现的一些重要的长篇小说作家,如塞万提斯、班扬、笛福、菲尔丁等人,无不从《小癞子》所开创建立的描写方式和结构方式中受到启发,并开始了自己的长篇小说创作的。所以,从结构学的意义上来说,《小癞子》及其《堂吉诃德》《天路历程》《鲁滨逊漂流记》等小说的艺术结构方式标志着现代西方长篇小说最初的、也是第一大结构模式的诞生，这就是我们所说的"流浪汉小说式"的结构模式。

作为一种独特的长篇小说结构模式，"流浪汉小说式"结构模式表现出了极其鲜明的结构艺术特征：

首先，在这一最初的西方长篇小说结构模式中，长篇小说作家所注重的是作品主人公活动足迹的连续运动和唯此为中心描写对象的原则。也就是说，这一结构的基本特征之一，是作家以作品中的一个或数个主人公（数个主人公必须成为一个活动运动的整体）的活动为线索，按主人公活动的足迹，通过主人公的亲身经历、所见所闻，来安排各种独立的生活场景及各种不同的人物事件。这里，主人公的活动线索不仅必须是明显的和有力的，而且必须是从头到尾贯穿始终的。那些采用"流浪汉小说式"结构进行创作的作家所注意的，首先而且必须是作品主人公活动与经历的纵向发展历程。换言之，即作品结构的中心情节线索在整部长篇小说结构的构成中处于明显的支配地位。小说中所描写的众多独立存在的故事、一些互不相干的场景及事件，均是由主人公自身活动将其联结成为一个有机的艺术整体的。如在受到《小癞子》结构影响而写成的西班牙、也是世界文坛上出现最早的现代长篇小说《堂吉诃德》，在结构构成上就是如此。作家塞万提斯正是通过主人公堂吉诃德主仆二人三次外出游侠冒险的经历，广泛而深刻地描写了西班牙16世纪末、17世纪初的社会生活。从作品的结构形式上看，这部小说的中心情节结构线索始终是与主人公的个人经历与个人活动的足迹联系在一起的。

《堂吉诃德》开宗明义便写了主人公行侠冒险的缘由。作家首先描写了西班牙一个叫拉·曼却地方的穷乡绅吉哈达因读骑士小说入了魔，决心仿效古代的伟大骑士，冒险游侠，匡正时弊。他拼凑成一副破烂的盔甲，自名"堂吉诃德"，亦为家中的瘦马命名为"驽骍难得"，以邻村的牧猪女为意中人，并为之起了一个贵妇的名字"杜克希尼娅"。于是在某天清晨，开始了第一次"游侠"的壮举。不久，重伤而归。伤愈后，他说服了贫苦农民桑丘·潘扎为侍从，再次出游。先后经历了战风车、战羊群、抢头盔、放苦役犯、黑山修炼等事件，做出了许多荒唐可笑的事情，直至被人装进笼子，送回家中，结束了第二次"游侠"。第三次出游时，又经历了与猛狮挑战、参加卡麻丘婚礼、受公爵夫妇捉弄、随从桑丘当"海岛总督"等一系列事件。最后描写了他因比武输给了伪装为"白月骑士"的好友,奉命回家。临终前,幡然醒悟,怒斥骑士文学,并立下遗言,禁止外甥女嫁给读过骑士小说的人。通过对这部小说故事情节的简要描述,我们可以看出,全书结构的中心情节线索就是堂吉诃德(包括一直跟随他的桑丘)的活动足迹。作品中所出现的宫廷、农舍、城镇、乡村、牧场、森林、城堡、客店等诸多场景;所出现的农民、商人、贵族、囚犯、强盗、妓女、僧侣、公差等700多个人物,都是与堂吉诃德活动的足迹及其所见所闻密不可分的。

值得说明的是,在采用"流浪汉小说式"结构模式创作而成的作品中,处于中心地位的情节结构线索,不仅是鲜明的、强有力的、处于支配地位的;而且,这一结构线索是绝对不能间断的,它必须从始至终一直在活动,从头到尾一直在支配着全部小说结构的构成。在上面所举这部西方著名长篇小说的例子中,可以看出,无论是塞万提斯笔下的堂吉诃德的活动如何荒唐,如何不近情理,但他的活动都是不能半途而废的。对一个采用这种结构模式创作的小说家来说,是不能随随便便让其主人公或走开或死去,从而换一个人物再接着描写的。因为这样一来,整部作品的和谐、统一的结构形式,将会破坏殆尽。

还以《堂吉诃德》为例来说明这个问题。如前所述,《堂吉诃德》作为一部典型的"流浪汉小说式"结构模式写成的作品,是毫无疑问的。但是,正如很多批评家所看到的那样,该书的第三十三章《何必追根究底》及第三十四章《何必追根究底的下文》,在全书的结构上具有明显的不和谐之处。之所以如此,其根本原因在于,这两章明显地脱离了主人公堂吉诃德的活动,另起炉灶地讲述了富贵公子安塞尔莫荒唐地请求好友罗塔琉勾引自己的妻子卡密拉,以求证明其贞洁,结果弄假成真的故事。这种写法在全书的结构构成上,显得突冗和赘庸,也使读者感到与堂吉诃德本身的活动,没有什么联系。正是这种情节线索的间断,造成了该小说在结构上的白璧微瑕。

其次,"流浪汉小说式"结构模式的第二个鲜明特征在于,采用此种结构模式进行创作的小说家,在写作中极为注重对每个独立存在的、具体的故事的描写。换言之,特别注意每一个具体故事自身的完整性、生动性和丰富性。在我们随手可以举出的西方长篇小说的大量例子中,凡采用此种结构模式的创作者,无一不在其作品中写下了一个个具体的、生动的、完整的故事。例如《堂吉诃德》中所包含的有头有尾的故事约计超过40余个。英国作家笛福的长篇小说《鲁滨逊漂流记》中蕴含的故事也很多。与笛福同一时代的小说家约拿旦·斯威夫特的《格列佛游记》中主人公的四国游记，实际上也是四个极为完整的故事。凡此种种，不一而足。而每当人们在谈到这类作品的时候，都会如数家珍般地把其中一个个引人入胜的小故事活龙活现地讲述出来。由此，我们可以说，这类小说的成功与否，不仅需要将主人公活动的线索描写得鲜明有力，而且还与每个独立故事写得如何关系极大。

"流浪汉小说式"结构作品中所要求的每个具体故事的完整性和独立性，这也就是说，被主人公活动所贯穿起来的作者所描写出来的每个具体小故事，都必须具有一个完整故事所必须的开端、发展、高潮、结局等诸个情节要素，同时也必须具有自己独特的矛盾冲突线索和特定的具体情境。还以《堂吉诃德》为例。在小说第二卷中有两个挨得较紧的故事。一个是第十七章《堂吉诃德胆大包天，和狮子打交道圆满成功》；另一个是第二十章《富翁卡麻丘的婚礼和穷人巴西琉的遭遇》及第二十一章《续叙卡麻丘的婚礼以及其他妙事》。通过对"向猛狮挑战"和"卡麻丘婚礼"的考察，我们就可以看出它们之间的各自独立性是如何表现的。就"向猛狮挑战"这一故事而言，它的情节开端在于堂吉诃德发现了为皇家园林运送猛狮的驿车和作出挑战的决定；情节发展在于他冲上前去及打开笼门等一系列活动；当他挑逗猛狮，逼其战斗，狮子出笼观望，可以看作是此故事的高潮；笼门关闭，堂吉诃德获得了"胜利"，可视为该故事的结局。猛狮与堂吉诃德之间的关系构成了此故事特定的具体情境。而在"卡麻丘婚礼"故事中，故事情节的开端是堂吉诃德主仆二人在游侠路途中，遇上了财主卡麻丘正在举行极为奢侈铺张、规模庞大的婚礼；发展阶段主要体现为二人所见的贫苦青年巴西琉设计与所爱的人结婚；情节的高潮是巴西琉如愿以偿、卡麻丘要与之厮杀、堂吉诃德仗剑主持公道；结局是卡麻丘放弃报复，巴西琉与有情人终成眷属。在这个故事里，青年巴西琉与财主卡麻丘的矛盾也构成了自己故事的冲突线索和特定情境。由此可见，在上述两个故事中，不仅均各自具备了一个完整的故事所具有的人物、场景、事件诸要素，在结构构成上也具备了各自情节线索的开端、发展、高潮和结局。一个完整的故事所该具有的一切，在两个故事中都已经具备了。

同样，通过更深一步的考察，我们还会发现，在这些自成系统、独立存在的一个个故事与故事之间，并不存在着互为因果的关系。也就是说，前一个故事并不一定对后一个故事的出现和发展构成其原因，而后一个故事亦非一定是前一个故事形成和发展的必然结果。如在上述两个故事中，"向猛狮挑战"根本不对"卡麻丘婚礼"故事产生些微的影响。前一个故事结束了，除了主人公的活动线索继续向前延伸外，其他一切（包括前一个故事中的陪衬人物、相应的对象以及环境背景等等）均被作家放弃了。甚至连主人公自己对刚刚发生过的事件似乎也不再留有任何印象。后面出现的故事完全是在另一个地点、另一个时间，由另外一些事件和另外一些人物重新构成的。不仅如此，如前所言，这里描写出每个独立的故事本身，又都具有着自成系统的完整故事的独特成因。可以说，主人公所经历的每一个具体事件，因为完整，都会给读者留下一个个生动的、难以泯灭的印象，都可以作为一个完整生动的故事而独立存在。并且有趣的是，即使我们把这些单个的故事从这类结构构成的长篇小说中砍掉几个，长篇结构的完整性和整体性也不会被破坏。之所以能够如此，其根本原因就在于"流浪汉小说式"结构本身，即是一种不追究每个故事前因后果的结构形态。

　　当然，这些故事的独立性和完整性并不是在排除主人公参与情况下完成的。相反，在采用这类结构而形成的小说中，作品的主人公恰恰是这其中每一个独立存在故事中的一个重要角色，他的活动是与每个具体故事中的矛盾冲突紧密地联系在一起的。如堂吉诃德大战猛狮，堂吉诃德就是这个故事的主角，没有他的参与，这一故事就不可能存在。再如在卡麻丘与巴西琉双方剑拔弩张，局势千钧一发的时候，没有堂吉诃德的仗义执言，故事的结局就会向另外一个方向发展。所以，在这个独立的故事中，堂吉诃德也是其中一个重要角色。倘若我们把这种参与放在结构构成意义来上看，它实际上证明，这种结构是靠着中心线索贯穿起一个个散在的故事来实现的。每个独立存在的具体的、完整的、生动的故事并非是游离于主要情节线索之外的，而是与主要情节线索密不可分的有机的艺术整体。

　　再次，"流浪汉小说式"结构模式的第三个构成特征是，在这类小说中，一个个独立的、具体的故事排列，是按其时间发生顺序，或者说按主人公行动线索由前到后、从早到晚的发生过程一个接一个排列的。就其结构形态而言，这是一种典型的直线型结构布局。众所周知，传统小说自诞生以来，作品往往是通过对客观过程的忠实描摹而展开；故事往往是由开头、发展进入高潮直至结局。时间的顺序，空间的联系和因果作用等等逻辑关系是作家所共同遵守的法则。这种创作程式反映在长篇小说的布局上就是直线型的结构：让事件或人物由前到后、有始有终、前后有序，一步步地向前发展，直至终结。

需要强调指出的是，这种直线型故事排列，必须以不破损每一个具体故事的完整性为前提。不能将一个个具体故事打碎，重新组合，使之呈现出"你中有我、我中有你"的局面。也就是说，在这类结构构成的作品中，必须是按时间发展顺序，写完一个故事之后，再写其后发生的又一个故事。依次类推，不能交融，不能穿插，不能颠倒。

这种按时间顺序排列每一个具体故事的结构方式，是与主要情节线索的发展紧密相联的。它的明显标志是，在西方长篇小说中，我们会发现，凡是主人公在活动中先看见、先碰到、先参与的事件，就必须写在前面，反之，则必须依次放在后面。

为了进一步说明这一结构特征，下面，我们以另一部"流浪汉小说式"结构的典型作品，再进行一番较为深入的分析。

18世纪英国著名小说家笛福的代表作《鲁滨逊漂流记》，自诞生以来，产生了举世瞩目的影响。这部小说的中心线索是鲁滨逊三次外出的航海冒险活动。尤其是第三次冒险遇海难后漂流荒岛28年的经历，构成了小说结构线索纵向直线型发展的基本骨架。正是围绕着这一基本情节线索，作品从头到尾依次描写了一个个具体的故事。凡读过这部小说的人，脑子里总会浮现出这样一个个生动具体的画面：一个到非洲贩卖奴隶的青年，因暴风雨的缘故，被抛到一座荒岛。这里一无所有，完全是一幅"世纪初"的景色。开始时，他没有地方住宿，便在树枝上过夜；饮食也成了问题，不得不忍饥挨饿。总之，"衣食住行"等生活最迫切的问题都得由他一个人从头解决。他在极其困难的条件下，最初只能进行渔猎活动，以捕食鱼鳖、野鸽、山羊等野生动物为食。后来开始驯养动物，由渔猎阶段进入到畜牧阶段。又过了很长时间，他才开始种植大麦和其他粮食作物，从此进入了稼穑时期。他最初只能吃生东西，像太古初民一样，过着茹毛饮血的生活。过了许久，才做出了简易的舂麦子、稻子用的木臼，碾面粉、米粉的石磨以及制馍馍用的土陶器，于是由生食阶段进入烧烤烹饪阶段。他最初只能在岛上活动，望洋兴叹。后来，他凭借自己的力量制造出了独木舟，从此开始绕岛航行，查看形势。并凭借《圣经》与火枪驯服了野人"星期五"。作品最后描写了他帮助一艘舰船上的船长，制服了哗变的水手，回到了英国。

从上述对《鲁滨逊漂流记》基本故事情节的讲述中，可以看出，作品中所描写的每一个独立存在的故事，都不是不顾时间前后联系而随意写出来的。作家是根据鲁滨逊的活动发展进程，尤其是在荒岛上所逐一碰到的困难，不断的所见所闻的前后顺序将这些具体的事件一个个分头写出来的。从更深层意义上来说，他的活动本身完全体现出了人类社会由低到高发展进步的痕迹。

这种依据主人公活动的情节线索，依次由前到后直线型排列一个个具体故事的结构特征，我们在其他采用"流浪汉小说式"结构创作而成的长篇小说中，也是不难发现的。例如法国作家勒萨日的长篇小说《吉尔·布拉斯》、英国小说家狄更斯的《匹克威克外传》等，都自觉地遵循了这一结构原则。

综上所述，可以看出，"流浪汉小说式"结构模式的特征是极其鲜明的。这些特征是区别于其他长篇小说结构模式的基本标志。如用图表显示，"流浪汉小说式"的结构构成呈现出下述形态：

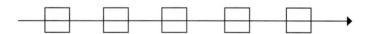

图表中处于中心地位的横直线是小说中主人公的活动足迹或生活经历的代表，也是作品结构中的中心情节线索的象征；图表中各自独立的方块图型则代表的是小说中一个个独立存在的、具体的故事的呈现。如果根据象形的原理，这种"流浪汉小说式"的西方长篇小说结构形态也可以称之为"串珠式"结构模式。

"流浪汉小说式"结构自诞生之日起，立刻成为西方长篇小说结构的基本模式之一。纵观西方长篇小说历史的发展，可以看出，很多长篇小说作家自觉或不自觉地利用这一类型的结构创作出了众多的文学精品。如前所言的西班牙小说家塞万提斯的《堂吉诃德》、英国小说家笛福的《鲁滨逊漂流记》以及其他尚未进行具体分析的作品，如班扬的《天路历程》、斯威夫特的《格列佛游记》、菲尔丁的《弃儿汤姆·琼斯的故事》、勒萨日的《吉尔·布拉斯》、伏尔泰的《老实人或乐观主义》、狄更斯的《匹克威克外传》、马克·吐温的《汤姆·索亚历险记》和《哈克贝利·费恩历险记》以及果戈理的《死魂灵》、托尔斯泰的《复活》等等。正是这些杰出的作品，显示出了其小说结构构成上的相似性和一致性，从而形成结构上的稳定性和模式化特征。因此，我们可以指出，"流浪汉小说式"结构模式的提出，绝非是主观臆断的结果，恰恰是我们依据西方长篇小说发展的历史而得出的科学结论。不仅如此，这种结构模式，甚至影响到了非小说的其他长篇叙事作品的结构构成，如歌德的诗体悲剧《浮士德》、拜伦的"抒情史诗"《恰尔德·哈洛尔德游记》等。这一切，均证明了"流浪汉小说式"结构模式所起的巨大作用和强大的艺术生命力。

第二节
"流浪汉小说式"结构的构成规律

文学艺术作品的生产是人类精神领域最富活力的创造性劳动之一。作为一种特殊的生产现象，它不能不受其客观规律的制约。我们认为，任何长篇小说结构的形成，也必然会有其独特的构成规律，并且它亦是不以小说作者的意志为转移的客观存在。英国现代著名的小说理论家埃德温·缪尔曾指出，对这种规律，作家"可能不了解它们，但重要的是，他必须要服从它们。"[1]

应该指出，对任何结构规律的探讨都不能离开对其结构特征考察这一前提。西方长篇小说结构中的"流浪汉小说式"结构模式的构成规律，也是与其结构特点密切相关的。进而言之，"流浪汉小说式"结构模式中主要情节线索的单一纵向发展，每个具体故事本身的完整独立以及在主要情节线索统筹贯串下具体故事排列的有序性特点，带来了其结构构成的独特的规律性。

（一）凡采用"流浪汉小说式"结构进行长篇小说创作的作家，在创作伊始，必须要把寻找出一条强有力的、能贯穿整个作品始终的中心情节线索作为其结构的首要任务。环境对人物性格形成与发展的影响、事件对人物的作用等，虽然也需要作家来考虑，但与这一中心线索的确定相比，都是退而次之的。因为作品的中心线索对全部结构的构成而言，它是脊椎，是整个房架的大梁，没有它，这一结构形式就会走向失败。

对此，那些采用"流浪汉小说式"结构创作出成功作品的杰出的长篇小说作家，虽然在当时还没有这样明确的理性意识，对此也没有上升到理论高度，

---

[1] Edwin Muir. *The Structure Of The Novel.* Hogarth Press, 1938, p.12.

但是，他们对此也有过不自觉的说明。如塞万提斯在他的长篇小说《堂吉诃德》的第二章曾写道："我们这位新簇簇的冒险家一边走一边自语：'记载我丰功伟绩的真史，将来会传播于世；……我的丰功伟绩值得镂刻在青铜上，刻在大理石上，画在木板上，万古流芳。'"[1]这里所说的"我"的"丰功伟绩"，指的就是主人公堂吉诃德的一系列活动。这样，作者昭示出，他要写的是一个人的故事，是以一个人的活动作为小说的中心情节线索的。笛福在他的长篇小说《鲁滨逊漂流记》的原序中，也开宗明义地指出："假如世界上真有什么私人的冒险经历值得发表，并且发表后还会受到欢迎的话，那么编者认为就是这部自述。编者认为这个人一生的离奇遭遇，实在是前此闻所未闻的；没有一个人的生活比他具有更大的变化。"[2]英国作家斯末莱特在其长篇小说《蓝登传》开篇的《作者序》中，不仅总结了塞万提斯、勒萨日写作中的特点，也对自己这部小说的构成作了粗略的表述："我所要表现的是关于一个谦卑而有品德的人如何和各种困难挣扎，是关于一个无亲无友的孤儿，一方面由于自己缺乏经验，另一方面由于人类的自私、忌妒、恶意和卑鄙的漠然态度，因而遭受到各种困难。为了使读者能处处袒护他，所以我给了他一个比较好的出身和教育，我希望借此使心地坦率的读者对他的一系列的不幸遭遇能够寄予更热烈的同情。"[3]

从上面的引述中，可以看出，这些著名的长篇小说作家都是在创作伊始，将寻找出构成全部作品结构的中心线索——即一个人的命运和遭遇——作为其作品艺术结构构成的首要任务的。

国内有些学者将贯串结构各部分的中心情节线索称为贯线[4]。并认为这是结构艺术的一个难度较大的问题。究其原因，是因为结构本身需要有高度的统一性。如前所言，"流浪汉小说式"结构本身是要将众多散在、具体、独立的故事联结成为一个有机的艺术整体，这就势必要求我们的长篇小说作家在动笔伊始就要做到对中心情节线索的心中有数。

1　[西班牙]塞万提斯著：《堂吉诃德》（上册），杨绛译，人民文学出版社1979年版，第17页。
2　引自方原译《鲁滨逊漂流记》的《原序》，见[英]笛福著《鲁滨逊漂流记》，人民文学出版社1978年版，原序页。
3　引自杨周翰译《蓝登传》的《作者序》，[英]斯末莱特著：《蓝登传》，上海译文出版社1980年版。
4　李永生著：《短篇小说创作技巧》，山西人民出版社1984年版，第282页。

通过对众多典型的西方"流浪汉小说式"结构构成的长篇小说的考察，我们又不得不指明下述这样一个事实：这种中心情节结构线索的构成主要是依据作品主人公的活动。换言之，是以一个主要人物的动作线构成了作品情节结构的中心骨架的。这诚如亚里士多德所说："我们从人物可以看出作品的特色，而从动作——人物的行为——才能感到悲或喜。"[1]这就要求一个作家在考虑其小说主要情节线索的构成时，要把目光始终盯在主人公的行动上面，因为作品的全部结构都要被他的活动所决定，并与其活动发生密切的联系。在此，我们不妨将《蓝登传》目录择其大要，梳理一下，看一看斯末莱特是怎样用主人公的活动来确立其作品结构的中心情节线索的。

该作品以第一人称写成，主人公蓝登主要活动的顺序如下：

> 我的出生——我长大了——我的舅父到来解救了我——老师待我野蛮——我的学业进步很快——我决定到伦敦去——我在赶路中的奇遇——我在街头遭人侮辱——我把及格证书交给海军部——我在海军部的见闻——我听到威廉斯女士的身世经历——我被拉伕——我在舰船上的遭遇——我的出征——我们奉命驶回英国——我回欧洲的经历——我抵达伦敦——我与两个贵族交上了朋友——我的受骗——我的求爱过程——我被捕——我去非洲贩黑奴——我重回家乡——我结婚——我一天比一天幸福了

从上述简单描述中，可以看出，斯末莱特正是把握住了主人公"我"的活动线索，才有条不紊地安排了全部的结构，从而描绘了一幅广阔的社会生活画面。这一点，我们从《堂吉诃德》《鲁滨逊漂流记》《吉尔·布拉斯》《匹克威克外传》《汤姆·索亚历险记》《尼尔斯历险记》中也可以看得十分明显。

谈到动作、活动，进而言之，谈到情节线索，就不能不涉及到某种特定的动作与活动所构成的情节的发出者和体现者，即人物。莫泊桑指出："人物所有的行为和动作，都是其内在本性、思想、意志和怀疑的反映。"[2]这里，当我们把人物与"流浪汉小说式"结构联系起来的时候，实际上就关系到两个问题：一是什么样的人物活动或曰人物动作可以构成这种结构模式的中心线索；二

---

1 [英]爱·摩·福斯特：《小说面面观》，苏炳文译，花城出版社1984年版，第73页。
2 文艺理论译丛编辑委员会：《文艺理论译丛》，人民文学出版社1958年第3期，第172页。

是任何人物都是有自己的性格的，什么样的性格可能导致这种结构形式的形成。

那么，究竟什么样的人物动作或人物活动可以构成"流浪汉小说式"结构的中心情节线索呢？我以为，受这种结构形式的独特特征所决定，小说家在创作时必须要选择那些动作性强、活动频繁的人物作为自己的描写对象。这种人物不能是懒于活动、害怕冒险的平庸者，而是不甘寂寞、四处游动，不断以自己超凡的行动进行活动的探险家、游历者、流浪汉乃至被迫远走他乡、四处漂泊的人物。与此相关的是，这些以行动作为中心情节线索的人物的性格，又必须是富于冒险精神的性格，也就是说是不平凡、不平庸的性格，甚至这种性格基本上是定型化了的，即使有些变化，也是渐进式的。关于这一点，本书在后面还将谈到。

（二）"流浪汉小说式"结构的构成规律还要求，小说家在创作时必须要有大量的、较为新颖奇异的故事储备；在写作中必须要在中心情节线索的连缀下安排好每一个具体生动的故事，写好每一个故事。这是因为，主要情节线索（即主人公的活动）必须要有这些引人入胜的故事的衬托，才能使整部小说富于吸引力而不流于平淡，才能达到平中出险、令读者欲罢不能的艺术效果。

法国著名启蒙主义作家伏尔泰的哲理小说《老实人又名乐观主义》，毫无疑问是一部采用"流浪汉小说式"结构形式写成的一部杰作。作家在其具体故事的安排和写作上，达到了结构艺术的极高成就。根据法国著名作家雅克·弗奥特的统计，在这部类似中篇的小说中，全书共写出较为完整的故事也有33个之多。法国小说家埃克多·马洛的长篇小说《苦儿流浪记》，其中也描写和安排了大约有16个头尾完整的故事。

凡此种种，说明了一个问题，即采用"流浪汉小说式"结构进行长篇小说创作的作家，一般来说，心中都蕴藏着数十个或上百个激动人心的具体故事，他们都是讲生动丰富多彩故事的高手。进而言之，他们在观察生活、积累素材时，注视的中心点并非是主人公性格，而是一个个鲜活、生动和奇异的故事（这也是民间故事创作的遗留影响）。或者他们所遇到的、或者听人讲说的、或者通过其他各种渠道得来的故事将比人物的性格更长久地留在作家的心中，遗留在他们脑海的屏幕上。应该说，在这些小说家的潜意识里，总是轰鸣着这样一个声音：即没有众多的故事，就没有小说的创作。因为他们深知，采用此类结构创作时，没有众多富有趣味性的故事，是难以达到"试令说话人当场描写，可喜可愕，可悲可涕，可歌可舞；再欲捉刀，再欲下拜，再欲决膑，再欲捐金；怯者勇，淫者贞，薄者敦，顽纯者汗下"[1]的艺术效果的。塞万提斯的长篇小说《堂吉诃德》出版后，一时"洛阳纸贵"，当时是小孩子也翻读，小伙子也细读，成人熟读，老头子点头簸脑地读。宫廷里、大街上、小酒店、客厅里、炉火旁，各种各样的人都翻来覆去，读得烂熟。之所以有这样的艺术吸引力，恐怕也是与作家所描写的堂吉诃德所经历的种种滑稽可笑的具体故事分不开的。

要写好这类结构长篇小说中的每一个故事，就需要小说家们首先要在自己丰富的故事库储备中，选择好每一个故事。也就是说，他写出的每一个故事除了具体、完整外，一定要奇异有趣。奇异有趣、引人入胜与否，是作家决定取舍的一个重要标准。有些小说家，他们在作品中所描写的故事，从现实真实的角度而言，并非是合理的，如塞万提斯所描写的堂吉诃德大战风车、杀戮羊群等，但因其符合奇异有趣的原则，不仅被保留了下来，而且还成了令人津津乐道的情节。选择好故事的另一个标准是必须与主人公的性格与经历相符。也就是说，每一个被作家写到作品中的故事必须要符合主人公的活动风格。例如主人公是一个充满不切实际的幻想型性格的人物，就应该多选择那些看起来荒唐可笑的事件；假如主人公是一位冒险家，那就应该多选择那些险象环生的奇异故事；倘若主人公是个注重实际生活的人，那么，小说家必然要更注重生活中已经发生或可能发生的事件。

其次，小说家们在选择出了每一个可用的故事之后，就应该注意围绕着结构的中心线索安排好每一个故事。在这类小说展开的进程中，如前所言，故事的排列必须以时间和空间的顺序由前向后，依次排列为前提、为特征，这是毫无疑问的。但一个长篇小说作家必须注意，尽管围绕中心情节线索纵向安排每个故事，相对来说是比较容易的。但要连接得天衣无缝，浑然天成，也并非易事。依据我们对采用这类结构创作而成的经典长篇小说的考察，其故事与故事间的连接方法大致有以下几种：

一是自然连接。所谓自然连接，是随着中心情节线索的向前发展，两个或两个以上的故事顺势地、平稳地相接在一起，其中不留任何偶然的、人为的痕

---

[1] 引自绿天馆主人《古今小说序》。见黄霖、韩同文选注《中国历代小说论著选》（上），江西人民出版社2000年版，第225页。

迹。例如，在《堂吉诃德》中曾写到：

> 堂吉诃德离开了堂狄艾果家的村子没走多远，碰到两个教士或大学生装束的人和两个老乡，四人都骑着驴。……那四人碰见堂吉诃德，也和别人初次见到他一样吃惊，争要知道这个怪人是谁。

（《堂吉诃德》下册，第十九章）

在这段话之前，塞万提斯先写的是堂吉诃德在绿衣骑士庄上的种种趣事；接下去写的是另一个故事《多情的牧人和其他着实有趣的事》。他用主人公离开前一个故事发生的地点，路途中碰到另一些人的方法，巧妙地、自然地将两个故事连接在了一起。再如《痴儿西木传》中的"自然连接"的例子：

> [痴儿西木自述逃出妖魔舞会之后] 我一直趴在地上，……大约在上午九点左右，来了几个筹粮的士兵，他们把我唤醒；现在我才看清楚，原来我就躺在一片荒野上。这些人把我带到了几架风车跟前，在那里他们把粮食全部磨碎之后，又把我带到马格德堡前的军营里，我便在那儿归了一位步兵团的上校所有。[其后便是西木重操旧业，再度充当小丑的故事。]

（《痴儿西木传》第十九章）

这里，通过"我"（痴儿西木）从上一个"故事"中逃出，又被"带到"另一个故事的描写，也连接得极为自然，没留下人为的痕迹。

二是突转性连接。所谓突转性连接，主要是指当一个故事在中心情节线索的链条上被写完后，作家常采用其主人公突然遇到或参与到另一个事件中的写法进行两个故事间的连接。也就是说，主人公在参与完前一个故事的活动之后，他所遇到的后一个故事的偶然性大于必然性。

例如在《鲁滨逊漂流记》中，作家先写了主人公在一个山洞中发现了一只垂死的老山羊及其最后掘坑埋掉它的故事，紧接着他又写道：

> 有一天一清早，天还没亮，我刚刚出门，忽然看见远处海岸上有一片火光。……（我）平卧在山顶上，向那一带地方望去。我立时发现那边有几个裸体的野人，围着一小片火坐着。[以下是发现野人及

其围绕着野人发生的故事的描写。]

这里，笛福采用的正是从一个故事突然跳到另一个故事的突转性写法。就鲁滨逊自身的行动而言，他并非一定要碰到野人，但作家却在他的行动之外，突然给他安排了一个超出自身活动范围的突发性事件，这实际上就是用突转的手法将两个独立的故事连接在了一起。

在另一部采用"流浪汉小说式"结构创作而成的著名长篇小说中，我们也可以看到这一"突转"手法的精彩运用。法国科幻作家儒尔·凡尔纳的名作《海底两万里》中，有这样一个紧密连接两个故事的场景。"诺迪卢斯"号潜水船来到一座岛屿附近突然搁浅后，主人公阿龙纳斯先生同几个人来到了一个小岛上。当他的仆人龚赛义抓了两只小鸟，打死一只野猪和几只小袋鼠，几个人正吃得津津有味的时候：

> 恰在此时，一块石头落在我们脚下。
> 我们望着森林那个方向，又一片石块飞来打掉了龚赛义手中的肉块。我们急忙站起身来，举枪在肩。
> 森林边闪出二十来个土著人，向我们投扔石块。
> [下面是关于他们如何摆脱土著人故事的描写。]

在这个章节中，前一个故事主要描写了潜水船搁浅后他们如何求生，后一个故事则主要是与土著人的遭遇。但作家却用"恰在此时，一块石头落在我们的脚下"的突转手法，把两个故事天衣无缝地连缀了在一起。

三是铺垫性连接。铺垫连接主要是指作家写完一个故事后再写下一个故事时，先进行铺垫性的描写，以使两个故事间平稳过渡。

在《堂吉诃德》上册第二十二章到第二十六章，共写了两个较完整的故事。一个是堂吉诃德好心放了一伙囚犯，结果却挨了一顿毒打。另一个故事是他为了爱情决定在黑山修炼。为了将这两个性质不同、发生的地点也不同的故事有机地连接在一起，作品采用了明显的铺垫性写法。首先，他释放囚犯，是犯了罪，而"神圣友爱团"只要抓住他和桑丘，就会吊死他们。所以，桑丘建议快点躲避。这样，堂吉诃德骑上马，"由桑丘骑驴领路，从一个山口走进附近的黑山"。其次，描写到了黑山后，发现一个已经烂掉一半儿的箱子，箱子里除了有衣服和金币外，还有一册装潢得很精致的记事本，里面写满了情诗和情书。接着又描写了他与卡迪纽的相遇，听他讲述了其爱情故事。由此才引出了他为杜尔西内娅·台尔·托波索小姐的"发疯"以及他在黑山中修炼的种种趣事。正是这种铺垫性的描写使两个故事在不知不觉中浑然天成地组合在了一起。

在美国作家马克·吐温的长篇小说《汤姆·索亚历险记》的第十三章到第十七章中,我们也会看到作家这种铺垫性描写使两个故事平稳过渡的高超手法的运用。第十三章的故事主要是汤姆等几个孩子决心做"海盗",离家出走,在杰克逊岛建立了"巢穴"。而第十七章则是他们失踪后,镇上的人为他们举行"葬礼",他们偷听人们对他们美好的评价,以及最后突然出现在人们面前所引起的骚动。两个故事中间的几章,正是作家为两个故事的过渡所进行的铺垫性描写。他首先写了孩子们初到岛上后的兴奋;接着写了孩子们开始想家,不久又描写大人们开着小汽艇沿河打捞他们的尸体,从而使他们发现了一个秘密,原来大人们以为他们已经淹死了。于是引出了汤姆偷着回家,偷听了波莉阿姨的谈话,最后引出了"海盗们"参加自己葬礼的情节。

四是交错性连接。这是指在前一个故事的发展中,已埋下了下面一个故事即将出现的一些征兆、线索或伏笔。如前所言,在此类结构的构成中,故事与故事间分别是处于具体的、独立的状态之中的。这就需要作家在进行交错性连接时,注意不破坏两个故事的各自完整性。

在斯末莱特的《蓝登传》中,第二十一章至第二十三章,作家写了一个沦为妓女、并且已病入膏肓女人的故事。在得到了蓝登的救助,病愈之后,这个名叫威廉斯女士想到一条计策:她要去挣点钱,等一挣到钱后就去买一套乡下姑娘穿的衣服,然后去到一个远离城市的乡村,再坐车回到城里,冒充刚从乡下来找事的姑娘;她希望用这个办法得到一个职业。然后她与蓝登挥泪告别(这实际上已为她的再次出场埋下了伏笔)。在第二十四章及其以后的一些章节中,作家并未写她,而是继续写蓝登的故事。直到下卷第十九章,他才又描写了蓝登与威廉斯的重逢。并补述了威廉斯女士离开了蓝登之后的故事以及二人后来的各种纠葛。

在《堂吉诃德》中,当堂吉诃德先生在黑山修炼伊始,便让桑丘回去找杜尔西内娅小姐。结果桑丘遇到了正在寻找堂吉诃德的神父和理发师,于是他们跟随桑丘来到了黑山,并凭着妙计,解除了这位多情骑士最严厉的赎罪自罚。这里,桑丘被命令回去找杜尔西内娅小姐,并碰到神父和理发师,就是为下文中多若泰假扮落难的米戈米公娜公主,请求堂吉诃德跟她回国,铲除奸贼,堂吉诃德欣然应允,一同走出黑山的故事埋下了伏笔。这也是典型的交错性故事连接手法。

但应注意,在一部成功地采用"流浪汉小说式"结构构成的长篇小说中,故事与故事间的这四种连接手法,常常是交替使用的,唯其如此,才不会造成平淡呆板。从构成逻辑上看,连接之妙在于叙述充满着发展的能量。一方面各种情景的出现应是对以往情景或隐或现的响应,另一方面又是继续酝酿、生发未来故事的契机,从而使作品始终具有向前流动的活泼趋势。这种多样连接手法的运用,就在结构的构成上较为容易达到连接之妙。

(三)采用"流浪汉小说式"结构进行创作的作家,在构建其作品时,还要注意这种结构另一重要构成规律,即对结构自身的灵活性和构成过程的灵活性的把握。

由于受到"流浪汉小说式"主要情节线索的直线型发展,以及对众多独立存在故事串连式构成特点的制约,这种结构构成的自身就充满了灵活性。首先,它表现在作家在进行长篇小说创作时,可以根据自己对社会生活的认识程度和对材料掌握的程度,对原有的结构设想加以随时调整。众所周知,在世界文学史上,曾经有许多采用这类结构模式进行创作的作家,他们开始并没有将某部作品写成长篇巨制的打算。但是随着作家对生活理解的深入以及小说受到读者欢迎等原因,小说的篇幅逐渐增长,甚至最终成为一部皇皇巨著。英国小说家狄更斯在谈到他的长篇小说《匹克威克外传》的创作时,曾说道,1836年2月,一家刚刚建立的查普曼和霍尔出版公司的出版商,约他写尼姆罗德俱乐部的历险故事。"这个俱乐部的成员相约外出狩猎、钓鱼、游玩,一路上由于他们自作聪明,常常弄巧成拙,落入各种尴尬的困境。"[1]出版商原先的意思仅仅是想用绘画来表现一个个滑稽的、令人捧腹的独立故事,而狄更斯的任务不过是给一位名叫罗伯特·西摩的通俗连环画家的画作些无关紧要的文字说明。狄更斯写道:"我想了想,表示反对。首先,我说,我虽然生在外地,在乡下还呆过一段时间,但我除了酷爱旅行,却算不上什么了不起的狩猎、钓鱼的能手;其次,作品的主题缺乏新意,陈腔旧调,早已被人用滥了;再者,这部历险记应该根据文字编绘,这样效果要好得多。我对他们说,我要按照自己的方式来写这部作品,我要展现更多的英国社会场景和人物。我甚至担心,写

---

[1] 引自[英]赫皮尔逊著:《狄更斯传》,谢天振等译,浙江文艺出版社1985年版,第43—48页。

到最后我也许会打破我最初设想的计划。"[1]结果,正是根据狄更斯调整后的计划,小说获得了空前的成功。甚至在这期间西摩自杀,绘画者换成了哈布洛特·布朗之后,也没有影响小说的成就。类似这样的例子甚至在东方文学中我们也可以随时看到。日本著名批判现实主义文学作家夏目漱石在他的处女作、长篇小说《我是猫》的创作时,也有着对小说的结构随时加以调整的经历。按作者原来的计划,该部作品最初仅仅是要写成一部短篇小说。然而发表后,却受到了读者的热烈欢迎,在正冈子规等朋友的劝说下,作家开始连续不断地写了下去,短篇逐渐扩展成了长篇,直至第十一章,写"猫"因偷喝了啤酒,掉到水缸里淹死后,作品才告结束。这种结构构成的灵活性特点,我们在鲁迅的中篇小说《阿Q正传》中也可以看到。据相关材料记载,《阿Q正传》在报刊上连载后,受到了读者的热烈欢迎。但鲁迅先生则在繁忙的工作之中,还要应对报馆的催稿,疲于应付。因此,他曾经多次表示小说可以结束了。但他的好友、报馆主编孙伏园不同意,坚持要作者写下去。结果小说越写越长。假若不是孙伏园先生外出,鲁迅就不可能那么快地给阿Q一个"大团圆"的结局,《阿Q正传》极有可能由一个中篇而拓展成为一部著名的长篇小说的。纵观中外这些小说,它们几乎无一不是采用"流浪汉小说式"结构创作而成的。因为采用这种结构形式,作家就可以随意控制小说的长度和规模,可以随意调整其结构的布局。夏目漱石在《我是猫》初版序言中说的一段话:"《我是猫》像海参一样,不易分辨哪是它的头,哪是它的尾,因此随时随地都可以把它截断,进行结束。"[2]这段话正是对小说家们运用这类结构创作时灵活性的最恰当和最贴切的说明。

不仅如此,"流浪汉小说式"结构的灵活性还表现在,作家在小说创作中、可以尽情地挑选那些最能吸引读者的一个个场景和一个个散在的生活事件并把它写进作品中,以满足不同读者的口味与好奇心,增强作品的可读性。由于读者所处生活地位的不同,生活在下层社会中的人们,往往对上流社会的事件怀有好奇的心理;而那些终日生活在上流社会中的人,又常常会对下层社会的事件怀有浓厚的兴趣。甚至处于同一地位的人,也会对发生在彼时彼地的

---

[1] 引自[英]赫皮尔逊著:《狄更斯传》,谢天振等译,浙江文艺出版社1985年版,第43—48页。
[2] 引自朱维之等主编《外国文学简编[亚非部分]》,中国人民大学出版社1983年版,第381页。

一些事件渴望了解其过程。这些发生在不同的社会环境中，甚至性质完全相反的事件，要将其有机地统一在一起，是较为困难的。但"流浪汉小说式"结构形式构成的灵活性，却使小说家们较为容易地解决了这个问题。因为他们可以随意地让他作品中的主人公多走一些地方，多经历一些事件。可以随时地让他的主人公从一个场景跳到另一个场景，从一个社会环境跳到另一个社会环境。对故事而言，也是如此。一个引人入胜的故事写完了，小说家可以灵活地让他的主人公再碰到另一个奇异的或滑稽可笑的事件。例如堂吉诃德骇人的风车奇险、大战羊群、挑战猛狮以及匹克威克所经历的种种滑稽可笑的事件，只有在这种不追究每一个具体故事前因后果的灵活结构中才能成为可能，才能不使读者感到突兀和难以理解。

"流浪汉小说式"结构的构成，也同时要求每一个采用此类结构进行创作的作家，在进行这类长篇小说的创作时，密切注意和把握这种结构的灵活性，并将其作为一种构成规律加以高超的运用，以扬长避短。并随时随地地依据手头的材料和读者可能具有的接受心态对原有的结构设想加以调整，从而达到画面众多、场景丰富、曲尽其妙、波澜起伏的艺术效果。

第三节
"流浪汉小说式"结构的艺术效应

作为长篇小说的基本结构模式之一，用"流浪汉小说式"结构形式写成的作品，亦体现出了极其鲜明的艺术效应。而这种由结构构成带来的独特的艺术效应，又恰恰表现出了这类长篇小说独特的审美特质。

第一，人物性格的浮雕式效应

在以往小说创作理论中，均涉及到环境与人物的关系问题。因此，可以说，环境与人物的关系问题，是以塑造人物为主的长篇小说极为重要的一个方面。以塑造富于典型性的、栩栩如生的人物形象为主要创作目的的小说家们，无疑都非常重视环境（社会环境和自然环境）对人物的行为和性格所起的重要作用。但在考察采用"流浪汉小说式"结构构成的作品时，我们却可以明显地看出环境与人物性格二者之间的游离。也就是说，在这类长篇小说中，一定的具体环境并没有对一定的人物性格和行为的形成与发展，起到必然的、决定性的制约作用。

我们之所以如此断言,根据之一在于,当人们大量地翻阅、研读那些采用"流浪汉小说式"结构构成的经典性作品时,便会发现,小说中主要的主人公的性格往往都是单一的和定型的,是缺少发展变化的。即使这类作品中有些人物的性格有变化,也都是缓慢的和渐进的。有些小说评论家将之称为"类型人物"或"扁平人物"。这些人物诚如英国小说家、评论家爱·摩·福斯特所言"他们最简单的形式,就是按照一个简单的意念或特性而被创造出来"[1]的。他并举例说:"真正的扁平人物可以用一个句子表达出来。例如'我永远不会抛弃米考伯先生',这是米考伯夫人说她不会抛弃米考伯先生的话。她没有抛弃丈夫,确实做到了。也许还可以举一例:'我务必隐瞒主人家的贫困,即使编造谎言也在所不惜。'在《兰墨摩新娘》一书中有个名叫巴德斯东的人,说起话来与众不同,但这句话已把他刻画出来了。他是为这句话而活。他没有欢乐,没有一般家仆常有的各种私欲和痛苦。无论他干什么,去哪儿,不管他撒了谎或打了盘子,都是为了隐瞒主人家的贫困。这不是他固定不变的意念,因为他这个人就没有什么可以固定的意念。他本身就是意念,他目前的生命即从这个意念的边缘发射而出现,或者从这一意念同小说其他因素拼击出的火花中产生。"[2]从福斯特的举例中可以看出,米考伯夫人的性格是单一的,即"忠贞";巴德斯东的性格也是单一的,即"忠诚"。那么,我们据此来考察几部"流浪汉小说式"结构构成的作品,也会发现同样的相似之点。例如堂吉诃德的耽于幻想、鲁滨逊的热衷冒险、匹克威克的天真轻信等等,无不显示出了其性格的单一性和相对的稳定性。在这些人物形象身上,一般不具有多重性格要素的组合和性格本身明显的发展变化。

根据之二,如果我们对这类结构的长篇小说中主人公基本性格的成因进行深入的考察,还会发现,构成这些人物性格的原因往往不是环境的影响,也不是什么错综复杂的现实关系,而或者是人物某种特殊的天性,或者是在作品伊始所交待或描写的一个事件的偶然作用。例如堂吉诃德耽于幻想性格的形成,作品交待是因读骑士小说入了迷。这就是一个典型的偶然性事件。假如他不读骑士小说,或者是没有"沉浸在书本里,每夜从黄昏读到黎明,每天从黎明读

1　[英]爱·摩·福斯特著:《小说面面观》,苏炳文译,花城出版社1984年版,第59、60页。
2　[英]爱·摩·福斯特著:《小说面面观》,苏炳文译,花城出版社1984年版,第59、60页。

到黄昏"，就不会"脑汁枯竭，失去理性"，[1]也就不会有后来游侠胡闹的举动了。从这性格成因的交待里，读者也可以看出，当时的社会环境和自然环境，都没有给他的性格形成提供必然的直接原因。而鲁滨逊热衷冒险的性格形成，就更看不到环境对他些许的作用了。《鲁滨逊漂流记》从开头第三段伊始，作者就写到："我在家排行第三，并没有学过什么行业。从幼小的时候，我的脑子里就充满了遨游四海的念头。"[2]这里，作家干脆抛弃了他性格形成的任何现实的氛围和时代环境的因素，明言告诉读者，热衷冒险，是鲁滨逊的天性。类似的例子我们在美国作家马克·吐温的两大历险记中所描写的两个主人公（汤姆和哈克）性格的成因上，均可以看到。

与上述二者相联系，其根据之三在于，运用这类结构模式创作而成的西方长篇小说，在描写人物活动及事件时，严格的典型环境中典型性格的观念并没有像巴尔扎克等人在小说中那样得到充分的遵守和体现。在巴尔扎克、托尔斯泰等作家的作品中，哪怕主人公思想和性格变化的微小涟漪，都可以看出环境因素（亦即社会环境，尤其是人与人之间的关系）的潮动。而在前面所列举的那些众多的"流浪汉小说式"结构构成的经典性作品中，读者却很难发现环境对人物的思想活动、所做所为、性格发展的具体影响和直接作用。还以堂吉诃德为例，他在三次游侠中发疯胡闹的种种行为，其实均属于偶然性的、本能性的事件。现实的社会环境、故事中所表现出的人际关系等等，并没有提供出他一定要做这些事情的具体根据。这一特点甚至在以现实主义小说家著称的狄更斯笔下的匹克威克身上，也表现得十分明显。就作品的主人公和他一起活动的小团体而言，他们所做的一些事，都是脱离具体环境制约的。换言之，他们所活动的场景变更几乎完全是作家随心所欲的。

由此，我们完全有理由说，在采用"流浪汉小说式"结构创作而成的西方长篇小说中，相对而言，主人公的性格行为与具体环境描写之间的联系是不紧密的，它们可以说是相对独立的两个系统。

按一般常理，以塑造人物形象为主要特征的长篇小说，若离开了人物活动的具体环境，离开了环境对人物性格行为发展变化的制约，就会常常导致人物形象描写的失败，就难以塑造出性格鲜明、栩栩如生的艺术形象。然而，有趣

1　[西班牙]塞万提斯著：《堂吉诃德》（上册），杨绛译，人民文学出版社1979年版，第13页。
2　[英]笛福著：《鲁滨逊漂流记》，方原译，人民文学出版社1989年版，第1—2页。

的是，恰恰是这种具体环境对作品中人物影响描写的淡化，结果却造成了"流浪汉小说式"结构作品中人物形象和性格的"浮雕式"艺术效应。

　　浮雕，是雕塑艺术的一种，是指在平面材料上雕刻出凸起形象的一种雕刻艺术。它以人物的某种性格和某类行为活动特征的凸起性和固定性见长。当人们站在一幅浮雕艺术品面前时，首先感受到的是作品中人物某一瞬间的动作或某种性格的鲜明突出和富于稳固的质感。综观那些采用"流浪汉小说式"结构创作而成的西方长篇小说，由于具体环境对人物性格影响的淡化，使得作家必须极为注重自己笔下主人公性格的突出和强化，以期用人物生来就有的、特色突出的性格或动作的展示来弥补环境作用的不足。结果，这一努力恰好造成了这类作品主人公某一方面性格的凸起和强化，并造成了稳定性的效果。同样，正如浮雕艺术家在创作浮雕作品时，不能交待人物性格的复杂成因和多侧面的性格特点一样，采用"流浪汉小说式"结构创作的作家，也把作品中主人公复杂的性格成因和性格的多种特征舍弃了。其实，无论是堂吉诃德，还是鲁滨逊或匹克威克，只要是作为现实生活中人的反映，他们的性格成因总是复杂的，其性格本身总是发展变化的，不会是单一的和静止的。其性格要素构成也不会是单一的，应该是具有多方面的要素的。然而，在作家的笔下，由于"流浪汉小说式"结构的纵向直线型发展特点，就使得作家不能够费尽笔墨去交待某一人物性格形成和发展的环境成因以及人物性格的复杂性。结果，使得这类作品中大多数人物成了某种性格定型化了的类型人物。所以，当人们阅读过这类长篇小说后，掩卷沉思，出现在脑海屏幕上的就是性格非常单一、质感极为鲜明的浮雕式人物图像。

　　不仅如此，浮雕也不同于有厚度、宽度和一定高度的完全是立体状态的圆雕。浮雕的二度空间特征又使得雕塑家在雕刻主要人物形象时，不能不注意到其他次要人物或某种背景（场景）的陪衬作用。而由于雕刻材料以及雕刻作品本身的艺术要求，其作品中所表现出来的人物关系和背景场面，又必须是单纯简洁的，它的主要作用是为突出主要人物的某一固定性格和有代表性的举止行为服务的。与浮雕艺术的这种特点相类似，在"流浪汉小说式"结构所构成的作品中，主人公的活动也需要一定的次要人物和环境背景相陪衬。试想，倘若没有了风车、羊群、城堡以及农民、商人、妓女、教士等，堂吉诃德那荒唐可笑的性格还能如此鲜明、如此凸显地表现出来吗？当然不能！但是，我们又会看到，在每一个场景或故事里，堂吉诃德所面对的对象，又总是单一的，没有影响其性格发展的更复杂的矛盾纠葛，没有更为驳杂的背景环境的展示。一般来说，伴随着堂吉诃德活动的，都是一个孤立的矛盾、一个单一的对象、一个简单的具体情境。对此，凡是读过这类小说的读者，都不会发生疑义。其实，这种线索枝蔓较少，背景单纯简洁的人物性格浮雕式写法，在很大程度上受制于作品结构。因为，"流浪汉小说式"结构强调主人公活动线索对全部独立存在的故事贯串的特点和要求，使它完全无须借助故事本身所提供出的诸种矛盾纠葛和环境因素来推动情节的发展及人物性格的演进。这样，过多繁杂的情节线索的安排和背景的展示，不仅不会为这类结构的小说增添光彩，反而会破坏其结构的完整性，损害主要人物性格的塑造。

由此可见，"流浪汉小说式"结构作品中人物性格的浮雕式艺术效应，说到底，仍是结构自身所产生出的艺术效果。有鉴于此，我们完全可以说，脱离了具体环境去描写人物的"流浪汉小说式"结构构成的成功作品，不仅没有使人物塑造走向失败，反而使人物的性格更加鲜明和突出。

第二，作品风格的漫画式艺术效应

漫画，作为绘画艺术的一个重要门类，是一种具有讽刺性或幽默性的绘画艺术。漫画艺术最基本的特点是，一方面，它常常用最简洁的线条、构图和画面，展示画家对社会生活现象某种本质的认识和理解。另一方面，其简洁画面的本身又极富生活的情趣，极具引人入胜的效果。从事漫画创作的画家们，常从政治事件或生活现象中取材，通过夸张、比喻、象征、寓意、变形等手法，运用幽默、诙谐的画面，借以讽刺、批评或歌颂某些人和事。与之相比，在采用"流浪汉小说式"结构构成的经典性西方长篇小说中，在下述几个方面，也表现出了与漫画艺术极为类似的艺术特点。

一是作品中人物性格的展示和人物活动的描写，都与漫画中的人物一样，具有性格和行为上的夸张性。就现实生活中的人物而言，无论是谁，就是再耽于幻想，也不会像堂吉诃德那样荒唐可笑，会一连串地做出那么多傻事糗事。生活中的匹克威克就是再天真善良、盲目轻信，也不会像他那样反复地受捉弄而不觉悟。所以，我们说这些人物的性格和所经历的事件都是在原有生活的基础上进行了适度的夸张的。在吉尔·布拉斯、汤姆·琼斯、蓝登、汤姆·索亚、哈克贝利·费恩等人的性格及行为的描写中，虽然其夸张性不如堂吉诃德和匹克威克那样明显，但与生活中实际人物相比，他们某一方面的性格、某一方面的行为，也都被夸张化了，漫画化了。从小说总体上看，他们各自经历的奇异性，都是从适度夸张的角度被写出来的。

二是此类小说在对人物和某些场景的简洁描绘中，蕴藏着巨大的思想含量。这正与在漫画的简洁画面中蕴藏着巨大的思想能量是一样的。例如塞万提斯之所以把他笔下的主人公堂吉诃德写成一个夸张的、漫画式的人物，其实质是蕴涵着他对西班牙人文主义者的独特理解。堂吉诃德耽于幻想的思想特征和发疯胡闹的荒唐举止，其实正是当时西班牙残酷社会现实条件下人文主义者行为和心态的真实而又夸张的反映。也就是说，在这种夸张性的描写中，恰恰深刻地寓意了西班牙人文主义思想家的真实面貌。甚至在小说中所描写的堂吉诃德与桑丘之间的关系上，在那些荒诞夸张性的情节背后，也隐藏着巨大的思想意义。小说中的堂吉诃德真有些像中国古典小说《水浒传》中的李逵，路见不平，拔刀相助。这方面的情节在小说中比比皆是。但桑丘就不同了，往往每次打仗之前，他便先躲起来。而当仗打完后，他又总是第一个冲上去夺钱袋、剥衣服。他们各自不同的夸张性特点，我们完全可以从早期的资产者和特定历史条件下的农民身上找到根据。我们知道，在文艺复兴时期，代表新兴生产关系的、掌握了新的思想武器的人文主义思想家们，比起那些还被紧紧地束缚在封建生产关系和精神关系上的农民来，必然会体现出完全不同的性格特征。堂吉诃德耽于幻想性格特点的夸张性描写，他勇往直前行为的夸张性显示，实则正是当时资产阶级早期精神面貌的寓意表现。众所周知，在当时的历史条件下，资产阶级"还没有表现出任何自私的观念"，而是"坚持人民群众的利益，主要是农民的利益"。[1]但此时的资产者，还没有来得及对当时的社会关系作更为深入的探讨，对资产阶级的革命方式还没有更清醒的认识，所以，他们的理想高于实际，幻想多于理性就是必然的了。而桑丘胆小怕事、目光短浅、贪财自私性格的夸张性描写，恰好是那些长期被封建生产关系束缚，正濒于破产但还尚未破产的小私有者心理的真实反映。这样，在这两个夸张性描写的形象背后，就表现出了非常严肃的内涵。

在鲁滨逊的荒岛世界里，在他的令人惊奇的活动背后，也显示出了极其深

---

[1] 中共中央马克思、恩格斯、列宁、斯大林著作编译局编译：《列宁选集》（第1卷），人民文学出版社1972年版，第127—128页。

刻的比喻象征意义。在他荒岛28年非凡经历的夸张展示中，作家实际上表现了他对世界认识的哲学：世界是由人而非神创造的，强调了人的才智和创造性劳动对世界发展的意义。

三是作品在其寓意性的场景中，这一结构形式的作品具备了漫画艺术的另一特色，即通过幽默、诙谐事件和行为的夸张性描写，表现出了强烈的讽刺性特征。《堂吉诃德》《格列佛游记》《吉尔·布拉斯》《蓝登传》《哈克贝利·费恩历险记》等，其夸张手法的运用以及幽默、诙谐事件的描绘所带来的讽刺功能，读者是有目共睹的。俄国作家果戈理的长篇小说《死魂灵》，就结构形式而言，它也是一部出色的采用"流浪汉小说式"结构方式创作而成的艺术精品。作家在主人公乞乞科夫收买死农奴的一连串荒唐可笑的见闻经历中，用漫画式的手法，描写了地主阶级那种"动物性的、丑恶的谑画的生活的全部庸俗和卑污"。[1] 可以说，这些作品，与漫画艺术一样，具备了既幽默、又诙谐、又有极强讽刺功能的特点。

这种漫画式艺术风格的形成，尽管有多种多样的原因，但其结构艺术的独特作用，可以说是造成其漫画性艺术效果的重要因素之一。

如前所言，"流浪汉小说式"结构这种以单一性的主要情节线索贯串每个独立具体故事的直线型顺次排列方式，使作家根本无意顾及描写每个单一故事繁杂的枝蔓情节，也无须考虑故事与故事间的因果关系。这样，小说家们在创作其长篇作品时，就必须做到：一是要在这种单一的情节线索中加大或隐匿更多的思想含量和艺术含量，以弥补由于情节线索的单一而造成的作品内涵的单薄。为此，在作家们考虑主要情节线索构成时，就不能不同时考虑采用比喻、象征、寓意等手法来增强其内在意蕴。否则，就会造成整个作品的干瘪，使之成为一种纯粹的流水帐式的集合物。对此，当我们在阅读这类成功作品时，之所以能一方面被人物活动和故事情节所吸引，另一方面又能让人有更深刻的理性启迪，其原因恐怕盖源于此。二是除了此类结构作品的情节单一，需加大其内蕴含量外，小说家们还必须在人物性格的有趣和单个故事的奇异上下功夫，以弥补这一结构的简单和平淡。而漫画式的夸张手法，常常可以做到在简单中生发情趣，在偶然中体现必然，在夸张中呈现幽默。例如，在《堂吉诃德》等作品所描写的一个个具体场景中，尽管每一个故事都是简单的，都没有更多的

---
[1] [俄]别林斯基著：《别林斯基选集》（第1卷），满涛译，时代出版社1953年版，第233页。

矛盾纠葛,往往是用白描式叙事手法写成的,但由于作家抓住了人物及世间最可笑、最引人入胜的一个瞬间的动作或活动,并加以夸张性的描写,就不使读者感到线索的单薄和故事的单调了,从而避免了整部作品的平淡。

可以说,采用这类结构创作的西方长篇小说,虽然不是漫画,但由于其结构自身的制约,它却体现出了整个作品风格的漫画式的艺术效应。

第三,作品整体构成的长幅画卷式艺术效应

与那种或写一人一事、一个场景,或抓住生活中一个片段事件铺展开去,推衍成篇的短篇小说不同,长篇小说是以描写众多场面和一定生活广度而见长的。这实际上就从根本上决定了长篇小说将包含众多生活画面,同时也决定着它有着短篇作品难以比拟的生活含量和思想艺术含量。

正如我们在前面已经说过的那样,每一部采用"流浪汉小说式"结构创作而成的作品,都包含着极其众多生活画面和生活场景。这一特点本身就使其具备了形成广阔的艺术画幅的要素,从而显示出了这一结构独特的另一艺术效应——整部作品体现出了长幅生活画卷式的艺术效应。

众所周知,绘画艺术中的长幅画卷式的作品,其特点在于,一是画幅虽不甚宽,但长度却都达到了一定的规模,少则几米,多则几十米甚至上百米。这在今天出现的一些名画《长江万里图》《黄河万里图》《长城万里图》等艺术精品中都可以看到。这一特点实则与"流浪汉小说式"结构的长篇小说极其相似。在这类小说中,由于主要情节线索的单一,线索与线索之间的横向联系几乎没有,故可以称之为"窄"。而主人公活动线索的纵向游动,则使作品结构的纵向流程达到了一定的长度。由此我们可以说,这类画家和这类西方长篇小说作家在作品构成时均采用了同样的结构思维模式。二是画家在绘制其长卷时,总是以一个描写对象为中心,目光始终注意这一中心事物的流程和发展。例如画长江万里图,画家总是以长江的水流为中心,展示它的蜿蜒曲折以及从发源到入海的全过程。这类画卷中,无论景色有多少,但中心主要是长江,是围绕着长江来展示与之相关的一个个具体景物的。而那些采用"流浪汉小说式"结构而成的长篇小说作品,不也是以一个主人公(或数个在一起活动的主人公小团体)的行动轨迹作为作家关注中心的吗?主人公活动足迹的直线型连续运动和唯此为中心描写对象的原则,可以说,不仅适用于这类结构的西方长篇小说的创作,同样也是适合于这类画家的创作的。三是在长卷式的艺术绘画中，画家虽以一景物为中心精描细写，但又总是在围绕这一中心景物的描绘中，选择与其有着密切联系的最富于特色而又各有不同之处的具体景致加以展示。换言之，主要景物是靠一处处各不相同的具体景色描绘依次构成的。例如在《长江万里图》中，中心是长江。长江贯穿着整个画幅始终，但围绕着长江，画家既画有长江源头沱沱河之景，又有金沙水之急，再有三峡之险，又有入海口之阔……凡此雄奇、险峻、平缓、曲折，一幕一幕，无不尽有。而"流浪汉小说式"结构的作品，各种引人入胜的故事依据主人公活动的线索，依次排列，前后轻重有序，也是与这种绘画艺术极其相似的。如果说，在这种结构的长篇小说中，每一个色彩鲜明、风格独特的具体故事就是一幅具体的生动画面的话，那么，众多生活场景和画面在中心情节线索贯串下有序地排列组合，就使之成了用文字写成的一幅波澜壮阔、内容丰富的生活长幅艺术画卷。由此可见，正是"流浪汉小说式"结构的独特特点，决定了这种艺术效应的显现。

第四，作品美学效果的平凡化艺术效应

要深入探讨这个问题，首先应该考察采用这种结构创作的西方长篇小说作家的美学追求与艺术作品所达到的美学效果之间的矛盾性，从而才能为我们科学地把握这一艺术效应提供有力的根据。

如前所言，采用"流浪汉小说式"结构创作而成的西方长篇小说的另一个特点，是在这种结构模式的制约下，小说家是把主人公性格行为的传奇性和一个个具体故事描写的不平凡性作为自己的审美价值取向的。在阅读欣赏这类小说时，人们不难发现，无论其主人公的行为举止，还是其所经历的种种事件，均非一般常人所能全部经历和所能全部为之的。试想，堂吉诃德、吉尔·布拉斯、匹克威克、哈克贝利·费恩所经历的诸多传奇性事件，那么集中地、巧合地都让其主人公在一段时间内遇到，这本身不就是极富传奇性和偶然性的吗？再如，这些有趣的人物辗转于诸多富于传奇色彩的事件中，或展示其荒唐，或展示其偏执，或展示其狡黠，或展示其天真。有的人甚至多次碰壁、屡受挫折，然而却九死不悔；有的人以恶制恶、以反常的行为制裁反常的社会，这些性格和行为本身不是具有浓郁的不平凡的色彩吗？诸多采用"流浪汉小说式"结构形式构成作品所表现出来的这种共同性特征，不能不使我们得出一个结论，即采用这一结构模式进行创作的西方长篇小说作家，是以追求主人公活动的传奇性和故事的不平凡性见长的。

作家们之所以有上述的美学追求，正如前所言，很大程度上是来自于这类小说结构形式的规定：这类作品所吸引读者的，并不是靠作品中所描写的环境来对人物活动行为的影响，也不是靠小说中人与人之间、故事与故事之间关系描写的前应后和，以及精细入微描写的逻辑联系和逻辑力量。既然在这类结构的小说中不靠故事与故事间的因果联系和逻辑力量来打动读者，那么，就决定了作家只有将不平凡的人物性格和众多奇异的事件写入作品中，才能增强故事的可读性。因为只有那些前所未有、闻所未闻、超乎寻常、奇异风趣、险象环生、诙谐夸张的故事，才能从情感上和情绪上，而非从逻辑上满足人们审美的渴望。因此，我们可以说，假如没有主人公性格本身的传奇性，没有众多故事的不寻常的描写，就没有西方"流浪汉小说式"结构而成的作品的独特艺术魅力。所以，作家重视此类作品的传奇性，不仅体现出了其独特的美学追求，也是遵从这一结构规律的自觉体现。

但是，生活和艺术的辩证法又常常使作家自身的美学追求和作品所实际达到的美学效果并不相吻合，有时甚至会走到它的反面。当我们对西方长篇小说中采用这类结构形式构成的作品进行深入考察的时候，就会发现，恰恰又正是由于这种结构构成规律的制约，使小说家们追求作品传奇性的努力，最终却显示出了所描写的整个生活场面的平凡化和结构构成效果平凡化的另一艺术效应。

众所周知，艺术作为现实生活的反映，它必然不能离开一定时期的社会生活的实际。其实，作品无论多么富有传奇色彩和离奇古怪样貌，都深刻地反映着生活的底蕴。在西方采用"流浪汉小说式"结构方式所构成的长篇艺术作品中，我们说，那些不平凡的人物性格，那些众多的传奇故事，其中有很多就是当时现实生活中所特有的人物以及所发生的事件反映。有些虽然表面上看来似乎不可能发生，但实则仍是现实中某些人物性格、某些生活事件的曲折、夸张、变形的反映。所以，归根结底，西方长篇小说作家们在追求作品的传奇性时，仍是立足于采撷生活中富有传奇色彩的故事，或者说是把生活中的故事传奇化的。

这样，在这种结构模式中，当作家把一个个传奇化的生活故事，用不平凡的主人公活动的中心线索将其串连在一起，成为一个艺术整体的时候，实际上，小说家们就是在为我们展示一段时期内的社会生活，或曰一段历史。由此，我们不禁会想到，当一段时期内的社会生活全部都是由这些一个个违背常理、荒唐可笑的事件构成的话，那么这一时期的社会生活该是多么的无聊、众多的民众该是多么平庸、社会的进程本身该是多么的无趣味和无意义！对此，我们只要回想一下堂吉诃德、汤姆·琼斯、蓝登、吉尔·布拉斯和汤姆·索亚等人所生活的世界，就不难看出其中的平庸、无聊、平凡和乏味。而作品中的这个平凡、乏味的世界，其实质正是当时现实世界生活的平凡、乏味、缺少传奇和情趣的写照。作家在其长篇小说中，将这样的现实，提供给人们作为审美的对象，那么，读者在这一审美客体上所能感受到的，不正是貌似传奇背后真正生活的平庸和平凡吗！不仅如此，这类作品中的主人公，毫无疑问，一般都是富有传奇性格和冒险行为的人物。然而，他们又不得不把自己的全部热情、精力乃至一切都用在应付这些接踵而来的荒唐事件中，如同被厄运注定的王子，在这些无聊的事件中挣扎、冲突，空耗青春和时光，这不也正反映出了当时人们生活本身的无价值和活动本身的平庸与平凡吗？！

就纯艺术结构角度而言，追求完整、和谐与变化，也是创造结构艺术美的重要原则之一。生活本身的丰富多彩、事件的纷繁复杂以及现实生活中诸种矛盾的纠葛和交织变化，决定着美的形式的构成和发展。艺术结构作为文学艺术作品的组织形式和内部构造的人为安排，必须遵从生活事理的逻辑，并不断反映其发展变化。这就是说，在结构艺术中，其自身的灵活变化不仅是必须的，也是必然的要求。采用"流浪汉小说式"结构形势所构成的西方长篇小说，用中心情节线索贯穿一个个散在的故事，确实达到了完整和谐与匀称有序。但是，这种把众多独立存在的故事，按纵向发展的顺序，由前往后、从头到尾、一个接一个直线机械的排列手法，又会明显地造成结构本身的呆板、单一和缺少变化，给人以重复、机械、平淡和呆板的审美感受。而这一点，谁又能说不是当时社会生活中那种貌似离奇，实则死板、无聊和平淡停滞生活在结构艺术中最贴切的反映呢？！

综上所述，西方"流浪汉小说式"结构模式的独特特点，决定了其独特的人物形象浮雕式、作品风格漫画式、整体构成长幅画卷式和美学效果平凡化的综合性艺术效应，从而带来了这类结构及由此构成的西方长篇小说独特的艺术魅力。

第四节
"流浪汉小说式"结构的成因考察

"流浪汉小说式"结构方式由于受其独特特征和构成规律所决定，自诞生之日起，就成为西方长篇小说结构艺术中最重要的模式（按福柯的话来说，即"知识型构"）之一。它的出现，曾有力地规定和制约了早期及其后来西方长篇小说艺术的发展和流变。那么，为什么西方长篇小说在初创伊始，便选择了单一情节线索直线型向前发展的这种结构构成方式呢？进而言之，这种结构方式为什么会成为一种被当时众多作家选择使用的结构范本呢。或者说，它为什么能够成为几百年间占有支配地位的结构模式呢？而导致这种结构模式形成的诸种重要因素是什么呢？对此，我们不能不进行一番深入而细致的考察。

首先，必须指出，"流浪汉小说式"结构方式作为西方长篇小说最初使用的结构形式出现，应该说，它既是与当时的欧洲社会生产力发展同步的，也是受当时生产力发展的程度制约的产物。我国当代著名小说家孙犁先生曾经指出："小说的结构是上层建筑，它的基础是作品所反映的现实生活。……因此，长篇小说的结构，并非出于作者的凭空幻想之中，而是现实在作者头脑中的反映，并经过作者思考后，所采取的表现现实生活的组织手段。"[1]法国著名文艺理论家和艺术史家丹纳在他的著作《艺术哲学》中也写道："要了解一件艺术品、一个艺术家、一群艺术家，必须正确地设想他们所属的时代的精神和风俗概况，这是艺术品最后的解释。"[2]

正如人们所说，西方长篇小说是西方，特别是欧洲近代社会的产物。而西方近代社会生产力发展的状况以及由此引起的人们精神上的独特形态，从根本上说，造就了这一结构模式的形成。

"流浪汉小说式"结构方式出现并成为规定当时人们进行长篇小说艺术结构的一种模式。那么，在它出现的时代，欧洲社会生产力的发展及其所带来的人类认识现实生活能力的变化，有哪些特点呢？我认为，明显带有下述两种特点：

一是由于社会生产力的提高及其自给自足的封闭的自然经济模式被打破，

1　高彬著：《长篇小说创作经验谈》，湖南人民出版社1981年版，第1页。
2　[法]丹纳著：《艺术哲学》，傅雷译，人民文学出版社1963年版，第7页。

给当时的人们提供了一种以个人的方式认识世界、认识事物,并把握其生成、发展、衰亡的历史机遇。这使得个人的创作,特别是由个人构建一定长度结构形态的长篇小说,不仅有了可能,而且也成了现实。"流浪汉小说式"结构模式,作为一种具有一定长度的长篇小说结构艺术形态的基本规定,正是当时人们对社会生活总体把握的物化痕迹。

二是我们也必须要看到,与社会生产力高度发展的后来的西方社会相比,"流浪汉小说式"结构出现的14至16世纪,新的生产关系毕竟刚刚出现,生产力水平相对来说还比较低,生活还未变得像19世纪以后那样驳杂多元。正是由于受到这种生产力发展水平的限制,才使当时人类探索世界未知领域的眼界和人生奥秘的行为,仍然带有浓重的个人冒险、个人游历的特点。也就是说,在当时社会生产力发展的条件下,虽然人类大规模地探索世界各种未知领域已经具备了初步的条件,并成为了可能;但这种努力毕竟刚刚起步,还没有达到后来那样自觉自为的程度。无论是哥伦布、麦哲伦等探险家发现新大陆的壮举,还是布鲁诺、哥白尼等科学家对未知世界的探求,可以说,几乎都是凭借个人力量独自完成的(尽管像哥伦布、麦哲伦在探险活动时有许多同伴与其在一起,但就对当时的整个人类而言,仍可以将其看成是个体的力量)。并且,我们还可以看到,他们的探索活动本身也还是盲目的,究竟在他们探索的过程中,会遇到什么情况,会发生什么事情,会产生什么样的结果,都是不可知的。例如,为了寻找通往印度最短的航线,哥伦布根据15世纪一些流传较广的天文和地理书籍的启示,决定向西航行,结果"一个极大的错误导致了一次极其伟大的发现"。(18世纪法国著名地理学家让·巴吉斯塔·安维里语)[1]

15世纪前后欧洲大规模出现的这种非自觉的以个人力量所进行的各种探险活动,不仅反映了当时社会生产力发展的水平,也无形地规定着西方长篇小说作家的认识特征和心态构成,决定着其结构艺术的选择。对他们来说,这种以个人探险漫游为特征的行为,本身就反映了人们认识世界的方式和把握世界的方式。因此,在他们看来,长篇小说作为一种艺术地把握生活的特殊形式,小说家们不仅应该,而且必须要反映出这一认识方式的特点和规律。不仅如此,就长篇小说的创作本身而言,这种个人探险和漫游活动,也给西方小说家们提供了一种非常简单方便的结构作品的方法。这样,当他们进行长篇小说创

---

[1] 转引自[苏]约·马吉多维奇著:《世界探险史》,世界知识出版社1988年版,第143页。

作时，不仅现实生活中每个探索者在游历过程中所遇到的那些前所未有、闻所未闻的奇异的故事可以写入作品，能满足于人们的好奇心，并能开阔刚刚挣脱封建生产关系束缚的人们的视野，富于美学价值，就是从小说结构学的意义而言，这些探索者、探险家和旅行家个人漫游活动的经历本身也构成了将众多奇异故事和事件连结为一个艺术整体的中心线索。

还须指出的是，正像此时的探险家们受其社会生产力水平发展程度的制约，其探险活动是非自觉的行动过程一样，此时西方长篇小说家们创作时对其作品整体结构的构建，也是在很大程度上处于非自觉状态的。这也正如我们前面所言，为什么很多采用此类结构进行创作的作家们（如拉伯雷、塞万提斯等），事先并没有仔细考虑其小说（如《巨人传》《堂吉诃德》等）的整体结构就能进行创作的根本原因，也是这类小说结构为什么具有灵活性构成规律的根本原因所在。

其次，西方长篇小说中"流浪汉小说式"结构模式的出现，也是与当时欧洲社会中人们的心理发展水平和人类的认识能力同步的。众所周知，长篇小说的写作是人类一种特殊的创造性精神活动。就其个体写作行为来看，它是受客观环境的各种刺激所诱发出来的写作动机所趋使，通过作家头脑中一系列丰富多彩的意识活动，并以物化的一定形态的书面语言表现出来的一种复杂的行为。就将长篇小说创作作为一种人类的认识现象而言，它的产生与发展，尤其是这种结构模式的形成，也是与特定历史条件下人类的认识和思维发展的阶段性密不可分的。

我们知道，人类认识能力的发展是一个由低到高、由单纯向复杂纷繁演进的历史过程。根据认识发生学和心理学的观点，在特定历史发展阶段，人类自身认识客观事物的能力具有明显的"追踪性"特点，亦即根据某一事物客观的发展进程，从头到尾地追踪认识这件事物产生、发展乃至衰亡的特点，以求把握这件客观事物发展变化的全貌。西方当代一些著名心理学家，如皮亚杰、布鲁纳等人便认为，人的认识活动是按照一定阶段的顺序形式，按照一种特定结构进行的。他们曾举例说，当婴儿面对他周围的环境时，首先发现的"环境"，对他来说是混浊的、模糊的，但随着儿童的成长及其所受的教育，逐渐使他能够对环境加以区别，组织成为一种格式或秩序，并发展成为一种初级的认识结构，以帮助人认识和应付当前环境的变化，最后才发展到成人认识阶段，使人的心理形成了一种抽象的（综合的、逻辑的）结构。特别是皮亚杰把儿童心理发展的最初阶段，称为感知运动图式。他认为，心理的发展就是通过外部刺激和图式（指主体已有的结构）的相互作用，即通过同化、顺应和平衡的机制而实现的。这里，笔者不想对皮亚杰等人的心理学理论进行评价，我要指出的是，皮亚杰等人谈到了儿童心理、思维及认识能力形成时的一个重要特点，就是他们强调了外部刺激对儿童心理思维能力形成的作用。在现实生活中，我们常常可以看到，儿童对一个具体事物的认识，往往是用感知的、胶着的一个个具体情景或场景的方式，来逐渐地、直线型地把握着事物全貌的。这与成人通过分析、概括的能力来认识某一事物全过程的方式具有根本性区别。

当然，我们不能把儿童的认识能力和特点与此时西方长篇小说家的认识能力作简单的类比，也不能武断地说采用"流浪汉小说式"结构进行创作的西方长篇小说作家对社会生活的认识能力就像儿童的认识能力一样，只是处于人类认识的早期发展阶段。但是，在对初创时期一些采用"流浪汉小说式"结构创作而成的西方长篇小说的深入考察中，便会发现，作家此时进行创作时对客观事物的认知方式，在很多方面也是与此相同的，或者说是类似的。例如，在这些小说家创作作品时，一般均要把握一条主要的情节线索的发展过程，从开头而至终结，依次写下去，直至事件的全貌出现。这种对事件追踪性写法，其实质上反映出了此时作家认识发展的程度。

假如我们承认了"流浪汉小说式"结构的出现是与当时作家们认识发展水平同步的这一前提，那么，我们就势必要回答下一个问题，即从文艺复兴时起到18世纪末19世纪初，在西方"流浪汉小说式"结构作品大量出现的时代，长篇小说作家们的认识能力究竟发展到了什么程度，它是怎样制约着这一结构模式定型的？

要回答这个问题，我们必然会从两方面着手。一方面，必须承认，西方长篇小说作家的认识能力和认识水平是整个人类认识发展过程总系统中的一个子系统。所以，它的发展必然会受到人类认识总体规律的制约，并且随着人类认识水平的不断演进而进步。从14世纪初之后的几百年间，人类认识的发展，从总系统上看，是人类现代意识的觉醒时期，当属现代意识的"儿童认识阶段"。到了19世纪三十年代，如果在此我们借用一个现成的概念的话，那么，此时由于欧洲社会生产力的发展，人类的认识能力已经脱离了儿童阶段，达到了"成人阶段"。长篇小说作为作家对一段时期社会生活的总体认识和把握，在19世纪以后才反映出了人们认识水平的成熟。由此而言，作为独立的一个认识能力和认识水平发展的子系统，"流浪汉小说式"结构模式的产生时期，西方长篇小说家自身的认识水平仍处在早期阶段，即处于以"追踪性"方式认识和把握客观事物和现实生活的阶段。它与我们在19世纪之后所看到的以归纳、分析方式来把握客观生活的认识方式有明显的不同。这正如前面所言，此时虽然由于社会生产力的发展，带来了个人认识能力的大提高，但恰恰又由于社会生产力发展还没有像19世纪以后那样，达到很高的水平，所以，又限制着人类认识能力和思维水平的进展。这就导致了此时人们认识的独特特征：既要认识一定时期内社会生活的全貌，又缺乏通过归纳、分析等方法来对其进行总体把握的能力。因此，胶着某一具体事物来不断地、直线型地把握其全貌的"追踪性"认识形式，就成了当时人们的最好选择。而这种认识形式，恰好构成了当时"流浪汉小说式"结构模式产生的心理认识基础。

再次，西方长篇小说创作中"流浪汉小说式"结构模式的出现，也是人类文学实践发展的结果，特别是欧洲文学中强大的叙事传统作用的结果。

"流浪汉小说式"结构模式的文学渊源，我们可以从欧洲文学的源头——古代希腊文学作品中找到其结构艺术的最初原型。具体来说，作为人类早年不自觉艺术创作的精品之一，产生于公元前9至前8世纪的荷马史诗中的《奥德修纪》，其结构的基本构成，就在人类文学史上最早显示出了"流浪汉小说式"结构形态的端倪。

在《奥德修纪》中，读者可以看到，它的主要内容描写的是特洛亚战争结束后，希腊方面智勇双全的大英雄俄底修斯回归故乡途中10年的漂泊经历，也描写了他的妻子珀涅罗珀在家中受到的纷扰。史诗虽然采用了中途倒叙的手法，先写了百余名求婚者觊觎他家的财产及其儿子忒勒马科斯外出寻找父亲的情节。但整部史诗的主干则是对俄底修斯回乡途中10年间所经历的各种奇异事件和艰难险阻的描述。这样，史诗结构的主要构成是，俄底修斯10年的海上漂泊贯穿起了一个个具体的故事。其中较完整的故事有同伴吃了忘果，不思回乡；战胜独眼巨人；战胜了把他同伴变成猪的神女喀尔刻；到了瀛海边缘，游历了地府；躲过了海妖塞壬迷惑人的歌声；逃过怪物卡律布狄斯和斯库拉；途经太阳神岛的遭遇以及在仙女卡吕普索居住的岛屿被羁留7年等。特别是他到家后诛杀众多求婚者的行为，也是作为一个独立存在的故事贯穿在这一中心的结构线索之上的。

亚里士多德曾指出，荷马在写《奥德赛》（作品名称的又一译法——笔者注）时，就是把它的"布局限制在我们所说的一桩有一致性的事件里，他写《伊利亚特》时也是这样"。[1]茅盾先生也说过："首先，我们一眼就看得见的，是这两部古代名著包含着基本的文艺技巧。《伊利亚特》主要写法是'第三人称'的写法，《奥德赛》主要的却是'第一人称'；《伊利亚特》不过是几天内的故事，而《奥德赛》却是十年间的纪录；《伊利亚特》描写的中心点是'战争'，而《奥德赛》的却是'人情世故'；……再从结构一方面讲，《伊利亚特》是紧凑的、激动的、处处火惹惹的；然而《奥德赛》却是舒缓悠闲，一步一步引人入胜。"[2]上述文学大师们的看法，均隐含地指出了《奥德修纪》这部史前文学名著的结构形式特征：单一的、纵向的、展示一定长度生活的构成形态。也就是说，从结构构成上来看，这部史诗采用高度集中的方法，以一个人物的活动为中心来组织情节，并把众多散在神话和故事纳入其中，使其形成了一个严谨有机的艺术整体。

正像有些学者所指出的那样，《奥德修纪》作为欧洲第一部以个人遭遇为主要内容的作品，成了文艺复兴和17世纪流浪汉小说的先驱。而且我们还要说，正是由荷马等古代叙事艺术家所开创的这种结构形态，经过罗马时代和中世纪的完善与丰富，从而在艺术上诞生出"流浪汉小说式"的结构模式。

---

1 ［古希腊］亚里士多德著：《诗学》，陈中梅译注，商务印书馆1996年版，第78页。
2 茅盾著：《世界文学名著杂谈》，百花文艺出版社1980年版，第19—20页。

第四章
"巴尔扎克小说式"
结构模式界说

第一节
"巴尔扎克小说式"结构的构成及其特征

1834年，法国著名现实主义作家巴尔扎克完成了他最有代表性的长篇小说《高老头》。这部作品的出现，具有全新的结构学意义。它在西方长篇小说结构模式的演进和嬗变过程中开创了新的结构形态风貌。

根据苏联文学史家格里弗卓夫在其论文《巴尔扎克是怎样写作的》中记载，巴尔扎克在创作这部小说之前，曾经有过一个粗略的构思。他在文章中写道，在巴尔扎克留下来的题为《构思、情节、片断》的笔记本里，有一段关于这部小说的非常简短的文字："《高老头》的情节——一个正直的人——一家简陋的小市民公寓——一年的费用六百法郎——为了他的两个每人花费达五万法郎的女儿，他自己糟践自己，像一条狗一样地死去。"[1]这大概就是作者关于《高老头》最初的艺术构思。按照这个最初的艺术构思，显而易见，《高老头》的情节发展线索是单一的，结构本身的构成是指向"流浪汉小说式"纵向单纯性直线型构成形态的。然而，在巴尔扎克关于《高老头》手稿和发表稿中，除了原定要写的高里奥老头的故事之外，还增添了拉斯蒂涅（在手稿里他只是一个偶尔提到的人物）、鲍赛昂子爵夫人和化名外逃的苦役犯伏脱冷等多人的故事。这样，原来的一条线索就变成了多条情节线索，一个有头有尾的完整故事就变成了多个故事的拼插组合。

1　转引自《外国文学史》（第3册），吉林人民出版社1984年版，第147页。

《高老头》的创作实践充分表明，巴尔扎克构思之初时对"流浪汉小说式"结构形式的偏爱已被一种新的、更为复杂的结构形式所取代。他明显地感到，这种单一直线型发展的结构已经成为作家对社会生活多种矛盾、多种关系和多元状况进行反映的桎梏。新的多元的、立体化的生活现实需要新眼界的小说家以新的艺术结构方式与之对应。可以说，正是基于这种认识，巴尔扎克为人们建构了一种全新的结构形式，即西方长篇小说的第二种结构模式。由于这一结构形式来自于巴尔扎克长篇小说的创作实践，为此，我将其称为"巴尔扎克小说式"结构模式。

所谓"巴尔扎克小说式"结构模式，根据象形原理又可以称之为"网状"结构模式。它在结构本身的构成上，体现出了与"流浪汉小说式"结构完全不同的崭新特征。为了能让人们对这种结构模式留下一个较为直观的印象，我们先用图型对其作一番象征性的展示：

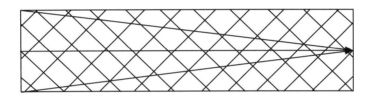

在上述图型里，毫无疑问，人们可以看出它与"流浪汉小说式"结构模式的根本区别。苏联学者依·萨·毕达可夫在其论文《结构的手段和作品的布局》中就曾较明确地指出了二者间的差别。他说："我们在文学史中碰见各种不同类型的结构。有些作品只有单线结构组织，读者在这样的结构特征下把注意力集中在不多的人的性格展示上。托尔斯泰的由其传记式三部曲组成的小说《幼年》《少年》《青年》，在这方面可以作为范例。作家把自己的注意力集中在主人公尼古林卡·伊尔杰尼耶夫生活中三个时期的过程上，集中在他的精神成长的心理分析上，集中在'灵魂的辩证发展'上。"[1] 与之相比，他也指出："有些长篇的巨著必然具有更复杂的结构……托尔斯泰的《安娜·卡列尼娜》和《战争与和平》、高尔基的《克里姆·萨木金的一生》、萧洛霍夫的《静静的顿河》、阿·托尔斯泰的《苦难的历程》等都可以作为这种类型的

---

1 ［苏］毕达可夫著：《文艺学引导》，北京大学文艺理论教研室记录整理。北京大学文艺理论教研室1958出版，第248页。

复杂性的范例。"[1]尽管毕达可夫缺乏对这些作品结构之间更细微的分析，但是，他毕竟看到了两种类型结构形式完全不同的特点。

那么，"巴尔扎克小说式"结构模式究竟在哪些方面体现出了新的特质呢？我认为，它主要表现在下述几个方面。

首先，也是极其重要的一个方面是，"巴尔扎克小说式"结构模式最基本的构成特点在于，它不再像"流浪汉小说式"结构那样，在其构成中以纵向单线索演进为特色，着重反映生活发展的纵向流程，而是以截取一段时间内社会现实中的片段生活来组织构造其作品。换句话说，单一线索纵向直线型的安排不再是作品结构的主要表达方式。而以众多情节线索和诸多矛盾的交织，从而对其进行集中编排和立体展示为特色的"段面"式的结构布局方法受到作家的特别重视与强调。在上面的图型显示中，我们之所以用一个大方框将其众多线索的交织状态圈围起来，就是在表示着这种结构的片段（即段面）式特征。

这种注重截取一定时期社会生活的有限生活段面，从而对其当中所蕴涵的多种社会关系加以艺术反映的结构特点，我们会在巴尔扎克作品以及他前后众多小说家长篇小说创作中得到至少是两方面的验证。一是从小说家本人的选材及剪裁的主观追求来看，他们所着力展示的都是特定的、某一阶段内的社会生活（这就是"段"的意思）。例如法国作家司汤达著名的长篇小说《红与黑》，其副标题就明确告诉人们，他的小说主要描写的是"一八三〇年纪事"；巴尔扎克的每一部小说，在选材上几乎都恪守着选择那些在一定时间内发生的众多事件加以反映的原则。他基本上不写以一个人为主人公的漫游式题材；也一般不写延续几十年的大事件。即使写，也是从某个大事件发生过程中的一个时间点上切入，以前发生的事件几乎都是交待出来的。例如在《高老头》中，作家虽然本意是要反映1816年至1830年间波旁王朝复辟期间法国社会各个阶级、各个阶层诸种关系的深刻变动，但《高老头》故事却是从1819年11月底写起的，到1820年初就结束了。事件演进的时间只有两个月左右。在左拉的创作中，他的每部长篇小说均描写的也是法兰西第二帝国时代的某个特定时期内的生活场景。二是从作品客观实际来看，这类作品中的每一部小说，均表现的是特定时间内一段生活的各个方面（这是"面"的意思），也可以说是对

---

[1] [苏]毕达可夫著：《文艺学引导》，北京大学文艺理论教研室记录整理，北京大学文艺理论教研室1958年出版，第248—249页。

一段时期内人际关系、社会风俗、阶级斗争、市井状况的全景式立体性刻画。这样，由于注重"段面"的取材和描绘，在作品布局和艺术结构的构成中，情节线索无限拓展受到了制约，而某段时期内的各种关系的交织、不同矛盾冲突的描写显著加大了。形象地说，这种结构，极类似于渔民捕鱼时所使用的网。鱼网本身虽然具有一定的长度，但同时必须要有一定的宽度与之适应。对此，巴尔扎克在他的著名论文《拜耳先生研究》中曾写到："我不相信十七、十八世纪文学的严峻方法描绘得了现代社会。在我看来，把戏剧成分、形象、画面、描写、对话介绍到现代文学里头，是势不可免的。"[1]正是由于巴尔扎克的长篇小说大多都采用了这种注重"段面"式的剪裁和布局方法，所以，他所写出的片断性生活场景，均具有着内在的巨大容量和张力，从而使其描写的社会生活极为集中和复杂。以至于恩格斯由衷地赞叹道："他在《人间喜剧》里给我们提供了一部法国'社会'特别是巴黎'上流社会'的卓越的现实主义历史。"[2]

其次，"巴尔扎克小说式"结构的另一个重要特征是以多故事、多人物形成的多情节线索的有机交织见长。就是说，这种结构方式的构成本身，不是再像"流浪汉小说式"结构那样，以一条情节线索的发展独撑全篇，并靠这条中心线索来贯串起一个个独立存在的故事，而是众多情节线索的相互纠缠，有机融合，形成纵横交错的情节线索网络。综观巴尔扎克的全部小说创作，就可以看出，他的长篇小说作品大多都是一些多故事、多情节、多人物相互交织的社会风俗小说。例如，他在《高老头》这样一部篇幅不太长的小说里，就几乎齐头并进式地写了8条较为完整的故事情节发展线索。它包括拉斯蒂涅在巴黎环境中的堕落、高老头被两个女儿掠夺的惨剧、在逃的苦役犯伏脱冷的重新被捕、巴黎贵胄妇女鲍赛昂子爵夫人被情夫抛弃不得不含着眼泪离开巴黎、泰伊番小姐被银行家父亲无情赶出家门的遭遇、老姑娘米旭诺和老光棍波阿莱为了三千法郎对良心的出卖、正直的医科大学生皮安训的无私义举以及伏盖太太的势力、庸俗的活动等。这8个故事又彼此联系地发生在三个不同的场景：即以鲍赛昂大人客厅为代表的上流社会；以伏盖公寓为代表的下层市民社会和以高

---

1 转引自傅雷《〈欧也妮·葛郎台〉〈高老头〉译本序》，《〈欧也妮·葛朗台〉〈高老头〉》，人民文学出版社1981年版，第1页。
2 中共中央马克思、恩格斯、列宁、斯大林著作编译局编译：《马克思恩格斯选集》（第4卷），人民文学出版社1995年版，第463页。

老头二女儿但裴纳家（即银行家纽沁根家）为代表的资产阶级暴发户们的社会。在小说中，这些线索均不是单独存在，孤立发展的。而是相互纠缠、彼此推动，使情节不断地向前运动的。在这种结构中，任何故事情节和人物活动的线索，都不是可有可无的。往往是不仅主要情节线索必须清晰完整，有始有终；就是各个次要情节和人物活动线索，亦须编排有致。这些次要的人物活动或曰次要的情节线索，或构成其主要情节线索突进的动因，或构成主要情节线索发展的契机，或构成主要情节线索发展的结果。这样，此种结构在安排上，就要求编排缜密，或环环相扣，或前后照应。否则，任何疏忽都会造成结构本身的破损，从而影响艺术布局的完整性。

"巴尔扎克小说式"结构形式的这种注重多故事以及多情节线索交织的特征，就使得我们有理由对一个传统的看法作出盘诘。以往人们在谈到巴尔扎克等现实主义小说家创作的时候，常常认为，塑造栩栩如生的典型性格，是作家主要努力之所在。即表现人物丰富鲜明的个性、情节与环境完全服从于人物性格塑造的需要，是这类小说创作的首要要求。但是，通过对这类小说结构本身特点的研究，便会发现，这种看法是不符合这些作家创作实际的。我认为，在这类结构构成的作品中，作家首先注重的是对各种人物关系的描写。而鲜明的人物性格，是在诸种关系的纠葛和作用下体现出来的。因此，可以说，没有诸种关系的描写，就没有鲜明性格的出现。而人物之间的关系，体现在结构中，就是诸种情节线索的纠缠和交织。如果没有诸种情节线索的纠葛，也就没有这种结构形式，典型人物的塑造也就成了一句空话。

再次，"巴尔扎克小说式"结构的第三个基本特征是，其中所蕴涵的主要情节线索必须具有多方面的统筹力量和多样性的联系功能。与"流浪汉小说式"结构模式不同，"流浪汉小说式"结构方式，尽管也特别强调中心情节线索的作用，但它对每个具体独立存在的故事而言，这一线索所起的是"贯串"作用而非"统筹"作用。"贯串"，主要指的是以一条情节线索对众多散在具体故事的串接。而"统筹"则是对众多情节线索（亦即枝叉性线索，它们有的可能会构成完整故事，有的则不能）的统筹、控制和驾驭。如果说，在"流浪汉小说式"结构中的中心情节线索是串联起每个散在珠子的线，那么，在"巴尔扎克小说式"的结构中，中心情节就是控制每一条网线的"网纲"，只有了"纲"，才能纲举目张。例如，在巴尔扎克艺术成熟时期创作的几部长篇小说，尤其是在《欧也妮·葛朗台》和《高老头》中，我们明显可以看到他的小说中心情节线索的统筹力量和多元联系功能的杰出体现。毫无疑问，《欧也妮·葛朗台》是一部"网状"结构的小说。关于它的中心情节线索究竟是属于老葛朗台还是他的女儿欧也妮，学术界曾有过不同的意见。我认为正如作品名字所昭示的那样，当属于后者。尽管作品在前半部分大量地描写了老葛朗台的故事，但是老葛朗台的故事、查理的故事、拿侬的故事、蓬风所长的故事、克罗旭的故事等等以及由此而产生的诸条枝叉性的情节线索，都不过是为欧也妮性格及命运的线索发展和变化服务的。换句话说，这些枝叉性的线索正是在欧也妮性格形成与发展的中心情节线索的支配、统筹下运作的。小说最终写道，虽然欧也妮总计有1700万家私，年富有多达80万法郎的收入，但33岁就做了寡妇，"她在世等于出家，天生的贤妻良母，却既无丈夫，又无儿女，又无家庭"。这种结局，可以说，既是欧也妮这条中心情节线索发展的结果，也是众多枝叉情节作用的结果。我们设想，假如没有她父亲老葛朗台的贪婪和吝啬，再假如没有查理的真情最终被金钱所泯灭，再假如没有蓬风所长等人对金钱贪欲所形成的环境氛围，以及女仆拿侬和她母亲的愚忠与孱弱对她性格形成的潜移默化的影响，可以说，就没有一个纯情少女变为一个只有金钱而丧失了一切幸福的富有寡妇的悲剧。

这种以中心情节线索来统筹众多枝叉线索的结构特征，在巴尔扎克其他作品中，尤其是在前面已经多次提到的《高老头》中，表现得更为明显。在《高老头》这部作品里，巴尔扎克正是以穷大学生拉斯蒂涅向上爬为主线，把众多的故事、多个场景、多条情节线索有机地组合在了一起。例如，拉斯蒂涅出身贵族，这可以使他能够出入以鲍赛昂子爵夫人、雷斯多伯爵家为代表的贵族上流社会的客厅，从而能与上流社会发生联系。同时，作为一个已经破落的贵族家庭子弟，家境的窘迫又使他只好住在伏盖公寓，这又使得他与下层社会的种种事件有了牵连。他为了能够爬上去，走的是利用资产阶级妇女的道路，这又决定着他与资产阶级暴发户们的活动天地密不可分。这样，无论三个世界中发生的哪一件事，无论八条情节线索中哪一条线索，都或通过他的所见所闻，或通过他的亲身参与，均与他所代表的这条中心情节线索发生了紧密的联系，并通过它的统筹作用将其结构成了完整的艺术整体。正是将这一中心线索找到了，巴尔扎克才有条不紊地安排了其他情节线索，从而构成了《高老头》这部小说"段面"式"网状"结构的骨架。

　　一般说来，小说中的主要情节线索体现着主人公的活动过程，是主人公行动的物化轨迹的反映，而这种行动过程又受到人物的性格发展支配。所以，在采用"巴尔扎克小说式"结构形式构成的作品中，中心情节线索实质就是主人公性格发展变化线索的体现。这样，在这类结构中，要做到中心线索具有统筹作用和多样化联系指向，实际上就要求主人公的性格必须是发展变化的。因为唯其发展变化，才能显示出与其他次要线索的交织作用。同时，主人公的性格本身，又必须是具有多种因素（包括各种对立因素）的多重组合体。按爱·摩·福斯特的话来说，是"圆型人物"。因为只有人物性格本身的多样复杂，才能具有多样性的联系功能。还以《高老头》为例，假如拉斯蒂涅性格不发展，那么就没有其向上爬的活动，小说也就没有必要写上流社会和资产阶级社会中发生的种种事件了。再如，拉斯蒂涅性格中假如没有善恶两种力量的斗争，他与维多莉小姐的关系以及最后对高老头的照顾，也就不能出现了。由此可见，中心情节线索多方面的统筹力量和多样化联系功能，是"巴尔扎克小说式"结构形式完全不同于"流浪汉小说式"结构形式的另一个极其重要的特征。

　　最后，"巴尔扎克小说式"结构特征还表现在，在这种结构里，枝叉性的情节线索，或曰主要情节线索之外的次要的以及再次要的情节线索，有的可能会构成一个相对完整的故事，有的则根本就不会构成一个有头有尾的故事，有的不过就是一个过场或一个事件的偶然起因。而在"流浪汉小说式"的结构中，如前所言，我们只要说到一个故事，那它本身就是完整的，它具有一个完整的故事所具有的开端、发展、高潮与结局的诸要素和诸个有机联系的步骤。并且，更重要的是，"流浪汉小说式"结构中出现的每一个完整的故事，又均是在一个而非两个或两个以上的多个场景中实现和完成的。而在"巴尔扎克小说式"结构方式构成的作品中出现的具体故事，与之恰恰相反，它不是在一个场景而常常是在多个场景中分别地表现出来的。这样，当我们在阅读"巴尔扎克小说式"结构方式构成的长篇小说时，要想知道某一个枝叉情节线索所代表的故事时，一般都要阅读完这部小说的一定篇幅，有时几乎要阅读到全书将要结束时，然后经过阅读者的综合概括才能知晓。下面，我们仍以《高老头》这部作品为例子，看一看它其中的一些枝叉性线索的故事是怎样通过不同场景的描绘而逐渐展示出来的。银行家泰伊番先生的女儿维多莉小姐，在全书中并不是一个多么重要的角色，本人的故事并不多。但作家并没有一次将她的故事讲完，而是在"伏盖公寓"一章中，先交待了她的身世以及她的父亲老泰伊番为把全部财产传给儿子，从而拒绝认她为女儿的情况。隔了一些情节后又介绍了她对大学生拉斯蒂涅的钟情与暗中的爱恋。在第二章"两处访问"里，作家基本上抛开了维多莉小姐的故事，叙述的都是他人的活动。在第三章"初见世面"里，才又分头描写了她听说伏脱冷要与拉斯蒂涅决斗后的神色变化、伏脱冷让拉斯蒂涅去勾引她的计划以及拉斯蒂涅与之调情的行为。而在"鬼上当"一章中，则写了她哥哥在伏脱冷设下的阴谋中被杀死后，她的父亲派人将她接回家的情节。从此维多莉小姐的故事就结束了。伏脱冷的故事、鲍赛昂子爵夫人的故事以及波阿莱、米旭诺的故事的写作情形，也大致如此。恐怕作家之所以要把每一条线索所代表的一个具体故事分开，并在不同的场景里加以描写，根本原因还是在于结构本身的要求与"流浪汉小说式"结构要求不同。换言之，在"巴尔扎克小说式"的结构构成的作品中，由于结构本身的"网状"构成，是很难在一个场景中把一个故事写完的。线索与线索交织的本身，实则就导致了独立存在的单个具体故事的解体。

尚需指出的是，以上所列举的"巴尔扎克小说式"结构模式的诸种特征，它们之间并非是孤立存在的，而是有机地体现在一部长篇小说之中的。我国清代著名戏剧家李渔在《闲情偶寄》之中有一段论述戏剧作品《西厢记》的话，我认为也道出了这种小说结构的一些本质方面。他写道："一部《西厢》止为张君瑞一人，而张君瑞一人，又止为白马解围一事。其余枝节皆从此一事而生——夫人之许婚、张生之望配、红娘之勇于合作、莺莺之敢于失身与郑恒之力争原配而不得，皆由于此。"[1]在这段论述中，"网状"小说结构特点及其诸特点之间的相互关系，实际上均已谈到了。

有鉴于此，可以断言，"巴尔扎克小说式"的结构本身具有完全独特鲜明的特征。它是西方长篇小说领域继"流浪汉小说式"结构模式形成之后出现的另一种主要的结构形式。它的出现，恰恰反映了长篇小说结构艺术的创新、发展和深化。

1　李渔著：《闲情偶寄》，单锦珩校点，浙江古籍出版社1985年版，第8页。

第二节
"巴尔扎克小说式"结构构成规律

正如"流浪汉小说式"结构由于受其自身特点所决定,具有自己的独特构成规律一样,"巴尔扎克小说式"结构,也亦如此。可以说,恰恰由于这种结构本身所独有的横断面式布局、诸多情节线索的交织、中心情节线索的多样联系功能和多方面的统筹能力,以及独特的枝叉性线索所带来的具体故事写法,使得运用这种结构进行创作的长篇小说作家,必须要特别注意以下几个方面的规律。

第一条重要的规律是,作家在创作伊始,就必须要竭尽全力寻找出一段诸种矛盾错综复杂的生活并以此作为描写和反映的对象。因为它同时也是结构布局和线索安排的基础。众所周知,结构作为作者艺术构思的集中体现,除了与作家本人的艺术修养、知识积累、个人的审美能力和艺术气质分不开之外,更重要的是与他对生活的认识和把握能力分不开。由于长篇小说是现实生活的一种物态化的反映,艺术结构又是生活结构的创造性体现。所以,要描写一个时期内"段面"式的生活,必须要有"段面"式的结构与之适应。也可以说,要创造一种网状结构,小说家就必须对一定时期内的错综复杂的生活有较为清晰的把握。

我们之所以强调作家要特别选择"错综复杂"矛盾交织的一段生活,是因为这种结构不能以一段时间内的平淡生活为描写对象。换言之,只有生活中诸种矛盾纠葛才能提供出作为现实生活反映的长篇小说结构构成的多条线索。

这样,就决定着每一个长篇小说作家,能否写出成功的"巴尔扎克小说式"结构类型的作品,其首要的条件是看他是否能够真正地确定出究竟哪一阶段的社会现实,什么样的社会生活场景值得他去裁出和进行描写。

那么,究竟是什么样的历史阶段,哪些社会生活中的场景可以作为这种小说结构上的"段面",并能被作家热衷于采用和选取呢?通过对西方长篇小说实践的考察,我以为,一是人类历史特定时期(如社会转型和激烈动荡)的生活景观。因为战争与和平,停滞与发展,压迫与反抗,旧制度、旧社会形态的解体与新制度、新生活形态的产生,都交织着当时社会中诸种社会力量和阶级关系深刻的矛盾与冲突，呈现着极其复杂的历史风貌。二是特定场合内的矛盾纠葛和事物变迁。例如社会领域内和家庭领域内的君臣关系冲突、父子矛盾，男女纠葛，以及人与人之间生与死的考验、爱与憎的撞击等。一句话，无论哪个时期或哪种场合，只要是矛盾最集中，矛盾的牵扯面又最广，各种矛盾冲突最激烈，就最受采用这种结构创作的小说家的重视。所以，当我们阅读那些成功地采用"巴尔扎克小说式"的网状结构创作而成的西方长篇小说经典之作时，就不难发现，这些小说的内容大都反映的或是社会之转型与变动；或是两个及多个社会不同利益集团之对垒；或是多种不同的思想意识之交锋；或是多种人物间不同性格与习惯的冲突等等。例如，司汤达、巴尔扎克之所以乐于去描写法国社会1816到1848年间，特别是1830年前后的状况；英国作家盖斯凯尔夫人、萨克雷之所以乐于反映当时资本主义制度在英格兰胜利之后阶级矛盾尖锐和拜金风习使整个社会变成"名利场"的现实；俄罗斯作家托尔斯泰之所以乐于展示1812年拿破仑入侵俄国前后"战争与和平"的生活，以及"一切都已经翻了一个身，一切都已经重新开始安排"的19世纪七十年代前后的社会变动等等。其根本原因，盖源于此。正是由于他们深刻地把握了作品所要描写的时代的阶段性特点，以及在这特定阶段中错综复杂的社会矛盾和人际关系，才为其运用这种结构进行创作提供了成功的前提和保证。

  我们还需要强调指出的是，凡在西方长篇小说领域中，采用这种结构方式构建其作品艺术大厦并取得了辉煌成就的大师们，对截取什么样的社会历史"横断面"，或曰选择什么样的历史场景与生活场景，应该说，是都有着一种理论上的自觉的。例如，巴尔扎克生活在法国封建残余势力即将退出历史舞台、资产阶级重新成为社会主人的历史转折时期。他亲身经历了拿破仑帝国、波旁复辟王朝、七月金融王朝等重要历史阶段，亲眼目睹了1830年和1848年革命等重大事件。急骤而持续的社会动荡，既带来了社会思潮的空前活跃，又使其以讲说"故事"为传统的艺术形式发生了转换。巴尔扎克作为一个兼有哲学家和历史眼光的文学巨人，深刻感到，他的小说使命在于，应该超越个人的生活感受和个人情感的抒发，去描写当代丰富多彩的生活和这一时代的"风俗史"，用艺术方式对特定的历史阶段进行总体分析。"法国社会将要成为历史家，而我只应该充当它的秘书。编制恶习与美德的清单，搜集激情的主要表现，刻画性格，选取社会上的重要事件，就若干同质的性格特征博采约取，从中糅合出一些典型；做到了这些，笔者或许就能够写出一部许多历史家所忽略了的那种历史，也就是风俗史。我将不厌其烦，不畏其难，来努力完成这套关于十九世纪法国的著作……（着重号是笔者加的）。"[1]考虑到上述这段话是在针对此前的一些小说家"也不过是用他们的才艺去塑造一两个典型人物，描写生活的一个侧面"[2]的缺陷而说的，又考虑到上面这段话中我们加重点号部分的独特含义，可以说，巴尔扎克是把有意识地描绘"片断化"的当代社会生活，展示丰富多彩的矛盾冲突，当成了其创作的自觉选择。左拉的小说创作，也是以成功地截取一段时间内的社会生活片断加以艺术把握和反映的范例。众所周知，他的《鲁贡——马卡尔家族》是继《人间喜剧》之后，又一部具有史诗规模的，综合而立体地反映一定历史断面的多部长篇小说的总集。从社会生活面的截取来看，路易·波拿巴发动的"政变"，是这部总集情节的开端。而1870年的色当惨败、第二帝国的垮台，则是全部小说的"一个无情的，然而也是必要的结局"。[3]左拉在写作这部多卷集小说伊始，就明确地给自己提出了两个任务：首先是"研究一个家族中的血缘（遗传）性及环境问题"；[4]其次是"研究整个第二帝国时代。通过各种人物，用事实和感觉描写出这个时代的社会全貌，并且在千千万万风俗和事件的无数细情末节中，刻画出这个时代"。[5]如果从结构艺术上着眼，那么，左拉要裁剪他所生活时代的一段史实或曰一个横断面，来用美学和艺术的手法加以集中的、自觉的反映，恐怕是没有疑问的。这方面的例子还有很多，因篇幅所限，故不再赘述。

第二条重要的规律是，运用"巴尔扎克小说式"结构方式进行创作的作家，在确定了所要反映的历史或社会生活断面之后，还须全力寻找出众多情节线索中的主要情节线索。并且要围绕着主要情节线索对其他线索进行合理的和符合逻辑的、精心的安排。像前面谈过的"流浪汉小说式"结构一样，"巴尔

---

1 [法]巴尔扎克著：《巴尔扎克全集》（第1卷），傅雷译，人民文学出版社1984年版，第8页。
2 二十四所高等院校编：《外国文学史》（第3卷），吉林人民出版社1984年版，第66页。
3 转引自二十四所高等院校编：《外国文学史》（第2卷），吉林人民出版社1984年版，第66页。
4 转引自二十四所高等院校编：《外国文学史》（第2卷），吉林人民出版社1984年版，第66页。
5 转引自二十四所高等院校编：《外国文学史》（第2卷），吉林人民出版社1984年版，第66页。

扎克小说式"结构方式的基础仍是源自于古代希腊的美学大师亚里士多德所奠定的社会学理论。究其实质，仍是在作家与作品两极分裂的外在观照中，用作家全知全能的视角来反映生活的尝试。但与"流浪汉小说式"结构相比，使用这一结构进行创作的作家，需要有更为深入地把握生活中各种散在事物之间联系的能力，需要有更为高超的艺术结构功力。换言之，一个作家或艺术家，首先必须是掌握和了解生活的本质和规律以及相互间联系的高手，就观察生活而言，他必须能在纷纭复杂的生活现象中，把握影响事物发展的主要矛盾和主要事件，就艺术结构安排而言，他必须能够依据生活的逻辑寻找出能将众多故事和事件统一起来的中心线索。如前面所言，这一中心线索不仅要具有强大的统筹力量，能把众多线索有机地结合成为一个艺术整体，而且这一中心线索又必须具有多方面的联系功能。

能否在运用这种结构时寻找出中心情节线索和妥善而贴切地安排好其他情节线索，其本质是衡量一个长篇小说家能否真正地认识了生活，能否在生活中诸多矛盾存在的情况下把握主要矛盾和矛盾的主要方面能力的标志。它不仅反映了作家艺术水平高下，更显示了作家认识和把握生活能力的高下。例如丹纳在《巴尔扎克论》中曾这样谈到巴尔扎克的才能：

> 它（指巴尔扎克的大脑——笔者注）能在一个姿态里窥见一种性格，一个人的整整一生，并能把它们与时代结合起来，从而预见到它的未来，用画家、医生、哲学家的眼光，渗透它们的底蕴，展开一张无需意志推动的测度的罗网，包举了全部思想和事实。[1]

这里，丹纳实则指出了，巴尔扎克是运用了把画家、医生、哲学家合在一起的高超洞察力，来看待他所选取的这一段社会生活的。他不仅可以看到一个人一生的内在发展逻辑，而且暗示了这个人物所构成的线索对统筹其他线索所起的联系作用。

恩格斯对巴尔扎克善于抓住当时社会的主要矛盾和矛盾主要方面的能力也是称道有加。他在1888年4月间写给哈克奈斯的信中，在谈到《人间喜剧》时说，巴尔扎克"在他的《人间喜剧》里给我们提供了一部法国社会特别是巴黎上流社会的卓越的现实主义历史，他用编年史的方式几乎逐年地把上升的资产阶级

---

[1] 易漱泉编：《外国文学评论选》（上册），湖南人民出版社1982年版，第398页。

在一八一六至一八四八年这一时期，对贵族社会日甚一日的冲击描写出来……他描写了这个在他看来是模范社会的最后残余怎样在庸俗的、满身铜臭的暴发户的逼攻之下逐渐灭亡，或者被这一暴发户所腐化……在这幅中心图画的四周，他汇集了法国社会的全部历史。"[1]虽然这段话是从宏观上肯定巴尔扎克对当时社会主要矛盾精明把握的能力的，但我们从他创作每一部长篇小说的实践中，仍可以看出他对每一条中心情节线索的自觉把握。例如我们在前一节中提到的《欧也妮·葛朗台》《高老头》等，就为上述观点提供了有力证明。

那么，究竟什么样的情节线索可以被这类长篇小说家作为中心情节线索加以提炼和使用呢？其一，应该而且必须是在一定时期内或一定场景内起主导作用的某一个或两三个人物的性格发展与行动发展轨迹。早在两千多年以前，古希腊哲学家、美学家亚里士多德就谈过："悲剧是对于一个完整而具有一定长度的行动的摹仿。"[2]他在这里说的"行动"，实际上指的就是戏剧情节的主线，指的就是由主要人物活动所构筑起来的主要情节线索。如果在一部作品中，小说家们不能寻找到或安排出这种起主导作用的中心线索，就很难使多种枝叉线索进行有机的排列，长篇小说的创作就会走向失败。其二，应该而且必须是和一个大的事件（在这个大事件中可能包括数个或数十个小事件）的起始、发展、高潮、结局密切相关的人物性格发展或行动发展的轨迹。这也就是说，作为网状结构的长篇小说的主要情节线索，其本身的发展不仅需要完全整一，而且这个主要人物的活动轨迹必须要与整个作品所描写的大事件随时发生联系，不能游离于这些主要事件之外。例如，在《战争与和平》中，主要情节线索之一的彼埃尔·别竺豪夫的活动就贯穿了作品中所描写的几个大事件（如奥斯特里茨战役、解放农奴、1812年莫斯科大火、法军溃败与俄军胜利等）。可以说，彼埃尔性格形成过程及其行动过程的每一个阶段，无不与作品所描写的大事件（1812年法军入侵俄国）中的每一个子事件相联系。类似的例子尚有中国古典小说《红楼梦》，宝玉的性格与行为的发展过程，无不与贾府由盛而衰的整个过程中的每一个事件相联系。其三，这种主要情节线索必须能够合理地、有机地生长出或曰分蘖出枝叉性的情节。也就是说，在"巴尔扎克小说

---

1 中共中央马克思、恩格斯、列宁、斯大林著作编译局编译：《马克思恩格斯选集》（第4卷），人民文学出版社1995年版，第462—463页。
2 [古希腊]亚里士多德、贺拉斯著：《诗学诗艺》，罗念生、杨周翰译，人民文学出版社1962年版，第25页。

式"结构形式构成的作品中,小说家所选择的主要情节线索本身,必须具有开放性的功能。为了较好地说明这个问题,我们有必要将"流浪汉小说式"结构的经典作品《堂吉诃德》与"巴尔扎克小说式"结构的经典之作《高老头》各自的中心情节线索作一番比较。堂吉诃德作为塞万提斯小说中的中心情节线索,他本身的性格是静止的,行动指向亦是单一而封闭的。例如堂吉诃德除了耽于幻想、热衷于从事游侠活动之外,他很少对其他事情发生兴趣。虽然小说中交待,他有个意中人并为之取名"杜克西尼娅",但也只是精神上对其"爱恋"而已,行动上并没有任何举措。故而,小说中就没有分蘖出杜克西尼娅的线索。在《高老头》中,情况却恰恰相反。拉斯蒂涅作为一条中心情节线索,除伏脱冷、高老头、波阿莱、米旭诺、皮安训等人同他发生联系,并分蘖出不同的情节线索外;在他向上爬的过程中,还与维多莉小姐、高老头的大女儿阿娜斯大齐、二女儿但裴纳以及"蒲涅高王朝的最后一个女儿""巴黎社交界妇女的领袖"鲍赛昂子爵夫人等发生了联系。而每一次联系,都随之引出一条枝叉线索,从而形成了网状立体式图景。反之,不注意这一点,就会出问题,苏联作家高尔基毫无疑问是用"巴尔扎克小说式"结构形式进行小说创作的大师。但是,由于他早年的创作并没有注意到这种结构的规律,因此,曾受到了契诃夫的批评:"您的想象力善于抓取、粘住,可是它在您那儿却像个没有加足木柴的大壁炉;……在小说里您描写了两三个人物,可是这些人物孤立地站在那儿,站在人群外面;看得出这些人物活动在您的想象里,然而只有人物,人群却没抓住。"[1]虽然契诃夫的这段话还另有所指,但它中间已蕴涵着要求高尔基注意中心情节线索的人物的行动必须是开放性的,必须能够联系起众多枝叉性情节和人物的思想。

第三条重要的规律是,运用"巴尔扎克小说式"结构进行创作的作家,还必须清醒地意识到,与前一章中所谈的"流浪汉小说式"结构模式构筑过程比较起来看,在构筑这种结构的艺术作品时,作家对中心情节线索的选择、枝叉情节线索的安排、不同情节线索之间纠缠的时机与方式以及全部结构的宽度和长度的确定等等,都只有相对的随意性,或曰相对的自由。前面谈过,在采用"流浪汉小说式"结构构成作品的过程中,其结构本身有相当大的自由。作家随意可以让他笔下的主人公多走几个地方,多经历几个故事,从而使其情节延

---

[1] 文艺理论译丛委员会编辑:《文艺理论译丛》,人民文学出版社1958年第2期,第182页。

长，结构拉大。但在"巴尔扎克小说式"的"网状"结构中，由于结构本身的诸多情节线索的交织纠葛的特定构成方式，就决定着其主要情节线索与枝叉性情节线索的如何配置、如何安排、如何发展、如何纠缠等等只有相对的随意性和自由度。它既受控于作家，同时又受控于结构本身。换言之，作家不能随心所欲地支配自己的结构，他的结构设计必须要受到情节本身发展的制约。不认识到这一点，错误地认为作家本人既然是作品结构的总设计师和总建筑师，就可以随心所欲，为所欲为，任性地安排情节，其结果也只能使小说创作走向失败。

我们还以巴尔扎克的小说《高老头》为例，看看其结构相对自由的特点，该小说在艺术结构上颇具功力。前面说过，这是一部多故事、多情节、多人物的社会风俗小说。像莎士比亚的戏剧《哈姆雷特》一样，情节的丰富生动以及人物众多必然会给作品的结构带来困难。巴尔扎克不愧是一个与莎士比亚同样的艺术大师和结构安排上的高手，他正是在这多故事、多情节、多人物相互交织的情况下，完美而贴切地组织了这部作品。首先，巴尔扎克根据作品的主题要求，在纷纭复杂的多个故事情节中，找出了能够把众多故事、众多人物命运统一贯穿起来的中心线索——拉斯蒂涅的堕落过程，从而用这个中心线索，串联起了三个世界。

不仅如此，作家还用这个中心线索，连缀起了众多的人物，并把不同人物的出场、活动和退场的安排，也紧紧和这一中心线索紧密联系在了一起。作品描写拉斯蒂涅在堕落的过程中，先后经历了三个人生导师的教育。他的第一个人生导师是鲍赛昂子爵夫人。子爵夫人本是贵族上流社会的典范，但当她了解了拉斯蒂涅要向上爬的心理后，她却用资产阶级的道德原则给拉斯蒂涅上了人生的第一课。她用温文尔雅的言辞，传授了资产阶级的金钱真理。不仅如此，鲍赛昂夫人还给他出了一个主意，让他去追求高老头的二女儿、银行家纽沁根的妻子但斐纳。也就是让他通过勾引资产阶级妇女的"不流血方式"挤进资产阶级社会。这样的情节安排，其实就是通过拉斯蒂涅的线索勾连出来了鲍赛昂子爵夫人的线索，而鲍赛昂夫人的出现，又引出了银行家纽沁根和妻子但斐纳情节的出现。

紧接着拉斯蒂涅又受到第二个人生导师伏脱冷的教育。伏脱冷本是苦役逃犯，他对当时社会的丑恶有着极为深刻的认识。作为资本主义社会中一个凶残的掠夺者，他看到拉斯蒂涅从鲍赛昂夫人家出来后，便洞晓了一切，于是用粗俗的语言，告诉了拉斯蒂涅一个与鲍赛昂夫人所说的同样的道理：在这个社会上，要想爬上去，就必须有"一百万家财"，而且"要捞大钱，就该大刀阔斧的干"，"就不能怕弄脏手"。同时伏脱冷也告诉拉斯蒂涅，靠勾引银行家老婆的办法来钱太慢。于是给他出了一个"快速发财"的主意，让他去勾引银行家泰伊凡的女儿维多利小姐。他还设计杀死了泰伊凡的儿子，企图使拉斯蒂涅能靠"流血的方式"尽快发笔大财。这样，通过拉斯蒂涅的中心线索，引出了伏脱冷，而伏脱冷的线索又引出了维多利小姐的故事。

但事情到这里还没有完结。上述两个导师从不同的角度所给他的人生教育，使他的野心和欲望大大地膨胀了。但小说告诉我们，拉斯蒂涅此时毕竟刚刚踏进社会，还没有立刻堕落下去。他的完全堕落以及向上爬野心的最后形成，是经过了第三个人生导师，亦即生活导师教育的结果。在现实生活中，他首先看到，在伏盖公寓这个下层社会天地里，人们唯金钱是视。为了金钱，再互相算计，互相出卖，老姑娘米旭诺平日里道貌岸然，但却为了三千法郎的赏钱，出卖了与自己素无冤仇的同住房客伏脱冷。同样，在上流社会中，拉斯蒂涅看到了金钱观念对一向以门阀、地位为荣耀的贵族社会的腐蚀。阿瞿达侯爵为了二十万法郎年息的陪嫁，便抛弃了门第高贵、品貌超群的鲍赛昂夫人，和一个资产阶级小姐结了婚。尤其使他最受教育的，是来自资产阶级社会中高老头家庭的不幸命运。高老头作为父亲，在心中对两个女儿怀有基督般的神圣情感。但是这种真挚神圣的情感，在以金钱为上帝的资本主义世界中，是一钱不值的。他有钱的时候，是女儿的"好爸爸"，一旦一文未名，不能再满足女儿的欲望后，不仅连女儿的家门都进不去，甚至在奄奄一息，将死之际，想见女儿都不可能。父亲像被榨干的柠檬，无情地被抛掉了。社会导师活生生地教育，终于使拉斯蒂涅懂得，整个社会都已被金钱的洪水淹没了，"诺亚方舟"的奇迹不会再现了。正是高老头的死，才完成了拉斯蒂涅的社会教育。因此，在埋葬了高老头的同时，他最后一点点神圣的情感也被一起埋葬了，他欲火炎炎地投入了上流社会的罪恶深渊。可见，拉斯蒂涅的中心情节又引出了其他人的故事。

其次，《高老头》结构中，多个故事情节的安排上，也是轻重相益，不枝不蔓的。有的故事浓墨重彩，大肆渲染；有的故事则寥寥数笔，一带而过，只在合适的时候交待一下。一般说来，对主要的故事情节——拉斯蒂涅的活动以及与拉斯蒂涅性格发展有关的情节——影响越大的，作者所着的笔墨就越多。如对拉斯蒂涅的刻画，从头到尾，贯穿始终。大到拉斯蒂涅成功时的洋洋自得，小到他每一个细微的心理活动，无不作了形象细致的表现。而对他性格发展影响较大的鲍赛昂子爵夫人、伏脱冷和高老头，作者的描写也是不惜笔墨的。巴尔扎克通过鲍赛昂子爵夫人的失意以及不得不含着眼泪离开巴黎的情节描写，不仅展示了波旁王朝时期贵族阶级必然灭亡的历史命运，而且她的教诲和悲剧性结局，在结构上则起了推动拉斯蒂涅性格发展的作用。高老头与伏脱冷的悲剧命运，在结构上也与鲍赛昂夫人的作用是一样的。相反，安皮训、泰伊凡父女、伏盖太太等人的故事，对拉斯蒂涅的影响不如前几位。因而对他们的描写就显得笔墨经济多了。如泰伊凡，作者写他，主要的目的是交待他的女儿为什么要住在伏盖公寓，从而引出伏脱冷给拉斯蒂涅提出"杀人见血"的发财办法。而这个目的一经达到，对泰伊凡父女的描写即宣告结束。可见，《高老头》这部作品，尽管情节众多，但结构安排上，却条理极为清楚。

由上述分析可见，运用这种结构方式进行创作的长篇小说作家，在结构作品时，有着自由的相对性和情节线索发展的自主性。

在考察"巴尔扎克小说式"结构模式的构成规律时，还需要明确以下几个原则：

一是要注意其结构诸多线索发展和纠缠的逻辑性法则。前面我曾谈过，这种结构的形成，既受控于作家的选择，又受控于结构本身。这就是说，那些长篇小说的作家们，在构思与创作一部作品之初，想要安排多少条线索、以哪一条为中心情节线索等等，完全取决于他们的愿望与决定。在这点上，作家本人拥有一定的自由。但是，一旦这些情节线索和由此而呈现的结构一经形成，它就要遵循其内在的发展逻辑了。对此，我们只要看一看这种结构作品中所描写的故事的特点，就可以看出不同故事间的逻辑联系。在前一节中，我曾着重谈到过，和采用"流浪汉小说式"结构形式作品中所描写的一个个不形成因果关系的故事不同，这种结构作品中所出现的故事，一般来说都是不能独立存在的。往往前一个故事构成后一个故事或后几个故事之因；或者是后一个故事或几个故事构成前一个故事之果。这种故事与故事间的相互联系和相互作用，实则就是其结构自身的逻辑构成。如果作家抛弃每条情节线索所显示出来的故事与故事间的因果关系和逻辑联系，而在写完一个故事后再另起炉灶写另一个故事，那么，就是写得再生动，也没有这种结构本身所要求的意义与价值，只能破坏这种结构的构成。

二是要注意其结构构成时诸多情节线索安排的均衡性原则。俄国作家契诃夫曾深刻地指出过这一点，他说："为了建筑长篇小说，就一定得熟悉使这一大堆材料保持匀称和均衡的法则。"[1]法捷耶夫也指出："在作家面前还摆着一件可以说是最大的复杂任务：必须把全部已有的、往往是巨大的材料组织成一个统一的整体。面临许多事实、事件、思想：其中有些思想是好的和大的。但要想使这一切都有声有色，对于达到既定的目的有所帮助，需要找到匀称的配合比例。……托尔斯泰把这个称为文学作品中'总体'与'枝节'的结合。"[2]在长篇小说创作中关于情节线索安排上所体现出来的这种匀称和均衡的法则，从本质上说，也体现出了作家在结构其作品时只具有相对自由的构成特征。我们知道，就整个艺术而言，形式美是指构成艺术品的外在的形式美（如色彩美、形体美、声音美、线条美和语言美等）和内在的形式美（如对称、整一、节奏、比例、多样统一等）的统一。这样，就其作品的结构而言，也有个形式美的问题。而要构成结构形式的本身的美，一方面就需要作家按照美的结构和造型的规律，去安排每一条结构线索。这体现出了作家的主观能动性和创作过程的自由。因为每一个长篇小说作家在创作伊始，无疑都要把每条情节线索按其主观的构想尽力安排得更好、更均衡些。苏联作家阿·托尔斯泰根据自己的艺术经验，就谈过这方面的思想："结构——这首先是指确定目的，确定中心人物。其次，才是确定其余人物，他们沿着阶梯自上而下、环绕在中心人物的周围。这就如同一座建筑物的建筑结构一样。每一幢建筑物都有目的，有它自己的正面、正面的最高点，一定的规模及一定的形式。"[3]诚然，这种说法固然谈得很深刻与很有价值，但毕竟仅仅谈出了一个方面。因为这种事先的"设计"，还毕竟是作家的主观愿望，是还未经过结构实践检验的主观设想。所谓结构构成情节线索安排的均衡性的本质，我认为，应该是内

1　文艺理论译丛编辑委员会编辑：《文艺理论译丛》，人民文学出版社1958年第2期，第206页。
2　人民文学出版社选编：《论写作》，人民文学出版社1955年版，第170页。
3　[苏]阿·托尔斯泰著：《向工人作家谈谈我的创作经验》。转引自张宁主编《小说写作概要》，第140页。

在逻辑与主次情节线索按生活本身底蕴的安排和发展的均衡。而这种本质上的均衡的真正实现，必须在结构本身的构成运行中才能得到。这样，作家在开始时立足均衡的结构构思，必然会在结构本身的运行中不断地被修改、调整、校正和完善。例如，巴尔扎克的《高老头》、列夫·托尔斯泰的《安娜·卡列尼娜》等作品初稿与发表稿、最初的构思与最后的结果之所以明显不同，这里面除了有作家对题材的认识不断走向了深化等原因外，无疑结构自身的要求也是一个重要的原因。特别是在这些小说在写作过程中，人物情节线索的增加或减少，出场前后的变动等，往往不以作家的意志为转移。这就更有力地说明了结构自身的制约性。

三是结构要服从主题思想的表现需要，服从于人物性格的塑造等诸要素需要的原则。当然，这种特点对每一类结构模式来说，都是重要的。但又不能不说在"巴尔扎克小说式"结构模式中，要求得更为强烈。车尔尼雪夫斯基在谈到结构要服从主题思想的需要时认为，只有形式完全与思想相适应，只有体现了真的思想的作品才是艺术的。为了解决形式与内容相适应的问题，就应当看看作品的各个部分和详情细节——例如场面、性格、情节本身如何曲折和优美，但假如它不为最完全地反映作品的基本思想服务，那它就损害了作品的艺术性。那么，要围绕作品要表达的主题思想来组织建造结构，要围绕着人物性格的发展来构筑结构大厦，其本身就说明了这种结构模式建造过程的两种制约因素对其的影响，从而使其结构过程本身的随意性大大降低和自由度的相对缩减。因为随心所欲地安排出某一条情节线索的出现，不负责任地描写出几条线索纠缠的场景，最终都会破坏思想主题的完整表达和人物性格合乎逻辑的发展，最终将导致运用此类结构进行长篇小说创作的失败。别林斯基在谈到这一点时，曾深刻指出："创作是无目的而又有目的，不自觉而又自觉，不依存而又依存：这便是它的基本法则。"[1]我以为，此话对"巴尔扎克小说式"结构方式的作品构成来说，是极为恰当和极为深邃的。

第三节
"巴尔扎克小说式"结构的艺术效应

作为一种特征独特而鲜明、影响巨大而广泛的"巴尔扎克小说式"结构模式，也有着属于自己的独特艺术效应，即由这种结构构成自己作品的一般的审

---

[1] [苏]别林斯基著：《别林斯基选集》第1卷，满涛译，上海译文出版社1979年版，第207页。

美特性。具体来说，这种结构方式构成的长篇小说的艺术效应，主要体现在下述诸方面。

第一，长卷风俗画式的艺术效应

为了清晰而有效地说明这种艺术效应的风采，我们有必要对风俗画以及长卷风俗画的有关知识与特点作一番简略地说明。

风俗画，是以社会生活的风俗习惯为题材的人物画。长卷风俗画的主要特点在于，画家常常截取生活中的一个段面，以社会生活的风习为着眼点，在宏大的场面中，以工笔式的笔法描绘众多人物的音容笑貌、喜怒哀乐和行为举止。人物虽多杂却安排疏密有致，场景虽众多却设置详略得当，就整个画面而言又浑然一体。局部与局部、局部与整体，不能分割；中心画面的人物与四周画面中的人物有机联系，相互辉映。可以说，"长卷风俗画"，除画幅有一定的长度之外，场景更为宏大、人物更为众多、内容更为丰富繁杂。

现藏于故宫博物院的宋代画家张择端的《清明上河图》，就是世界画坛上著名的描绘当时京都汴梁清明节时市区及郊外生活风俗及景色的一幅长卷。它虽然"高不盈尺"，但"长二丈有奇"。此幅画卷，可相对分为三部分。卷首是静谧的汴梁郊野，弱柳笼烟，阡陌纵横，人流如潮。赶集的农夫、坐轿的乡绅、驮运的驴骡脚夫以及各色人等，从不同的地点、不同的方向，渐次向市区汇集。第二部分是城郊景色。越接近城郊，河道渐趋宽阔。河面上舳舻相接；岸边上，屋宇雄壮。人群摩肩接踵，三教九流，无所不有。一桥高架两岸，桥上游人如织，推车的、挑担的、骑驴的、玩耍的……神态各异，各尽其妙。尤其是画面中间，一艘大船，正放倒围杆准备过桥。船工躬身竭力，盘索投纤；纤夫挥臂呼叫接应。两岸上、桥身上的众多观者，有人挥臂助阵，有人屏气远观……，形象无不栩栩如生，神情毕肖。几只小船逆水而上，被牵引的大船吃水颇深，几十名纤夫俯身用力，极为生动。第三部分是城市中心地带景物。大河前流，画面逐渐进入繁华地带。车水马流，熙熙攘攘，车马盈市，罗绮满街。两旁街市，遍布药房、占卜、饮食与曲艺场所。人头攒动，声浪似可相闻。一座巍峨高耸城楼，立于街头。城门之内，为繁华无伦之商业区域。只见彩楼相对，绣旆相接，百货杂陈，千家竞售。各色人等，神态各异，绝无雷同者。画幅浑然一体，显示出了公元1120年前后典型的清明上河的风俗和时尚。

从此幅画卷的画面来看，显示出了这样一些特点：（1）这是以一段生活的场景铺陈描绘在"高不盈尺,长二丈"画纸上的,是当时东京汴梁一定段面生活的反映。(2)作品中所描绘的人物形象近500个;屋邑数百间;船只30多艘。人物众多,场景众多,事物及事件众多。(3)各个场景与场景之间,每个人物与人物之间,虽各自独立,但通过手势、姿态、神情乃至整个画面的构图,又使其形成了相互辉映、相互制约的紧密联系,使整个画面形成了一个完整的艺术整体。在这里,没有哪一个场景是多余的,也没有哪一个人物是多余的。每一个场景,包括船只、店肆的安排以及每一个人物的安排和它们各自在画面上所处的方位及角度,都不是随心所欲的。

采用"巴尔扎克式小说"结构形式创作而成的作品,就其所达到的艺术效果来看,与之相比,也并没有什么根本的不同。例如,在巴尔扎克一些著名的长篇小说里,无论是1816至1848年间法国社会中的阶级关系的变动、各阶级各阶层人物的精神风貌,还是金融投机、高利贷盘剥、家庭惨剧、金钱对文化艺术领域的浸渗等等,也都作出了详尽而贴切的描写。各类人物的性格特点及其人物活动的具体环境,无不跃然纸上。甚至在细节方面,无不真切详实。可以说,巴尔扎克的众多小说,均是用文字写成的《清明上河图》。还以巴尔扎克的长篇小说《高老头》为例来说,在全书中出现的主要场景就有伏盖公寓、鲍赛昂子爵夫人家的客厅、雷斯多伯爵家的客厅、但裴纳家的带有暴发户气味的房舍、拉斯蒂涅与但裴纳偷情的房间、埋葬高老头的坟场墓地等等。其中,描写伏盖公寓,先写其外景,说它显出"一派毫无诗意的贫穷"。粗砂石的建筑、"粉的那种黄颜色"不堪入目;后窗下面"淌着洗碗池流出来的脏水"。公寓里面则是弥漫着一种"闭塞的、霉烂的、酸腐的气味"。而描写鲍赛昂子爵夫人的府第,则是雕栏玉砌,精雅绝伦。甚至其他"诸如有表现力的小物件、室内布置、屋子外表以及风光景物"[1]的描写,无不具有强烈的质感和高妙的绘画风韵。至于人物,更是众多。三个世界囊括了当时社会中的诸如贵族、银行家、商人、高利贷者、店主、弃女、大学生、男仆、厨娘、逃犯、侦探、落魄的小官吏等各个阶级、各个阶层、各行各业中的形象色色的人物。他们在小说中,虽然出场的次数,所着的笔墨各不相同,有多有少,有浓有淡,但均是小说中不可缺少的角色。例如,阿瞿达侯爵在小说中出场仅有很少几

---

[1] 古典文艺理论译丛编辑委员会编:《古典文艺理论译丛》(第10册),人民文学出版社1965年版,第154页。

次，但是，他却引出了鲍赛昂子爵夫人后来被逐出巴黎的一系列事件。所以，这部小说中的人物数量及其安排，如《清明上河图》一样，也不是随心所欲的。

造成这种结构模式"长卷风俗画"艺术效应的原因，虽然是多方面的，并呈现出了种种复杂性；但是，多故事、多情节所导致的多人物活动线索有机交织的结构特点，则是其中最重要的原因之一。我们说，没有多故事、多情节的展现，就不会有作品所描写的生活画面的纷繁复杂，也就不会有一段时期内社会环境的生动体现。而没有众多人物的出现，特别是社会中各阶级、各阶层人物的出现，社会风俗的展示也就不会尽善尽美。因为社会生活的繁杂以及由此产生的风习特点就要求着艺术结构本身的繁杂。这正如《清明上河图》的风俗画特点是由画家工笔描绘的众多场景以及人物活动所体现出来的一样，巴尔扎克小说的多故事、多人物特点所带来的，也是风俗画式的艺术效应。众所周知，巴尔扎克从来不满足于描绘某一社会侧面生活，也不满足于仅仅塑造某几个典型人物，而是要完成"一套关于十九世纪法国的著作"，[1]他要让两三千个人物在他的《人间喜剧》里活动起来，组成一个完整的社会。他要通过富于诗意的描绘，描写被许多历史学家所忽略了的风俗史。他要让各行各业、各个阶层的人物都可以在自己的作品中找到代表；要做到社会多复杂，作品的内容就多复杂；社会中人物关系多丰富，作品的结构线索就多丰富。可以说，这种独特的艺术效应是采用"流浪汉小说式"结构模式创作而成的作品难以达到的。

在前面章节中，当我们在谈到"流浪汉小说式"结构方式所构成的长篇小说的艺术效应时，曾指出，由于人物性格与作品描写环境之间的游离，使其作品中人物形象的刻画，呈现出了一种"浮雕式"艺术效应。然而，通过对那些成功地采用了"巴尔扎克小说式"结构创作而成的西方长篇小说经典作品的精心考察，便会发现，环境与人物性格发展的紧密结合与相辅相成，是造成这类小说长卷风俗画式效应更深层的原因。

已有的艺术经验告诉我们，文艺作品中的"环境"，内涵包括着社会环境与自然环境两方面内容的构成。特别是"社会环境"的重要性更为显著，它是对人物的性格起决定作用的方面。而"社会环境"的内涵，除了蕴涵一定的社会政治气氛、经济形势、人情风习、文化意蕴等等要素之外，更重要的是人与

---

[1] 《人间喜剧前言》，参见[法]巴尔扎克著：《巴尔扎克全集》（第1卷），傅雷译，人民文学出版社1984年版，第8页。

人之间所形成的诸种关系。那么，"人与人之间的关系"，在文学作品结构艺术中，实则就是诸种情节线索与诸种情节线索之间的纠葛和缠绕。高尔基指出，情节是"人物之间的联系、矛盾、同情、反感和一般的相互关系，——某种性格、典型的成长和构成的历史"。[1]这就是说，对情节内涵的把握，要从两个方面进行：一是人物之间各种关系所带来的一系列事件及其发展过程；一是人物性格本身发展与展示的历程。

有鉴于此，我们才可以说，"巴尔扎克小说式"结构构成的作品呈现出"风俗画"式艺术效应，并不是偶然的和人为的，而是受其内在的结构特点和构成规律制约的必然结果。

第二，长篇小说戏剧化的艺术效应

在考察了这种结构的"风俗画"特点之后，我们还须看到，长篇小说毕竟不等同于绘画，语言艺术的开放性及灵活性，使得它的艺术效应也必然不是单一的，而是多样性的。运用此种结构创作而成的长篇小说，又体现出了与"长卷风俗画"艺术效应具有相同价值的强烈的"戏剧化"色彩。也就是说，当一个有一定艺术素养的读者，在阅读和欣赏这类结构构成的西方长篇小说时，不仅会感到它是一部用文字描绘而成的丰富生动、具体可感的"风俗画"；同时，也会感到它又如同一出波澜壮阔、节奏紧凑、场景集中的"戏剧"。

众所周知，戏剧是以剧本为基础，以演员的表演为手段，以舞台演出形式而存在的综合艺术。由于受到演出的时间、舞台的空间和面对剧场观众的限制，这就使得一出戏剧，必须要通过一定的时间和空间内的演员的语言与动作来表现特定时期内的社会生活片断，塑造一定的形象。同时，戏剧艺术亦特别注重于矛盾冲突的展示。特别是要求通过人物性格、行为、思想感情与心理状态的冲突，以及由此构成的多种情节线索的交织，去展开剧情，表现生活。"没有冲突就没有戏"，这一俗语恰恰道出了戏剧艺术的本质特征。我们说，人物和事件的冲突在结构上的表现，就是诸种情节线索的碰撞，就是联系，就是纠葛，就是缠绕。而戏剧艺术在一定的时间和空间内，表现多种情节线索的矛盾和纠葛，无疑会造成其冲突鲜明集中，结构紧凑的审美特点。

这样，正如我们在前面所谈到的，采用"巴尔扎克小说式"结构方式创作

---

[1] [苏]高尔基著：《论文学》，孟昌、曹葆华、戈宝权译，人民文学出版社1978年版，第335页。

而成的西方长篇小说，由于注重表现"段面"的生活场景和多故事、多人物、多情节线索的描写以及诸种矛盾的展示，就使得它在审美上出现了极类似于戏剧艺术的美感特征和艺术效果。对此，当代捷克著名小说家米兰·昆德拉曾经深刻指出："在19世纪初期，场景成了小说构成的基本因素（小说家精湛技艺的体现之处）。在司各特、巴尔扎克和陀思妥耶夫斯基那里，小说的构成好像是一系列与它们的布景、它们的对话、它们的动作在一起的细致描写的场景；一切与这一系列场景不相联系的东西，一切非场景的东西均被认为是次要的，甚至是多余的。小说就像是一个十分充实十分丰富的剧本。""确实，那时（指巴尔扎克等人创作的时代——笔者）才诞生的新的小说美学表现出了作品构成的戏剧性特征。"[1]为了能更深刻理解这一点，下面，我们还是举例进行分析。李忠玉先生在谈到巴尔扎克的代表作《高老头》的时候，曾对这部长篇小说高妙的戏剧化的艺术效应进行了中肯的分析和高度的评价。现将其主要观点引述如下：

> 《高老头》不是戏剧文学，然而它和莎士比亚的剧作却有许多相似之处。莎士比亚剧作的重要特点，是它的"情节的生动性和丰富性"。拿他的悲剧《哈姆莱特》来说，它写复仇就安排了三个复仇的情节，不同的复仇产生出不同的结果，见出不同的性格，揭示出不同的社会历史内容。巴尔扎克的《高老头》也具有"情节的生动性和丰富性"的特点。它写资产阶级妇女在巴黎走红，也安排了几个情节：高老头的两个女儿进入贵族上流社会；鲍赛昂子爵夫人在情场上败给资产阶级妇女；拉斯蒂涅搭上银行家的太太；伏脱冷力图分得银行家小姐维多莉的一部分陪嫁。此外，《高老头》也还具有戏剧式的集中，以及戏剧性的"突转"和"发现"的特点。英国戏剧理论批评家威廉·阿契尔（1856—1924）在他的《剧作法》里指出："戏剧可以称之为危机的艺术，正如小说是逐渐发展的艺术"。《高老头》本是"逐渐发展的艺术"，但却具备"危机的艺术"的要素。如它以近似戏剧的戏剧式的集中来描写鲍赛昂子爵夫人的情爱和高老头父爱的不幸结局：它没有写鲍赛昂子爵夫人和阿瞿达侯爵情爱的经过，而只是

---
[1] ［法］米兰·昆德拉著：《寻找失去的现在》，见《世界文学》1994年第5期，第241页。

写前者被后者抛弃的悲剧的转折点；同时它写高老头对两个女儿的溺爱，集中写的也是他同两个女儿的关系处于危机状态中的一系列的骤然变化。至于戏剧性的"突转"和"发现"在几个人物的命运的描写上都有反映。如伏脱冷在实行杀害泰伊番儿子的计划的时候，巧妙地阻止了拉斯蒂涅的通风报信，却没有提防"丝绒"，以及米旭诺和波阿莱的出卖，结果行动刚刚得手他就被捕了，由此他"发现"别人也在暗算他。又如，高老头正为自己给但斐纳和拉斯蒂涅两个人安排了一个住处，他自己准备住在该住处的六层楼上，以为此后再不会和女儿隔得那么远了，因而快活得忘乎所以的时候，两个女儿的家庭纠纷却给他带来了致命的精神打击，以致一病不起，两个女儿一个都不来在他身边看护他，这时，也只有在这时，他才"发现"："钱能买到一切，买到女儿"，"我上了当"；"爱了一辈子的女儿，到头来反给女儿遗弃"。再如，拉斯蒂涅从高老头那里得到"物质优裕的条件"，又因给但斐纳送去鲍赛昂子爵夫人的请贴而从她那里得到以身相许的酬报，可是就在这个渴望已久的梦想变成现实的时候，由于但斐纳全然不顾高老头的病情，为了参加鲍赛昂子爵夫人的舞会，"不怕踩着父亲的身体走过去"，他"发现"一向标榜自己对父亲最孝顺的但斐纳，原来是个"凶手"，而他自己也"预备为了情妇而抹煞良心"了。总之，《高老头》是一部充满戏剧性的小说，可以说它是戏剧—小说或戏剧式小说。[1]

可以说，这是我所看到的谈论《高老头》这部长篇小说"戏剧性"特征较为精当的一段文字。作者深刻地揭示和论述了巴尔扎克小说的"情节的生动性和丰富性"；戏剧式的"集中"以及戏剧性的"突转"和"发现"几个重要特点。但是，还需要补充的是，在巴尔扎克小说中不同情节的发展、线索的纠缠以及在一个"高潮"场景中同时收聚几条情节线索以达到戏剧性的收场等方面，也均显示出了小说戏剧化的高妙效果。众所周知，在戏剧艺术中，由于主要采用截取一段社会生活中的"段面"来结构作品，所以，除了必须要求情节线索众多、主次线索安排有致外，还必须使情节线索的出现或消失显得合情

---

[1] 引自二十四所高等院校编：《外国文学史》（第3册），吉林人民出版社1984年版，第171—173页。

合理。因为戏剧舞台的限制亦使得剧作家不能随心所欲地让他的故事无限制地发展下去,次要的、枝叉性的情节线索总是要不断地消失,以便促使主要情节线索发展到结局。可以说,巴尔扎克是结构艺术的高手,深谙小说戏剧化结构之真谛。他清楚地了解"流浪汉小说式"的单一、直线型的结构与戏剧艺术格格不入。所以,他在建构其小说时,总是自觉地借鉴或运用戏剧艺术的结构手段,尊重戏剧结构的内在规律。该让次要情节线索消失时,毫不犹豫地、巧妙地令其消失。还以《高老头》为例,在其中较为重要的几个故事线索中,他首先安排了外逃的苦役犯伏脱冷的退场。在小说情节刚刚发展到一半多的时候,他就被人出卖,让警察逮走了。之所以这样安排,主要是因为这个角色在作品中的任务,只是引诱拉斯蒂涅的堕落。而这个作用一经完成,他在小说中的作用也就宣告结束了。所以,他的被捕,表面上看是偶然,实则体现着巴尔扎克高超的艺术匠心。紧接着,他又写了鲍赛昂子爵夫人的退场。这个人物的作用,在书中要比伏脱冷多一些。作家除了让她引诱拉斯蒂涅的堕落外,还有一个让拉斯蒂涅通过她的悲剧目睹贵族社会成员不配有好命运的作用。因而,当她这个作用结束后,巴尔扎克尽管对她满怀同情,但她的结局也就到来了。这样,当作家处理完这两个人物的结局后,他便集中笔墨去描写拉斯蒂涅和高老头的线索了。高老头之死,是导致拉斯蒂涅最终堕落的关键性的一课。可以说,鲍赛昂夫人和伏脱冷的残酷理论,被活生生的高老头的悲剧所证实了。因此,伴随着高老头的被埋葬,拉斯蒂涅野心家的性格得以最后完成。由此可见,巴尔扎克小说的这种结构线索的轻重安排以及发展消失,多么具有西方戏剧结构的神韵啊!例如在莎士比亚的《哈姆莱特》中,波洛涅斯、奥菲莉娅、罗森克兰兹和吉尔登斯吞等人的提前退场,与《高老头》中情节的上述安排,何其相似乃尔!

正像成功的戏剧都有"戏眼"一样,巴尔扎克的小说也深得其中的奥秘。所谓"戏眼",我理解它应该是一部戏剧最精彩的点,也是指剧情发展中的令人过目难忘的独特场面。戏眼往往是尖锐情景的集中体现之处,它包括独特场面的形成、独特的人物关系、独特的冲突形式、独特的情感世界等。莎士比亚的《哈姆莱特》的"戏眼"场景所在,无疑是最后一场决斗。主要人物所代表的情节线索(如哈姆莱特、莱欧替斯、克劳迪斯、乔特鲁德、霍拉旭等以及民众造反、宫廷阴谋的结果等)都集中在这一场中。换言之,各种情节的发展线索,最终都汇集在了这里,从而引出了戏剧的结局。巴尔扎克的小说《高老头》,我认为其"戏眼"场景在于"鲍赛昂子爵夫人的告别舞会"。正是这场舞会,在巴黎上层社会引起了波澜,不仅引出了鲍赛昂夫人被抛弃的情节,也引出了为了参加梦寐以求的这场舞会高老头的两个女儿的线索,以及由此而引起的高老头中风的情节、皮安训的情节、拉斯蒂涅活动情节等都被牵扯调动起来了。并通过这场舞会的情节,分头交待了不同人物的结局。

凡此种种,可以看出,我们说"巴尔扎克小说式"结构作品呈现出了鲜明的戏剧化艺术效应,绝非武断之词。

在本节即将收束之前,还有一个问题需要明确,即风俗画效应与戏剧化效应的关系问题。我认为,由"巴尔扎克小说式"结构特征作用而产生出来的两种艺术效应,从根本上来说,是完全统一的。理由在于小说既不是绘画,同时它也不是戏剧。所以,这两种艺术效应只能是类似而已。正确的结论应该是,它既有风俗画般的广阔场景、众多人物和工笔式的笔法,又有戏剧艺术的立体、紧凑和动势特色,是二者艺术效应的有机统一。

第四节
"巴尔扎克小说式"结构的成因考察

"巴尔扎克小说式"结构在西方世界,特别是欧洲大陆文坛的19世纪30年代前后大规模出现,并最终成为一种影响较为深远的结构模式,应该说,有着思想理论上、认识和思维上以及文学上的种种原因。

首先,如同"流浪汉小说式"结构模式的形成具有其独特的社会生产力的原因一样,"巴尔扎克小说式"结构的形成和作为一种结构模式的出现,它也是19世纪以来西方社会生产力进步的结果。在欧洲历史上,1760年至1830年间的历史阶段,是工业革命时期,也可以说,它是人类历史发展迄今为止最重要的社会转型时期。它的出现,标志着欧洲古代传统农业社会的终结和现代工业社会的开端,并导致了都市化和现代文明的出现。但是,真正的工业革命成果被西方社会的人们完全汲取,并使其成为占主导地位的社会发展模式,不能不说是在19世纪30年代开始的。1830年法国爆发的"七月革命",推翻了波旁复辟王朝,建立了代表大金融资产阶级利益的七月王朝;英国在1832年由资产阶级激进派领导的议会改革，消除了腐败的贵族的选邑，从政治上巩固了资产阶级的统治地位。可以说，正是此时之后，社会生产力在西方国家以从未有过的速度推动着社会的发展。巨大的城市、工业中心、新的工业部门一个接一个的出现；生产和消费迅速国际化；交通业、通讯业的发展缩小了人们之间的距离。总之，资产阶级在不长的时间中"所创造的生产力，比过去一切世代所创造的全部生产力还要多，还要大"。[1]

除了生产力发展带来了社会的进步这一点外，与社会生产力的发展相适应，19世纪30年代以后，整个西方社会的生活方式亦呈现出纷纭复杂的局面。由于社会结构的激烈变动，诸种社会矛盾日趋尖锐复杂。这种驳杂多元的社会生活，也要求着人们的目光视野更为犀利，更加广阔。可以说，生活在这样社会中的人们，不能再用自然经济条件下宗法制农民的眼光去看待商品经济条件下的生活，也不能再用资本主义刚刚兴起时的眼光去认识资本主义已经发展了的现实。

较之18世纪及其之前，欧洲新的生产力发展的突出标志是：生活在19世纪的人具有了更高度发展的思维能力和技能。而作为这种具有高度思维和技能的生产力主体，又创造出了较之以前更为先进的生产工具。这样，就决定着生活在这一历史时代的人们，对探索宇宙空间和人类社会未知领域的种种奥秘，具有了更为强烈的主体自觉意识和更先进的科学技术手段。又由于借助了先进思想和先进工具，因此也使得这种探索活动变得更为容易和更为便捷。

这样的生产力发展水平，就使得当时人们认识世界的方式发生了根本性变化。以往那种因受当时生产力发展水平制约而常常采用的以个人亲身实践、亲自经历认识客观事物的方式，就成了一种极为笨拙的方式了。新的生产力的发展，使人们可以不必事事通过亲临考察，而是通过各种新技术手段和人们拓展了的思维能力，就能够把握某一客观事物的来龙去脉乃至该事件的全貌。特别是由于此时社会生产力的进步，人们不仅能够认识和把握宏观世界和微观世界的种种现象，并对此能够作出较为科学的说明，而且，人们在探索每一个未知事物的过程中，也减少了盲目性。

当这种社会生产力发展作用到文化艺术领域，特别是长篇小说创作领域的时候，必然会带来人们心理及其传统创作艺术观念的激变。新的历史条件下出

---

[1] [德]马克思、恩格斯著：《共产党宣言》，中共中央编译局译，中央编译出版社2005年版，第31页。

现的长篇小说作家们，必然会不再满足于过去那种跟随某件事物后面亦步亦趋地去追踪考察其全部过程的做法，以及固守按部就班地把握这件事物全貌的思维定势。社会生活方式的丰富多元以及认识事物手段的先进，也使得人们用美和艺术的方式整体地、综合地把握客观世界中事物的发展成为了可能。这样的现实必然会要求着西方长篇小说新的结构艺术的产生。

"巴尔扎克小说式"结构，就其本质而言，既是丰富多元社会生活和人际关系的艺术体现，也是生产力水平发展到一定程度所带来的人们思维发展和把握复杂社会生活能力提高的综合艺术体现。这样，巴尔扎克等伟大的长篇小说作家之所以在此时会选择这种结构形式来构造其作品；后来的长篇小说作家之所以会接过巴尔扎克所创造的新的小说结构形式，并用大规模创作的精品，将其发展成为一种模式，就不是偶然的了。社会生产力的发展是它最终的解释。

其次，"巴尔扎克小说式"结构在19世纪中期产生并成为一种长篇小说结构模式，也是与人类认识发展到特定历史阶段分不开的。在前面的章节里，在我们谈到"流浪汉小说式"结构成因的时候，曾指出，当时人类在认识客观事物时具有明显的"追踪性"特征，从而导致了与此种结构出现的二者间的认识契合。那么，在19世纪30年代之后，由于社会的发展与进步，特别是当时自然科学已由早期的搜集材料阶段转向"综合整理""归纳分析"阶段，这样，就促使着人类的认识本身进步，并从单纯地依靠"追踪性"来认识客观事物阶段过渡到了依靠"分析、归纳、综合"来认识客观事物阶段。

我们知道，任何人在认识客观事物的时候，倘若他要采用"归纳综合"的方法，那么，就必须具备一个必要的前提，即尽可能多地占有材料。换言之，占有的材料愈多，他分析综合得出的结论也就愈科学，愈可靠。我们前面讲过，由于社会生产力的发展，19世纪以来科学技术的进步，使人们在占有材料时已基本上抛弃了地理大发现时期依靠个人亲自实践的笨拙方式，占有丰富的材料已经较为容易和方便。举例来说，巴尔扎克毫无疑问是一个知识极其渊博的伟人。他占有材料之丰富，恐怕很少有人能企及。尽管他一生仅仅活了50岁，尽管他除了有过短暂的经商经历之外，没有做过零售商人、连锁店店主、银行家、高利贷者；也尽管他没有搞过股票投机、金融诈骗、倒闭清理；也没有材料记载他曾杀人越货、强抢豪夺，但是这并不妨碍他对当时社会发生的种种事件或种种现象进行综合描写和进行深入的艺术分析。我们"甚至在经济细节方面（如革命以后动产和不动产的重新分配）所学到的东西，也要比从当时所有职业的历史学家、经济学家和统计学家那里学到的全部东西还要多。"[1]之所以会如此，恐怕一个重要的原因就是在巴尔扎克生活的时代，占有丰富的材料（无论是直接的，还是间接的）都要容易得多。反过来说，如果当时人们占有材料还比较困难，那么，人类认识的"综合整理阶段"就不会到来。

不仅如此，人类认识达到了综合整理、归纳分析阶段后，除了占有材料比较容易之外，人们对事物之间的矛盾、冲突、联系等认识也愈来愈重视，探索事物发展规律和本质联系的目的也愈来愈明确。唯物论、辩证法思想可以说在此时愈来愈深入到了人们的认识领域。巴尔扎克就曾在不断地研究社会、大量阅读书籍，并在占有丰富材料的基础上，得出了艺术家注重事物之间联系的思想。他认为："大自然是一个密不可分的整体""大自然中没有任何孤立的东西，一切相连，一切精神现象相连，一切物质现象相连。"[2]他的众多长篇小说作品，也诚如勃兰兑斯所说，是注重事物间联系的典范。勃兰兑斯曾深刻指出："巴尔扎克的人物是由成千上万的联想组合而成的，它们不自觉地浑成一片，形成一个整体，像自然一样错综复杂、丰富多姿；这是一个真实的人的整体，是数不清的物质因素和精神因素奇妙结合的整体。"[3]也可以说，正是由于注重研究当时社会各种政治力量之间、人与人之间、情欲与人性之间等诸种关系，并对之有透悟的把握，巴尔扎克对当时社会的认识才能达到无人企及的高度，"在他的富有诗意的裁判中"才有着"了不起的革命辩证法"。[4]

艺术结构作为文学艺术作品，特别是长篇小说的内在组织形式，表现着作家对生活加以艺术化的认识轨迹。那么，上述所谈及的当时社会生活纷纭复杂的状况，以及人们在此阶段认识生活的特点，就不能不规定着此时出现的长篇小说艺术结构的选择。而"巴尔扎克小说式"的结构，由于其截取一段时间内的社会生活，注重揭示各色人等的联系，特别是人与人之间关系的构成特征，不仅成了此时艺术发展的必然要求，也体现了此时人类认识的根本性特点，是

---

[1] 中共中央马克思、恩格斯、列宁、斯大林著作编译局编译：《马克思恩格斯选集》（第4卷），人民文学出版社1995年版，第463页。
[2] 转引自郑克鲁等著：《法国文学史》（上册），人民文学出版社1981年版，第750页。
[3] 转引自郭珊宝编著：《法国近代小说概观》，辽宁人民出版社1987年版，第110页。
[4] 中共中央马克思、恩格斯、列宁、斯大林著作编译局编译：《马克思恩格斯选集》（第4卷），人民文学出版社1995年版，第77页。

人类认识发展到此阶段的必然产物。

这种认识的发展程度也说明了一个问题。即，巴尔扎克所开创的结构形式，之所以能被后来的各国各民族的众多小说家所继承，并自觉或不自觉地采用这种艺术结构形式来构建其各自的作品。我以为，这不仅仅是这种结构用起来较为方便，容易创作出场面广阔、人物众多、景观宏大的成功作品（当然这也是一个重要的原因），但更重要的是，当人类的总体认识水平达到这个阶段之后，众多长篇小说家采用这种结构来创作已经成了认识上的必然。也可以说，是这种认识的必然性在相当的历史时期内在起着作用，从而使整个19世纪以后的西方长篇小说的结构艺术一直呈现着这种构成态势。

再次，当我们今天站在纯艺术角度，再来审视"巴尔扎克小说式"结构的文学与美学渊源的时候，可以看出，对这种结构形成的文学上最直接的影响，是来自于对戏剧结构艺术的模仿和借鉴。众所周知，西方的戏剧艺术，具有古老的传统和取得了显著的成就，西方的一些较有影响的"诗学"，大多都是戏剧美学。而戏剧的结构形态，毫无疑问，也经历了一个由单一情节线索向多种情节线索交织的演进过程，只不过这种过程比长篇小说的结构变化的演进过程要在时间上早得多。古希腊的埃斯库罗斯、索福克勒斯和欧里庇得斯三大悲剧诗人和"喜剧之父"阿里斯托芬的剧作，就艺术结构形式而言，无疑采用的是单一情节线索直线型向前发展的构成形态。而在文艺复兴时期英国剧作家莎士比亚的笔下，基本上都呈现出了与古希腊戏剧结构完全不同的，更为复杂的构成形态。近代戏剧，正如笔者在前面章节所言，因受舞台空间和演出时间的限制，以及戏剧必须要直接面对观众的特点，所以，就使得一出戏剧必须在结构上能将多种矛盾冲突线索紧密联系在一起，并使之极为紧凑。莎士比亚等人开创的这种近代戏剧艺术结构，经过几百年来众多有成就的大戏剧家的实践和发展，再加上由众多著名的戏剧理论家的总结，到19世纪可以说已经基本定型。考虑到下述情况：一是19世纪的长篇小说作家，大多都是才识皆备、知识渊博的人物，他们大概不会对杰出的戏剧作品或戏剧理论著作不屑一顾；二是当时观看戏剧是有身分有文化人的主要消遣和交际活动。剧场既是文化艺术场所，也是社交场所，这在19世纪，特别是巴尔扎克等人生活的时代是一种典型的社会现象和风习。因此，当时的小说家也不可能游离于戏剧艺术氛围之外。有鉴于此，是否可以说，情节线索众多而冲突强烈，场景集中而节奏紧凑的戏剧结构被小说作家所借鉴、所模仿，恐怕是极有可能的。更何况，他们当中有很多人在创作长篇小说的同时，还在从事着戏剧创作！

　　当然，任何结构形式在出现的过程中，所接受的文学影响艺术影响并非是单一的。除戏剧的结构艺术对它的影响之外，当我们的眼光再进一步注意到西方文学的源头——古代希腊神话艺术和史诗艺术的时候，古代人类对艺术创作所进行的体系化努力，又何尝不是作为"集体无意识"积淀在一代又一代艺术家的心理深处呢？特别是荷马史诗中的《伊利亚特》，本身就是最早出现的以截取一段生活并用多情节线索交织来结构作品的范例。那么，又有谁能够说，巴尔扎克等人创造的长篇小说结构，没有受到人类早年叙事作品结构艺术的影响呢？正因为如此，"巴尔扎克小说式"结构能够在此时产生并随之成为一种结构模式，我们说，也是西方的文化艺术传统使之然。

第五章
"意识流小说式"结构模式界说

第一节
"意识流小说式"结构的构成及其特征

19世纪末20世纪初,西方文学由传统的描写外在客观生活向现代的注重展示人的隐秘心理流程转变,给西方小说家的长篇小说创作,尤其是结构艺术的更新和重构提供了基础和条件。一种完全不同于传统的"流浪汉小说式""巴尔扎克小说式"结构的新模式,即"意识流小说式"结构模式成为20世纪西方现代长篇小说的核心结构样式。因此,对"意识流小说式"结构模式的深入考察,将会使我们对20世纪西方长篇小说结构艺术的总体特征和基本构成,有一个大体的认识和把握。

首先需要说明的是,虽然在这一章节中,我们用"意识流小说式"结构概念来为20世纪大规模涌现出来的富于独特艺术特征的长篇小说结构模式来命名,但是,这一命题,正如"流浪汉小说式"的结构不仅仅指的是流浪汉小说,"巴尔扎克小说式"的结构不仅仅限于巴尔扎克的创作一样,"意识流小说式"结构也不能完全涵盖西方现代主义文学中多种流派长篇小说结构成就,它仅仅是指现代主义流派的小说在艺术上共同拥有的一些特征。

作为一种全新的结构模式,"意识流小说式"结构,呈现出下述极其独特而鲜明的形式构成样态,从而与传统小说惯常运用的两大结构形式,有了根本性的分野。

第一，作品描写的对象和作品结构的对象，已经不再是某一现实生活中的事件、人物或主要人物的性格发展历史和行动的过程；也不再是一段时间内社会生活中发生的某种事件或者某种社会关系的矛盾和纠缠。作品表现的对象和结构构成的依据已转向了当代人的心灵世界。换句话说，这种结构在很大的程度上，是以表现作家本人内心世界的潜意识或下意识活动为其结构主要依据和结构主要特征的。

如前所言，西方社会自古希腊以来所产生的叙事性作品，习惯于表现作家本身与周围世界的两极联系与对立。一方面是社会生活或客观事物，一方面是作家的认识能力和审美能力。两者间的对立主要通过作家对社会生活的感受和摹仿将其联系在一起。由此而产生出来的成功的文学艺术作品，一般都是通过对客观事物发展过程的忠实描摹而展开，故事及其谋篇布局总是由开端、发展而进入高潮，并随着矛盾的解决而收尾。时间的顺序、空间的联系以及事物发展的因果关系等等，均是这些传统叙事作家及作品为编制完整的故事所共同遵守的铁的法则。但20世纪以来大规模涌现出来的西方现代主义叙事作品，特别是意识流小说，它所需要的则不再是按照摹仿外部世界活动的程序来谋篇布局，而是要根据作家本人精神领域里内在的潜意识、下意识的无序性活动特点来重新安排自己的小说结构，重建自己的叙事形式，以求使其能更贴切地再现出现代西方人因心灵受残害而产生的对世界和人生的重新理解。对此，很多现代小说家均有过论述。例如，英国女作家弗吉尼亚·伍尔芙的意见就颇有代表性。她在《论现代小说》中就指出，作家的任务就在于抛弃传统小说关注外在世界的弱点，现代作家应该表现"实在的""永恒的"人类的内心世界，应该"把这种变化多端的、不可名状的、不受限制的内在精神——不论它可能显得多么反常和复杂——用文字表达出来"。[1]1924年，她在另一篇演讲《贝内特先生和布朗太太》中，就对传统小说家沿用的结构进行了嘲弄，认为这些传统的小说家们，热衷于外在事物的精细描绘和生活细微末节的堆积，并井井有条地安排每部作品中的故事情节线索等做法，其实质不过是创造的一种虚妄的真实。她在《论现代小说》中还指出，人们在日常生活中经历事物的真实方式是：每时每刻，"人们的头脑接受千千万万个印象——细碎的、奇异的、转瞬

---

1 [英]弗吉尼亚·伍尔夫著：《论小说与小说家》，瞿世镜译，上海译文出版社1986年版，第8页。

即逝的，直到用利刀镂刻一般的。这些印象像无数原子一样从四面八方纷至沓来"。[1]所以生活本身"不是用对称的办法安排起来的"[2]这样，如果作家是发自内心而不是屈从陈规进行创作的话，如果作家抛弃对事物外在描摹而转向人物的（或作家本人）心灵展示的话，那么，现代意义上的小说作品，就获得了真正的、本质的"真实"。

这种依据人内在的精神活动，或者说依据散乱的意识流动而形成的长篇小说结构方式，在19世纪末、20世纪初众多的意识流作家的创作实践中获得了明显的体现。例如，在亨利·詹姆斯的小说创作中，就首开了"意识中心"的叙述方式和结构方式。有些学者指出，詹姆斯的作品虽然洋洋数十万言，但是节奏缓慢，故事不多。之所以会如此，"对詹姆斯来说，冲突的舞台已不是外部事件，而是内心生活；他的目的不是在于叙述一连串事件，而是在于再现一种情景；他要着重表现的不是人物的所做所为，而是他的所思所感"。[3]在法国作家普鲁斯特的长篇小说《追忆逝水年华》里，对人的内在意识流程的展示可以说已完全取代了对外在客观事件的描绘。全书虽然有7部15卷之巨，但外在的完整人物和事件已经基本消失，众多的回忆、遐想、潜意识的流动，漂忽于一种莫名奇妙的空间和时间里。然而，恰恰正是在这种对精神意识无序活动的展示中，我们看到他实际上是赋予了长篇小说的一种新的结构形式。伍尔芙的著名意识流小说《海浪》，以其结构和描写手法独特著称于世。在这部小说中，所谓"海浪"已与自然现象的"海浪"无任何联系。小说主要记录了伯纳德、苏珊、罗达、内维尔吉尼和路易斯等六人的意识流动过程。它由九段斜体字的幕间曲和九段独白构成情节。对话亦已减少到最低限度，几乎没有客观事件的描写。正是随着六人的意识不断流动的一波又一波的展示，从而形成了意识的"海浪"。

上述引证和例子充分说明，在这种现代主义长篇小说的基本结构形式中，客观外在事物（包括其本身的演进流程、逻辑关系、运行规律等）已不再是结构形成的基础和前提。结构本身已成了人的意识（特别是潜意识、下意识）活

---

[1] [英]弗吉尼亚·伍尔夫：《论小说与小说家》，瞿世镜译，上海译文出版社1986年版，第7—8页。

[2] [英]弗吉尼亚·伍尔夫：《论小说与小说家》，瞿世镜译，上海译文出版社1986年版，第8页。

[3] 侯维瑞著：《现代英国小说史》，上海外语教育出版社1985年版，第37页。

动的物化显现。

第二，与以人的意识流动为结构对象和基础的特征相适应，构成"意识流小说式"结构基本的线索性质也发生了明显变化。在这种结构形式中，由于长篇小说作家所描绘的对象和结构构成所依据的对象，已经不再是客观现实生活中的事件与人物，所以，构成"意识流小说式"结构的线索也就不再是所谓传统长篇小说的"情节"线索了。而是"轨迹"。具体来说，这种"线索"（轨迹）既不是客观事件发展过程的痕迹，也不是人物性格的变化痕迹，更不是某一主人公活动的痕迹，而是人的各种意识的流动轨迹，是叙述者"自我"（在作品中常常体现为主人公的"自我"）的各种思绪、感觉、遐想、幻觉、梦魇等从人的心灵深处向四外随意放射和外现的意识活动的轨迹。换言之，正是人的潜意识和下意识的流动轨迹，构成了"意识流小说式"结构的构成线索——精神思绪性质的"意识线索"而非物质性质的"情节线索"。

当我们阅读法国"新小说"派作家米歇尔·布托尔用这种结构创作而成的长篇小说《变化》的时候，会发现主人公众多思绪的随意放射和外现，从而构成了小说主要结构线索的特点。在这部篇幅长达300多页的小说中，全部故事的外在情节不过是主人公莱昂·台尔蒙从巴黎乘火车去罗马时在车厢中度过的20多个小时的旅途生活。但作品并没有像传统小说结构那样，以主人公的所见所闻和行动流程为线索，随着时间的推移从头至尾叙述他在火车上所经历的事件。相反，他在火车上的活动已被压缩到了最低限度，而是着重描写了他在这段时间里潜意识和下意识的随意呈现、奔突和放射。他虽然坐在车厢里，但意识活动却如野马奔腾，忽而罗马，忽而巴黎，忽而家庭生活，忽而工作事业。各种思绪纷沓而来，飘无定轨，在思绪与思绪之间很少联系。正是这种潜意识和下意识的分头呈现和四处放射，使其起到了结构线索的作用。因此，主人公20余年的繁杂纷乱的生活及其多样化的生活感受，正是在主观思绪放射时才被贯串和联结起来了。

用人的意识，特别是潜意识、下意识的不规则和无秩序的运动所构成的长篇小说结构线索，必然会带来其线索的出现和消失、排列和穿插、延续和中断等极大的随意性和不确定性。同时，这些线索在一部长篇小说结构中出现，也必然不会再遵从传统小说情节线索的运行规律，而必须遵从意识流动的自身规律。这样，作家在运用"意识流小说式"结构形式创作时，要安排好结构线索，就要像伍尔芙主张的那样："让我们按照那些原子降落到人们心灵上的顺序把它们记录下来，让我们来追踪这种模式，不论从表面上看来它是多么不连贯、多么不一致；按照这种模式，即使是目光的一瞥或细枝末节的小事都会在思想意识中留下痕迹。"[1]

第三，与传统小说在结构上注重事件的具体性、情节的完整性和人物性格的整一性完全相反，在这种结构中，各种生活场景、事件已全部被打碎和分解，故事情节的完整性和连贯性以及时间、空间、因果等逻辑关系的观念均被突破；不仅如此，这些被打碎的生活碎片又均在主人公思绪的任意放射中进行着重新排列、拼装与组合。这种先行打碎现实中固有的东西，然后再依据思绪流程对破碎的事件、人物和场景进行的重新组装方式，就使得在采用"意识流小说式"结构方式创作而成的长篇小说中，"没有情节，没有喜剧，没有悲剧，没有已成俗套的爱情穿插或者最终结局，也没有一个纽扣是按照邦德大街裁缝的那种标准方式缝起来的。"[2]从而形成一种现实与梦幻交织、意识与意象同存的光怪陆离的画面。

那么，西方现代主义长篇小说作家们，为什么要将完整事件、场景及人物先行打碎，然后再进行重新拼装呢？尽管原因是多方面的，但就结构本身而言，这种做法是完全在遵从着"意识流小说式"这种现代主义长篇小说结构要求来行事的。因为在这类结构中，叙述者"自我"意识的放射和流动所构成的线索，决定其不能体现出外在的、客观的逻辑。例如，法国超现实主义作家布勒东和苏波合著的小说《磁场》，其明显的特点是写梦境、幻觉，因而他们不要故事情节，摒弃逻辑性。因为若要保留这些，他们所谓的超现实就做不到了，他们所要追求的正是那种奇怪的印象。以至后来布勒东曾说："从艺术上讲，这些细节主要表现为最高度的直接荒诞性，而且，如果你们对这种荒诞性仔细地加以考察的话，就会发现，它的特点是：世界上一切最普通的和最合乎规律的东西都继承了这种荒诞性。"[3]

爱尔兰著名"意识流"小说家詹姆斯·乔伊斯的《芬内根们的觉醒》，在

---

1 [英]弗吉尼亚·伍尔夫著：《论小说与小说家》，瞿世镜译，上海译文出版社1986年版，第8—9页。

2 [英]弗吉尼亚·伍尔夫著：《论小说与小说家》，瞿世镜译，上海译文出版社1986年版，第8页。

3 廖星桥主编：《西方现代派文学500题》，辽宁人民出版社1988年版，第320页。

表现梦幻般思绪和破碎的场景方面，可以说达到了登峰造极的程度。在写作这部小说时，乔伊斯明显地受到了弗洛伊德精神分析学说的影响和意大利哲学家维戈的有关世界历史按"英雄时代"、"神的时代"、"人的时代"和"混乱时代"四个阶段不断重复理论的影响。他将这众多的理论观点融于一炉，通过一个五口之家的家长伊厄威克的一场噩梦，用梦魇式的语言描绘了人世间、天地外的一切有形或无形，存在的或不存在的东西。他在梦中似乎看到了爱尔兰的历史乃至全世界的历史。而这一切，均在他的意识中飘然而过。过去的一切都在他的梦中浮现了出来，他的梦里又有别人的梦，过去的时代又与现在时代的情况交织。梦呓、狂想、神话、历史等等都进入了时间的循环之圈。整部作品中18种语言纷然杂陈，随意安置，通篇叫人无法理解。小说不仅没有完整的故事情节，没有完整的人物，甚至连清晰的思绪流动线索和清晰的梦境轮廓都不见了。乔伊斯甚至在小说构成形式上也别出心裁，作品常常从一个句子的中间部分开头，以这个句子的开头结束。目的是让读者可以从此书中任何部分开始阅读，进入循环。

乔伊斯所以能够随心所欲地驾驭这种题材，恐怕除了其他原因外，只有这种小说的独特结构方式，才使得作家能够创造出这样一部"给失眠症人钻研一辈子"的"天书"。由此可见，意识流作家，包括现代主义其他流派小说家热衷于在作品中描写散乱的情节、破碎的形象、混乱的意识等等，应该说，既体现出了这种结构形式的本身要求，同时又体现出了这种小说结构的第三个重要特点。

从上述分析中可以看出，西方现代主义小说结构具有与传统小说结构完全不同的构成形态和表现特征，如果用图形显示，这种结构模式呈现出如下形状：

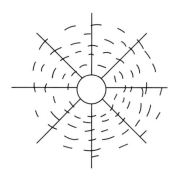

在这个图形中，处于中心地位的圆圈代表了叙述者"自我"的潜意识或下意识，是结构中的结构核。由此向外放射的几条线象征着结构中的结构线，是人的各种思绪的代表。它由结构核放射出来，飘无定轨，长短不定，不知所终。而那些围绕中心圆圈并散布在思绪线索上的横短线，代表着散乱的事件、场景等。由于这种结构的图形形状类似于"蜘蛛网"，所以，我们也可以将之称为"蛛网状"结构模式。

"蛛网状"是对现代主义叙述作品典型结构的形象化比喻。侯维瑞先生曾经指出："所谓蛛网状结构就是以现代小说的表现对象'自我'为中心，让这个'自我'的各种思绪、感觉、遐想、幻觉、梦魇，各种胡思乱想、自言自语，从这个中心向四处辐射出去，构成放射性的蛛网结构。在这种结构里，时间、空间、因果等逻辑关系的观念已被突破，故事情节的完整性和连贯性已被放到可有可无的地位；只有意识在过去、现在和将来的大千世界里往返穿梭，片断的回忆、破碎的现实与残存的梦幻才能交织成一体，呈现出一派光怪陆离的景象。在个人经验与感觉的无限扩散与复杂运动中，传统概念上的人物性格刻画与故事高潮结局几乎已不复存在，故事的情节（如果还有一些情节的话）是在对内心世界的描摹中零零碎碎地逐渐浮现出来的。"[1]我们说，正是因为这种小说结构模式的出现，才使得西方长篇小说的叙事和结构面貌发生了彻底的改观。它诸多因素的有机结合，决定着事物本身的有序性、人物性格的具体性和语言上的明晰性以及作品本身的可读性已被彻底摧毁，"心理时间"已完全取代了"物理时间"。从艺术上讲，正是这种结构艺术上的根本性变更，才导致了新型的长篇小说面貌的出现。

为了能更清楚地认识和把握上述西方现代主义小说已经模式化了的结构特征，我们有必要再对一部经典式的作品进行一番综合性的分析和探讨。乔伊斯的长篇小说《尤利西斯》，无疑是现代主义小说中又一部扛鼎之作。小说结构庞大，叙述层次错综复杂，并采用了倒叙、自由联想、时空混淆、蒙太奇、重复交错出现的破碎与散乱的形象、平行与对比、梦与梦魇的连锁、双关语、反语、各种语言交杂、摈弃标点符号等新奇手法，使这部经典性作品成了又一部令人费解的"天书"。但是，细致推究考察起来，可以看出，它的结构无不符合"意识流小说式"结构的三个特征：其一. 这部小说是由广告业务承包员布

1　侯维瑞著：《现代英国小说史》，上海外语教育出版社1985年版，第25页。

鲁姆、其放荡无度的妻子莫莉以及青年艺术家斯蒂芬·代达罗斯三个人物的意识流动（包括潜意识的流动）构成的。而这三个人物的内心活动，实际上仍然是作家乔伊斯自我意识活动的反映。换言之，小说表现的不过是作家本人的潜意识流动的不同侧面的体现。这也就是为什么我们在理解这部小说时，不能仅仅把握住一个人或两个人思绪流变的轨迹，而必须要把握作家本人思绪流变的轨迹才能真正理解这部小说的原因。其二，即在这部小说中，三个人物思绪的流动轨迹不过是作家本人潜意识结构核中放射出来的三条结构线索，是叙述者自我思绪的辐射和外现轨迹。其三，人物形象的破碎，情节和场景的散乱，正是适应着这种结构的需要而产生的。这样，只有人们从总体上把握了这部小说的总的结构特点之后，才能真正地从总体而非局部上破译这部"天书"。《尤利西斯》的结构艺术也表明，"意识流小说式"的结构既具有强烈的松散性、无限的扩展性和巨大的跳跃性，然而又具有高度的统一性和条理性。

"意识流小说式"现代西方长篇小说这种独特的结构模式，在表现20世纪西方社会生活和人们的精神生活方面，有着难以替代的作用和价值。应该指出，由于现代主义小说家，在抹煞主客观关系的同时，又是始终把作品的艺术形式当成内容来看待的。这样，"意识流小说式"的"蛛网状"结构本身之所以要以人的"自我"为出发点，这完全是当时社会中部分人对外在世界完全失望，认为只有人未确定的主观直觉最为可靠的心理反映。而这种结构本身所表现出来的无序性和混乱性，在他们眼中恰恰正是当代西方社会无序混乱现实的直接显现。换言之，西方现代主义小说家正是从自身遭受了严重伤害的病态心灵出发，用这一结构方式显示或呈现出了荒诞的现实，像三棱镜一样折射式地映照出了现实世界的混乱。由此可见，这种独具特色的小说结构模式，不仅丰富和发展了长篇小说艺术表现形式和构成手段，而且在揭示生活的某些本质方面，也达到了传统小说难以企及的深刻。

有鉴于此，所以我们不能同意那种认为西方现代主义小说没有独立完整的结构模式的说法，更难以赞同那种认为现代主义小说结构没有任何价值和意义的意见。事实表明，"意识流小说式"这种"蛛网状"的结构特征，使它完全有资格被称为西方长篇小说史上继"流浪汉小说式"结构（串珠型）、"巴尔扎克小说式"结构（网状）之后出现的第三大结构模式。

当然，这种结构模式的弊端也不能忽略。虽说现代主义小说家并非不注意其作品艺术结构的整一性，并不是一味强调小说结构各部分要素的我行我素、独往独来。他们有一套维系整个作品的手段，如前所言，是借助人物意识活动穿梭往来的痕迹来结构作品的。但是，由于作家反理性主义的先天局限，加之人的潜意识放射、冲动的不自觉性以及种种难以确定的思绪和主观印象的纷杂与跳荡，这种维系作品的结构力量就显得软弱无力，从而使现代主义小说结构失去了传统小说结构所具有的严密、紧凑、明晰等种种长处。这也是我们应该清醒认识的。

第二节 "意识流小说式"结构的构成规律

和前面所提到的"流浪汉小说式"和"巴尔扎克小说式"结构方式一样，自它出现后，也被众多的作家在创作长篇小说时采用，因此，也逐渐成为一种规定性或榜样性模式了。

"意识流小说式"结构模式由于其自身构成特点所决定，它的构成规律也是独特的。具体说来，这种结构形式的构成规律，大致体现在以下几个方面。

（一）在采用这种结构形式构成一部长篇小说时，创作者自身的前提必须是要改变传统小说家创作时的固定心态，不要再徒费心机地在客观事物中寻找描写对象的发展流程以及结构对象的基本要素了。要深刻地看到，现代主义小说家们必须把自己的一段思绪流程或意识活动当成结构一部作品的主要依据。

那么，究竟什么样的思绪流程可以作为一部长篇小说的展示对象或结构基础呢？笼统而言，它必须是抛弃一切理性因素的意识活动，或者说是反传统理性或非理性的思绪流程。只有这样的思绪才能形成此种结构构成的作品。我们知道，反映人的思绪流程、描写人物的心理活动，并非是西方现代派作家的首创和专利。早在古代希腊时期，被称为"舞台上哲学家"的著名悲剧诗人欧里庇得斯就以心理刻画细腻著称于世。他在《美狄娅》《特洛亚的妇女》等剧作中，就着力描写笔下人物的内心冲突，把揭示人物内心世界作为塑造形象的主要手法。现代长篇小说艺术兴起后，像法国作家缪塞的《一个世纪儿的忏悔》、司汤达的《红与黑》，俄国作家托尔斯泰的《复活》、陀思妥耶夫斯基的《罪与罚》等等，均在反映人的思绪流程、描写人的心理活动方面，取得了巨大的成就，甚至达到了极其细微、极为忠实的程度。托尔斯泰的心理描写，被誉为"心灵辩证发展"的杰作。但是，这种思绪流程的描写和心理活动刻画，实际上是以作家的"理性"意识为基础的。所以，传统的作家所刻画的人物的内心活动，常常是经过那位无所不知的叙述者理性整理加工的过滤表现。这种心理活动往往是合乎客观或主观逻辑的，是受着作家本人强烈的理性意识制约的。这样，反映在作品艺术结构的构成上，无论作家把人物的心理活动描绘得多么复杂，结构本身仍然是有序的。换句话说，传统的结构形式完全可以将这种富于理性的内心活动或思绪流程恰当地表现出来。

而抛弃了"理性"的意识和思绪，则需要作家们将潜在于人们头脑中的它的原始形态直接地、原原本本地呈现在读者眼前。也就是说，人们头脑中处于纷乱复杂、恍忽迷离的潜意识、下意识乃至无意识的"生命本能冲动"等，本身的形态就是小说家要表现的形态，是抛掉任何理性意识加工的所谓"真实"形态。这样，思绪流程和内心活动的反理性或非理性，就实际上使得建立在生活逻辑和理性思维基础上的传统的长篇小说结构形式，无法再满足和适应这种内容的要求，因此，结构形式的变迁也就是必然的了。

在这种情况下，西方现代主义作家在创作一部长篇小说作品时，就必须注意"意识流小说式"结构上的基本特征，即把抛弃了"理性"因素的潜意识、下意识乃至无意识的"生命本能冲动"当成描写的主要内容，并把这种思绪乃至本能冲动的主要过程和形式当成结构的主要方式。这样，"意识流小说式"的结构实际上就变成了一种非常直观的、极为机械的对人的非理性意识活动的照搬和"呈现"的物化形式。所以，"形式即内容"的命题，在他们的眼睛里，更多的是形式本身正是思绪运动本身，混乱形式特征正是社会、人的内心混乱和荒诞的直接表现的意蕴。

这种状况，就要求着采用"意识流小说式"结构进行创作的长篇小说作家们，必须是人的非理性意识和混乱思绪的杰出把握者，是一个对现代西方社会精神生活的荒诞、变形、混乱和扭曲有着切肤感受的人。他们能自觉地或者毋宁说本能地能对人的某种非理性思绪或无意识冲动，加以把握并能下意识地用文字符号进行反映或呈现。换言之，能够采用"意识流小说式"结构进行创作的长篇小说作家，并不是仅仅把握了这种结构形式的某种技巧就可以了，也不是说他们在创作前需要先敲定该部小说的具体的结构方式，而是在所描写的内容涌动出来,并随着落实在纸上的同时,结构也就随之出现了。结构也纯粹成了非理性主义思绪的产物。

这样,采用这种结构进行创作的小说家们非理性的思绪丰富与否,下意识和潜意识驳杂与否,乃至无意识的"生命本能冲动"的奔突、冲撞的强烈与否,实际上决定着这种小说作品结构的繁复和简约、成功与失败。所以,这些小说家在创作时,并不太在乎他们对生活本身的事件掌握了多少,也不在于对当时社会中的人际关系乃至生活细节掌握了多少。对他们来说,主要看重的是现实生活引起了他们内心世界多大程度上的激荡,主要看他们潜意识、下意识思绪的释放程度和自身的张力强度。反之,如果这一切都很薄弱,作家就是再从技巧上下工夫,再注意结构上的变化或有意识地造成结构上的混乱,那也不过是只得皮毛而已,是"为赋新词强说愁"。前些年,我国文坛有人单纯从技巧上入手,写一些所谓的"现代派小说",有些学者将这样的小说讽刺为"伪意识流小说""伪现代派小说",应该说是极为深刻的,也是一针见血的。

(二)采用"意识流小说式"结构形式创作的长篇小说作家们,在选择了其"自我"或作品中人物(作品中的人物在很大程度上就是作的"自我"的载体或符号)的某种非理性的思绪流程作为描写对象之后,需要进行的另一项工作就是在非理性描写中,注意寻找出下意识或潜意识的各种思绪之间的某种联系,要处理好主观的各种错综复杂的思绪、遐想、梦魇等与破碎的现实事件、场景乃至人物形象之间的关系。这体现在作品结构的安排上,就是在作家进行非理性、非有意为之的作品结构构成中,要注意作为各种线索的思绪的交替出现和思绪与破碎事件、场景、人物形象在安排上的有机和谐,比例适当。

应该指出,正如我们前面所言,这种创作过程和结构本身形成过程的非理性、反理性常常使作品本身毫无理性因素可言。那么,我们在这里又强调要注意寻找出各种非理性思绪间的各种联系,同时还要处理好思绪与破碎场景、事件乃至人物形象的关系,使其在结构上做到有机和谐、比例适当,这是否矛盾呢?表面看来,诚然如此。因为对作品内容或结构布局任何有意识地安排,实则均有"理性"因素在内起作用。

对这个问题,我以为必须从以下两个方面来理解。一方面是,就人的下意识、潜意识乃至无意识来说,虽然它们是处在流动不止、错综复杂,甚至混乱躁动之中的,在小说创作领域,是强调直觉和感性在艺术创作中作用的。但是，我们又不得不承认，人的思维无论是自觉或者不自觉，都有一个中心，即使在无数向四外辐射蔓延的思绪和思想片断中，读者总是能感受到人物的意识和思绪中的主要趋向、向往、忧虑或矛盾。还以乔伊斯的小说《芬内根们的觉醒》为例，尽管在这部小说中，人物意识的反理性或者说思绪的混乱已经达到了无以复加的程度，但是我们仍然可以从这类似于"梦呓"般的描写中，看出主人公伊厄威克（实则是乔伊斯本人）下意识流动的主要价值指向，即在这种思绪的混乱描写中，实际上是蕴涵着小说家本人对人类历史活动过程的想象性解释，是爱尔兰和全世界历史的模糊缩影。同时，作品本身也是对现代人混乱精神生活的阐释，宣传着战争毁灭人，情欲创造人，再创造、再毁灭这种历史循环论的悲观情怀。我们说，在这部小说中，这种思绪的主要趋向是不难把握的。

另外一个方面在于，尽管在人的意识领域中，非理性的意识活动在辐射、运行和冲撞中，它缺乏逻辑，缺乏条理，甚至是颠三倒四、混乱不堪的，但是各种思绪、遐想乃至梦呓之间，并非没有任何规律可循。其实，人们是常常可以在彼此相邻的两个或两个以上的毫不相干的思绪之间，找到某种联系。例如，在乔伊斯的《尤利西斯》中，青年画家斯蒂芬在海滩上的一段思绪，就颇能说明这个问题。现将这段思绪流动的章节转述如下：

> 他停了下来。我已经走过了到姨妈萨拉家的路了。我不去那儿了吗？好像不了。周围一个人也没有。他转向东北，横过较硬的沙滩，向着那名叫"鸽笼"的房子走去。
> ——是谁把你搞成这副狼狈样子的？
> ——是鸽子，约瑟。
> 帕特里斯，回家来休假，在麦克马洪酒吧间和我一起喝热牛奶。巴黎的凯文·伊根那个大雁的儿子。我的父亲是只鸟，他用粉红色的嫩舌头吮着奶，像小兔般丰腴的脸。像兔子一样躬着。他希望中头彩。关于女人的本性，他读米歇莱的文章。但他必须给我送来M·列奥·塔克西写的《耶稣传》，把它借给他的朋友。
> ——告诉你，有趣极了。我本人是社会主义者。我不信上帝。不过别跟我父亲讲。

——他是信徒吗?

——是的,我父亲是信徒。

谈完了。他喝奶。[1]

在斯蒂芬的这段时间内的思绪流动中,按刘象愚先生所作的解释,第一段中"鸽笼"是都柏林海滩防波堤上一座古老建筑的名字。斯蒂芬正是由"鸽笼"这座建筑想到"鸽子"。而"鸽子"亦是《圣经》中圣灵的象征,由此引出下一段中的塔克西的《耶稣传》。从塔克西又想到他们共同的朋友帕特里斯,并记起了他早年与帕特里斯一边喝牛奶,一边读巴克·莫里根的"我的父亲是只鸟"诗句的情景。[2]这样,虽然表面上诸种思绪之间没有联系,跳荡很大,但是由此事引出彼事、由此时的思绪引出彼时的联想,不同思绪之间的联系仍然还是较为紧密的。这种联系的特点,在其他的"意识流小说式"结构构成的作品中,也是随处可以找到证据的。

这种非理性的思绪在混乱中所体现出来的主要趋向性和与众多散在的四处辐射、奔突、冲撞的思绪之间的联系,体现在结构艺术上,它就实际上在规定和制约着小说家创作一部作品时的选择。虽然要写的是人物的一段非理性、反理性的意识活动的历程,但必须要注意结构线索的安排,即思绪线索的设置。换言之,这些由人的非理性的思绪所构成的结构线索,就该围绕着一个意识活动的中心,或者围绕着一个"自我"意识发出的本体向外放射。并且在各个思绪放射时,应该在颠倒和混乱中体现出整体上的和谐和相互间的联系。在有些小说里,我们常常看到,虽然各种思绪交替出现,极尽混乱之能事,但越是如此,结构上的线索实际上就越丰富。而线索越众多、越丰富,就使得结构形式越有规则、越整齐、越有形式上的秩序。举例来说,有些小说家在采用这种结构形式创作长篇小说作品时,总是爱把过去的、现在的乃至可能是将来的思绪交叉在一起,忽而过去,忽而现在,忽而将来。这样虽然客观事物的逻辑乃至思绪本身的逻辑被突破了,但是在结构线索的排列上,却极有可能形成先将过去、现在、将来思绪线索排列成一组后,又接着排列现在、过去、将来和将来、过去、现在的其他意识流动群,以致于造成不断地循环下去的整体有序的

---

[1] 转引自陈焘宇、何永康编:《外国现代派小说概观》,江苏人民出版社1985年版,第227页。

[2] 同上注。

和谐形式。而这种矛盾，恐怕是恰恰体现了事物发展的辩证法和艺术创作的辩证法吧！

（三）采用"意识流小说式"结构模式进行创作的长篇小说作家，还应该注意这种结构形式构成规律中的另一个方面，即要把握好其构建过程的较大随意性与自由度。和前面谈到的两大西方长篇小说的结构模式相比，由于这种结构模式本身是以作家非理性思绪作为其构成的基本骨架和线索的，并且是以展示人的内心活动为描写对象的。所以，它与注重外在事物发展逻辑关系的结构形式不同，它自身形式建筑的随意性和自由度也是相当明显的。

具体来说，构建此种结构的小说作品时，结构本身的随意性和自由度主要体现在下述几个方面。而对此，则需要小说家有清醒的认识。

其一，从作品结构的长度及规模来看，它并没有一个事先固定的标准。其长度的或长或短、作品构成规模的或大或小，都完全是根据创作者本人在特定情境下思绪流动的程度所决定的。常常是在某种情境下，作家的非理性思绪流动放射到哪里，作品结构本身的长度就延伸到哪里，结构本身的规模（宽度）也就扩展到哪里。因为思绪的无限流动性决定着结构形式的开放性。如果说，"流浪汉小说式"的结构长度是根据主要情节线索的载体——作品中的主人公的活动——的运动决定着的话，那么，在这种结构形式中，它是完全受作家的内心活动决定的。在"流浪汉小说式"结构中，它的建构虽然也有相当大的自由，但是这种结构建构上可长可短的随意性和自由度，只是完全建立在现实世界中的某个具体的人的活动线索的单一的、直线型向前演进基础上的。而在此种结构形式中，它建构的自由则是建立在由纯主观世界的多种思绪构成的线索随意出现或消失的基础之上的。相比之下，后者的结构过程的随意和自由更为明显。

这样，实际上就决定着采用现代主义的"意识流小说式"结构模式进行创作的作家，切忌在小说创作伊始，就事先确定该部小说结构本身的规模和长度。而应该根据内心意识活动的丰富程度，来实现其结构规模的建构。结构规模的大小和作品篇幅的长短，主要应受控于作家创作时的思绪活动的自由度。普鲁斯特在最初写作《追忆逝水年华》时，曾为很长时间里未找到一种合适的表达方式和结构方式而苦恼。后来，当他在1912年将该作品分成3部（即《在斯万家的那边》《在盖尔蒙特家那边》《失而复得的年华》）交付出版商时，他对小说结构的规模究竟要达到什么样的长度，恐怕心中也没有个清晰的答案。随着第一次世界大战前后的社会变动，作家本人的意识活动无疑更为活跃。这样，到1922年他辞世时，小说已达7部15卷之多。这说明，结构自身规模的扩大实际上已远远超过了最初的计划。我想，假如普鲁斯特能再多活十几年，甚至几十年，只要他坚持写下去，作品结构的规模和长度恐怕还会大大的增加。反之，如果作家感到自己的意识活动已经停止或枯竭，则可能在结构规模上会更短一些。

其二，这种结构的随意性，还表现在其构成形态的自由和灵活上。这也正如一个采用此种结构形式创作的长篇小说作家，在创作之初，不能事先确定作品的规模与长度一样，同样，他也不能事先考虑一部长篇小说应该具有几条结构线索，哪条线索应处于中心的地位，哪些线索应是次要线索，处于陪衬地位，以及诸种线索应该如何交织、如何发展、如何结局；更无须考虑如何开头结尾、如何衬托照应，乃至中间环节如何注意逻辑联系，等等。前面我们谈过，由于创作这类长篇小说的作家本身的思绪流动过程是与其结构艺术的形成过程同步的，再加上无序思绪所构成的线索又可以随意地出现与消失、延长与缩短，所以，这种结构形式的具体形态本身也是不能提前设计的。这也就是说，"意识流小说式"的结构形式，尽管总体上来说是体现出"蛛网状"的形态和样式，但具体来说，每部作品的结构究竟会出现或辐射出多少条思绪线索，或者说究竟在什么时候、间隔多少时间或空间会有一条线索出现，作家在创作过程中是难以清醒地说明的。换言之，思绪所构成作品线索的疏密程度，是不能被提前所预知的。这是因为作家在创作时思绪的流动，是非理性的，也是作家难以控制的。例如，在一些意识流小说的经典之作中，我们就很难说清楚此时此处出现的一条思绪为什么可以很快断掉，或者为什么它会在彼时彼处重新出现，或者为什么它会永远消失而被其他思绪线索所取代的理由。至于用"自动创作"、梦境记录等手法创作的超现实主义小说线索的出现或消失，就更谈不到事先设计和安排了，也更说不清楚理由了。

这样，决定着作家在创作此类结构构成的长篇小说时，就不能事先对具体的结构形态加以过多的思索和操心。小说结构形态的自由与作家意识流动和思绪放射的自由的统一，这实际上要求着，作为一个现代主义的长篇小说作家，要想创作出一部成功的"意识流小说式"结构的长篇作品，就应该具备极其自由而又极为丰富的内心结构，要使自己成为一个心灵世界极其自由的人。恐怕正是由于这个原因，我们才会理解，这些作品中的描写对象为什么大都是那些思想复杂、性格内向的知识分子的内心世界。我们也才会理解，为什么采用这种结构形式进行长篇小说创作的西方作家，又大都是深受社会伤害而又深恶痛绝一切传统束缚的知识分子了。

其三，由于在这种结构形式中，人物形象、事件场景等均是被打碎后在作家或作品中人物的放射性思绪中重新组合与安排的，这样，就使得作者不必考虑客观事物的发展逻辑，甚至客观事物的原貌。所以，就其结构线索所联缀的外在的事件、场景及人物而言，均是随心所欲安排的，有些甚至是信手拈来的。

但是，在自由的联缀各种客观事物的碎片时，作家也要注意在非理性思绪放射中尽量展示那些最令人醒目的生活碎片，最好是那些富于事物本质特征的"意象"碎片。唯其如此，才能使一部小说在整体上色彩斑斓，达到现代美学效果。

同时，在注意结构构成的随意性时，作家本人尚需有一种对生活碎片组合时的集中、概括乃至压缩的能力，从而形成一种包容着过去、现代和将来众多事件博杂一体的结构形态。

凡此种种，构成了西方现代主义小说基本结构模式的构成规律之内涵。

第三节
"意识流小说式"结构的艺术效应

作为20世纪西方长篇小说占主导地位的结构艺术模式，由于受其所产生的社会历史条件和思想条件的制约，以及它所具有的鲜明而独特的结构方式特征的规定，它的艺术效应也是极为独特的。可以说，它是与20世纪其他的一些现代艺术门类在艺术效应上是相通的。

第一，现代立体绘画式的艺术效应

小说与绘画，是两种完全不同的艺术形式。早在18世纪中叶，德国著名文学评论家莱辛在1766年出版的《拉奥孔》（或称《论绘画与诗的界限》）中，就对语言艺术（主要指诗）和造型艺术（主要指绘画）之间的不同特质、效果和互相补充的问题作了深刻的论述。在莱辛看来，绘画、雕刻等造型艺术是以色彩、线条为媒介，诉诸视觉。其擅长的题材是并列于空间的全部和部分"物体及属性"，其特有的效果就在于描绘了和完成了人物性格及其特征。而诗则是以语言、声音为媒介，诉诸听觉。其擅长的题材是持续于时间中的全部或部分"事物的运动"，其特有的效果则是展示性格的变化、矛盾以及动作的过程。作者在论证了以空间艺术为特征的绘画和以时间艺术为特征的诗的同时，还以其天才艺术家的敏感，指出二者间的界限并不是绝对的，它们可以在一定的条件下，突破各自的界限而达到相互补充。

当然，莱辛论述问题的角度，主要是偏重于形式本体的区别和创作过程可能的联系。这与我们要探讨的一部作品出现之后的艺术效应有些不同。但是，随着20世纪"意识流小说式"结构模式的出现，我们会发现，两种艺术形式间的分野，表现在艺术效果上，差距实际上已经越来越趋于缩小。现代绘画和现代小说所造成的审美者的艺术感受，已渐趋一致。

具体来说，采用"意识流小说式"结构创作而成的作品，它所体现出的艺术效果，与现代艺术中的立体主义画派的绘画所产生的艺术效果，十分接近。

所谓立体派绘画，其显著的特征就是力图在画面上表现物体的立体透视形象。这种绘画观实际上是建立在现代美术观基础之上的。进而言之，是建立在艺术从外在的表现向内在的转变，画家竭力以外在的艺术形式（如线、形、色、构图等）来表达人的内在精神和情感世界的基础之上的。我们知道，在视觉中，立体的形象是三维的。所以，在传统的绘画艺术中，主要是在平面的画布上，表现物体的三个面的立体感。但在现代艺术家的心理知觉中，立体的形象必须具有上、下、左、右、前、后等六个面。在现代画家的画布上，必须出现的是六维图像。要达到这一点，必须要对传统绘画的物体构图进行革命性的改造。有鉴于此，立体主义画家们便采用了将所画物体的所有六个面都分解、打碎，然后并置在一个平面上并进行重新排列组合的构图方法。也就是说，在为表达画家某种心理情绪的目的下，对客观物体，先破坏形，破坏原有的形；然后再创造形，创造一个新的形。例如，著名立体派画家毕加索的杰作《亚威农的少女》《斗牛士》《三个乐师》以及达利的《内战的预感》等，都典型地体现出了现代美术的创作特点，从而带来了其似真似幻、主客观模糊难辨的现代艺术的审美效应。下面，我们以《亚威农的少女》这幅画为例，来深入了解一下现代绘画艺术的特点。看看毕加索是如何表现立体性绘画的。我们知道，传统画家在绘画时，往往都是从一个正面的角度去看待人或事物，所画的只是面向看画者的这一面，从而只能看到人物或景物的正面和左右两个侧面的部分。而毕加索则是以全新的方式看待和展现事物，他认为，当一个人物面对你的时候，除了这三个方面的特点凸显之外，那些没有暴露画家眼前或画布之上的部分，如上面、下面，甚至包括皮肤之内的心肝肚肺、神经血管以及肌肉骨骼等等，虽然看不到，但并不表明这些东西不存在。为此，他要在一个平面的画布上，表现出人物的六个角度。他采用了从正面以及不可能看到的几个角度去观察，试图在画布上把正面不可能看到的几个侧面都用并列或重叠的方式表现出来。为了做到这一点，它首先要打破人物形象的完整性，将其碎片化，然后再进行组合。这样在《亚威农少女》中，五个裸女不同侧面的代表性部位，按想象的逻辑，都凝聚在单一的一个平面中。看上去，就好像他把五个人的身体先分解成了单纯的几何形体和灵活多变、层次分明的色块，然后在画布上重新进行了组合，女人正面的胸脯变成了侧面的扭曲，正面的脸上会出现侧面的鼻子，甚至一张脸上的五官全都错了位置，呈现出拉长或延展的状态。这就像把零碎的砖块构筑成一个建筑物一样，形成了人体、空间、背景一切要表达的东西。同时，所有的背景和人物形象都通过色彩完成，色彩运用的夸张而怪诞，从而形成了强烈的立体效果。

从纯艺术的角度来看，立体派绘画之所以会呈现出这种独特的艺术效果，恐怕与其画面本身的构成方式有极大的关系。传统的构图方式的消解，新的构图方式的出现，从而使得画面本身呈现出了与传统绘画作品完全不同的面貌。如果不是构图方式的变化，画家纵然再有新的艺术观念，用传统的构图方式恐怕也难以展现出现代美术的风采。这样，新的构图方式本身，实际上就成了将作家的现代艺术观念和现代美术作品独特面貌二者间统一起来的重要手段和重要的因素。

绘画中的构图方式，实际上极其类似于长篇小说创作中的结构形式。正是由于现代西方长篇小说艺术中"意识流小说式"结构形式的出现，才使得20世纪小说家的现代主义艺术观得以通过成功的文字创作贴切地表达出来。而这种小说构成方式的以作家自我的心灵为结构的出发点；以叙述者"自我"的各种思绪的随意辐射和外现为线索构成；以各种生活场景、事件被打碎之后在放射性思绪中被重新组合的结构特征，就使得由此产生的长篇小说作品，如同立体主义等现代派的绘画作品一样，面貌发生了根本性的改观。井然有序的外部世界已不复存在，完整的事件、人物已经变成了一个个破碎的意象。所以，人们在阅读这类结构形式构成的长篇小说时，在其审美感受上，极容易产生类似于与欣赏立体派绘画时相通的审美感觉。是否可以这样说，每一部用这种结构创作而成的成功的长篇小说作品，就是一部用文字符号构成的色彩斑斓、光怪陆离的多面体的现代立体派的绘画！

为了便于对这种结构构成的长篇小说作品的立体绘画艺术效果有个较明晰的把握，我们还将借用一个现成的材料对此加以进一步的说明。在廖星桥先生主编的《西方现代派文学500题》一书中，曾对布托尔的小说《变化》的结构形式及其独特的立体艺术效果作了深刻的分析。他指出，有的学者根据法国贝尔纳·拉朗德教授的分析，列出了下面《变化》的结构表。

表中：

（1）用字母P代表描写过去的段落。

P^1——1936年春，莱昂·台尔蒙和昂丽埃特到罗马的蜜月旅行。

P^2——1951—1952年冬季，莱昂·台尔蒙和昂丽埃特第二次罗马之行。

P^3——莱昂·台尔蒙和赛西莉的初交，1953年8月末第一次在火车上相遇，9月10月初在罗马偶然碰面，冬天，莱昂·台尔蒙成了塞西莉的情人。

P^4——1954年9月赛西莉巴黎之行。

P^5——1955年11月6—17日莱昂·台尔蒙最近的一次罗马之行。

P^6——1955年11月11—15日莱昂·台尔蒙这次罗马之行前在巴黎的日子。

（2）用字母C代表描写车厢内活动及小说中"现在"的段落。

（3）用字母A代表所描写莱昂·台尔蒙的预感、计划、对将来的设想的段落。

可以得出如下的图表：

节	结　构			章节数
1	C	$=P^6=$	C	3
2	CAC	$P^6A=P^6=AP^6$	CAC	11

节	结构	章节数
3	CAC　　　　　$P^6C=P^3=CP^5$　　　　　CAC	11
4	CAC—P^5—CA $CP^5C=P^3=$ C　P^5C P^3C—P^2—CP^3C　　　C	19
5	$CACP^5C$—P^4—$CP^5CA=C=P^5C$ P^4C—P^2—CP^4CP^5C　　　C	21
6	CAC　　　P^5C　　$P^5CP^5=C=P^5C$　　P^4　　　　　CP^2CP^4C	17
7	CAC　　　P^5C　　　$P^4=C=P^5$　　　　　　　　　CP^4CP^1C	13
8	CAC　　　PC　　　$P^5=C=P^4$　　　　　　　　　　CP^4CP^1C	13
9	CAC　　　P^5　　　　=C=　　　　　　　　　　　　P^4CP^1C	9

前面我们已经谈过，布托尔的《变化》是用"意识流小说式"的结构写成的，但因为他对这种结构形式的精妙运用和对其结构特征的精湛把握，使他在展示主人公诸种意识的流动中，特别是对诸种意识、思绪的自由重叠、穿插表现中，呈现出了小说结构艺术的立体化形态。加之这种立体形态上又镶嵌着众多场景、意象、事件，乃至人物形象的碎片，使其"立体画"色彩和意蕴十分鲜明。

第二，"迷宫式"的艺术效应

在人们的艺术经验中，现代主义长篇小说同其他现代主义艺术，如音乐、美术、雕塑、建筑、舞蹈以及诗歌、戏剧等一样，都是极为晦涩难解的。人们在欣赏和阅读这类艺术和文学作品的时候，常常会产生如坠云雾之中、"云深不知处"的茫然感觉。更具体地说，特别是人们在阅读现代主义长篇小说时，由于其规模宏大，更有置身于"迷宫"中的感觉。

在古代希腊神话中，有很多关于"迷宫"故事的描写。其中最有名的是关于克里特岛上的米诺斯迷宫的故事。据说米诺斯王建立的这座迷宫，建筑极为复杂。其中房屋千余座，并筑造了极其复杂的若干条路径，有死路，有活路。活路又有捷径，有迂道，构造极其深邃。人进入迷宫内之后，极难找到出口，寻出通路。后来，人们据此将其演变成一种游戏，形式多种多样，有纸图、木板或金属盘等，要求玩者逐渐舍去死路和迂道，寻找出最佳的抵达目的地的路线。

迷宫本身由于其结构的复杂性，常常造成人们一种独特的心理情绪。一方面，因为其构造复杂，使人们很难洞晓和认识其构成的全貌，结果在人们的心理上常常产生迷惘、困惑和身在此中而无所适从之感。另一方面，因为迷宫的建造者与迷宫的探索者作为一个矛盾体，建造者一方常常穷其心智，将迷宫建筑得扑朔迷离以增加探索者的难度，而迷宫的探索者则以最大的努力力图化解建造者设下的障碍，使其难题得以解决。这样，无论是迷宫的建造者，还是迷宫的探索者，在面对这样一个客体的时候，都会获得一种才智得以淋漓尽致发挥的满足。

如果我们把上述的心理情绪作为一种审美情感来看，那么，这种审美所造成的就是一种先朦胧、迷惘，后豁然开朗的审美情态。更重要的是，同时也造成了一种主客体相统一的审美情态。进而言之，接受者常常因自己的主动参与而最大限度地获得了心理的满足，同时，接受者也由被动的接受者变成了主动的参与创造者，从而享受着作品的美。

"意识流小说式"结构，作为一种现代主义的长篇小说结构模式，由于其摈弃了以对客观事物发展过程的忠实描摹为特征的结构方式，而是向内转，以人的意识流动的散乱无序的过程来构造作品。这样，人的意识，特别是下意识和潜意识活动过程的难以把握，就带来了结构自身的难以理性认知和明晰把握。从而使得作家在创作此类小说作品时，结构构造如同在建迷宫。而读者在阅读此类作品时，仿佛如同进入了迷宫。因此，读者在阅读此类作品所得到的审美感受，亦如同进入迷宫时的感受一样，也带有迷惘、困惑，不知起在何处，止在何方，以及结构的内在逻辑联系究竟何在的审美特征。

特别是与迷宫建筑比较起来，这种长篇小说结构的迷宫式色彩及迷宫艺术效应似乎也更为强烈。因为长篇小说毕竟是以文字符号构成的语言艺术形式，这样，它本身就不仅能够体现出迷宫建筑所具有的空间意义上的特点，更重要的是，它还可以具备时间上的迷宫特色。例如，在空间上，现代主义长篇小说作家们可以通过结构布局上的多次重复，把作品的结构安排建造得错综复杂，像迷宫一样。在罗布—格里耶的《窥视者》的结构安排上，作家就通过某些物体、场景和景物上的多次重复，造成了空间上的迷宫特征和效果。而在时间上，现代主义长篇小说作者常常打乱过去、现在、将来的顺序联系，把各种不同时间内发生的事零乱穿插，交替出现，体现出了时间的无序性。除此之外，在很多现代主义长篇小说作品里，作家还常常有意识地把空间的迷宫特点和时间的迷宫特点融合或重叠在一起，这样其结构的安排和组合就更为复杂，所造成的迷宫式效应也就更为鲜明。

当然，如同要走出迷宫建筑需要一条阿里阿德涅之线一样，要洞晰"意识流小说式"作品的结构,也需要一条"阿里阿德涅之线"。在希腊神话中,当大英雄提修斯为了铲除在米诺斯迷宫中害人的半人半牛的怪物,决定进入迷宫时,米诺斯王的女儿阿里阿德涅给了他一条魔线,从而使他能顺利地完成了任务并顺着这条线走出了迷宫。那么,我们在破译"意识流小说式"结构作品的迷宫时,也需要掌握小说创作者本身的思绪发展和变化流程轨迹的这条线。只要这条现代的"阿里阿德涅线"找到了,我们就能够真正地理解这种作品的结构,也才能够真正地理解这类长篇小说。那么,什么是"意识流小说式"结构形成作品的"阿里阿德涅之线"呢?我认为,它仍然是作家的潜意识、下意识的流动痕迹。

第三,"哈哈镜式"的艺术效应

我们知道,世界上的很多物体、事物等,虽然其构成的材料相同,但由于其结构构成方式的不同,结果不仅导致了其面貌形态的差异,甚至会引起了其本质的变化。

哈哈镜,是现实生活中一种特制的玻璃镜。作为玻璃镜子家族中一种特殊的类型,就其制作所使用的材料而言,它与一般的镜子没有什么两样。但是,由于其内部构造和结构方式的变化,使其镜面凹凸不平,从而造成了映出的人像及物体失去了原有的面目,变得奇形怪状。正是这种由其构造不同、结构不同所造成的映出影像的变形,导致了照镜子的人发笑的效果。

很多国内外学者曾经谈到,如果把文学作品比作反映社会现实生活的一面镜子,那么,现代派文学作品(特别是长篇小说)就是哈哈镜。"资本主义社会种种不可解脱的矛盾,造成一种难以忍受的重压,使现代派作家们的精神都受到一定程度的创伤,心理都有不同程度的变态,他们的世界观往往是虚无主义的;镜子本身扭曲了,反映出来的东西自然是扭曲了的,更何况被反映的当代西方社会,又是一个混乱的、颠倒的、荒唐的社会。荒唐加扭曲,就显得更加荒诞不经。"[1] 一般而言,在现代派作家的笔下,他们极喜欢用扭曲方式表现被扭曲了的性格和扭曲的环境。首先看人物性格,在采用"意识流小说式"结构创作而成的那些经典性长篇小说作品中,无论是《追忆逝水年华》中的"叙述者"、《城堡》中的K、《尤利西斯》中的斯蒂芬·代达罗斯、雷奥皮尔·布鲁姆,还是《自由之路》中的玛第厄·特拉吕、《窥视者》中的马弟雅思和《第二十二条军规》中的尤索林等等,性格基本上都是扭曲的,心理也是

---

1 陈慧著:《西方现代派文学简论》,花山文艺出版社1985年,第6页。

变态的。他们卑微、落魄、孤独、软弱、无所作为，是非英雄或反英雄。再看作品中人物生活的环境。现代派作家所表现的环境，大都是是非颠倒、秩序混乱、畸型的、反常的、荒唐的和怪诞的。如虽近在咫尺、但可望而不可及的"城堡"，令人感到恶心的"屠场"，"喧嚣与骚动"的"荒原"等等，都显示出了现代西方人生活环境的扭曲性特征。

现代主义长篇小说作品的这面哈哈镜，之所以能够把现代西方生活的扭曲性和荒诞性表现得如此鲜明，除了社会本身的扭曲和荒诞以及作家在创作时用了大量所谓"新技巧"外，我以为，恐怕更主要的是，得力于这种极富于现代主义意义的"意识流小说式"结构。在这种结构里，正因为摈弃了传统结构秩序和结构逻辑，所以导致了传统的结构所必不可少的完整有序的故事情节的消失、完整典型的人物性格的消失，乃至于合乎传统语法规范的语言的消失和完整生活场景的消失。这样，当以作家或作品主人公的心绪与意识流程的痕迹而建立起来的小说结构，必然是和实际生活中的事件与人物面貌完全不同的，或者是说彻底变形了的形象与场景的反映。也就是说，这些形象或事件被描绘出来的状貌，虽然还是外在客观存在的反映，但已经是扭曲变形的反映了。

这样，当我们阅读由"意识流小说式"结构而构成的长篇小说时，我们就得到了几乎与看哈哈镜时相同的感受；作品中既是现代社会人们生活的映象，又不是原有的生活本身。这就如同我们站在哈哈镜前看到镜子中已经变了形的影像时，既承认是自己，同时又承认是夸张了和变形了的自己，从而发出一阵说不明白、讲不清楚的笑声一样。当在西方世界中生活的现代人看到这类小说时，也同样会发出相似的、莫名其妙的笑声——只不过是在这种笑声里，包含着更多的尴尬、更多的无奈和更多的悲哀而已！

第四节
"意识流小说式"结构的成因考察

"意识流小说式"的结构形式作为20世纪西方现代主义长篇小说创作的基本结构模式，它的出现，如同前面提到的两大结构模式出现一样，也有着极其复杂的社会历史、思维形式以及其他诸方面的种种成因。

首先，"意识流小说式"结构模式的出现，是20世纪西方社会独特现实的要求。众所周知，20世纪初以来的西方世界，随着生产力的高度发展，以及生产力与生产关系之间的矛盾日益尖锐，使得整个社会动荡不安，传统的社会结构和生活方式迅速走向了解体。人被物化，为物所役的现象日益严重。在这种情况下，尼采的一声振聋发聩的"上帝死了"的痛苦哭嚎，使得西方世界中生活在这种现实条件下的部分知识分子，似乎一下子看清了自己作为人的地位的尴尬和悲哀。在以往传统观念中，人们在精神信仰方面充满了对现有生活秩序稳定性、永恒性的恭顺与服从，对人与世界、人与人、人与自然和人与自我之间的固有的和谐关系坚信不移。然而，新的社会变动到头来却无情地破坏了人与人及其人与所生存世界的和谐。在这种险象环生、凶兆迭起的世界里，巨大的异化感和恐惧感时刻地笼罩在人们的心头。人们感到，虽然身在社会中却无法与这一社会建立起满意的联系，人已经成了被荒诞社会捉弄的可怜玩偶，成了被抛到世界之外的孤独者和局外人。这样严酷可怖的现实，使得一些敏感的西方现代社会中的知识分子，包括文学家和艺术家，形成了这样的心理：在这种是非颠倒、荒诞凶残、难以理喻的世界中，一切外在的东西都难以再被依靠和信奉，唯一可以信赖和依靠的只有人自身的直觉。西方现代社会中一部分人的这种精神上、认识上的转化，不能不带来长篇小说内容和形式上的激变。

文学艺术，特别是以反映复杂生活现象和精神现象见长的长篇小说艺术，作为人类实践活动的重要现象之一，其发展过程实际上是一个不断地寻求新的艺术形式，以表现新的社会精神和新的社会生活发展变化特征的过程。可以说，西方现代社会荒诞无序的现实，以及生活在这一社会中的人因精神受伤害而要逃向自己非理性的内心世界的特点，正是从根本上规定了西方现代主义作家对新的长篇小说结构形式的选择。

"意识流小说式"的结构模式，如前面所言，它不是按照抄袭外部世界活动的程序来谋篇布局，而是按照内心非理性的精神活动的特点来安排结构的。所以，它的出现，正好符合了这种时代特点和人们心理激变的要求，反映了现代人心理结构的形态特征。特别是随着现代西方社会矛盾的加深，这种结构形式在反映人的深层的心理意识结构上，在反映人的更加混乱的内心世界上，更有着难以替代的价值和作用。对此，我国当代著名学者袁可嘉先生在他的《我所认识的西方现代派文学》论文中指出："小说领域里的现代主义，总的来说，意味着将小说变为更加富于自我意识的、表现方式更加隐幽曲折的文学类型。"[1]所以，我们说，这种结构形式被后来的众多现代主义小说作家在创作时所采用，并将其发展成为一种影响巨大的结构模式，就是时代的规定和必然要求了。

其次，由于现代科学的发展，也带来了人们认识世界、认识社会思维方式的变化。如前所言，在整个19世纪，特别是在19世纪30年代之后至20世纪初期，人们认识社会的主要思维方式是以分析推理或归纳综合为特征的。但20世纪以来，由于人们传统的思维方式解体，非理性主义的思维方式则迅速地发展起来了。

传统的对社会生活的认识方式和思维方式，明显地是以理性意识为基础的，其本质是理性思维。但20世纪西方社会的独特现实，使得以往那种以追踪社会生活某种事件的发展过程来认识其全貌，以及靠大量生活素材的占有，然后在此基础上进行理性的分析、综合、归纳、判断来把握其发展规律的认识方式，就不能再适应变化和发展了的新情况和新现实了。

世界的混乱性和荒诞性、人生的混乱性和荒诞性以及诸多事件出现的不可理喻性，使生活在这一现实之中的西方敏感的知识分子，必然会采用与之完全适应的新的思维方式和认识方式去阐释它和表现它。那么，这种新的思维方式和认识方式就其本质来说，也应该是以非理性、非逻辑性为特征的。

我们知道，西方现代主义的理论基础是"现代哲学"和"现代心理学"。前者以叔本华、尼采、柏格森的唯意志论和直觉主义为代表；后者主要体现为弗洛伊德的精神分析学说。而这些现代主义理论，就思维形式而言，均是一种反理性主义的思维模式。它们对社会的基本认知方式，是既不再胶着对某一具体事件从头到尾的考察，也不再进行分析综合判断，而是以人的深层意识的冲突、运动的非理性方式进行思维。这样，人的深层意识活动方式就是思维本身的方式。这就导致了人的认识方式由归纳、分析、综合向直觉思维或符号思维转变。所谓直觉思维，主要特征是它不需要经过逻辑推理就能获得对事物的直接认识。而符号思维，有的学者指出，作为思维的凭借符号，主要是指思维过程中以代替或表示一定对象及关系的形式化标记。符号思维使人类思维超出了经验的限制，使认识达到了一个范围无限的可能性。

---

[1] 见《光明日报》1982年12月30日第3版。

由于现代主义者们所生活时代的荒诞和不可理喻的特点，所以，这种思维方式和认识事物的方式就从本质上适应了这样的现实。它也说明，现代主义文学艺术在西方20世纪出现，正是这种新的认识方式和思维方式出现的结果。同样，这种认识方式和思维方式与传统方式明显不同之处在于，它不表现出任何具有理性特质的有序构成，同时，也不具有理性判断的价值。换言之，这种认识方式是以强烈的主观世界的直觉、开放性的展示作为其基本特征的。

这种思维方式和认识方式的演变，反映了20世纪西方部分人，尤其是一些敏感的知识分子典型的心理。反映在文学艺术的创作上，也就体现出了与传统作品形式，尤其是传统的小说结构形式完全不同的特征。而"意识流小说式"结构形式的独特特征和构成要求，又从根本上适应了这种认识发展的程度。所以，它在此时被众多作家所采用，就又不仅仅是社会历史发展的要求，而且也是人们的认识能力和思维水平发展要求的结果了。

在一些现代主义理论家和文学家看来，只有把握20世纪人类认识水平和思维水平的这种独特性，才能适应文学"向内转"的要求，才能写作出真正"真实"的而且还是"新奇"的作品来。对此，法国唯心主义哲学家柏格森曾经说过："诗人的作品中使我们感到兴趣的，是某种深刻的心灵状态或内心冲突，而这是不能够从外面获取的。我们的灵魂是相互摸不透的。我们从外面所能认识到的，只不过是激情的某种标记而已。我们对于这些激情的解说——通常都是有缺陷的——只是用我们本身的体验来加以类推。""除了我们自己的心灵之外，我们很难说彻底地懂得什么。""如果诗人所创造的人物，给予我们以有生命的印象，这也不过是因为他们是诗人本身的变化和分化。诗人以如此强而有力的内心观察，深入到他自己的天性的深处，以至他在现实中把握到了潜在的东西，并把自然在他的灵魂中仅只是留下了——轮廓或草案的东西，吸取出来，塑制成为完善的艺术作品。"[1]

通过上述的考察，可以看出，生活在20世纪西方现代知识分子，尤其是长篇小说作家，否定传统，标新立异，在认识方式上反映出了他们对传统认识模式和思维模式的突破。特别是强调下意识、潜意识和无意识的运动，更突破了传统文学艺术审美思维中以"理性"因素为指导，并以理性思维为基本价值取

---

[1] ［法］柏格森著：《笑之研究》，引自《西方文论选》（下册），上海文艺出版社1963年版，第283页。

向的认识方式，从而创造了难以再用传统认识形式和思维形式规定的新的结构形式。

再次，以"意识流小说式"结构为代表的西方现代主义长篇小说结构模式的出现，也有着深刻的文学艺术上的原因。

任何文艺作品的形式，应该说，均是历史发展的产物。"意识流小说式"结构形式，也不是凭空而来的，它也是对传统小说结构艺术借鉴的结果。

这样的命题，有些学者恐怕难以赞同。因为，很长时间里，在众多论文和教科书中，我们均把现代主义文学，其中包括长篇小说艺术，看成是反传统的文学和反传统的艺术。甚至连西方的现代主义文学作家本人，也高举反传统的大旗，否定一切文化遗产和文学传统。那么，我们说西方现代主义的长篇小说结构是对传统小说结构借鉴的结果，根据何在呢？

我认为，任何后起的东西，包括文学艺术作品，对此前出现的传统的东西的借鉴，一般都采用两种方式。一种方式是正面借鉴，这种借鉴方式主要是指，在已有的文学传统中已包含着后来出现的新形式原型或因子，而后来出现的作品则是在原有的基础上进一步发展起来的。

通过对西方叙事形式艺术的考察，我们可以说，现代主义长篇小说的艺术结构与古罗马作家奥维德的《变形记》、阿普列尤斯的《金驴记》等作品有着师承关系。尽管在这些人类早年创作的叙事作品中，其结构更多地是体现着"流浪汉小说式"结构形式的意蕴，但同时，它们又以多种故事的多变组合、分身变形等构成方法，使其显示着现代小说形式的端倪。在18世纪末、19世纪初的德国作家霍夫曼的小说《雄猫穆尔的生活观感及乐队指挥约翰内斯·克莱斯勒尔的传记片断》，英国作家托马斯·德·昆西的小说《一个英国鸦片服用者的自白》，以及法国作家缪塞的《一个世纪儿的忏悔》等作品中，也均用新的结构形式预示了20世纪现代派小说写作方法的出现。总而言之，正是这些作品的结构构成方式给后来的现代主义小说家提供了形式组合的新途径。

另一种借鉴则是在借鉴中采用一种反借鉴的借鉴形式。

对西方现代主义小说家来说，上述所说的正面借鉴方式远不如反借鉴方式起的作用大。不管我们承认与否，事物的发展常常会出现这样一种情况，即一旦某种事物在发展到一定程度的时候，就必然会向其相反的方向转化。而向相反的方向的"转化"，也是一种借鉴和继承，只不过是这种借鉴和继承采取了一种反借鉴、反继承的形式而已。就小说的发展而言，当传统的小说艺术在巴尔扎克等人之手，发展到极致的时候，那么，在此基础上进行创新和突破就会开始了。可以说，形式上的创新和突破永远是需要的，艺术决不能永远停留在已有形式的水平上。这也说明，如果没有老的形式的完备发展或曰极端化、公式化的前提，后来的创新和突破也就谈不上了。这样，这种借鉴和继承虽然没有从正面进行，而是在对以往传统的否定中或扬弃中进行的，但是，谁也不能否认这也是一种借鉴的有效的方式。对于这一点，有些现代主义小说家是有所认识的。例如，"新小说"的领袖人物罗伯-格里耶在他的论文《新小说》中就写道，在巴尔扎克之后，小说的演变还在不断地增强，"新小说"派作家并不是和过去决裂，而是以这许多先驱者的名义，欣然与他们表示一致。请注意，尽管格里耶在这里所指的先驱者主要指的是福楼拜、陀思妥耶夫斯基、普鲁斯特、卡夫卡等作家，但是，从他的论述中可以看出，"新小说"作家毕竟还不是完全的重起炉灶，而仍然是从传统小说创作中逐步进化起来的。只不过是在这种继承中，愈来愈表现出了对艺术传统的彻底否定。这难道不正是对小说艺术以反借鉴的方式借鉴了传统东西最好的说明吗？！

那么，西方现代主义小说的艺术形式，特别是长篇小说的结构形式，是在哪些方面，通过对传统艺术形式和结构形式的否定来达到继承和借鉴的呢？尽管其表现是多方面的，但我仅想指出下述两点。

一是传统小说强调结构的完整性，并把这种完整性发展到了程序化、极端化甚至形而上学的程度。但现代主义小说家则认为"统一""完整""一贯"都是老式的观念，认为现实生活中根本不存在这样完整的东西。所以，他们写的作品，大多是生活片断，或片断的随意拼凑、连接，结构上给人支离破碎之感。

二是传统小说结构强调自身的逻辑性，开头结尾、起承转合、材料安排、线索纠缠甚至发展到了"八股化"程度。现代主义小说家正是在这种严密的结构形式中看到了形式本身的教条和僵化。作为对其的反拨，他们才有意地颠倒时间，混淆空间，将过去、现在、将来、现实、梦境、幻觉、想象等任意交错，随意跳跃，从而形成了逻辑性最大限度消解的结构形态。

这一切充分说明，如果没有传统小说形式艺术和结构艺术的充分发展，也就不会有借鉴或者说反拨的母体与参照系，现代主义小说的"意识流小说式"结构形式也就不会出现。

从以上三章对西方长篇小说三大结构形式的分析中，可以看到，这三大结构形式成为了相应的各自文化时代长篇小说创作的主要结构选择。换言之，这三大结构模式受到了相应时代作家的追捧和借鉴，并成为了各自时代占主导地位的规定样式。也正是从这个意义上说，我们才把这三种结构形式，称为众多作家共同使用的三大结构模式。

第六章
西方长篇小说
三大结构模式的变异形态

当我们用前面三章对西方长篇小说的三大基本结构模式,即"流浪汉小说式""巴尔扎克小说式"和"意识流小说式"结构模式,进行了系统的分析和说明之后,必须还要看到,小说结构艺术本身,并不是一个固定不变的艺术客体。任何结构模式本身也只有相对的稳定性,而变异则是绝对的。美国当代小说鉴赏家和批评家克林斯·布鲁克斯和罗伯特·潘·华伦在其编撰的《小说鉴赏》的第一章中,曾经写道:"我们必须记住,随着世道的改变,小说也改变了,每一个时代都产生出自己的那种小说。"[1]

西方长篇小说的结构模式,虽然我们从总体上看,显示出了稳定性较强的三种形态。但在各自基础上的变异,也是随时发生的。其所形成的变异形态,仍显示出了无限的丰富性和广延性。

第一节
"流浪汉小说式"结构的变异形态

"流浪汉小说式"的结构模式是在其不断的演进中发生变异的。当人们在阅读这类结构方式构成的西方长篇小说作品时,常常会产生下述的感觉:有些小说虽然颇具"流浪汉小说式"的结构特色,采用的仍是以单一情节线索的纵向演进的结构方法,但却很难用典型的"流浪汉小说式"的结构特征加以说

---

[1] [美]克林斯·布鲁克斯、罗伯特·潘华伦编:《小说鉴赏》,主万等译,中国青年出版社1986年版,第6页。

明。这实则意味着变异已经发生。

通过对西方长篇小说的集中考察,我认为,"流浪汉小说式"的相近结构或变异结构大致有下述几种典型形态:

(一)顶接串珠式

如果用图型显示,"顶接串珠式"的结构形态极类似于"串珠式"。其表现为:

这里,每一个"□"型仍是代表着一个个独立存在的具体故事,横直线"——"仍是主要情节线索的象征。但是,它与标准的"流浪汉小说式"(串珠式)结构的明显不同之处在于,它的中心线索并不是穿过每个具体的故事或场景,而是通过与每个故事顶部或开头相接使整个作品连接为一个整体。换言之,在标准的"串珠式"结构作品中,中心情节线索是通过参与每个具体故事中的活动,而实现作品结构统一的。如前所言,在《堂吉诃德》中,主人公堂吉诃德的游侠活动线索是中心情节线索,他的活动横贯着每个具体故事,参与着每个具体的故事中的事件。这样,这条线索亦是每个故事中不可缺少的要素之一。没有他活动的参与,具体的故事就不存在了。但在"顶接串珠式"的结构中,中心情节线索不过是外在连接不同故事的一种手段和一种技巧,这个代表着贯穿性线索而活动的人物,根本不参与每一个具体的故事和事件的矛盾与纠葛,而只是起一种引出每个具体故事的连缀作用。这个连缀线索的代表者,虽然在每个具体故事开始前都会出现,但只要他们一开口讲述故事,他们的作用也就暂时完成了。他们的再次出现,一般要等到下一个故事开始前了。

前面我已说过,文艺复兴早期出现的意大利作家薄迦丘的小说《十日谈》,很多文学史家对它究竟属于何种体裁的作品常常感到困惑不解,故有人称之为"短篇小说集",有人则称之为"故事集",还有些人干脆用"作品"笼而统之地称呼它。

倘若我们从结构形态学的角度来进行考察,应该说,这是一部结构形式独特的长篇小说。因为它的结构属于"流浪汉小说式"结构模式的变异形态之一种,即"顶接串珠式"。对这部小说的内容,人们均不陌生。它主要讲的是

1348年繁华的佛罗伦萨城爆发了一场可怕的大瘟疫，城中十名青年男女（三男七女）相约一起逃出城外，躲避黑死病。他们来到生机盎然的深山别墅。在这赏心悦目的地方住下来后，他们除唱歌跳舞之外，为打发时光，每人每天轮流讲一个故事作为消遣。他们共住了十多天，一共讲了100个故事。

有些学者之所以断言此部作品为"故事集"或"短篇小说集"，恐怕其根本原因在于，这100个独立的故事本身，并不与讲述者发生情节上的联系；它们均是互不相干的独立的个体存在，每个故事都有特定的人物、矛盾冲突和主题及语境。但是，矛盾也恰恰在这里出现了。这就是，当人们在断言它是一部"短篇故事集"或"短篇小说集"时，却又说它的结构属于深受《一千零一夜》影响的"故事套故事"的"框架结构"。也就是说，100个独立存在的故事是被一个巨大的结构框架聚集联结在一起的。那么，这就涉及到一个十分重要的问题：薄迦丘在写作这部作品时，主观上究竟是要把它写成一部"短篇故事集"呢，还是要写成一部长篇小说呢？答案显然是后者。我之所以如此说，主要原因有三。一是从作家在写作时对作品内容的分类和对故事与故事间联系的运思上看，这部小说故事的分类显然是颇具匠心的。作家常常采用集中描写的笔法，将内容相近的故事放到一两天之内来讲述。如前一天是对男人聪明的赞美，而下一天就可能写女人对男人的捉弄。前一天集中暴露教士的荒淫与无耻，下一天就是对男女青年爱情忠贞的讴歌，等等。这如果没有从内容上通盘的考虑，没有将其写成一部长篇作品的创作意图与打算，恐怕就难以解释了。二是从作品的结构布局上来看，作家是有意识地把这100个故事进行长篇式的安排和结构布局的。就《十日谈》的全部结构而言，10个青年男女实际上构成了将100个故事贯穿连接在一起的中心情节线索。所谓"十日谈"，正是他们谈了10天。所以，众多的故事正是在这个范围内按部就班、有条不紊地写出来的。换言之，倘若没有讲故事连缀，这部作品才是一部真正的短篇故事集或短篇小说集。

有人可能会认为，《十日谈》由讲故事人讲述所形成的作品的框架，只不过是外加的一种构成要素，存在不存在，对整个作品的构成并不发生实质性影响。诚然，在这类结构中，去掉故事讲述人，确实不会影响作品的思想成就，也不会使作品中每篇故事结构布局不完整。但是，果真去掉讲故事的人的话，那么，此书的结构就完全成了另一个样子而非目前的这种形态。那么，作家之所以要把其结构安排成今天这个样子，恐怕结论只有一个，就是作家要把它写成长篇小说而非短篇作品汇集。三是我们很多作品分析者和文学评论家，在评论《十日谈》时，都忽略了一个重要的内容，就是没有谁对该作中的十个讲故事的青年男女的形象特征和存在价值作出说明。其实，作者描写这十个青年男女，并不是可有可无的，而是主要通过他们来展示当时人文主义者风采的。作品中所描写的一个个具体的故事，说到底是为这十个青年群体的形象塑造服务的。若细读这部小说，我们可以看到，当时的人文主义者，主要都是有文化的青年人。他们的生活态度、兴趣爱好、理想情操、道德价值都是通过他们所讲述的故事表现出来的。甚至当时他们之间各自的关注点不同、生活趣味的不同等方面的差异，我们完全可以从他们所选择讲述的故事中看出来。例如男青年潘菲洛（第一天第一个故事的讲述者）和另外一位男青年第奥纽（第三天第十个故事的讲述者）关注的重点和兴趣指向明显不同：前者严肃，关注的是宗教方面的问题；而后者诙谐幽默，关注的是个人的情欲张扬。至于"女王"潘比妮亚无论在美貌、才情、知识还是在领导组织才能等方面，都是当时女性的典范。她可爱又可敬，美丽又智慧，幽默风趣而又情趣高雅，是早期人文主义者理想的化身和载体。

还需要特别指出的是，就其结构本身而言，我认为，它也不是众口一词的"框架结构"。或者说，"框架结构"的概念也不能真正说明《十日谈》的结构特点。我们之所以如此说，是因为它与真正的框架结构作品，例如东方中古阿拉伯故事集《一千零一夜》的结构并不一样。我们说《一千零一夜》是典型的"框架结构"，这是因为，在这部作品中，"故事套故事"的真正含义是，在山鲁佐德讲的大故事之内，还包含着中型故事，中型故事之中，又包含着小故事，甚至在小故事中，还包含着更小的故事。它如同一只完整的洋葱头，剥去一层，还有一层，层层相包，依次相递，从而形成了其独有的结构形态。而《十日谈》却并非如此，它只是在大故事中，包含着同等分量、处于同等结构地位的百余个故事。它不是层层相包，而是在讲故事人的讲述中，串联式地安排了众多的故事。所以，它的结构就不是"框架"形状的，而是"顶接"式的，是靠讲故事人的讲述过程将众多故事纵向排列在一起的。

稍晚于薄迦丘的《十日谈》而出现的英国作家乔叟的《坎特伯雷故事》无

疑也是用"顶接串珠式"结构写成的一部长篇小说。与《十日谈》比较起来，"这种按主题（例如婚姻的主题）组织故事的方法，被故事讲述者通过故事讲述过程的自我塑造观念以及一群带着紧张的社会心理状态的人物明显地加以补充了"。[1]这种进一步注意讲故事人的性格塑造和场景描绘以及作品中听故事人心态的描写，无疑更加强了结构"顶接"因素的功能，从而使作品更充分地展示了长篇小说的风范。恐怕这也就是为什么作品没有写完而常常令人感到遗憾的原因所在吧！假如它果真是一部"短篇故事的汇集"，那么，少写几篇故事又怎么能给人们留下遗憾呢？对此，我国老一辈外国文学翻译家和评论家方重先生，曾经较早地表述了与之类似的看法。他指出："来自各个社会阶层的三十几个朝圣客，他们各自不同的个性和风貌，都在'总引'中有了生动细致的刻画。武士'像一位姑娘那样温和'；游乞僧胡伯脱唯利是图；赦罪僧欺诈成性；年轻侍从是宫廷爱情的具体化身；女修道士'竭力学宫闱礼节'。其他如教会、法律界、医界、商人、手工业者、庄园管事、船手和农民的形象，都各有特色；连牛津的学者和诗人自己也不例外。客店老板哈利·裴莱也是这朝圣行列中引人注目的人物，在次晨破晓时分为大家做'司晨雄鸡'，并且自告奋勇，情愿做他们的向导、指挥和故事的最后评判者。然而有人却不肯听他的调度，磨坊主喝醉了酒'在马背上简直坐不稳'，还要抢着讲他的故事。这类插曲很自然地增强了全部作品的戏剧性，是一般'框架故事'所未曾有过的文艺手法。"[2]这些话，特别是方重先生所强调展示的这些小情节，实际上正是对"顶接"功能的最好说明。也正是看到了这种讲故事人顶接和联缀作用，因此，方重先生才不同意《坎特伯雷故事》是短篇汇集的意见。他曾写道："本书书名原译为《坎特伯雷故事集》，现在觉得这样容易和短篇小说集混同起来，而这本书虽然可以分为二十几个短篇，但是整个作品又具有内在的有机联系，和一般的小说集是不同的。因此，这次删去了'集'字。"[3]

除上述两部典型的"顶接串珠式"结构的长篇小说外，像1559年出版的法国作家玛格利特·德·那伐尔的《七日谈》，以及后来欧洲出版的《后十日

1　[美]韦洛克、沃伦著：《文学理论》，刘象愚等译，三联书店1984年版，第249页。
2　《坎特伯雷故事·译本序》，见方重译《坎特伯雷故事》，上海译文出版社1991年版，第13页。
3　同上书，第18—19页。

谈》等，均属于这种结构形态的长篇小说。

（二）瓜蔓式

所谓"瓜蔓式"长篇小说结构，其主要构成特征是，它虽然有其自己贯穿始终的单一的中心情节结构线索，也有其各自独立存在的一个个具体的故事及场景。但是，这两种结构要素之间的连接，却极为独特。一般说来，它的中心情节线索并不是采用贯穿式的手法将一个个具体的故事连结为一个艺术整体的，也不是采用"顶接"方式构成其结构形态的。而是在中心情节的发展运作中，枝叉叠出。同时，在每个枝叉性情节中，都连接着一个故事。这种结构图型极类似于瓜田里的瓜蔓。用图型显示，大致构成如下：

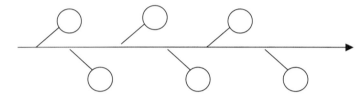

这里，中心的横直线代表着一部小说的中心情节线索；而"\"短线为枝叉线索的象征；○则是一个个具体故事的显示。

作为这类结构最明显的例子是意大利当代著名作家埃塔罗·卡尔维诺的长篇小说《寒冬夜行人》（又译《如果一个冬天的夜晚，一个旅行者……》）。该部作品形式极为独特。作为一部长篇小说，它里面却包容了10部短篇作品。整部小说开局描写的是：一位"读者"正在阅读卡尔维诺的新作品《如果一个冬天的夜晚，一个旅行者……》。但读着，读着，却发现内容走样了。仔细勘误，才发现页码之所以错乱是因为装订中，错把波兰作家巴萨克瓦的小说《马波克村外》混进来了。于是，第二章就成另一部小说的开端。接着在下一章中"读者"又遇到了内容及页码错乱的情况。他在阅读过程中发现竟读起了乌柯的小说《险峻的河岸》。然而乌柯写作中途自杀身亡，使得他又读不下去了。没办法，"读者"和另一个人物"女读者"只好借来了琴周里的小说《不怕狂风和晕眩》。接着又发现译文中被人塞进了比利时的一篇小说《注视黑影凝聚的地方》。正是在"读者"和"女读者"阅读过程的描写中，10篇小说的故事和内容依次展开，书中的人物、情节、环境、节奏不断变化。特别是作品结尾部分，"读者"和"女读者"在这场马拉松式的阅读中成为恋人，结成良缘。

当洞房花烛之夜,"女读者"要熄灯就寝之际,"读者"却说:"稍等片刻,我马上就要读完了卡尔维诺的小说《如果一个冬天的夜晚,一个旅行者……》了。"

我认为,这部小说就其结构形式的本质而言,它仍然属于"流浪汉小说式"结构模式的变异形态。把此部长篇小说构成为一个完整有机的艺术整体的主要因素,仍然是"读者"阅读所构成的中心情节线索。换言之,读者以时间为序的阅读活动过程,是将10部短篇故事联结在一起的主要结构手段。但是,它对"流浪汉小说式"结构(串珠式)的改变也是鲜明的。阅读中经常出现的"差错"在结构本身就是枝叉式的非主要情节线索的出现。一个个具体的故事是由枝叉线索的出现而引出来的,这就极为类似于瓜田里的瓜蔓,主瓜蔓只起到生成枝叉瓜蔓和为其提供养分的作用,而主要瓜蔓和具体瓜果之间的联系主要靠枝叉瓜蔓来完成。这就是说,虽然主瓜蔓和分蘖的枝叉瓜蔓并不是瓜,但没有瓜蔓,瓜也不会长成。所以,我们可以说,以卡尔维诺这部小说为代表的正是"流浪汉小说式"结构模式的典型变异形态又一表现形式。

这里,有个问题尚需提出。国内一些学者曾认为卡尔维诺的这部小说结构形式属于"链环式"结构。[1]对此,我认为尚值得商榷。诚然,这种结构,首尾相接、相合,组成一个大环,但是,却不能说,形成大环的主体部分恰好和链条一样,一环套一环地相连。更不能说,这种结构中的每一个环,都是独立单位,独立成篇,又与下一个环相衔接。之所以如此说,是因为这与作品的实际并不相符。一方面,在这部长篇小说结构中,以"读者"不停的阅读活动所构成的中心情节线索是一直在起作用的,小说结构的构成并不是抛开这条中心线索,仅靠10篇小说各自环扣和衔接而形成的。另一方面,从象征性形式比喻来说,链条从来都是靠各自独立存在的本身环相连接的,从来没有在环之内再有一条铁线。故此,我们可以把中国古典长篇小说《水浒传》前半部分看成是"链环式"结构,而不能说卡尔维诺的这部作品也是如此。再者说,链环式结构从本质上来说,它并非是直线型的结构,而瓜蔓式则恰恰相反。这也就是我们之所以说"瓜蔓式"结构是"串珠式"结构变异形态的另一个原因所在。

(三)串珠与网状混合式

应该说,这种变异性结构在西方长篇小说的结构艺术中,所占比重最大,

---

1 见刘孝存、曹国瑞著:《小说结构学》,光明日报出版社1989年版,第37页。

数量最多。举凡一些经典性作品，如法国作家司汤达的长篇小说《红与黑》《巴马修道院》，福楼拜的《包法利夫人》；英国作家夏洛蒂·勃朗特的《简爱》、劳伦斯的《虹》、俄罗斯作家普希金的《叶甫盖尼·奥涅金》、列夫·托尔斯泰的《复活》等等，均属于此种结构类型。

这种结构类型的突出特征表现为：（1）它们都具有一条典型的贯穿整部作品始终的强有力的中心情节线索，并且构成这一中心线索的人物活动又是直接参与到每一个具体事件中去的；（2）与典型的"流浪汉小说式"的结构相比，它的每个具体故事相对来说，外延性较大。它自身常常构成包容着众多人物活动的小型的网状结构；（3）在中心情节线索统筹下，它呈现出对一系列小网状故事的纵向串连，也就是说，整个作品结构是由一条中心情节线索依次向串联起诸多"网状"故事形成的。图示如次：

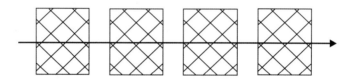

这种结构可能会引起人们的误解，认为它应当属于"巴尔扎克小说式"（网状）结构的变异形态。而我则认为，在这种结构中，起基本作用的仍然还是中心情节线索，仍是中心线索对诸多相对独立故事的串连。

这种结构的最早变异形式出现在英国18世纪作家菲尔丁的长篇小说《弃儿汤姆·琼斯的故事》中。如果说，他早于此时写成的长篇小说《约瑟夫·安德鲁斯的经历》，还是一部典型的"流浪汉小说式"（串珠式）结构构成的作品的话（关于这一特点，我想，其他方面的理由姑且不举，仅从其原作全名《仿效〈堂吉诃德〉的作者塞万提斯的风格而写成的约瑟夫·安德鲁斯和他的朋友阿伯拉罕·亚当姆斯的冒险故事》的提示，就可以看出他在写这部小说时对"流浪汉小说式"结构的明显偏爱），那么，他在1749年完成的这部小说，则在结构上体现出了鲜明的变异性特点，展示了其作为典型"串珠与网状结合式"结构特色。

《弃儿汤姆·琼斯的故事》被人称之为"英国18世纪社会的散文史诗"。全书共18卷，中心情节是描述了弃儿汤姆·琼斯的生活遭遇和恋爱故事。可以说，汤姆·琼斯的生活遭遇和个人活动历程构成了全书最基本的情节主线。但是，他的生活经历又明显发生在三个不同的场景之中，即作家浓墨重彩地分别叙述了主人公在乡村、在逃往伦敦的路上和在伦敦城里的活动。这三个场景的细致描写，实际上是作家为读者讲述了三个精心编制的故事。而在这每个故事中，又都体现出了多种情节线索的运动和交织。以汤姆·琼斯活动的第一个场景——乡村场景——为例，在这个场景中，除了有受乡绅奥尔华绥抚养的弃儿汤姆·琼斯活动线索外，还有邻村乡绅魏斯顿的女儿苏菲娅的线索和奥尔华绥的外甥布力非的线索。三条线索又紧紧纠缠在一起，例如汤姆与苏菲娅相爱及布力非的挑拨破坏，终于导致汤姆被赶出家，被迫出走。汤姆的出走，其实质是在前一个故事写完后，中心情节线索的继续延伸。延伸之后引出了从乡村到伦敦路上的场景。在这个场景中，理发师（实则是教师）帕特里奇、沃斯特夫人以及逃婚外出的苏菲娅与汤姆等人的活动又构成了新的线索和纠葛。接下是伦敦场景，汤姆到伦敦后，被迫与放荡的贵妇贝拉斯顿夫人同居；苏菲娅险遭毒害；布力非的重新设计诬陷汤姆以及帕特里奇和沃斯特夫人对他的帮助等，又形成了新的情节线索的纠缠。由此我们可以看到，《弃儿汤姆·琼斯的故事》这部小说的结构，呈现出了"串珠与网状"相结合的崭新形式。

司汤达的著名长篇小说《红与黑》，其中心内容是讲述了不甘平庸的青年人于连·索黑尔的野心形成过程及其向上爬的经历和悲剧。可以说，正是他的活动过程构成了全书结构的基本骨架。然而，他的活动也是在明显的三个场景中进行的。即外省小城维立叶尔、省城贝尚松和首都巴黎。在每个场景中，都活动着诸多的不同人物，交织着诸多新的矛盾。例如，在维立叶尔城里，除于连的线索之外，还有德·瑞那夫人的活动描述，也有德·瑞纳市长与济贫所所长哇列诺的斗争，以及罪恶的马士农神父和善良的西朗神父之间的矛盾。正是这些众多情节线索的交织，从而使得在于连行动构成的这一段情节上，呈现出了完全立体网状的画面。随之在贝尚松神学院，围绕于连出现的线索也构成了新的网状形态。他离开贝尚松神学院，来到首都巴黎，对他在巴黎场景的描写也是如此。在巴黎，不仅有于连与德·拉·木尔侯爵之间的矛盾，也有他与侯爵女儿玛特尔小姐的矛盾，还有与其他贵族子弟的矛盾。这诸种矛盾导致了结构构成上的多条情节线索的有机结合，从而造就了网状式结构的形成，而这一个个"网状"结构构成的小故事，当被单一的中心情节线索贯串起来之后，就变成了典型的"串珠和网状混合式"的结构形态。

上述论述，是我们对西方长篇小说中有关"流浪汉小说式"的结构变异形式所进行的粗略观照和考察。由于其变异状况的复杂性，我们很难将其他的形态——列举。但仅仅从上述主要变异的形态中，我们也可以得出一个极有价值的结论："流浪汉小说式"的结构模式具有着强大的母体结构特质和繁殖其他纵向结构形式的能力。只有把握了这一基本结构模式，我们才能对其变异形态作出得心应手的解释。

第二节　"巴尔扎克小说式"结构的变异形态

文学作品的生命在于个性，结构艺术本身也不例外。如同"流浪汉小说式"结构自诞生之日起，就不断地发生着演进与变异一样，作为另一种较有影响的西方长篇小说结构的"巴尔扎克小说式"模式，也在不同的作家手中，追求着自己存在的个性形式，从而导致了其结构相近的和变异形态的出现。

"巴尔扎克小说式"结构模式，如前面所言，是典型的以一段时间内多情节线索交织纠缠的"网状"形态。那么，它的结构形式所发生的变异，一般都是在多种情节线索交错演进的基础上发生的。它的主要变异形态表现在以下几个方面。

（一）编辫式

在这种变异型的结构形态中，常常存在着至少两个或两个以上从头至尾、贯穿整个作品始终的主要情节线索。而这些线索又基本上是交叉缠绕在一起，犹如姑娘们所梳成的一条长辫子。多条情节线索齐头并进，相互牵制，相互渗透。常常是你中有我，我中有他，他中有你，全无分割孤立之感。具体来说，它的结构图型大致显示出如下形态：

在西方文学史上，这种结构形态的长篇小说佳作，当属俄罗斯著名作家费多尔·米哈依洛维奇·陀思妥耶夫斯基的《白痴》。这部小说的结构安排颇富艺术匠心。作品中的三个主要人物，即梅思金公爵、百万富翁柏尔芬·罗果静和孤女娜司泰谢的命运构成了其作品贯穿始终的完整的三条情节线索。

先说梅思金公爵的情节线索。作品昭示，他本人虽然是个癫痫病患者，但热爱俄罗斯，富于同情心。作品从他怀着对祖国的向往，从国外回到俄罗斯写起。然后写在一个偶然的机会，在娜司泰谢的生日前夕，认识了她，并对她的不幸遭遇表示了深刻的同情。在娜司泰谢的生日晚会上，他虽然没有受到邀请，却不请自来。当富商罗果静带来10万卢布要娶娜司泰谢为妻的时候，梅思金突然宣布："我想娶你，因为你是一位纯洁的女人。"当娜司泰谢不愿伤害梅思金而拒绝了他的求婚之后，并没有影响他对她的一片真情。后来，他几次接待了因受罗果静的摧残而求助他的娜司泰谢，并不断去拜访她，从而使罗果静杀机顿生。此后经过一系列变故，二人终于决定结婚。然而就在婚礼上，娜司泰谢又出于不愿连累梅斯金的心理，再次随罗果静而出走。当第二天公爵赶到彼得堡，看到的却是被罗果静杀害后的娜司泰谢的尸体。娜司泰谢死后，由于他癫痫病的不断发作，只好又重回瑞士治病去了。

再说罗果静的情节线索。如同梅思金公爵的情节线索是从始至终，贯穿了整部作品结构的话，罗果静的情节线索也是如此。作品是从他刚刚继承了父亲的百万遗产，成为富有的商人后去彼得堡向娜司泰谢求婚开始写起。到彼得堡后，在娜司泰谢的生日晚会上，他出钱欲将其据为己有，最后并将娜司泰谢领走。但当他发现娜司泰谢心在梅思金公爵身上，于是恨透了公爵，甚至想要杀死他，并不断地跟踪尾随，寻找下手的机会。当他利用娜司泰谢的善良，从婚礼上再次将其从梅思金公爵身边领走后，马上杀死了她。结果在小说最后，作家写到，经法庭审讯，他被判处15年徒刑，并流放西伯利亚。

小说中第三条贯穿全部作品始终的是女主人公娜司泰谢的情节线索。作品交待，她是一位被侮辱和被损害的不幸者。虽出身贵族，但因家庭破产和双亲早逝，6岁时被地主托茨基收养，长大后又被奸占。作品从其被奸占5年后写起。托茨基为了达到与叶潘钦将军女儿结婚的目的，与将军合谋，欲以75000卢布的陪嫁，将娜司泰谢嫁给将军的秘书笳纳。她与梅思金公爵的相遇，留下极为深刻的印象。在生日晚会上，她拒绝了笳纳的求婚，并将罗果静带来的10万卢布扔进了火炉，还对笳纳等人进行了尽情的捉弄。但她与罗果静离开后，并没有同用金钱买她的罗果静结婚，而是对梅思金公爵怀着深深的感情。出于对公爵的爱，她一直想尽办法，要促成梅思金与叶潘钦将军三女儿阿格那耶的婚事。但由于阿格那耶的误解，至使娜司泰谢在一次争吵中，晕倒在梅思金公爵的怀里。从此二人感情日浓。然而在婚礼上，由于其不愿让不纯洁的自己和纯洁的人结合而让对方作出牺牲，再一次离开公爵，随罗果静而去，结果最终被罗果静杀死。

从上面我们对三条线索的勾勒中，虽然其间有些重复，但旨在说明在这部长篇小说中各自情节都具有本身线索的完整性和统一性。而重复的部分，又恰恰体现了这三条情节线索的交织和纠缠的特点，从而形成了"辫式"的构成形式。在这里，我想强调指出的是，小说的开头和结尾两个场景极为出色，三条情节线索各自的前后呼应和纠缠的特色极为鲜明。从开头来看，小说一开始就展示出了三条情节线索的缘起。在一趟由华沙开往彼得堡的列车的一节三等车厢里，一位二十六七岁的男青年梅思金公爵正与一个富有的青年商人罗果静交谈，而谈话的主要内容是罗果静正爱着的一位名叫娜司泰谢·费里帕夫娜的小姐。也就是说这种描写方式从作品伊始，就把三条情节线索都引出来了。再看小说结尾，当罗果静将娜司泰谢带走后，梅思金找到他们，发现娜司泰谢已经被罗果静杀害。于是，当天晚上，他俩分别睡在娜司泰谢尸体的两旁！前面的场景如果说交待了三条情节线索的缘起的话，那么，结尾的场景就昭示了其各自线索的结局。

除开头与结尾两个编织结之外，本书中较大的编织点还有"娜司泰谢的生日宴会""梅思金公爵去罗果静家里探望娜司泰谢"以及"公爵与娜司泰谢举行婚礼之际的变故"等场景。在这些编织点上，不仅三条情节线索的代表人物均出场并发生了种种矛盾纠葛，而且还有其他的次要人物线索参与其中，从而推动着整个情节线索的演进。而纠葛过后，人物不同的活动，又使情节线索又由扭结变成了分头发展，由此形成了典型的辫式构成的结构形态。

应当指出的是，这种结构虽然是从"网状"结构演化和变异而来的，从本质上体现出了"网状"结构的多情节线索相互交织的底蕴，但是，它自身的特征也是极为明显和独特的：（1）在这种结构中，与"巴尔扎克小说式"结构的明显不同在于，它必须要具有两条或两条以上的不间断的，尤其是不能随意中止的中心情节线索。例如，在巴尔扎克的《高老头》中，虽然开始有鲍赛昂子爵夫人、外逃苦役犯伏脱冷、泰伊番小姐等多条线索，但是，他们的线索却都提前结束了，这就不是"辫式"而是"网状"了。几条主要情节线索的一贯到底，恐怕是人们理解和运用"辫式"结构的首要条件之一。（2）在这类结构中，每一个"扭结"的编织基本上都要求多条中心情节线索的共同参与，缺少任何一条中心情节线索都会使其"扭结"显得松散。这实则也显示出，在典型的"巴尔扎克小说式"的"网状"结构构成的长篇小说中，情节线索在某一点上的交织纠缠并非需要几条情节的同时出现，恰恰相反，它更注重中心情节线索和次要线索之间的编织，从而形成网状型。（3）虽然在严格的"辫式"结构中，有时也有一些枝杈线索的出现，但其数量与网状结构中的枝叉性情节相比，要少得多。更重要的是，这些枝叉性的情节线索，往往只在"辫式"结构的编织结上出现，起一定的粘合作用；而在"网状"结构中，枝叉线索不仅可以随时出现，而且可以随时将二个枝叉情节系结在主干情节的任何一点上。

最后，需要说明的是，"辫式"结构并非一定要三条一贯到底的中心情节线索的交织，有时两条，有时可能四条或更多，只要符合上述的特点，我们均可以称之为"辫式"结构。

（二）多扇屏风式

这是"网状"结构的第二种变异形态。"多扇屏风式"，又可以称为"多网状组合式"。也就是说，在这种结构构成中，虽然就整体来看，毫无疑问，是呈现出多情节线索的有机交织的，但是，这种网状结构却没有成为完整的、铁板一块的形态，而是由不同的几个小网状结构排列组合成了一个较大规模的、具有一定长度的大网状形态。用图型显示，它大约呈现出如下形状：

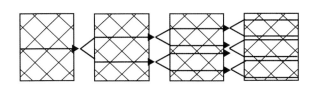

这个图形极为类似于我们生活中经常见到的多扇屏风。我们知道，屏风有单扇和多扇之分。多扇屏风是由一个个单扇屏风组合而成的。但要害在于，多扇屏风的组合，是依据其中内在的一些东西组成的。例如，大多数多扇屏风（不管由多少独立扇面组成）中都画有一个完整的故事，或者较为完整的山水图样，因此，它们在被组合时，都是按照屏风上所画故事（或山水）的前因后果或来龙去脉将其组合成一个完整的艺术品的。表面貌似无联系，其实内在联系更为紧密。

在人们所读过的众多的西方长篇小说中,"家族小说"的艺术成就常常给人们留下极为深刻的印象。在这类长篇巨著中,作家往往通过一个家族中的几代人在漫长的历史时间跨度内的荣辱沉浮,反映和表现某个阶级、阶层或集团的历史命运。这样,我们一说到"几代人"的概念时,其实质就蕴涵着在这类长篇小说结构的构成中,难以出现一条贯穿始终的中心情节线索。一般说来,这类小说常常出现的较为惯常的写法是:先写老子一代的命运和生活及其围绕他产生的种种人际关系;老子死后,再写儿子以及围绕着子一代所构成的诸种矛盾;儿子死后,接写的是孙一辈的生活和奋斗以及结局。老子——儿子——孙子的依次递进与连接排列,加上围绕着每一阶段中心人物所进行的诸种关系的描写,就使得多网状组合的"多扇屏风式"结构特征表现得极为明显。

这种结构艺术作品的佼佼者,当属于英国著名作家约翰·高尔斯华绥的长篇小说《福尔赛世家》;德国作家托马斯·曼的《布登勃洛克一家》;俄罗斯文学大师高尔基的《阿尔达莫诺夫家的事业》和法国现代作家马丁·杜·迦尔的长篇巨著《蒂博一家》以及美国女作家赛珍珠的《大地》等等。

对高尔基《阿尔达莫诺夫家的事业》结构的细致剖析,将给予我们把握其这种结构艺术的特点及其成就以新的启迪。1926年初,在这部小说刚出版以后不久,俄罗斯另一位著名作家费定曾对这部长篇小说的"结构"提出了批评:"阿尔达莫诺夫家'事业'的基础,它的最初步骤,大约占了7年,就是说,至70年代之前,'事业'已经转动起来。这一部分的描写就用去半本书的篇幅,而另外半本书则容纳了47年(当然是大约计算的),并且在这47年里发生了从题材上看是最重要的事件:'事业',渐渐变成了当事人,'事业'挫败了那些创造它的人。我认为,结构上的这一缺点明显地影响了结尾的效果:这本书的结尾部分是较为图式化和较为枯燥的。"[1]尽管后来的一些研究者也沿用了这一意见,认为小说的结构是"头重脚轻",但是,当我们将它看作是一种"屏风式"结构,从而对其进行考察时,便会发现这部长篇小说其实在结构构成上存在着强烈的合理性,其间包含着高尔基深邃的艺术匠心。

这部小说实际上是由三幅相对独立的"网状"结构画面构成其总体结构

---

[1] 转引自[苏]高尔基著:《高尔基全集》(第18卷),科学出版社,莫斯科1937年版,第513页。

的。它的第一个网状部分来自于对阿尔达莫诺夫家"事业"创始人伊利亚创业及经营活动的描写。从全书中交待的时间看，他的活动时期大约仅有10年左右的时间。即开始于农奴解放后大约过了两年的1863年，终止于1872年他在一次同工人们一起搬运蒸汽锅炉时因用力过猛导致吐血而死。在以伊利亚为中心情节线索的这一部分中，作家还围绕他的活动安排了其他一些线索。例如，巴依玛科夫县长的惊吓病死；伊利亚的大儿子彼得与县长女儿娜达莉娅的婚事；县长遗孀乌里扬娜·巴依玛科娃与伊利亚的同居并成为了"事业"的帮手；阿尔达莫诺夫家的扫院人吉洪诺夫·维亚洛夫消极的人生处世方式等等。同时还有城里人对他的惊异与不解以及三个儿子彼得、尼基达与阿历克塞的伏笔。而这些线索，又无不相互纠缠、相互联结、相互推动和制约。具体说来，正是由于老伊利亚来到德略莫夫（俄文意思为"昏昏欲睡"——笔者）城，才引起了城里人，包括县长巴依玛科夫的惊诧。而他粗鲁地为儿子求婚的直接后果是县长的受惊而死和他霸占了县长遗孀。可正是在县长遗孀的帮助下，他的"事业"才迅速而蓬勃地发展起来并导致了诸如木工、瓦工等人物与他的紧密联系，从而使作品第一个"网状"结构得以形成。老伊利亚的死，他的儿子一代开始掌管并发展"事业"，开始了小说布局中的第二个"网状"形式。在这个结构层面上，主要包含着其长子彼得的故事。他虽然继承了"事业"，但对"事业"的厌恶和冷漠，使他无法成为"事业"的合格继承人。在这个结构网络中，也包含着彼得两个弟弟的故事。尼基塔与"事业"几乎无任何联系，他力图在"事业"的喧闹氛围中为自己找到一块平静的避风港。而伊利亚的小儿子（其实是过继给他的一个外甥——笔者）阿历克塞，是实际上继承了伊利亚的衣钵，并以比其父有过之而无不及的贪婪、精明和掠夺欲、占有欲真正使"事业"不断扩大。同时，这里的情节线索还有彼得的儿子伊里亚和亚科甫的活动；阿历克塞的儿子米隆的活动等。阿历克塞的猝然离世和彼得从"事业"中逐渐被排挤出来，标志着第二个"网状"结构的终结和第三个"网状"故事的开始。在最后一个网状结构布局中，米隆的命运、亚科甫和伊利亚的行动以及工人莫洛佐夫的第三代扎哈尔的活动等再次纠葛和交缠，从而形成了另一个纵横交错、立体式小结构网络扇面。

值得说明的是，正如任何屏风的每个单扇与单扇之间，均有"合页"将其连接或联系在一起一样，在采用这类结构创作而成的长篇小说中，每一个独立"网状"结构，也是通过作家巧妙的情节线索的伸展和安排将其连接成为一个完整有机艺术整体的。这种结构与"流浪汉小说式"结构的变异形态"顶接串珠式"明显的不同之处在于:"顶接串珠式"结构中对每个独立场景的连接是靠中心情节线索的代表者的讲述实现的,而此种结构则是以中心情节线索不断的更换、伏笔来完成的。换言之,是以在前一个网状结构中设伏的次要情节线索逐渐上升为主要情节线索,从而取代在上一个场景中占支配地位的线索来达到其连接目的的。例如在《阿尔达莫诺夫家的事业》中,第一个场景中的主要人物老伊利亚之死,就造成了该场景中的中心情节线索的终止;而在这一场景中处于次要地位的彼得、阿历克塞等线索,则在第二个场景中处于结构中心情节的地位。依此类推,造成了此类结构连接艺术的独特形态。

对这一结构形式掌握得极为纯熟的无疑是哥伦比亚小说家加西亚·马尔克斯。他在其代表作《百年孤独》的结构上,为多扇屏风式结构提供了经典范例。我们知道,《百年孤独》的结构中贯穿着一条明显的故事线索,这就是布恩蒂亚家族始终对近亲结婚会生出长"猪尾巴"孩子怀有的深深恐惧。这种恐惧作为小说的内在精神线索,一直贯穿于作品全篇情节之中,并成为将小说中多扇面链接在一起的"合页"。从布恩蒂亚家族第一代霍·阿·布恩蒂亚和表妹乌苏娜结婚开始,"生出长猪尾巴的孩子"这种恐惧就如同笼罩在心头的阴霾挥之不去,并且一代一代地影响着他们的行为。小说从布恩蒂亚家族前一代生下长"猪尾巴"孩子的传说,到这个家族第六代终于生下一个长"猪尾巴"的第七代的现实,实现了小说结构上的完整。另外,梅尔加德斯的"羊皮书"手稿在小说结构中也起着重要的作用。"羊皮书"用神秘文字记录下了布恩蒂亚家族的兴衰历史,指示着它未来的命运。布恩蒂亚家族每一代都有人在努力破译手稿中的神秘含义,但都没有结果。直到第六代子孙奥雷连诺·布恩蒂亚看见自己长了"猪尾巴"的儿子被蚂蚁吃掉的一瞬间,才猛然领悟了"羊皮书"手稿中的含义。"羊皮书"在作品中也起着一种结构全篇的线索作用,它和布恩蒂亚家族的"恐惧"这条线索一暗一明、一虚一实,相互印证,遥相呼应,体现出小说艺术构思上的整体性。

美国当代著名学者,曾执教于加利福尼亚州立大学洛杉矶分校的利昂·塞米利安教授指出,在这种结构的长篇小说中,"一个故事通常包含着一种变化或者发展,这种变化和发展是从潜在的状态到实在的完成,从一个不稳定的平衡到另一个不稳定的平衡,后继的变化中包含着先前的变化"。[1]在"多扇屏

---

[1] [美]利昂·塞米利安著:《现代小说美学》,宋协立译,陕西人民出版社1987年版,第100页。

风式"结构中，正是在每一个小网状的不稳定的平衡中，通过巧妙的连接，达到了总体结构上的平衡。

这种"多扇屏风式"的结构，最容易造成的是类似"编年史"式的艺术效果。情况常常是，随着中心情节线索的每一次转换，以这个情节为核心所描写的一段错综复杂的历史就结束了。而随着以新的中心情节线索为核心的画面或场景的展开，一段新的历史又将浓墨重彩地上演。这样，两个场景间如果没有情节线索上的本质联系，没有描写事件本身内在的时间连续性，这种结构就不能成立。而一当小说家要注意这种事情发生的时间上的联系，就必然会带"编年史"式的艺术效应。

在西方长篇小说的艺术实践中，我们还会看到，这种"多扇屏风式"的结构不仅可以在一部作品中表现出来，甚至它也可以将一个作家所创作出来的众多作品联结成一个巨大的"屏风"。巴尔扎克的《人间喜剧》、左拉的《鲁贡—马卡尔家族》，就是分别由90余个独立的"屏扇"和20个"屏扇"组成的两个规模宏大的"屏风"，而其各自"人物再现手法"的精妙运用，无疑是将其众多"屏扇"巧妙地连结起来的"合页"！至此，我们可以说，无论谁，要想像巴尔扎克、左拉一样，也要把自己的作品变成一个《人间喜剧》那样的大厦，那么，在结构艺术上，就必须要洞悉和把握"多扇屏风式"结构艺术的精髓。

第三节
"意识流小说式"结构的变异形态

西方现代主义文学在艺术发展中的一个重要表现是其多样化的追求。诚然，艺术上的多样化追求是其兴旺发达的标志。任何一成不变、墨守成规的模式都将有害于文学的发展。纵观西方现代主义文学发展的历史，其流派之多、手法之多，是前所未有的。其中小说艺术，特别是长篇小说艺术的此兴彼衰、彼兴此衰的变化更迭之快，也是空前的。正因为如此，长篇小说的结构艺术——至少在表面上——也呈现出纷繁复杂的局面。

然而，当我们对众多西方现代主义长篇小说作品的结构形式作一番归类，并探究其构成底蕴的时候，就会看到，在这种貌似多元的结构形式中，实际上存在着结构变异的极其简单化的事实。即一方面，无论有多少些结构的构成形式，究其根底，它们都是"意识流小说式"的"蛛网状"结构模式发生变异的结果。换言之，从人的内心出发，遵从人的内心逻辑而不是客观事物的外在逻辑，打碎人物事件原有的样态，在心灵中进行重新组合，是现代主义作家创作的共同追求。另一方面，这种结构模式变异后呈现出的结构基本特征都具有着"拼板式"构成的意味。因此，我们说，"拼板式"结构形式是"意识流小说式"结构模式主要的变异形态。

所谓"拼板式"结构的概念，是笔者受一种儿童玩具的启发而提出来的。这种结构形式的主要特征或基本含义在于，它是由许多相对独立的板块部分（并非是一个个完整的、有头有尾具体故事）进行巧妙排列组合而形成的现代主义长篇小说结构形式。其中每一部分板块和另一个或几个乃至十几个板块相拼合，使之成为一个艺术结构的整体。而其中任何一个部分，都可以任意调动，进行重新的组装或连接，从而形成另一种结构图形。这种结构形式，如同儿童智力玩具拼图板。大家知道在这种儿童玩具中，尽管其中各自独立的板块形状不一，大小不同，但完全可以根据其组合方式的变化，拼接出画面各异的图案来。

这种"板块式"结构，由于其拼合的方式不同，大致呈现出下述几种具体的拼装形态。

第一种是几个具体而又相对完整的场景（或故事、思绪群、意象群等）组合成一个完整的结构体。各个部分之间仅体现为并不复杂的并置、组合关系，而不体现为事物间的逻辑联系和结构上的外在联系。这种拼板式结构，又可以称之为"七巧板"式结构。近年来，国内外的一些学者，对这种结构形态做了很多深入研究。如刘孝存、曹国瑞等就曾在他们的论著《小说结构学》中，对此种结构的形态及其特点，做过极为贴切地说明。他们指出："'七巧板'是一种玩具。以薄板或厚纸裁成不同形状的七块小板块，组成一个正方形。打破这个正方形，这七块小板还可以随意排列、组合，拼成多种图形。'七巧板结构'正如七巧板一样，它是由众多形状的'板块'（情景、场面、人物及人物活动）拼合而成的一个整体（一部小说）。"这也就是说，在采用这种"七巧板"式结构创作而成的一部长篇小说作品中，作者可以根据表达内容的需要，对诸多板块式情景、场面等，加以调动、调整和组装。即使作家在一部小说已经完成之后，如果愿意的话，仍可以将其中的全部章节或部分章节重新进行安排，造成新的结构形状。克罗德·西蒙和威廉·福克纳的两部作品，就是这种"七巧板"式结构形式的典型代表。

西蒙的小说《三折画》是由三个互不关联的场景中发生的事件构成的。我们可以把它们看成是三大板块。第一个场景中的事件发生在法国中部一个小村庄，一个男孩在做一道几何练习题；他透过窗户看到一位老太太正在宰杀兔子；他去找自己的伙伴，试图把两段旧电影胶片还原成一部电影；一个少妇将自己照看的小女孩托给两个男孩照管，两个男孩又将小女孩交给三个女孩；两个男孩在河里洗澡、垂钓，后来看到少妇与一个农工在谷仓里做爱；最后，小女孩因为没有人照管，结果掉进河里淹死。第二个场景发生在北方一座城市的郊区，一群青年走进一家咖啡馆庆贺一位同伴的成婚，新郎在咖啡馆与电影院之间的甬道上找到咖啡馆的女招待——他从前的女朋友，两人在雨中紧紧拥抱，贴着墙壁交欢，后来发生争吵；新郎喝酒太多，跟跟跄跄走开，后面跟着另一个男子，他似乎也对女招待感兴趣；新郎与他殴斗，然后回到新娘正等着他的旅馆，躺倒在床上。第三个场景是在蓝色海岸的一幢豪华旅馆里，一个女人赤身裸体躺在床上；她的儿子离开中学时因为随身携带毒品而被逮捕，为了得到一个议员的保护，她委身于他，但没有结果；女人请一个英国口音的男子帮忙，他大概是她的情人，很有钱，买通了负责调查的委员会成员；在咖啡馆的后厅，罪证（四小袋麻醉品），与一包钞票相交换；由于缺乏证据，少年得到释放；他母亲服了催眠药沉沉入睡，英国口音的男人坐在一边玩七巧板，然后愤愤地一下全部推倒。作品至此结束。

在这部作品中，三个没有任何表面联系的外在场景和生活画面，构成了三个独立的板块。正是这三个板块的拼接，使小说形成了一种每部分既自成格局，独立完整，而整体又浑然一体的结构形态。在这部小说中，假如我们将三个部分进行一番重新排列组合，恐怕也不会影响结构的完整性，甚至不会影响到人们对作品内容的理解。

就美国著名小说家福克纳的长篇小说《喧哗与骚动》的结构形态而言，毫无疑问，它也当属于这种板块式的拼合结构。小说中四个人物（班吉、昆丁、杰生和迪尔西）的思绪流程和叙述，构成了结构上的四个独立部分，或四大板块。作家巧妙地围绕着一个中心，将其拼接在一起。如果说，这部小说每个独立部分的排列与拼接与西蒙的《三折画》有什么不同的话，我认为，它不过是更规则些罢了。

不仅如此，类似这种拼板式结构类型的小说还有西蒙的《佛兰德公路》、美国作家冯尼格的《第五号屠场》等等。

第二种是几个相对独立的大板块本身又被分为众多小板块，由这些小的板块相互间混乱的无规则穿插，形成各大板块之间你中有我、我中有你的混杂组合。举例来说，美国著名"黑色幽默"小说家约瑟夫·海勒的长篇小说《第二十二条军规》，就是这种拼板式结构的代表性作品。《第二十二条军规》并没有完整的故事内容，它只是通过地中海一个叫"皮亚诺札"的小岛上美国空军基地中四十余个人物的言行以及他们生活中的境遇，反映和揭示了现代西方社会的荒诞本质。在这部小说中，出现的场景、人物较多，并且每个人物都有其较为相对独立的故事。整部小说由42个章节组成，几乎每个章节都侧重写一个人物（至少还有3个重要人物未被列为专章）。但又以上尉投弹手尤索林的行为贯穿始终，把各个人物和各式事件串连起来，使整部小说保持了一种既松散又统一的格局。

其中，小说结构中构成较大"板块"的故事有：以主人公尤索林的命运遭遇组成的"板块"；以野心勃勃的卡斯卡特上校的心态、行为自成一体的"板块"；以好战成性、负责空军军官操练的斯克斯考夫思想和动作组成的另一"板块"；还有以伙食管理员米洛走私、假公济私等活动组成的又一"板块"……。这些大的板块，一方面因其相互组合，共同拼成了小说结构的有机整体，但是，另一方面，这些各自独立的板块又被劈成了一个个板条，各个板条间又相互穿插。例如，尤索林的活动，总是与其他几个人物的故事有意无意地交织在一起。常常是在某一部分中，尤索林的某个具体的故事还没有讲完，其他人的故事就插进来了。而插进来的故事刚描写不多，尤索林的故事又被讲述起来了。结果，在一个场景中，哪一个故事都不是一下子讲完的，是由多个破碎的故事穿插组合而形成的。

拼板式结构的第三种类型更为复杂。在这种类型的结构中，板块已化为碎片，具体的场景、故事、人物已完全被打碎，组合本身已变得更无章法可循。结构过程实则成了一种"洗扑克牌"式游戏。例如新小说派作家之一的马可·萨波尔达，在1962年创作出版的一部小说，全书虽有150页之多，但没有装订，也没有页码，全部都是像扑克牌一样。读者可以按顺序从头到尾读完一遍之后，"像洗牌那样洗一下"，再从头开始阅读，这就可以得到另一种面貌的小说了。这样的例子还有英国当代小说家B·S·约翰逊的小说《不幸者》和阿根廷小说家胡·科塔萨尔的《妈妈的信》。《不幸者》的内容主要写一个人到一个城市里去报导足球赛，这座城市有他的一个好朋友于两年前患癌症死了。小说打破时间限制，把对朋友的回忆和足球赛的报导任意交织在一起。在结构上，作者把书写成一个一个独立的部分，不装订，分散装在一个盒子里。除第一部分和最后一部分外，其他部分可以任意排列，读者可以任意阅读。《妈妈的信》主要写的是一个长期客居海外的主人公接到妈妈来信之后的种种感受。其中诸种思绪，如对祖国、故乡和母亲的思念，对往事的回忆，特别是由于妈妈写错了名字而引起的困惑和不安等，交织于一炉。读者可以从这部小说的任何一段读起，不必担心因排列顺序颠倒而损害主题。菲利浦·索莱尔在1965年写成的《数目》，别出心裁地按照 $(1+2+3+4)^2=100$ 的数式，凑成100个章节；每四节相当于四边形的四条边，为一群，全书共25群；每节又一个中断，每群一个循环。以此构成了令人眼花缭乱的小说结构。这种结构实则已经变成了一种数学游戏。

这种作品结构的构成方式以及构成形态，我们在超现实主义作家的创作中也可以看到。他们采用的所谓"精美的尸体"游戏创作的作品，在结构上也具有上述的构成特征。

上述"板块式"结构的三种主要形态，在不同的小说家那里，恐怕在运用时，并不一定像我们上面所划分的那样泾渭分明。但不管怎么说，西方长篇小说的实践毕竟给人们提供了对此划分的客观基础，而这一划分也大致能说明问题。

但是，问题恐怕并不在这里。对笔者提出的认为"拼板式"结构是"意识流小说式"的"蛛网状"结构的变异形态的看法，可能有人会从两个方面提出质疑。

一方面是，众所周知，西方现代派文学中出现的流派极其众多，而每一个流派都有自己独特的艺术表现形式，同时，也都有自己独特的结构作品的方式，甚至在属于同一流派的作家之间，由于均在标新立异，追求独特性，作品结构的面貌也不会一样。这就更无须说一个作家前后创作的小说也可能会显示不同的结构特色了。那么，我们仅用"意识流小说式"的"蛛网状"结构和其变异形式"拼板式"结构两种构成去涵盖说明它们，这符合作品发展的实际吗？更何况有些学者早就指出过，在现代主义小说中，除了有"蛛网状"结构、"拼板式"结构之外，尚有"迷宫式""立体式""牛排式"等等多种多样的结构方式和构成形态。

对此，我认为，对某种结构模式及其变异形态的考察，必须要立足于整体而非局部、一般而非个别。我们前面之所以认为"意识流小说式"的"蛛网状"结构是西方现代主义长篇小说结构构成的基本形态，根本原因在于，这种结构构成可以解释和说明众多的长篇小说结构艺术。同样，我们将"拼板式"结构之所以看成是"蛛网状"结构的主要变异形态，是因为，这种结构也可以涵盖除"蛛网状"结构之外的众多长篇小说形式特征。尽管假如采用"迷宫式"结构概念，我们也能说明一大批小说的结构构成特点，但它却很难和"蛛网状"结构形态区别开来，因为每一部现代主义小说结构，均类似一座迷宫。这样，"蛛网状"和"迷宫式"两种结构之间的差别就难以说清楚了，然而它们之间的结构构成的差别又是不能否认的事实。至于其他的结构形态命题，由于也只能说明一些个别作品的结构形态，构成不了一种模式，故将这些看成是"蛛网状"结构的主要变异形态，理由似乎也显得不充足。

另一方面是，有些学者可能会提出这样的疑问："意识流小说式"的"蛛网状"结构主要描写的是人下意识和潜意识的流动乃至人无意识"生命本能"的冲动，是以表现对象"自我"为中心，并通过人思绪的辐射构成其作品；而"拼板式"结构，主要通过诸多板块间的组合构成完整的艺术整体。那么，它们之间的"变异"关系究竟体现在哪里呢？二者之间有共同性特征吗？

我认为，我们之所以把"拼板式"结构看成是"意识流小说式"的"蛛网状"结构的变异形态，根本原因在于，这种板块式结构的排列组合，同"蛛网状"结构一样，也不是以外在的逻辑关系进行的，而是以人的思绪流程为主要排列根据的。换言之，是以叙述者的内心世界作为众多"板块"排列的出发点与结构核的。举例来说，尽管福克纳的《喧哗与愤怒》是由四个独立的部分（板块）构成其整体结构的，但又有谁能否认它们是作家本人思绪流程的不同侧面的反映呢？再如，西蒙的小说《佛兰德公路》中，作为"一场灾难的片断描绘"的10来个主要场景的排列，也是无序的、散乱的、颠三倒四的。但是，当我们从作家的意识流程的感觉角度来把握这种貌似散乱的结构时，就会发现它实际上具有极其严密的章法和秩序——它表现的实则是记忆中同时并存的生活画面。对此，法国作家西蒙曾经说过："在记忆中，一切都处于同一平面：对话、感情、视象，全部都同时并存。我想做的，就是建立一种与这种睹物的情形相适应的结构，它所以让我逐一展示实际上互相重叠的成份，让我找到一种纯感觉的构造。"[1]也就是说，只有在人的感觉中、认识活动里，这些板块才能真正地进行组合。

至于"像洗扑克牌"一样的拼板式结构，恐怕与人下意识、潜意识乃至无意识所谓"生命本能冲动"的联系就更加紧密了。这样结构本身，应该说就是作家内心混乱的物质外现。

与此相联系的，就是我们也完全可以将每一个大小不等的部分（板块）看成是"蛛网状"结构中的生活碎片和场景碎片。这不仅因为各个板块的事件和场景安排是散乱的和无序的，还因为板块内部的事件和场景也是散乱和无序的。每个板块内部也不体现为一个完整的故事和场景。

这一切，正是我们将"拼板式"结构看成是"意识流小说式"的"蛛网状"结构基本变异形态的根本原因之所在。

第四节
西方长篇小说基本结构模式变异的一般规律

如前所言，尽管西方长篇小说结构三大模式发生变异的情况较为复杂，但是，变异本身仍然受着其一般规律的制约，遵从着一定的原则。基于对西方长篇小说结构模式变异性的了解，我们认为，其变异的一般规律主要体现在下述几个方面。

规律之一，任何变异形式的出现，都是源自于已有的母体结构模式。换句话说，变异本身是在原有的基本结构模式基础上发生的。

多列塞尔曾经指出："叙述结构中没有任何层次可以叫做不受变异和创新影响的'封闭系统'。另一方面，任何结构层次都免不了有陈规俗套和重复。没有固定而普遍的叙述'语法'；同时，作家发挥自己独特风格的自由也不是无限的。每一个叙述行动都同时是服从规范、创造规范和摧毁规范的过

---

[1] 引自廖星桥主编：《西方现代派文学500题》，辽宁人民出版社1988年版，第450页。

程。"[1] 长篇小说的三大结构模式本身，诚如多列塞尔所言，也不是一个不受变异和创新影响的、僵化的"封闭系统"，而是一个开放性的、极易发生变异的系统或体系。但这种变异，又都是在原有模式基础上出现的，是受其基本模式的规定制约的。就西方长篇小说三大结构中每一种基本结构模式而言，其自身构成均或具备着多种场景和故事的串联（如"流浪汉小说式"结构），或多条情节线索矛盾纠缠（如"巴尔扎克小说式"结构），或人的"自我"思绪的无序辐射（如"意识流小说式"结构）等基因，并在诸种基因中储存着形式嬗变的可能要素。我们知道，场景多、故事多、情节多、思绪多就会导致联系点的增多，而联系的点一多，就有个如何安排问题，而安排的方式不同，必然会导致结构形态的变化。这也就是我们说联系点多就储存着嬗变基因多的根本原因所在。

不仅如此，每一基本结构模式的构造过程，亦诚如多列塞尔所言，也是叙述行动"服从规范、创造规范和摧毁规范的过程"。无论是"流浪汉小说式"的"串珠型"结构、"巴尔扎克小说式"的"网状"结构，还是"意识流小说式"的"蛛网状"结构，其本身均为艺术形式规范。长篇小说作家在创作时，不仅要服从其各自的构成规则、遵从其结构特点和按其要求行事；同时也要通过自己的创作活动，创造与其时代相适应的新形式。而且，每一位小说家又由于艺术品位的不同和素养的差异以及对其所使用的结构形式特征理解的不同，包括每一位艺术家均受到要创作出不同于他人的、富有独创性艺术品的典型心态的制约，都会造成结构形式的变异。所以，在遵从规范、创造规范的同时，他们每个人无疑是又在力图摧毁这种种已成为定式的结构规范。

这一切，决定着每一种结构模式变异情况发生的不可避免。同时也决定着每种结构模式的变异必定要在原有基本结构的基础上进行。可以说，"万变不离其宗"亦是其变异的主要规律之一。

举例来说，"顶接串珠式""瓜蔓式""串珠与网状混合式"的结构变异形式，就其构成本质而言，均是继承了"流浪汉小说式"结构形式的特点，即也是采用单一情节线索的直线型向前演进，从而串联起每一个独立存在的场景或故事来构成自己的结构形态的。尽管在其各自变异结构形式中，可能每个故

---

[1] 引自[荷]佛克马、易布斯著：《二十世纪文学理论》，林书武等译，三联书店1988年版，第35页。

事排列的方式不一样，连接的方式也不一样，但是，强大的、有力的单一情节线索的统筹作用是与"流浪汉小说式"结构中心线索的作用完全相同的。假设抽掉这一中心情节线索，正如"流浪汉小说式"结构不能成立一样，上述种种结构形式也不能成立。还有，在"流浪汉小说式"结构模式中，每个故事均是相对完整的，有自身的起因、发展、高潮与结局，并且故事与故事间基本上不存在因果之间的逻辑关系。那么，我们看到，在"顶接串珠式""瓜蔓式"乃至"串珠与网状混合式"结构中，也是遵从着这一原则，继承着这一特点的。难道我们能够在《十日谈》第一天的头两个故事中看到结构上的因果联系吗？同样，恐怕在卡尔维诺的《寒冬夜行人》或曰《如果一个冬天的夜晚，一个旅行者……》的每章之间（每章均是一个完整的故事），也找不出故事间的因果联系。至于《弃儿汤姆·琼斯的故事》《红与黑》等小说，尽管情况与前两种变异结构相比稍有不同，但每一个大的场景的相对独立性和因果联系的不紧密性，恐怕也是有目共睹的。

"编辫式""多扇屏风式"等结构形态，是其母体"网状"结构的变异形式；"拼板式"结构的不同类型，源自于"蛛网状"结构的变化。前者仍体现着一段时间内多种情节线索的交织；后者具有人的思绪辐射特点，这一切，均在前面（见本书第六章第二节、第三节）有过详细的说明，故在此不再赘述。

规律之二，变异的另一个特征是，诸种结构变异的本身同时又是各种基本结构模式相互影响、相互融合的过程。

在对西方长篇小说三大结构模式多种变异形态的考察中，我们常常会发现，在诸种变异了的结构形态之间，三大结构模式的基本特征和严格界线逐渐被打破。变异出来的新结构形式，常常具备着多种结构模式的要素。例如法国著名作家司汤达的长篇小说《红与黑》，恐怕就是最容易在结构形式上引起读者和批评家们困惑的一部作品了。就这部小说结构艺术的主导倾向而言，毫无疑问，主人公于连·索黑尔的个人经历、所见所闻和性格发展，构成了小说结构的主要线索，并贯穿起了三个场景中发生的事件。所以，它的结构类型应该属于"流浪汉小说式"结构的变异形态之一。然而，三个场景中多种矛盾的交织、错综复杂的人际关系、不同政治力量代表人物之间的斗争，使其在各自部分又形成了自成体系、自成系统的"网状"画面。正因为如此，我们才说《红与黑》的结构形式，既具有"串珠式"结构特点，又具有"网状"结构特点，因此，我们才称它的结构形式为"串珠与网状混合式"结构。

"串珠式"与"网状"结构的混合，本身就是对这两种基本结构形式严格界线的突破和摧毁，也是两种结构的有机融合，它们杂交产生的是一种新质的结构形态。

在"意识流小说式"的"蛛网状"结构的变异形态中，我们也会发现它与传统小说结构形式的融合关系。这也就是说，在任何一种"拼板式"结构中，各个板块之间的排列都是杂乱无章的，无论在时间、空间和逻辑关系上，各个部分都不是完整的一个故事或一个场景。每个"板块"的内部，所包含的也均非一个事件，相反却恰恰是多种破碎的事件、场景及意象的杂汇，甚至作品中所描写的人物和场景会大多以不同的碎片方式分别在各个部分中反复出现。这样，当我们在阅读和分析这种结构形式构成的作品时，就有一种多场景、多情节、多人物交织杂糅的感觉。例如，西蒙的《佛兰德公路》，如前所言，是一部"拼板式"结构构成的小说。它的最初题名为《一场灾难的片断描绘》。作品没有连贯的故事情节只有一幅幅生动逼真的战争和生活画面。但它的片断性、破碎性的场景之多，线索头绪之多，无疑具有"网状"结构的韵味。加之小说各个部分又通过主人公乔治、雷夏克、布吕姆、伊亚莱齐亚、柯丽娜等人散乱经历从头到尾的穿插，使各部分又相互联系，彼此呼应，从而使表面上杂乱无章、互不关联的片断描绘组成了和谐统一的整体。这种结构的组合方式在某种意义上说，不也是与"巴尔扎克小说式"结构的变异形态之一的"多扇屏风式"结构有相似之处吗？

诸种小说结构形式间的融合，不仅仅发生在变异的形态中，甚至在三大结构形式本身的发展过程中，也是呈现出相互影响，相互交融，你中有我，我中有你，彼此渗透的复杂局面的。例如，在"巴尔扎克小说式"结构模式里，在众多线索中必定要有一条处于中心支配地位的情节线索，并由它的演进带动其他线索和场景的发展，这其实就已经体现出了"流浪汉小说式"结构的影响。而典型的"意识流小说式"结构，我们又何尝不可以将其看成是长篇小说作家自我意识的"流浪"和众多思绪"网状"放射、纠缠的外在构成呢？换言之，我们不是也可以将其看成是一个人（甚至作家本人）思绪的"流浪"吗？有鉴于此，我们似乎可以说，各种结构形式，只要不断发展，就会发生变异，同时也就会出现彼此间的融合。独立是相对的，融合是绝对的。唯其如此，我们才能把握长篇小说结构形式变异的本质。

规律之三，任何基本结构形式变异的发生，也是与人们文学观念的嬗变和审美能力的发展密切相关的。

辩证唯物主义的艺术哲学告诉我们，文学艺术作品的形式，与世界上其他事物一样，是处在不断发展和变化之中的，任何一成不变的长篇小说结构，是根本不存在的。但是，正如唯物辩证法在肯定变化是绝对的同时又强调条件的重要作用一样，西方长篇小说结构的变异也不是小说家随心所欲的产物。它在发生变异时，也需要具备一定的条件。

时代的进步，生产力的发展，毫无疑问会带来人们文学观念的嬗变和审美能力的进步与发展。举例来说，"流浪汉小说式"的结构模式与"巴尔扎克小说式"结构模式，均是理性艺术观念指导下的产物。这两种结构模式变异后所产生的结构形态，无论有多少种类和样式，也都遵从着以理性为核心的艺术观念的规定和制约。同时，这两种结构模式无论发生什么样的变异而均能被当时的欣赏者所理解、所接受，这也是与当时人们所具有的富于理性特征的审美经验和审美水平分不开的。而当20世纪以来西方文坛抛弃了理性主义而开始着重描写和反映人的"自我"非理性意识世界的时候，长篇小说结构的变异过程就只有在深刻地认识了人的内在心理活动的基础上，才可以被理解和把握了。

从每一种结构模式变异出新的结构形式所发生的时间来看，愈是复杂的变异结构类型，与它的母体结构相距的时间往往就愈长。例如，作为"流浪汉小说式"结构变异的重要形态之一的"串珠与网状混合式"结构，无庸讳言，它当属于这种长篇小说结构模式出现变异的较高级形式。就从产生的时间上来考察，它的大规模出现，大约在欧洲的19世纪初期前后。究其原因，恐怕这与此时社会的发展和生产力的进步使人类突破了狭隘的封闭的生活模式和拓展了生存空间有关，也是和人们的文学观念具有了广阔的内涵、人们的审美能力日益趋于复杂分不开的。

不仅如此，在传统审美经验中，当接受者在面对一个审美客体时，人们总是依据理性原则，力图寻找出作品中作家所提供的对生活的价值判断。欣赏者在面对这样作品时，审美的心态往往是询问和思索"它表现了什么样的思想感情"，小说结构是否反映了生活本身的逻辑等等。但在现代主义文学观念已经出现的情况下，人们的审美能力便可以使得现代读者在面对一部根据新的结构构建而写成的一部作品时，就能够不再追问"它要告诉人们什么"，而是强调"读者自己感觉到了什么"了。也就是说，当人们在阅读或欣赏一部现代派长篇小说时，假如你感觉到了它的结构形式的混乱和难以理解，那么，实际上你就感觉到了人的非理性意识的混乱和难以把握。进而言之，你亦从中感受到了世界的无序和荒诞。在这样的条件下，"意识流小说式"结构无论发生什么样的变异，我们都好理解了。因为现代主义小说结构形式的变异是和现代西方人心灵的震颤同步的。

在我们对西方长篇小说三大结构模式发生变异的一般规律进行了深入考察和说明之后，对其结构形式发展变化总趋势的预测就成了可能。我们认为，随着人类历史的发展和科学技术的进步，西方长篇小说结构模式的变异还将不断地进行下去，新的结构形式一定会在不远的将来出现。这其中一个极为重要的原因在于：21世纪人类社会将是一个物质文明更加大规模的发展，科学技术更加进步的世纪。后工业化社会的现实将会更进一步改变人类的生存方式、生活方式，生活的手段必将与艺术的手段更加紧密融合为一体。正如在今天我们很难区分电脑设计或电脑绘画究竟是艺术创作还是技术性劳动，去卡拉OK演唱究竟是一种艺术形式还是一种生活方式一样，长篇小说的概念也将会发生重大的改变，并将与人们的生存方式、生活方式更紧密地融为一体。这样，长篇小说的艺术形式不仅会与其他艺术形式发生融合，而且，诸种结构模式在进一步的变异中，各自固有的形式特点以及之间的界线将会变得愈来愈模糊，从而可能创造出一种集多种结构形式之优长，并适应21世纪以来人们生活方式和艺术观念的新型长篇小说结构模式。

今天影视艺术的高度发展、信息手段的强劲参与，新的长篇小说结构形态的变化已经非常明显了。然而我们坚信的是：长篇小说结构形态会有极大的变化，但这一艺术形式不会消失，它将以新的结构风貌呈现出强大的生命力。

第三编
机制论

第七章
西方长篇小说
结构模式内在机制的考察

像世间任何事物的发展既有其外部特征及运动规律、又有其内在的特征及运动规律一样,西方长篇小说三大结构模式的构成与发展也是如此。在前几章中,笔者对诸种结构模式的构成特征、艺术效应乃至变异及变异规律的考察,说到底,均是侧重于外在形式的观照与解释。但是,当我们对其外在的特征及规律进行了充分的描述之后,对其内在机制的探讨,就不仅是必要的,而且也是可能的了。

当我们把分析的眼光注视到每一种西方长篇小说基本结构模式内部的时候,就会发现,它们均蕴涵着自己独具特色的结构点的确立、结构线的设置、结构线索发展的推动力以及由这一切综合运作所产生的结构形成的内在机制。在某种意义上说,这种内在机制本身,是造成众多结构模式面貌各异、特点不同的真正的形式上的原因。

第一节
关于长篇小说结构生发点的探讨

所谓长篇小说结构的生发点,又可称为"结构点""结构核"或"结构出发点"。我们知道,结构过程是作家根据思想和情感表达的需要,按照一定结构形式,把题材组织起来,形成完整的艺术整体的过程。那么,这就决定着任何作家在创作时,不仅需要在一个事件或多个事件乃至一段思绪中先找出一个叙事的起点,而且就结构本身而言,作为一个完整的结构构成也需要有一个结构的起点。

高尔纯先生在他的论著《短篇小说结构理论与技巧》一书中，曾对"结构生发点"的内涵做过较充分的表述。他指出："任何作品结构的形成，都是由某一点上开始的。作家在观察体验生活的过程中，常常被现实生活中的某个人物、某个事件或某种环境所感动，并在对素材的提炼中发现了它们与现实生活的某种本质联系，产生了强烈的创作冲动，急于把自己这种新的发现以及由此激起的独特而强烈的情感，通过最适合的体裁形式传达给读者，于是，结构创作过程也就随之开始了。那么，引起作家创作冲动、蕴藏着巨大的主题能量、潜伏着对读者施行最有力的艺术打击机制的某一事实或某些事实就是作品的结构点——结构生发之点。"[1]

在这段论述中，可以看出，明显地包含有这几重意思：（1）任何结构的形成，均是从某一点上开始的，没有这个重要的开端，就不会有全部结构的构成；（2）这个结构点必须又是在作家对众多生活素材的体验中，伴随着对作品的创作构思同步开始的；（3）结构出发点本身必须同时是包容着作家创作冲动、蕴藏着巨大主题能量和具有对读者产生巨大艺术感染力的事实或某些事件。这样，长篇小说结构的生发点，实际上就已经不再是一个单纯的形式问题了。换言之，它绝不仅仅是一个形式上的开头，或者说仅仅等于长篇小说的"第一段"或者"第一章"了。

应该说，长篇小说的"结构生发点"，是个内涵极为丰富复杂的客体存在物。它本身在构成中，有着不同能量，同样，也有着不同性质。根据西方长篇小说的实际，可以看出，按"结构生发点"自身所包含的能量划分，可大致分为两类：一类是"简单的结构生发点"，在这种结构核中，仅仅包孕着一条线索生成的胚胎。换言之，在这个"结构生发点"中，仅仅储存着产生一条情节线索的能量；另一类是"丰富的结构生发点"，在一个内部构造极为复杂的结构核中，蕴藏着多条线索生成的胚胎，具有巨大的推动多条线索运动的能量。假如我们从构成"结构生发点"的性质上看，也可以将其分为注重人物交待、注重场景展示和注重意识涌动三种类型。

我们若从"结构生发点"的作用意义上而言，结构生发点的不同，往往带来长篇小说结构形式的差别。西方长篇小说三大结构模式本身的差异，在很大

---

[1] 高尔纯著：《短篇小说结构理论与技巧》，西北大学出版社1985年版，第52页。

的程度上，受着其内在的结构点本身差异的制约。

让我们先来考察"流浪汉小说式"结构模式与"结构生成点"的关系。"流浪汉小说式"结构模式特征的形成，其结构艺术内在的一个重要原因是，它只有包含着一条结构线的出发点。或者说，它的结构出发点只是一个单纯的事件或人物，而从这个单纯的事件或人物的描写中，只能生发出一个能引出结构线的结构点。在西方采用"流浪汉小说式"结构构成的一些经典性作品中，我们常常会发现，小说家们在建构这类结构形式的长篇小说时，特别注意这一个结构点的运用。

在这种模式构成的小说开头，首先交待一个人的特征、身世等等，然后由此扩展延伸下去，形成作品的整体结构，是运用"简单的结构生发点"的最主要方式之一。举凡《堂吉诃德》《鲁滨逊漂流记》等等西方长篇小说，可以看出，它们无不是运用这种以交待一个人物的身世、命运，从而形成一个单一结构生发点的范例。

先看《堂吉诃德》的开头描写（因篇幅所限，在下面的引述中，有些话语被我用省略号代替了，特先说明）：

> 不久以前，有位绅士住在拉·曼却的一个村上，村名我不想提了。他那类绅士，一般都有一支长枪插在枪架上，有一面古老的盾牌、一匹瘦马和一只猎狗。他日常吃的砂锅杂烩里，生肉比羊肉多些，晚餐往往是剩肉凉拌葱头，星期六吃煎腌肉和摊鸡蛋；星期五吃扁豆；星期日添只小鸽子：这就花了他一年四分之三的收入。他在节日里穿黑色细呢子的大氅、丝绒裤、丝绒鞋，平时穿一套上好的粗呢子衣服，这就把余钱花光。他家里有一个四十多岁的管家妈，一个二十来岁的外甥女，还有一个能下地也能上街的小伙子，替他套马、除草。我们这位绅士有五十来岁，体格很强健。他身材瘦削，面貌清癯，每天很早起身，喜欢打猎。据说他姓吉哈达，又一说是吉沙达，记载不一，推考起来，大概是吉哈那。……
>
> 且说这位绅士，一年到头闲时候居多，闲来无事就埋头看骑士小说，看得爱不释手，津津有味，简直把打猎呀、甚至管理家产呀都忘得一干二净……

> 长话短说,他沉浸在书里,每夜从黄昏读到黎明,每天从黎明读到黄昏。这样少睡觉,多读书,他脑汁枯竭,失去了理性……
>
> 总之,他已经完全失去理性,天下疯子从没有像他那样想入非非的。他要去做个游侠骑士,披上盔甲,拿起兵器,骑马漫游世界,到各处去猎奇冒险,把书里那些游侠骑士的行事一一照办:他要消灭一切暴行,承担种种艰险,将来功成业就,就可以名传千古……
>
> (引自杨绛译《堂吉诃德》)

从上述引文中可以看出,《堂吉诃德》从作品伊始就将笔墨集中在一个人的身世和性格特征的交待上。这在结构艺术上说,是注重单一个"结构生发点"的构建的。而在这个"结构生发点"中,又蕴涵着巨大的主题能量和结构线索出现的内容。例如,他读骑士小说入了迷,想要骑马漫游世界,到各处去猎奇冒险,实际上就为下文他的三次荒唐的游侠线索的出现,留下了前提和伏笔。

在笛福的《鲁滨逊漂流记》结构的开端,作家也是以对单独一个人物(鲁滨逊)性格、行为特征的集中交待,来构成其结构生发之点的。小说开篇写道:

> 我于一六三二年出生于约克城的一个体面人家。我不是本地人,因为我父亲是一个外国人,是德国不莱梅地方的人。……我母亲娘家姓鲁滨孙,是当地一个很体面的人家。由于母亲的缘故,我就被起名叫鲁滨孙·克鲁兹拿……
>
> 我在家里排行第三,并没有学过什么行业。从幼小的时候,我的脑子里便充满了遨游四海的念头。我那年迈的父亲叫我受到相当程度的教育,除了家庭教育之外,又叫我上过乡村义务小学。父亲的计划是要我学法律,可是我却一心一意要到海外去,其他什么事情都不能使我满意。我对于这件事情的倾心,使我对于父亲的意志和严命,对于母亲和朋友们的恳求和劝告,一概加以强烈的抗拒;我那种顽固不化的怪脾气,仿佛注定了我后来的不幸生活。
>
> (引自徐霞村译《鲁滨孙漂流记》)

与这两部西方有代表性的长篇小说在开端部分相类似的作品，还有格里美尔斯豪森的《痴儿西木传》、斯威夫特的《格列佛游记》、斯末莱特的《蓝登传》、塞·巴特勒的《埃里汪奇游记》等等。这种现象实则说明，这种样式的"结构生发点"在"流浪汉小说式"结构模式的构成中，不仅是极为常见的和典型的，也是完全符合和适应着这种独特结构模式的特点与构成规律的。因为这种结构模式以一条情节线索直线型向前运动来构成作品的要求，使它只能有一个结构生发点。

　　当然，情况也有例外。例如，在狄更斯的《匹克威克外传》这部小说的开头，就不是对一个人身世及性格特点的交待，而是描写了"匹克威克社"的一次会议（是以公开会议记录的形式表现的）。会议上出现的人很多，争论也很多，这给人一种错觉，似乎这个结构生发点中包含的线索也很多。但狄更斯却在这貌似包含众多线索的结构生发点中，强化了一条线索：这就是主人公塞缪尔·匹克威克先生的活动痕迹，即"延伸他旅行的足迹，从而扩大他的观察范围"。这样，虽然一个场景似乎构成了作品结构的开端，并使其蕴涵着多个结构线索的出发点，但是，对其中某一个结构线的强调，实际上又变成了一个人命运经历的展示了。在此类结构的构成上，也就变成了以一条线索独撑其全局了。

　　在"巴尔扎克式小说"的"网状"结构模式中，由于这种结构的主要特点是多条情节线索的纠缠和交织，所以，它的"结构出发点"的构成就发生了明显的变化。总体上来说，主要有下述的几种方式。

　　其一，在西方长篇小说艺术实践中，很多采用"巴尔扎克小说式"结构形式构成的作品，往往在一部作品的开篇，先集中描写一个包含着众多人物出现的场景，在这个场景中出现的每个人物，随着作品情节的展开，都会引出属于自己的故事。表现在结构构成上，这个结构生发点就变成了众多事件线索和人物活动线索的首次高度集中。这样，对一座公寓中众多房客的交待；对一场舞会场景的集中描写；一节列车车厢中发生的事件；一个客厅中的一场争论等等，总之，一句话，凡是能够引出众多人物出场的场景均能受到采用这种结构进行创作的作家的喜爱。所以，在这样的小说里，往往是以对包含众多人物的某个场景的描写代替了对单个人物特征的交待。

　　仍以巴尔扎克的小说《高老头》为例。在这部小说伊始，作家在不厌其烦地反复描写伏盖公寓内外环境的同时，又用大量的笔墨交待了众多的房客：

这个故事开始的时代，寄宿的房客共有七位。二层楼上是全屋最好的两套房间，伏盖太太住了小的一套，另外一套住着古的太太，她过世的丈夫在共和政府时代当过军需官。和她同住的是一个年纪轻轻的少女，维多莉·泰伊番小姐，她把古的太太当做母亲一般。这两位女客的膳宿费每年一千八百法郎。三层楼上的两套房间，分别住着一个姓波阿莱的老人，和一个年纪四十上下，戴假头发，鬓角染黑的男子，自称为退休的商人，叫伏脱冷先生。四层楼上有四个房间：老姑娘米旭诺小姐住了一间；从前做粗细面条和淀粉买卖，大家叫做高老头的，住了另外一间；其余两间预备租给候鸟，像高老头和米旭诺小姐般只能付四十五法郎一月膳宿费的穷学生；可是伏盖太太除非没有办法，不大乐意招留这种人，因为他们面包吃得太多。

那时代，两个房间中的一个，住着一位从安古兰末乡下到巴黎来读法律的青年，欧也纳·特·拉斯蒂涅。（以下是作家对这几位房客乃至公寓主人伏盖太太的肖像、性格、身世、命运等等方面的分头描写，因篇幅较长，故此省略。）

（引自傅雷译《高老头》）

在上述场景的集中描写里，作品中的几个主要人物（鲍赛昂子爵夫人除外）基本上都被交待出来了。并且，我们读下去还会看到，随着作品的展开，在这个结构生发点中涉及到的主要人物都引发出了自己运动的情节线索。

列夫·托尔斯泰的长篇小说《战争与和平》与此相比亦有异曲同工之妙。众所周知，这部史诗性巨著是从1805年7月的一个夜晚，大名鼎鼎的皇后的女官和亲信安娜·帕夫洛夫娜·舍列尔家庭晚会写起的。在结构开头的这个场景中，小说几条主要情节线索的代表性人物，如彼埃尔·别竺豪夫、安德烈·包尔康斯基、库拉金公爵、贵族小姐爱伦等均已出场，并且又通过他们之间的谈话，交待了拿破仑、库图佐夫、老包尔康斯基公爵及其女儿玛丽小姐等等。可以说，在这个场景里，除少数人物（如罗斯托夫及其女儿娜塔莎）之外，其他线索的生发胚胎均已具备。

这种"结构生发点"的运用，我们在中国"网状"类结构的长篇小说里也可以找到成功的范例。就古典名著《红楼梦》而言，作为它"结构生发点"的场景，恐怕既不是第一回"甄士隐梦幻识通灵贾雨村风尘怀闺秀"，也不是第五回"游幻境指迷十二钗饮仙醪曲演红楼梦"，应该而且必须是第三回林黛玉初到贾府一场。因为在这一场中，由于众多主要人物均纷纷露面，多条情节线索的生发点才真正得以形成。在中国现代小说家中，茅盾先生亦是深得这种结构生发点之精髓的大师。他在《子夜》这部小说的开头几章，通过吴老太爷葬礼的描写，在一个场景中一下子就把众多线索的源头几乎全部交待出来了。

其二，在"网状"结构构成的西方长篇小说中，"结构生发点"的形成还有另外一种样式，即先交待一条线索的起点，然后再通过这条线索引出的一个或几个场景，逐渐交待出另几条线索。例如在巴尔扎克的《欧也妮·葛朗台》这部小说中，作者开始时像"流浪汉小说式"结构生发点那样，也先交待了主人公之一老葛朗台的身世和性格特征。但是，当作家交待完了他的这些情况之后，笔锋一转，紧接着描写了他女儿欧也妮生日聚会的场景。正是在这个场景中，除欧也妮家人出场了外，能出入他家的索漠城的六个人（蓬风所长、台·格拉桑等）均被集中地一下送到了前台，同时，老葛朗台的侄子查理因父亲的破产自杀，生活无助也在此时来到他家。这样，这个场景体现在结构上，就成了对前面交待过的老葛朗台的线索再一次集中和强化，从而由一个单一的结构生发点引出了一个复杂的结构生发点。结果是由此导致了"网状"结构线索的生成。

下面，我们还要谈一谈"意识流小说式"结构模式的"结构生发点"问题。在这种小说结构模式中，由于结构本身是以一段时间内作家的"自我"思绪的四外辐射为构成特征，因此，这种结构模式的生发点的构成大约有以下两种情况。

一是，很多长篇小说作家本人"自我"的思绪产生起点，就是这种结构的生发之点。也就是说，只要一个作家的某种强烈的思绪在某一时刻突然一产生，而此时作家又有欲望进行创作的话，那么，这种思绪的生发点就演化为这种小说结构方式的生发点。例如，在1924年发表的《超现实主义宣言》中，布勒东在谈到他是如何创作《磁场》状况时，就昭示了这种"结构生发点"的形成特点：

一天晚上，在我睡着之前，忽然听到一句相当古怪的话。这句话十分清晰，每个字都听得清清楚楚，但是和任何声音都不相像，也不带丝毫我在那一时期有意识地参与的事件的痕迹。我觉得这句话很执着，我敢说它要敲打着窗玻璃（着重号是布勒东本人所加的——笔者）。我模模糊糊地感觉到了这一点。当我打算继续睡觉时，这句话的有机性吸引了我。事实上这句话使我感到惊讶；可惜我至今未能完全记住，大约是这么句话："有个人被窗子一切为二。"但是这句话没有任何模棱两可之处，伴随它的还有一个隐隐约约的视觉形象：一个正在行走的人被一扇与其身体相垂直的窗子拦腰切断。[1]

于是，布勒东立即听凭下意识的驱使，在这种情绪下与菲利普·苏波埋头写成了近50页文字的《磁场》。

可见，布勒东本人在潜意识活动的一瞬间某种思绪的产生，导致了该部小说结构生发点的形成。这种以作家某一瞬间形成的思绪为"结构生发点"的构成方式，我们在意识流小说家、超现实主义小说家、黑色幽默小说家的创作中，亦可以找到大量而充分的例证。

二是，"意识流小说式"的结构生发点，有些又是由一个现实中引起联想的具体事件构成的。换言之，作家所描写的这个具体事件，并不是要展示它本身的客观发展演化进程。它不过是引起人们联想的凭借物，或者说是人的思绪流程的依托起始点。伍尔芙的《墙上的斑点》虽然是一部短篇小说，但它却为西方现代主义长篇小说结构生发点的建构提供了一个范例。在这部小说一开始，先写墙上有一个斑点，随之引出主人公思绪的出现和流动，从而使这个斑点就成了本篇小说的结构生发点。伍尔芙的另一部长篇小说《达罗卫夫人》的"结构生发点"亦类似于此。这部小说以达罗卫夫人出门买花的这个事件引出主人公思绪流动，从而形成这部小说的结构线索。

我们下面仍然以乔伊斯的《尤利西斯》为例。在《尤利西斯》第三章中，作者描写了斯蒂芬·迪达勒斯在海滩散步时一段复杂纷乱的内心活动：

> 他们从里希台地上谨慎地走下阶梯，助产士们，她们下到倾斜的海滩上，伸成八字形的脚松弛地陷入淤塞的沙子里。像我，像阿尔吉

---

[1] 引自柳鸣九主编：《未来主义，超现实主义，魔幻现实主义》，中国社会科学出版社1987年版，第126页。

农一样,朝我们强大的母亲走下来。头一个沉重地甩动着助产士的袋子,另一个的伞伸到了海滩上。获得了特许,出来痛痛快快地玩一天。弗洛伦丝·麦克凯布夫人,已故帕特克·麦克凯布的遗孀,布来德街上,深深地哀悼他。她那些姐妹中的一个把我尖叫着拖进生活。从虚无中创造。她袋子里都有些什么?一次堕胎的产物,连同蜿蜒的脐带一起塞进红色的绒布里,连接着过去的一切带子,一切肉体的纠缠扭结的电线。那就是为什么和尚是神秘的。你要像神一样吗?瞧瞧你的肚脐吧。喂,我是肯西。请接伊甸园A001。[1]

这段联想的基本模式为:从一个点(助产士们从里希台地上走下来)出发,引起斯蒂芬联想到助产士的袋子,又从助产士的袋子联想到麦克凯布的死亡,从死亡联想到助产士装死婴的袋子,联想到死婴的脐带。从脐带想到生与死的关系,再想到和尚的一切皆空的主张。他还从脐带想到电话线,并由此想到某次打电话。在这段描写中,护士们从里希台地上走下来的事件,就成了其联想的事件出发点。

可以说,这种"意识流小说式"结构生发点的构成方式,在西方现代主义长篇小说结构艺术的运用中,也是屡见不鲜的。

总而言之,在此我们还需强调,"结构生发点"问题对于小说结构的形成,绝不仅仅像以往人们所理解"开头"那样简单。"结构生发点"本身的性质、构成形态以及内在含量的丰富与否,直接关系到不同结构模式的形态特征。

第二节
关于长篇小说结构线的构成方式

当我们谈到西方长篇小说基本结构模式的结构生发点问题之后,随之出现的另一个问题就是"结构线"了。因为结构生发点一经确定,它就必然会运动,而运动本身会由此生发出事物运动的轨迹。在谈到什么是小说结构中的结构线问题时,高尔纯先生曾指出:"既然作品的结构点是一个或数个事实,那么,结构点运动的轨迹(即事实展示的顺序)自然就形成了一条逻辑发展的线

---

[1] [爱尔兰]乔伊斯著:《尤利西斯》(上卷),金隄译,人民文学出版社1994年版,第60—61页。

索，这就是结构线。"[1] "结构线是结构点运动的轨迹。"[2]

根据事物发展的矛盾运动法则，事物的发展运动是绝对的。长篇小说结构线本身就是所描写的事物和精神活动发展运动的物化痕迹。这一方面体现在结构生发点的这个"点"本身就具有发展运动的基因，它不是一个孤立的、静止的、封闭的东西。这样，结构生发点的存在就为结构线的出现提供了其运动的基础和前提。另一方面，结构线本身所具有一定的规模和长度的要求，也使其发展运动成为其主要特征。因为唯有在运动中，才能出现事物发展的轨迹，形式才能形成一定的长度和规模。

为了更深刻地理解和把握结构线问题，我们必须要对结构线性质及表现形态作一番考察。

先看结构线性质。

在西方长篇小说结构艺术的实践中，我们常常可以看到，结构线性质在不同小说中是存在着明显差异的。它大致体现为下述四种情况。

一是很多长篇小说是按照主人公外在活动的逻辑顺序形成结构线的。换言之，这种结构线往往体现为作品所描写的一个人或几个人在客观世界中具体活动的物化痕迹。这种活动，可能是人物的漫游、探险或出逃等等；也可能是人物所从事的工作和斗争等具体行为。在这种结构线中，假如人物不活动，那么，结构线就不能出现。而结构线出现的长与短，又与人物活动的多与少密切相关。

按结构线的性质划分，第二种性质的结构线是以一个事件或者一个错综复杂的故事情节发展的逻辑顺序为特征的，即体现为某个事件按时间、空间逻辑顺序发展与演进的痕迹（或曰轨迹）。有些学者曾谈到了类似的思想，指出在"故事小说"中，结构中心在于突出生动有趣的事件，矛盾冲突的发展完全依附在事件推移的时间过程和因果关系的链条上。因此，长篇小说的结构线就是故事情节线。在这种结构线中，可能会涉及到众多的事件、场景，特别是众多的人物的活动，但推动事件或故事演进发展的则完全是其本身的逻辑构成和客观进程。事件自身推移的痕迹起了形成这种结构线的主导作用。

第三种性质的结构线，是以作品中所出现的主要人物性格发展逻辑顺序的

---

1 高尔纯著：《短篇小说结构理论与技巧》，西北大学出版社1985年版，第55页。
2 同上书，第56页。

轨迹为结构线的。它的主要含义是，人物的外在活动、事物的发展进程均退居其次，一切必须服从人物性格（特别是主要人物性格）的发展和演进。高尔纯指出："性格小说的结构中心，在于突出人物形象和性格的特征，矛盾冲突依附在人物行动和人物性格发展的内在逻辑上。因此，性格小说的结构线就是人物性格线。"[1]既然这种结构线的基础源自于作品中人物性格的变化，是人物性格演进的轨迹，那么，有个问题就应在此搞清。在前面所提到的两种性质的结构线中，虽然也可能均有性格鲜明的主人公在活动，但在一般情况下，这些人物的性格可能在一开始出现就已经是定型了的，是没有发展变化的，即使有变化，也是指向是人的活动过程本身的；而在这种结构线中，线索的价值指向必须是处在变化中和发展中的人的性格。

第四种性质的结构线，是以按照人的心理意识演进、流动、放射的痕迹构成的结构线。心理印象式小说、意识流小说、超现实主义小说等结构形式的结构线均属于此。众所周知，人的意识活动属于非物质的精神领域的范畴。在现实世界中，人的精神活动是很难把握的。但是，它一经被小说作家用文字记录或描述下来，就留下了心绪演进过程的物化痕迹。体现在结构构成上，它就成了一种特殊类型的结构线。

从上述考察中，可以看出，结构线本身体现出了不同性质；换言之，不同作品中的结构线，完全承载着不同的事物发展及运动轨迹的内涵。不认识这一点，就很难深入地把握不同性质结构线之间的差别。

然而，仅仅了解和把握了结构线的不同性质，我认为，这也是不够的。因为除了性质问题外，还有个结构线表现形态问题。在西方长篇小说的艺术实践中，结构线常常在不同的作品中，体现出了完全不同的形态特征。

下面，我们来考察结构线的形态。

随着西方长篇小说艺术，特别是结构艺术的不断演进，结构线本身的发展也逐渐完善，结构线的表现形态亦日趋丰富复杂。为了便于说明问题，我将结构线的基本形态作了大致如下的划分：

第一种：不间断的、持续向前演进的单一的结构线形态。也就是说，一部长篇小说只有一条结构主要线索，并由它贯穿全部作品的始终。在这条结构线中，它既贯穿着情节的开端部分，又贯穿着情节发展的部分；它既导致着情节

---

[1] 高尔纯著：《短篇小说结构理论与技巧》，西北大学出版社1985年版，第56页。

高潮的出现，又参与着情节发展的结局。如前些章节所言，"流浪汉小说式"结构模式作品中所采用的结构线均属于此类。不仅"流浪汉小说式"结构中的结构线如此，在现代主义的"意识流小说式"结构模式中，我们也会发现这种结构线的类似构成形态。著名学者柳鸣九先生在谈到"意识流小说"的时候，就看到了意识活动所构成的这种结构线的形态。他认为，在意识流小说中，有一种"线型的意识流结构，即意识由一个源头连续地、一个关联一个地、单线地向前活动，像一环接一环的链条。"[1]我以为，尽管这种结构线不是人在客观世界中活动的痕迹，而是人精神活动的轨迹，但就其单一的线索和不间断的持续发展活动来说，它与"流浪汉小说式"的结构线没有什么形态上的本质差别。

　　第二种：不间断的、持续的向前演进的多条结构线的构成形态。它的主要含义是指当一个结构生发点生发出至少两条或两条以上结构线之后，每条结构线均是由始到终不间断演进的完整形态。它主要有三种情况，一是主副线式，也可称"藤绕树式"。作品中的有一条主要的、不间断的线索，但同时，还有一两条不间断的、从头至尾伴随着主线索运动的副线索。例如高尔基的长篇小说《母亲》就分别描写了母亲尼洛夫娜由一个不觉悟的贫苦家庭妇女成长为一个自觉的无产阶级战士的过程和他的儿子巴维尔觉醒奋斗乃至被法庭审判的两条线索。从书名中可以看出，小说是以尼洛夫娜的线索为主的，而以他的儿子巴维尔的线索为辅的。两条线索相互纠缠和相互促进，构成了精彩的小说情节安排。现代著名德国作家西·伦茨的长篇小说《面包与运动》的结构线也属于此种情况。二是分叉式。即由一个结构核生成一条线索后，不久就分叉为二条或多条线。而这两或多条不间断的结构线难分主次，交叉发展，贯穿始终。苏联作家肖洛霍夫的长篇小说《静静的顿河》以其宏大的史诗般的规模为作者获得了世界性的声誉，几乎被译为世界上所有主要文字，而且一版再版，畅销全球，是当代世界文学名著中流传最广的作品之一。小说描绘了1912年至1922年间的重大事件：两次革命（二月革命、十月革命）和两次战争（第一次世界大战、国内战争），特别是1919年顿河哥萨克反苏维埃政权的暴乱；并以这些重大事件为情节骨架来表现哥萨克阶层10年的动荡生活，广泛地反映了他们独特的风土人情，哥萨克各个阶层在重大事件影响下的种种变化，哥萨克个体在复杂

---

[1] 柳鸣九编：《西方文艺思潮论丛·意识流》，中国社会科学出版社1989年版，第11页。

的历史转折关头所经历的曲折道路。小说围绕着麦列霍夫、阿斯塔霍夫、柯尔叔诺夫、柯晒沃依、李斯特尼次基、莫霍夫等几个家庭的兴衰沉浮和众多人物的不同命运来表现哥萨克的命运，展示历史事件的变化。小说通过人物的命运来反映历史的进程，而历史的发展与变化又决定着人物的命运。作品开始的时候，是以主人公麦列霍夫的人生轨迹作为主要对象加以结构作品的。但随着主人公麦列霍夫故事的发展，又分蘖出了女主人公阿克西内亚的故事线索。二者相互缠绕，一直到小说将近结束。另一位苏联作家阿·托尔斯泰的《苦难的历程》也是这种结构线形态的代表。三是平行式。即两条或多条不间断的线索不分主次，不交叉而呈平行方向向前发展。美国诺曼·梅勒的长篇小说《裸者与死者》即如此。谈到这里，也有一个问题要申明，这就是：这种不间断的、持续地向前演进的多条结构线并存的形态，并不仅仅限于描写外在客观生活和生活中具体事件的作品。这种结构线在表现人的纯心理意识活动作品中，也是明显存在着的。例如乔伊斯的《尤利西斯》就是典型的由三个人从头到尾的潜意识平行活动线索构成的，而这三条线索又均是没有间断的。

  第三种，不间断的与间断的多条线索混合的结构线形态。这就是说，在一个开放性的结构生发点引发出众多的结构线索后，可能有个别线索（一般是主要线索）从头到尾，贯穿作品结构的始终，但其他线索则处于可以随时间断或处于可在某处完全消失的境况中。这种结构线形态也表现为以下几种情况：一是在众多的结构线中，只有一条是持续不间断地贯穿一部作品的结构始终的，其他结构线均是不完整的，或者说不连贯的；二是在一部作品的众多结构线中，可能有多条结构线是从头至尾存在着的，但是同时又有数条线是不完整、在中途被截断的；三是主要一条线是间断的，或者说它是用多条结构线的线段按纵向进程一段接一段连续接成的，从而构成一条中心线。而次要的几条线则是不间断的、处于完整的状态中。哥伦比亚的杰出作家加西亚·马尔克斯的长篇小说《百年孤独》就是这种结构线形态。全书主要描写的是小镇马孔多布恩蒂亚家族七代人的生活，而不同时代的布恩蒂亚和奥雷连诺——这个家族不同时代主人公的活动，无疑构成了处于全书中心的结构线。这条由七个人活动组成的结构线，实际上是通过一个个的活动线段组合起来的，而其中的一条次要结构线即第一代布恩蒂亚的妻子乌苏娜的存在则是不间断地、一直持续到作品始终的。

第四种：由零乱线段构成的结构线。这种结构线形态特点是，它没有一条结构线是完整的和贯穿始终的，结构本身是由众多散乱线段零乱和不规则地构成的。在西方现代主义长篇小说中，这种结构线的构成形式是极为常见的。它大致体现为下述两种情况，一是众多线段的依次相接，而每个线段都代表着不同事件或思绪。举例来说，伍尔芙的长篇小说《海浪》的结构线的构成，大致如此。二是这种结构线是以一个个零乱排列的极类似于"点"的小线段构成的。意识片断或事件的碎片常常是杂乱无章、互不相关、此起彼伏地交替闪烁涌现，像散布的彩点。福克纳的长篇小说《喧哗与骚动》尽管从结构形式上讲，属于拼板式结构，但就其结构线而言，则无疑类似于此。李文俊先生曾指出："前三章就是用一个又一个的意识，来叙述故事与刻画人物的。在叙述者的头脑里，从一个思绪跳到另一个思绪，有时作者变换字体以提醒读者，有时连字体也不变。但是如果细心阅读，读者还能辨别出来的，因为每一段里都包含着某种线索。……据统计，在'昆丁的部分'里，这样的'场景转移'发生得最多，超过二百次；'班吉的部分'里也有一百多次。"[1]

当然，上述对结构线性质和形态的划分，是就一般情况而言。正如小说本无定法一样，结构线本身也是无常规的。特别是在很多情况下，各种结构线性质和形态又是混杂在一起的。所以，任何将其划分绝对化、机械化的作法，都是不可取的，也不是科学的态度。

结构线在整个结构形式中的作用是极其巨大的。它既是结构点的有机生长和延伸，也是构成一部作品面貌和样式的骨骼与筋络。丰富性和有机性是对结构线最基本的要求。虽然在上文中我们常用"线段""轨迹""痕迹"等概念去称呼它，但它决非仅仅就是一条几何学意义上的单纯线段，也并非单单是一条物理学意义上的"痕迹"。实际上它承载着情节、事件、人物、场景以及审美等多重丰富的内涵。也可以说，愈是内涵丰富的结构线，愈有复杂的艺术价值。同样，结构线自身也是个有机体，具有运动、发展、联系、统一的内在活力，也具有运动发展和联系的主动性和鲜活性。僵化的、机械的、与小说其他要素相割裂的所谓线索，没有任何结构线的价值。

---

1 李文俊著：《喧哗与骚动·前言》，见[美]福克纳：《喧哗与骚动》，上海译文出版社1984年版，第10页。

第三节
结构形成和演进的内在动力类型与性质

结构点之所以能生发为结构线,结构线之所以会向前运动和演进,还有个推动力问题。在以往的小说艺术论著和关于小说创作的教科书中,对长篇小说结构得以形成的演进动力的考察,往往是将关注点仅仅落在作家本人的创作活动本身对情节线索发展的推动上。例如刘熙载就说过:"惟能线索在手,则错综变化,惟吾所施。"[1]德国作家歌德也曾经指出:"要费多大力气,要用多少心思,才能使一个宏伟的整体安排停当。"[2]这种认为作家的本人能力,亦即创作时作家本人让情节演进的欲望和作法推动着一部作品结构线索演进的意见,在某种意义上说,无疑是正确的。因为一部长篇小说的情节线索是否向前发展,如何发展,确实在很大程度上取决于作家本人的设计和描写。所以,结构形成和演进的最基本动力,毫无疑问,是源自于作家本人的创造力的。

但是,作家的创造力毕竟又属于结构自身之外的外部推动力。我们知道,任何人为的事物一经人力的作用形成一个客体的时候,自身就有了其不受外在因素控制的内在规律,包括其内在的发展演进的动力。这样,在小说结构的构成中,当作品结构本身的生发点一经生成,结构线一经出现,结构本身实际上就成了一个自成系统的、独立的客观存在物。那么,它实则就有了自身固有的、在某种意义上来说是不受外在控制的结构发展的演进动力。对此,我们可以将其看成是推动结构发展的内在动力。以往我们在谈到长篇小说情节线索运行和发展的动力时,仅仅看到作家本人创造力的外部作用,而忽略对情节线索运行的内在动力的考察,这不能说不是一个缺憾。

从西方长篇小说实践来看,由于结构形式不同,造成结构本身形成的内在动力也明显地分为不同类型。为了能更清楚地说明和阐释不同内在动力类型,我们将借用物理学上的"撞击"理论,对此进行一番考察。我们之所以用"撞击"理论,这是因为,任何撞击都是一种动力发生形式。

从动力发生和作用形式(或曰撞击形式)上来看,西方长篇小说结构内部的动力类型,主要体现为下述几种形态:

---
[1] [清]刘熙载著:《刘熙载文集》,薛正兴点校,江苏古籍出版社2001年版,第87页。
[2] 引自爱克曼辑著:《歌德谈话录》,朱光潜译,人民文学出版社1978年版,第5页。

（1）单点一次性撞击的动力作用形式。这种撞击形式主要是指，在全部结构中只有一个能引出一条线索的结构核，而撞击的作用又只有一次。换言之，全部作品的结构线的生发和演进，只给予一次性动力作用就完成了。用图型显示，大略如下：

如果说，在上面的图型中，我们用⇨符号表示某种动力，用○表示结构核或结构生发点，而用——→线段表示结构线发展轨迹的话，那么，就可以看出，在这种结构线发展运行中，仅用一次动力的撞击，就将全部书中结构线发展的过程完成了。在西方长篇小说的艺术领域，《鲁滨逊漂流记》等作品的线索发展即属于这种结构动力形式推动的结果。在《鲁滨逊漂流记》这部长篇小说中，读者可以看到，小说结构线的发展，亦即鲁滨逊荒岛28年的经历，完全是源自于开头所交待的事件，即主人公乘船海上遇险和他被抛荒岛，而此后鲁滨逊在荒岛上的种种活动，完全成了这一事件的必然结果。

（2）单线多点连续性撞击的动力作用形式。这种动力形式或撞击形式的主要特征是，在小说全部结构构成中，虽然只有一条结构线，而推动其结构线的发展、前进的撞击动力，则是连续不断地作用于其中的。这种形式体现为下列图型形态：

《堂吉诃德》是这种动力形式的典型体现。就这部长篇而言，主人公堂吉诃德的游侠活动所构成的线索之所以能够出现，最先的动力撞击是来自于作品开头所描写的他读骑士小说入了魔。这样，他读骑士小说入魔这个事件，就构成了这部小说情节出现和结构线索发展的最初推动力。但是，人们随之会看到，虽然主要结构线索出现了，然而当它在继续发展中，又不断地受到其他偶然出现的事件的作用，或者说受到不断地撞击。例如，如果我们说，堂吉诃德"大战风车""杀戮羊群""抢夺理发师的头盔"等等都是第一次撞击所引起的结果的话，那么，在第二卷中第三十章所写到公爵夫人和公爵的出场，无疑是对情节发展和结构线的演进带来了又一次撞击，并由此引出了堂吉诃德受到残酷捉弄、桑丘做"海岛总督"以及主仆二人狼狈逃出公爵府第等一系列事件。再者，在第二卷第六十四章里，以堂吉诃德为代表的主要情节线索受到了再一次的撞击，即堂吉诃德本人被化装成白月骑士的参孙·加尔拉斯果学士所打败。正是这个事件的出现，才使得后来堂吉诃德回乡途中的种种故事以及最终死去的线索得以进一步发展和延伸。由此可见，在这部长篇小说中，情节结构线的发展是在不断地连续性撞击中完成的

（3）多力多次对单点单线多次反复撞击的动力作用形式。在西方长篇小说的结构艺术中，有些作品虽然在最初仅有一个基本的结构核。但是，这个结构核所受到的内在动力的撞击或推动并不是一个而是多个。而这种多力的集中撞击又不是在这单一结构线的某一点而是多个点上反复进行的。这样，这种动力形式就呈现出下列图型：

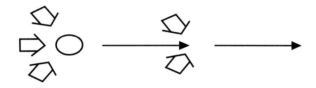

在阅读西方长篇小说作品的时候，我们常常会发现，某种情节的发展与演进，以及由此体现出来的某条结构线索的伸展与延续，往往是由多种而非一种内在力量推动的。可以说，有多种矛盾作用于一个主人公身上，或者说既有物质上的，也有精神上的诸种因素综合在起作用。这样，就导致了主要线索演进的撞击力的多源性。

举例来说，陀思妥耶夫斯基的长篇小说《罪与罚》就鲜明地体现出了这种动力形式的特征。在小说的开篇几章中，作家就首先描写了主要情节线索的代表人物拉斯科里尼科夫谋杀高利贷者、当铺老板娘伊凡诺夫娜的事件。那么，造成他杀人的动机是什么呢？换言之，推动这条情节线索向前发展的主要动力因素有哪些呢？恐怕至少有下述几个方面：一是极度贫困导致他的失学；二是妹妹冬妮娅为帮助他将要违心地与骗子、年轻的绅士卢任结婚；三是由于上述原因引起的他对社会不公正、贫富悬殊现实的愤懑情绪；四是其"超人"理论引起的思想危机。可以说，正是这些力量的综合作用，才导致了他杀人行动的

出现和行动线索的向前发展，也从而导致了其结构线的形成和运行。再看拉斯科里尼科夫的自首和"新生"的情节出现的原因。他之所以在警察没有抓到他的时候能主动自首，结构线能够再进一步延伸，恐怕原因也是多方面的。例如妓女索尼娅对他的影响，他所信奉的"超人哲学"和"犯罪理论"的破产，以及社会中出现的种种忍受苦难并最终获得心灵宁静的事件，均构成了他思想转变的动力，同时也构成了这条情节线索更进一步深化演进的内在动力。

（4）单点单力的撞击导致线索多级分裂的动力作用形式。此亦可以称为"核裂变式"动力作用形式。它的主要特征在于，当一部作品结构中的结构核受到某一种动力撞击后，最初单一的结构核可以放射出数条或十几条结构线，然后可在此基础上，再衍化出更多的结构线，从而使其形成庞大的线索发展系统。若用图型显示，它的样式有如下两种：

第一种形态图示：

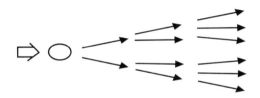

第二种形态图示：

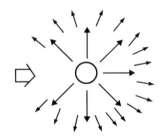

在这种动力形式的作用下，结构线的演进呈现出大约上述的两种形态。其中第一种形态，相对而言，是按着较为规则的方式进行纵向分裂的。这在西方传统小说中，特别是"巴尔扎克小说式"结构模式的作品中是较多采用的。例如，巴尔扎克的长篇小说《农民》，就是其卓越的代表。小说开始的情节主要描写了主人公、帝国时代的将军蒙戈奈伯爵，于1823年带着新娶的妻子回到自己在布戈涅买下的艾格庄庄园，引起了诸多人物，诸如阴险的管家高贝丹、女仆柯赛、卜郎支乡乡长里谷、梭朗日市市长苏德利等人的不满。从而导致了这些人所代表的多条情节线索的出现。而这些人物的活动，又引出了高贝丹安插在蒙戈奈伯爵身边的新管家西比里、森林警察库特克意司、老军人米梭、农民东沙一家等人活动的登场。这样，假如我们在结构艺术上，将蒙戈奈伯爵回到庄园的事件，看成是对全部小说结构线交叉出现和发展的一次撞击的话，那么，后来其他线索按倍数增殖和以纵向发展流程的出现，就是这种动力撞击所产生的结果了。

这种撞击所形成的第二种形态，是撞击发生后，结构线按不规则的方式成倍数地向四周分裂。这在现代主义小说结构中是极为常见的。例如在意识流小说、超现实主义小说、黑色幽默小说中，我们常常看到下述情形：当一个人的心灵受到某种创伤，或某人受到某一事件的触动，常常是思绪博杂混乱地向四周不规则地扩展，并一再引出种种众多破碎的人物、事件与场景，从而形成原子核裂变式的结构形态。爱尔兰小说家尤利西斯的长篇小说《芬尼根的守灵夜》主要由酒馆老板汉弗莱·顷普顿·叶尔委克的潜意识流动构成。第一章写有个搬运砖瓦的工人芬尼根从梯子上跌落，大家都以为他死了，守灵时洒在他身上的威士忌酒香却刺激他苏醒过来。人们把他按倒，叫他安息，并告诉他已经有人来接替他了。芬尼根的继承人就是酒店老板叶尔委克，他的梦构成全书的主要内容。小说时间大约从傍晚开始，断断续续地表现他混乱的梦境，乔伊斯企图通过他的梦来概括人类全部历史，芬尼根从墙上跌落死亡，又一下子醒来，代表着人类的毁灭与复苏。其间夹杂着对英格兰历史与爱尔兰历史的描述，还有关于欧洲大陆移民朱特人与爱尔兰土著默特人之间的对话等。此外还引出了关于其他大量的人物、世间各种事项的思绪。从这里可以看出，"芬尼根的被摔死"这个事件是第一次撞击，从而引起了店老板叶尔委克下意识和潜意识的流动以及不同的、多杂的零散思绪的几何式不规则的四外放射，从而使其成为一种结构上的迷宫。

（5）多点多力撞击从而引出多条结构线交叉出现的动力作用形式。在这种形式中，结构线被撞击的点并非是一个而是多个，动力源不是一个也是多个。正是在这种多点被多力的撞击中，生发出多条结构线。图型显示如下：

在西方文坛上出现的很多长篇小说中,有些作品在结构上,由于有多个结构核,所以会有多条结构线的出现。但它们不是由某一个动力而是由多个动力撞击推动形成的,每条线索都有自己的动力源。正是由于处在不同方位的动力源对各个不同的结构核的撞击,结果形成了众多交织的结构线的走向。狄更斯的长篇小说《艰难时世》,首先描写了主人公之一、退休的五金商人葛雷硬当上了焦煤镇地区的国会议员。他自命为"教育家",宣传功利主义理论,结果造成了他个人和其他人的悲剧。如果说"功利主义"理论是这条线索的动力源的话,那么,另一线索的代表者庞得贝的活动,则是由他的贪婪来推动的。而第三条线索,即工人斯蒂芬的活动及悲剧命运,则是与庞得贝对他的损害与开除的原因分不开的。这样,不同的动力推动着不同的线索出现,并导致了彼此间的穿插与交织,从而构成了其独特的结构线索的运行形态。

当我们在对动力的主要作用形式进行简略的考察的时候,还同时面临着另一个需要说明的问题,即动力或者称之为撞击源性质的分类问题。因为在上面论述中,有些读者可能已经发现,我们在谈到动力作用形式的时候,说到某些线索被撞击的动力的性质时,似乎内涵并不一致。这并非是笔者的疏忽,而是因为在小说结构中,结构线被推动演进的动力,其实具有着明显的不同性质的。

具体说来,动力性质的分类,或曰撞击动力源性质的分类大约体现了下述几个类型:

(1)物质性的动力性质构成。在很多西方长篇小说中,我们经常可以看到,它们情节的发展和演进,进而体现为结构线的延伸和扩展,主要是由于某种物质因素推动造成的。换言之,是某一事件矛盾冲突自身的作用,导致了一些特定的情节线索的出现、发展和延伸。这样,客观物质的事件本身的矛盾冲突就成了其动力性质的主要构成。

但是,在这种事件性质的动力构成中,人们又会发现,有些长篇小说中所描写的能够推动结构线索出现的事件又不相同,有些属于带有偶然因素的事件，而有些又是带有必然性因素的事件。有鉴于此，我们可以将物质性的动力构成形式再分为"偶然性的动力源"和"必然性的动力源"加以细致地考察。

首先，我们先看偶然事件所构成的动力源内涵。

在这类动力源性质中，结构线的出现和发展是通过偶然发生的事件来驱动的。所谓偶然性事件，主要是指事物在发展变化中事理上不一定要发生而却发生了的事件，或者说是可以这样发生也可以那样发生的事件。偶然性事件虽然和事物发展过程在表面上没有直接联系，但它的背后则常常隐藏着必然性。在西方长篇小说的艺术实践中，有些小说自身的主要情节的出现、结构线索的形成，往往都是由作家所描写的一个偶然事件生发出来的。以列夫·托尔斯泰的长篇小说《安娜·卡列尼娜》为例，可以看出，女主人公安娜·卡列尼娜由一个恪守妇道的贵夫人，变成了离家出走、与人同居并最终惨死在火车车轮下一个悲剧性的角色，情节上完全是来自于一个偶然性的事件作用的结果。这个事件就是安娜去看哥哥奥布浪斯基公爵时在火车上与骠骑军上尉渥伦斯基的偶然相遇。而恰恰正是这个偶然相遇的事件的描写，才导致了其后一系列情节线索的出现。假如作家不写这场见面，恐怕后面的情节线索就不是现在人们看到的这个样子了。同时，在写这场见面时，作家在前面又没有交待渥伦斯基这个人物。所以，见面本身是偶然发生的。类似这种偶然性事件推动结构线索形成的例子，我们在塞万提斯的小说《堂吉诃德》中也会看到。堂吉诃德之所以外出游侠，要单枪匹马去"匡正时弊"、扶危济贫，主要原因是在于他"读骑士小说入了迷"。这样，他读骑士小说而不是读其他小说，这本身也富于偶然性的色彩。换言之，倘若堂吉诃德不是读骑士小说而是读别的什么东西，后面的情节线索也就不会以现在的面貌出现了。由于一个人的一生中，有读多种类型书籍的可能性，所以，堂吉诃德读骑士小说，本身就是偶然性因素在起作用。说到底，是偶然性事件导致了该小说现有的结构线索运动方式。

其次，我们再来考察必然性事件所构成的动力源内涵。

在物质性的动力源构成中，除了偶然性事件的动力推动之外，还有以必然性的事件为内涵的动力形式构成。

所谓以必然性事件为内涵的动力形式构成，主要是指在有些西方长篇小说结构中，结构线的出现、情节线索的发展，完全是由于作品中所描写的一个必然要发生的事件的矛盾冲突的作用而产生出来的。在司汤达的长篇小说《红与黑》中，青年主人公于连·索黑尔活动所构成的情节线索的演进，就体现了这种由必然性事件所构成的动力源的推动情形。例如，在于连从小城维立叶尔的德·瑞那市长家逃走，来到省城贝尚松神学院；几年后又离开神学院，来到首都巴黎德·拉·木尔侯爵的府第；以及最终因激愤而杀人，上了断头台等一系列情节线索在演进中，明显受到了一系列必然性事件所构成的动力的撞击。小说写到，于连之所以仓皇逃出德·瑞那市长的家门，是因为市长大人早就发现了他与市长夫人的奸情。同时，也是因为市长考虑到妻子有个极富有的姑母，将来可以得到一大笔遗产，因此不想公开惩罚于连和德·瑞那夫人，于是采用了暗中枪击他的办法，逼迫于连离开。这样，于连的逃走，就不是偶然性的事件，而是必然性事件的反映了。同样，他离开贝尚松神学院，也是当时神学院内部斗争、保护他的院长彼拉神父失势的必然结果。由此，我们说，正是这种必然性事件所形成的力量的推动，才一步步地使结构线索本身走向完备。

（2）精神心理性质动力源的构成。所谓精神、心理因素动力源的性质，主要是指有些作家在进行长篇小说创作时，情节的演进、结构线索的发展，是在某种精神因素或心理因素的推动下实现的。这种精神的或心理的因素，主要包括人的某种希望、欲望、信仰、信念、苦闷、悲观、喜欢、厌倦、潜意识的活动，以及一些莫名奇妙的情感等等。这种精神心理性质的动力源的构成，也体现为两种情况。一种情况是，这种精神心理的动力源是富于"理性"的，或者说是蕴涵着"理性"意味的。例如，我们在前面谈到的狄更斯的长篇小说《艰难时世》，里面的主要人物葛雷硬和庞得贝的情节线索的运动，就是与两个人的信念或者说欲望的动力源构成分不开的。正是由于葛雷硬坚持"事实哲学"教育的信仰，才导致了他后来的悲剧；而恰恰是由于庞得贝的贪婪欲望，造成了他所代表的情节线索的发展及运动方式。传统西方长篇小说大多都是这样。而另一种精神、心理性质的动力源构成，则是以"无理性"和"反理性"为其主要内涵的。在现代主义的小说作品中，这种以精神的、心理的因素作为其动力源构成的例子，就更不胜枚举了。

值得注意的是，由于在人类社会中，任何精神的、心理的东西，都是客观生活的反映，脱离一定的社会生活所产生的意识是不存在的。所以，在长篇小说结构艺术中，在很多情况下，物质性动力源构成与精神的、心理因素的动力源构成又是紧密地联系在一起的，是相互融合共同起作用的。这一特点，在雨果的小说《悲惨世界》、托尔斯泰的小说《复活》中，均有鲜明的体现。《悲惨世界》的主要情节是描写苦役犯冉·阿让被关押19年之后由恶变善的过程，以及他的善行对其他人物的影响。而这一线索转变和发展的重要原因，是冉·阿让夜宿米里哀主教家，虽然偷了银烛台，但最终米里哀主教不仅没有惩罚他，而且在警察上门抓他的时候还保护了他。可以说，正是这一事件构成了冉·阿让抛弃恶、弘扬善、追求善的动力，也构成了他后来做各种善事情节线索的基本走向。那么，我们可以看到，在这次动力"撞击"中，既有这个事件本身中米里哀行为的影响，也有米里哀所代表的、后来又被冉·阿让本身所信仰的善的力量的作用。二者相辅相成，不能分割。在《复活》中，聂黑流道夫与玛丝洛娃在法庭上相遇，是构成后来情节发展的主要事件。但不可否认，聂黑流道夫在法庭上感到羞愧和恐惧的行为以及同时形成的"赎罪"心理，也成了这一人物后来的情节线索演进的重要动因。

综上所述，对构成西方长篇小说结构不同动力类型和性质的分析，使我们看到了结构内部"内宇宙"动力模式，从而也为我们进一步的研究奠定了基础。

第四节
结构形式内部运动的受控机制

在考察了结构生发点、结构线以及结构内在的动力形式之后，我们就可以对西方长篇小说主要结构模式内部运动的受控机制，作出分门别类的描述了。

一般说来，一部长篇小说结构呈现出什么样的模式形态，在其内部总是受着上述三种因素的制约。结构生发点、结构线和结构内在动力撞击形式在结构创造过程中的相互依存、相互作用，辩证地推动着结构艺术的自身进程和形态特征的形成。

那么，上述三者间的相互依存、相互作用究竟体现为一种什么样的关系或关系构成呢？换言之，它们之间究竟体现为一种什么样的受控机制呢？下面，我将对此进行一番说明。

从概括性角度来说，在这三个因素之间，结构核或曰结构生发点是某种结构形式出现的前提和基础。而动力的撞击性质以及其撞击的方式与次数是某种结构线形式出现的关键。结构线本身的走向、出现的多寡及其线索间纠葛缠绕的程度等等，一方面是与前两种因素相互作用的结果，另一方面也是某种结构形式最终实现的物质形态。

我们先来解释和说明结构生发点是某种结构形式（进而言之，是某种结构模式）出现的前提和基础的问题。高尔纯先生曾经指出："结构点是结构创造的核心，它对结构线和结构面有着特殊的规定性。结构点的特征、性质，规定着结构线、结构面的某些特征和性质。有什么样的结构点，就应该有什么样的足以体现它的特征结构线、结构面。"[1]

在本章第一节《长篇小说结构的生发点》中，我们曾经谈到，一部作品结构生发点自身事实（事件、场景等）的单纯与复杂，以及它所蕴藏着的结构线胚胎的多寡，决定和制约着结构样式和形态的差别。举例来说，假如一个长篇小说作家所选择的某一个结构核本身只是一个简单的事实或事件，那么，在很大程度上，它只能引发出一条结构线，从而可能出现较为单一的情节线索占主导地位的结构形式。反之，倘若作家所选择的这个结构核内部具有多条结构线索生发的含量，是一个丰富而复杂的容量构成，那么，这个结构胚胎就可能被引发出多条结构线索，从而成为以多线索交织的或多条线索向四周放射的形态。

结构生发点的基础和前提作用，还不仅仅体现在其内部蕴涵线索的多寡等数量的构成上，其质量特征也是一个极为重要的方面。从西方长篇小说结构艺术的实践考察，可以看出，由于结构生发点构成的性质不同，常常制约和决定着其所生发出来的结构线的运动走向以及存在形状。在这里，我们需要强调指出，尽管结构线的发展走向和存在形状与结构线本身的多寡有联系（例如，结构线少，特别是当一个结构构成中只有一条线索时，纵向演进就是其唯一的选择；而结构线多，就可能彼此间会纠缠、交叉或向四周不规则放射等），但从根本上来说，结构线的走向与形状仍是被结构生发点的性质所决定的。一般情况下，客观事物的发展和运动过程，都以从小到大、从早到晚、从先到后的纵向演进为特征，体现了发展和演进的有序性、规则性和必然性。这样，在进行长篇小说结构的构建时，当作家选择了某一个事件、场景、人物的某种性格或行为，并以此为结构线的生发点的时候，客观事物的性质必然会使得结构

---

[1] 高尔纯著：《短篇小说结构理论与技巧》，西北大学出版社1985年版，第57页。

线的发展体现为纵向前进的走向和事物本身存在的状态。而人类精神的活动，与客观事物的运动相比，则要灵活得多。具体来说，它更多地表现为运动过程的不规则性、突发性和不稳定性，有时甚至表现为一定的神秘性。这样，当一部作品的结构构建时，倘若作家有意识地选择某种精神的、心理的因素为其作品的结构生发点，那么，结构线的运行就不一定体现为规则的、有秩序的纵向演进痕迹。特别是西方现代主义的长篇小说，在结构构成上，大多以人的"自我"，亦即主观心灵中的下意识、潜意识乃至无意识的所谓"人的生命的本能冲动"为结构核，这就使得结构线的出现和演进更缺乏有序性，纵向前进的走向以及规则状态被完全冲破。

其次，我们要注意在结构点所起的基础与前提作用的同时，还应看到动力性质及其撞击的方式与次数在作品结构形成过程中所起的关键性作用。生活经验告诉人们，任何物体结构的结构生发点，如果不受到外力撞击，往往是保其原有形态而不发生任何变化的。这样，孤立存在的这种结构核，其实并没有任何价值。例如原子核只有在受到中子打击的时候，才会释放出巨大的能量，小说结构中的结构核，也是只有在受到某种动力撞击和推动的时候，才会出现结构线乃至最终形成一种完整的结构形态。所以，我们说动力撞击在结构艺术中具有关键性作用，它的最基本的涵义即指此。

此外，动力撞击的关键性作用还具体化为，撞击次数不同，撞击方式不同，又常常导致结构线出现的频率和结构线走向的差异，从而带来结构形式面貌的不同。在一般情况下，仅包容着一条结构线的结构核，当受到只有一次撞击的时候，更容易出现的是以单一情节线索向前发展的"流浪汉小说式"的"串珠型"结构样式。而包容的结构线较多的结构核，在受到多力乃至多次撞击的时候，就可能会呈现出以多条线索交织为特征的"网状"结构样式，亦即"巴尔扎克小说式"结构的样式。也可能会出现以多条线索向四处辐射的"蛛网状"现代主义小说结构样式。

从撞击的作用方式上看，如前所言，单点一次性撞击的动力形式、单点连续性依次撞击的动力形式、单点多力集中撞击的动力形式，因其共同特征是将力量均集中在一个单纯的结构核上或者集中在一条结构线的发展上，所以，这些撞击方式更多地倾向导致"流浪汉小说式"结构模式的出现。或者说更容易被以此种结构形式创作的长篇小说作家所采用。而诸如单点单力撞击多级分裂的动力形式和多点多力无规则撞击的动力运动形式，是更趋向于多条结构线出现的"网状"乃至"蛛网状"结构形式的形成，故更容易成为采用"巴尔扎克小说式"结构和"意识流小说式"结构进行创作的作家自觉或不自觉的艺术选择。

  动力撞击的关键性作用甚至还体现在，当动力源本身的性质与结构生发点的性质相同或者相异的时候，对结构线发展也有着重要的影响，甚至会导致结构形态本身的变化。假如只包含着一个事件性质的结构核，被一个同样是事件性质（无论是偶然性的事件还是必然性的事件）所构成的动力撞击的时候，它可能更多地以客观事物发展的进程痕迹为线索，呈现出结构线发展演进的有序性。同样，假设是一个以精神心理为特征的结构生发点，被同样是以精神、心理为特征的动力形式撞击的时候，它更多地会以意识的、思绪的演进为线索，从而呈现出精神发展的特征。而精神的思绪线索就可能是有序的，也可能是无序的。特别是当一个精神性质的结构核被一个事件性质的动力形式所撞击；或者说当一个事件性质的结构核被精神的、心理的性质构成的动力形式所撞击的时候，结构线的出现及其变化的情况就更为复杂了。

  由此可见，一部长篇小说呈现出某种结构形式，动力撞击的作用是极其关键的。它不仅导致着结构线的产生，也制约着结构线索的形态和走向。

  至于结构线的受控机制问题，也是需要我们十分注意的。首先我们应该看到，任何结构线的出现，均是在结构核与结构本身的动力撞击形式的相互联系、相互作用、相互制约的矛盾运动中完成的，它是诸种因素作用的结果。同样，我们还要看到，结构线本身也有个自身如何排列、交织、纠缠的问题。换言之，结构线一经在一部作品中出现，它也有着自身的运动规律，对某种结构形式的形成起着独特的作用。高尔纯先生曾在他的论著《短篇小说结构理论与技巧》一书中，提出了"结构面"的看法："结构线是结构的经络，作品结构的具体方式，是结构点的条理化、逻辑化。结构线的延伸与扩张，形成了结构面。"又说"结构线是结构点运动的轨迹，必然有纵向的延伸和横向的扩张。"[1]在这些论述中，实际上已经接触到了结构自身的运动形式——即"纵向的延伸和横向的扩张"——的问题。例如，当一条结构线，或者数条结构线产生出来之后，假如均按水平方向前进，恐怕这些线索就会一直以"纵向延

---

[1] 高尔纯著：《短篇小说结构理论与技巧》，西北大学出版社1985年版，第57页。

伸"的方式活动，并且很难形成交织、纠缠的关系。这点，我们从"流浪汉小说式"结构和以托尔斯泰的小说《安娜·卡列尼娜》为代表的"平行式"结构中，都可以找到充分的例证。倘若结构线在走向中，其间多条线索既有"纵向的延伸"，同时又有"横向的扩张"，这样，"网状"特点的"巴尔扎克小说式"结构就可能形成。同样，假如在一部作品中，结构线本身的出现和发展，均采用的是"横向的扩张"运动形式，那么，就可能会出现"意识流小说式"的由一个中心点出发，诸种结构线向四周放射的立体结构形态。

不仅如此，结构线自身发展对整个作品的最终结构形式的形成，除受结构线走向制约外，同时也与结构线的特点有关。在对西方长篇小说艺术的考察中，还会看到，结构线本身在进入一部小说结构世界中之后，它就呈现出了下述组合特征：即在一个结构形态中，结构线出现的数量愈少，那么，结构线自身的完整性功能就愈强，其线索本身就愈不容易间断和消失。与此同时，线索之间相互纠缠、交织的可能性就会愈小，甚至可能就根本不存在交织、纠缠的问题。反之，在一部长篇小说作品的结构自身的构成中，结构线出现的数量或频率愈多、愈密集，这样，其中有些线索就愈容易断掉，就愈易于消失。有鉴于此，前者常常以主要线索自身的强化和丰满以及强有力的串联力量撑起全篇；而后者，为了保证结构自身的完整，就必然会以诸条线索的频繁交织和纠缠来补偿其不足。所以，线索愈多，交织、纠缠的比重也就愈大。

综上所述，西方长篇小说三大基本结构模式的内在机制问题，说到底，是结构点、结构线和结构面三大要素在不同性质、运动方式的相互作用下的辩证发展过程。结构有着其独特的内部规律。我认为，只有深刻地把握了这一点，才能对长篇小说结构艺术有更深入的把握。

第八章
略论其他艺术要素与结构模式关系

在西方长篇小说的结构艺术中,我们除了对诸种结构模式内部机制要有清醒的认识和把握外,还应该充分地了解到,任何一种结构形式的出现乃至结构模式的形成,都与叙事艺术的其他一些基本要素发生着极其密切的联系。也可以说,其他艺术要素均程度不同地影响和制约着结构模式的产生和某一作品结构的具体样式的出现。因篇幅的限制,我们不可能进行面面俱到地论述,仅能分别就小说家的叙事视点、作品时间观和空间观等要素与诸种不同结构模式之间关系进行一番考察。

第一节
叙述视角对结构模式的作用

20世纪初以来,小说创作中的"视角"问题,曾引起人们极大的兴趣和评论家们广泛的注意。

叙事视角(也有人称之为叙事的"视点""观察点"等),是西方现代小说叙事学理论中一个重要术语和概念。英国当代著名学者乔纳森·雷班早在20世纪二十年代初,在谈到这个问题时,就将这一概念的内涵界定为"叙述者与他所讲的故事之间的关系"[1]。具体而言,"它既指限定观察者与对象空间关系的观察者所处的位置即物理观察点,亦指观察者观察时所持的立场、感情、态度等——此为心理观察点。小说理论中的视点,按其本质说相当于心理观察点,只不过在宏

---

[1] [英]乔纳森·雷班著:《现代小说写作技巧》,陕西人民出版社1984年版,第13页。

观上也应包括观察者的位置，例如置其身于局内或局外等。简言之，就是一个由谁承担叙述人的问题"。[1]对此，美国的小说理论家凯伦·马蒂森·赫斯在其论著《文学鉴赏辅导》中，也作过极为详尽的说明。现引述如下：

> 所谓叙事角就是故事是由谁讲的，故事里发生的事是谁亲眼看到的，或者是谁想的。由于小说的每一段总是某人的故事，所以叙事角必然是与人物密切地联系在一起的。
>
> 人们常说"依我看……"，这就是说，他们先告诉你，他是如何看某件事的。同样，作家也对他们所写的事物有一定看法；这就是说，他们有自己的叙事角，而这种叙事角对故事会有一定的影响。
>
> 我们说叙事角是很重要的，这是因为：（1）它决定作品里应该注意哪些事，哪些事可以忽略不管，哪些事是重要的，哪些事是不重要的；（2）它决定读者和故事的关系，决定读者将在多大程度上"进入故事"，它还决定故事里讲明的有多少，又有多少是必须引申、意会的；（3）它决定作者同他的作品关系的密切程度，表明他是否参与了故事；（4）它还决定作者在故事中可以向读者解说多少。
>
> ……要理解和确定叙事角，一般需要考虑下列问题：故事讲的是谁？换言之，是讲谁的故事？讲述故事的是谁？叙述者对故事了解多少？允许叙述者知道多少？叙述者对人物的内心世界了解多少？以及叙述者在多大程度上与读者共同分享人物的思想感情？
>
> 作者可以完全进入故事，也可以完全是局外人；作者可以在某一阶段进入故事，然后从故事中消失，过一段又重新出现。叙事角可以归为下列几类：
>
> 自身/非自身
> 主观/客观
> 第一人称/第三人称
> 疏远/密切
> 故事的参与者（介入者）/非参与者（非介入者）

1　刘世剑：《再论小说视点》，《东北师大学报》1993年增刊，第57页。

当然这些分类在很大程度上是重叠的，很少有作品恰好属于其中某一类。重要的是要记住，叙事角是作家决定对自己所写的事采取一定的看法，以便和读者建立必要关系的特定角度，是作家观察所写事件的精神上与感情上的基点。[1]

当然，对"视角"内涵的理解，特别是对"视角"类型的划分，国内外小说理论界也有不同意见。假如我们抛开理论界对小说"视角"划分问题的种种歧见，我倒以为，小说"视角"内涵的核心，主要是指叙述人所处的叙事位置和叙事人对其所叙述的事件、现象把握和洞晓的程度，以及由此引起作品所描写的形态的种种变化（当然，也包含着对作家所描写的事件和人物的隐性评判）。有鉴于此，我以为，"视角"类型大致划分为下述四种更为相宜。

其一，作家站在作品内容之外的有限叙述视角。这种"视角"的基本特征是：首先，小说家本人并不是作品中的人物，"作者是故事的局外人，所使用的代词自然是'他'、'她'、'他们'。这种叙事角也叫做非自身的、非参与者的叙事角"。[2]换言之，在这种叙事角中，作品常常不采用"第一人称"而是多用"第三人称"进行叙述。其次，叙述者（小说作者）对小说中所发生的一切知道得或等于、或少于作品中的人物。举例来说，西方长篇小说《堂吉诃德》所采用的叙述视角，就是如此。小说采用第三人称写成，虽然对其外在活动描写得很全面，但同时我们又会看到，作家对主人公堂吉诃德内心世界的揭示，又是明显不足的。可以说，我们在阅读此部小说过程中，尽管能得到作家关于主人公外部活动的全面而真实的介绍，似乎作家对其行为有着类似于全知全能的把握，但是作家却没有给我们揭示出其思想流程变化的全景式轨迹，甚至连堂吉诃德临死前意识到骑士小说的毒害，认识到自己以前的三次游侠都是"胡闹"的巨大思想转变，也不过是仅用一句"豁然开朗、明白清楚"一带而过。这就明显地表现出了作者叙述本身的有限性。某地有个什么样的人，其人做了些什么事，其人最后结局如何，这些我都知道，所以现在讲给诸位听。至于其人的思想是如何发展的，有哪些思想意识活动——对不起，我不是他肚

1　金振邦：《文章技法辞典》，东北师范大学出版社1991年版，第567—568页。
2　同上书，第570页。

子里的蛔虫,不知道。这恐怕是采用此种叙述视角创作的作家最典型的心理。由此可见,塞万提斯在写作《堂吉诃德》时,他采用的视角,既是外在的,然而又是有限的。狄更斯的早期小说,也大都属于此类,都有这种作家站在作品之外进行有限叙述的特征。

其二,作家站在作品所描写的内容之内的有限叙述视角。这种视角的特征在于,作家本人既是叙述者,又是作品中的某个人物。叙述人等于作品中的人物在小说作品中,往往采用"第一人称"来叙述故事,"我"是特定的,"我"或是故事的总叙述人,或是故事的中心人物,或是次要人物、外围人物。总之,作者本人是站在作品之内,参加到故事的发展进程中来的。这是特征之一。之二是叙述者本人所知道的东西与作品中人物所知道的一样多。在西方出现的长篇小说艺术品中,我们常常可以看到这种情况,有些以"第一人称""我"为总叙述人的作品,这个叙述人虽然对与"我"有关的一切事件,都讲述得头头是道、娓娓动听,对"我"的活动交待得极为完整细腻;包括对"我"的思想活动乃至最隐秘的内心世界,都能作出最贴切的描写。但是,当超出"我"的眼界所出现的事物,就使得叙述人无能为力了。这就体现出了叙述人叙述的有限性。例如笛福的长篇小说《鲁滨逊漂流记》就是如此。在这部小说中,主人公羁留荒岛,其自身的种种活动,包括其绝望、恐惧、奋争、希望等等思想活动的展示,均达到了极其详尽的程度。但是,书中另一位主人公"星期五"的活动动机乃至其心理流变,叙述者就无能为力了。结果,和主人公"我"(即鲁滨逊)的心理描写相比,"星期五"的心灵历程实则是一片空白。在其他类似于此的小说中,举凡《蓝登传》《埃里汪奇游记》等,莫不如此。甚至在一些现代主义小说中,诸如《追忆逝水年华》《一位青年艺术家的肖像》乃至《喧哗与骚动》的前三章(假如我们将每一部分单独抽出来看的话),也体现出了作者站在作品内容之内的叙述的有限性。

其三,作家站在作品故事之外的全知全能的叙述视角。在这种叙述视角的涵义中,首先要看到,作者在叙述故事时,是站在故事之外进行的。这是此种视角的前提。而另一个重要特点则是指叙述人比作品中的人物所知道的要多得多。在这种全知全能的视角中,叙述者如同君临一切的上帝,他不仅洞晰笔下世界的事物发展的来龙去脉、人物活动的前因后果,甚至连众多人物最隐秘的思想感情都难逃他的把握。作者可以超越时空,无所不知,无所不晓。对此,凯伦·马蒂森·赫斯指出:"全知作者,如果故事是从全知的角度讲述的,作者使用第三人称,在这种情况下,作者亲眼看到故事的全部,而且了解人物的思想、行动;作者对故事的一切了解和选择都不受限制。"[1]也可以说,由于叙述人在一部长篇小说作品中不露面,作品用第三人称写成,因此为叙述者本人的叙述留下了极大的自由空间。类似这样的例子,在西方长篇小说作品中比比皆是。例如:巴尔扎克的小说《高老头》《欧也妮·葛朗台》《幻灭》《贝姨》;托尔斯泰的《战争与和平》《安娜·卡列尼娜》《复活》;高尔基的《母亲》《克里姆·萨木金的一生》;罗曼·罗兰的《约翰·克利斯朵夫》《欣悦的灵魂》等,均属于这种叙述视角的典范性作品。比如在《高老头》中,巴尔扎克本人作为置身于故事之外的一个全知全能的叙述者,不仅对伏盖公寓、雷斯多伯爵和鲍赛昂子爵夫人家的客厅为代表的自然环境了如指掌,对每个人的活动以及由此形成的各式社会关系和人际关系洞察秋毫,而且对每个人心理的活动也都知晓得极为清晰、细腻。例如拉斯蒂涅既想快快发财,又怕引诱泰伊番小姐阴谋暴露导致厄运的矛盾心理;又如鲍赛昂子爵夫人含着眼泪离开巴黎前的心理活动以及高老头临死前内心的煎熬,都展示得栩栩如生。如果作家不是站在故事之外进行叙述,本人又是全知全能的,那这一切他就根本做不到。

其四,作家以分身形式站在作品内容内外的全知全能的叙述视角。有人将此称为"交错性视角"。采用这种视角进行叙述的长篇小说,其特征往往是作家将自己的叙述分为几个人物的讲述或者分身成几个人物意识的流动,而这几个人的讲述或者意识的流动又不过是叙述者(即作家)叙述的不同侧面的体现和反映。这种叙述视角在西方现代主义作家的创作中运用得较为频繁。首先让我们先来看一看意识流小说家的创作。在意识流小说的大师级作家中,乔伊斯的《尤利西斯》,伍尔芙的《海浪》,福克纳的《喧哗与骚动》《押沙龙!押沙龙》等都反映了这种视角的典型特征。在《尤利西斯》中,作家的叙述是分做三个人的意识流动来表现的。如前所言,主人公布鲁姆、青年艺术家斯蒂芬以及荡妇莫莉三人的意识活动,不过是乔伊斯本人意识流动的不同侧面的反映。这样,虽然小说中有一个不出现的叙述者,但形式上却体现出了三个叙述人在叙述的分身视角。这就形成了不露面的总叙述人隐蔽叙述三个人的意识

---

[1] 金振邦:《文章技法辞典》,东北师范大学出版社1991年版,第571页。

流程过程，而三个人的具体的意识流程又构成了总叙述人叙述具体内容内外都知的局面。又由于作家不仅知道布鲁姆的心理，同样也知道斯蒂芬和莫莉的心理，故这种叙述完全也可以看成是全知全能的叙述。在福克纳的《喧哗与骚动》中，如果我们把全书四个部分作为一个整体来看，可以看出，它也有个完全知道四个人（班吉、昆丁、杰生和迪尔西）意识活动（乃至最隐秘的潜意识活动）的不露面的总叙述人，这实际上体现了全知全能的叙述特点。毫无疑问，四个人的意识流动和讲述本身又构成了外视点中的四个内视点，从而导致了内外视点的有机交织。不仅意识流小说是这样，这种内外视点交织而又进行着全知全能叙述的形式，我们在米兰·昆德拉的长篇小说《生命不能承受之轻》《玩笑》等不属于意识流小说作家创作的作品中，亦能找到充分的例证。

当然，有关小说"视角"问题是极为复杂的，它们各自之间的相互联系也是经常发生的，在联系中也可能会产生新的"视角"，但是，上述四种视角应该被看成是小说创作中最基本的视角表现形式。

那么，"视角"问题对长篇小说不同结构模式的出现，起到了什么样的作用呢？要回答这个问题，我觉得，应该首先对二者之间的关系问题作一番说明。视点，既然是指"叙述者与他所讲的故事之间的关系"，因此，它就既包括作家（创作主体）与作品（创作客体）之间内容方面的关系，同样也包括与作品形式之间的关系。换言之，由于叙述者所采用视角的不同，必然会带来作品形式，尤其是长篇小说结构艺术形式的变化。

在一般情况下，正如我们在上面的分析所显示出来的那样，采用第一种和第二种视角写成的长篇小说，常常在结构构成上容易形成"流浪汉小说式"的单一情节纵向向前演进的"串珠型"形态。这是因为，在第一种"作家站在作品内容之外的有限视角"里，虽然"站在作品内容之外"使作家有可能把握全局，展示错综复杂的社会生活和人际关系，从而可能会形成"网状"结构形式，但是，作为"有限叙述"的局限，使其又很难在主人公的行动之外再向四周扩展，特别是很难展示其他的人物的活动特别是心理活动的变化。由于这种"有限叙述"的局限，故"网状"结构的形式就又很难形成了。而在第二种"作家站在作品内容之内的有限叙述视角"里，可以看出，"作家站在作品之内"本身就是对多线索出现的限制。以第一人称"我"所进行的叙述，常常导致描写"我"眼界之内的东西而摈弃"我"视野之外的生活，这样，以"网状"为特征的"巴尔扎克小说式"结构形式亦很难形成。更何况这种视角又是"有限叙述"的视角。"有限叙述"视角的局限,如前所言,也制约着"网状"结构形式的真正实现。

而采用"作家站在作品内容之外的全知全能的叙事视角"创作而成的长篇小说,在艺术形式上更趋向于"巴尔扎克小说式"结构的形成。这是因为,这种叙述视角的运用,可以使作家洞晓社会中诸多矛盾的来龙去脉,可以明察种种人际关系的纠葛及演进过程,也可以揭示人物心理活动的流变。换句话说,多故事、多情节、多人物的综合整体把握,必然会导致小说结构艺术上多条线索的出现,从而使作家能够创作出包罗万象的、人间喜剧或悲剧的全景式的社会图画。

至于采用"作家以分身的形式站在作品内外的全知全能叙述视角"创作出来的长篇小说,由于其视点本身具有的混合性、交叉性特点,加之这种混合视点又常常体现为作者和作品中人物的交替叙述,乃至交替叙述的频率不等等特征,故往往会导致众多线索的无序性向外放射的运动痕迹。所以,这种视角的更多地趋向于西方现代主义小说"蛛网状"结构模式的构成。

当然,在我们看到不同视角对不同结构形式所起着作用的同时,也不要将其绝对化。上面我们所谈的只不过是一般情况和一般规律。有时,一种视角完全可以产生出不同于我们所指出的结构形式,事物的复杂性也即如此。

第二节
时间观念的变化对结构模式的影响

"时间是小说的一个主要组成部分。我认为时间同故事和人物具有同等重要的价值。凡是我所能想到的真正懂得、或者本能地懂得小说技巧的作家,很少有人不对时间因素加以戏剧性地利用。"[1]可以说,英国作家伊丽莎白·鲍温的这段论述,道出了作为叙事文学的小说与时间之间的本质联系。侨居伦敦的墨西哥作家卡洛斯·富恩特斯也表达了类似的思想,指出:"时间是小说主

---

[1] [英]伊丽莎白·鲍温:《小说家的技巧》,《世界文学》1979年第1期,第301页。

要关心的问题，通过这种关心可以传达它。"[1]

人们之所以说时间与小说，特别是长篇小说之间具有本质的联系，"是小说的一个主要组成部分"，恐怕是与小说作为语言艺术的独特特征所决定的。众所周知，用文字写成的小说作品，比起绘画、音乐等艺术形式来，所包容的思想内容和表现形式的含量要丰富得多，广泛得多。例如：它可以包括一切物质的或精神的东西：事件、场景、行动、情节、性格、心理、意识乃至潜意识等等。换言之，内在的和外在的东西都可以通过语言的媒介，在时间的链条中组合在一起并形象地表现出来。因此，有人将以绘画为代表的造型艺术划分为空间艺术，而把以小说和叙事诗为代表的一般文学划为时间的艺术，是极有道理的。

既然小说与时间的联系密不可分，那么，小说艺术中的叙事实则就充分地反映着时间的变化，"时间就是变化的第一种形式"。[2]例如，当我们在一部西方长篇小说作品中，看到一个人的命运沉浮、一个事件的演进发展或者一个人思绪的活动等内容时，其实质就是随着时间变化所展示的内容；而一切人物活动和事物运动所留下的轨迹，实际上不过是时间变化所留下的物质痕迹。所以，没有时间的变化，就很难出现以语言艺术为特征的并通过描写而反映现实乃至精神世界的小说艺术。

由此也可以看出，时间对长篇小说的作用与影响，主要体现在两个方面。一方面是内容上，另一方面是艺术形式上。而长篇小说结构形式是文学作品艺术形式一个重要方面，因此，诸种结构形式的出现，实则深刻地体现着不同的时间性质和时间处理方式的差异。

就时间性质而言，现在人们公认有两种性质完全不同的"时间"。首先，传统的时间观认为，"时间"是属于物理学范畴的概念，具有纯粹的客观性和物理学意义上的性质。它主要指运动着的物质存在于物质运动过程中，具有着持续性和自然顺序性。和物质一样，它是不依赖人的主观意识而存在的客观实在。同时，它与物质存在的广延性，即空间，也是密不可分的。时间与空间的不可分割性和客观性，在现代物理学的发展中，特别是随着"相对论"的提出

1　引自《外国文学动态》1994年第4期，第35页。
2　[德]黑格尔著：《哲学史讲演录》（第1卷），贺麟、王太庆译，商务印书馆1959年版，第304页。

得到了更充分的证明。对时间的这一性质，很多科学家、哲学家和心理学家都曾用不同的概念对之进行过表述。例如牛顿就将其称为"相对时间"；柏格森称之为"空间时间"；而构造主义心理学家铁钦纳从心理学角度将之命名为"物理时间"。

物理学意义上的"时间"，体现为下述主要特点：一是上文已经提到的客观性特征，故兹处不再赘述；二是一维的有序性特征，即有着自然时序。一天中先早晨，再中午，再晚上；一年中先一月，再二月，依次类推一直到十二月。这一切都可以看做是遵循着"过去——现在——将来"的一维演进时序；三是时间发展的无限性特征，即客观存在的"时间"是永恒的，无始无终的。

其次，随着科学技术的进步和现代心理学的发展，人们在探讨时间性质时，又提出了"心理时间"的概念。人们发现，虽然客观时间是永恒的，并永远遵循着自然时序的发展规律运动，但是，人作为具有思维和情感的高级动物，却可以从主观方面，即通过人的感官来感知时间，理解时间，并重新调整时间的长短和时序。例如，著名物理学家爱因斯坦在解释他的相对论时，曾举出了一个著名比喻："如果你在一个漂亮的姑娘身旁坐一个小时，你只觉得坐了片刻，反之，你如果坐在一个热火炉上，片刻就像一个小时。"[1]同样，当一个人任凭思绪的野马放缰驰骋，那么，意识的忽而漂向未来，忽而回到过去，忽而浮游现在，这本身就是与客观时序完全不同的主观时序的反映。法国哲学家柏格森和构造主义心理学家铁钦纳正是从这个意义上，承认"心理时间"与"空间时间"或"物理时间"具有不同的性质，属于不同的时间的范畴。

"心理时间"的基本特征表现在：（1）它是用人的感知所体验的一种强度和变动，是主观的产物。对此，法国著名荒诞派戏剧家尤金·尤内斯库于1994年2月18日在《费加罗文学报》上发表的一篇短文中，曾谈过这样一段话，可以看作是对这一特征最贴切的说明。他写道："对于所有人而言，一个钟点并非一回事。存在着不同的时间感，一个钟点可能相当于20分钟、30分钟、15分钟，或者相反，远远超过实际时间。……当我寂寞之时（我时常寂寞），时间长长的，长长的。存在着一种流逝的时间和另一种不流逝的时间。

---

[1] 赵中立、许良英编译：《纪念爱因斯坦译文集》，上海科学技术出版社1979年版，第148页。

等待，即使持续10分钟，也远远长于你并不寂寞时的一个钟点。"[1]（2）它是以心理时序为特征。它打破了人们常规的物理时间观念，即物质运动过程的持续性和顺序性，取而代之的则是以心理活动逻辑为内涵的心理时序。过去、现在、将来彼此间不仅可以重新组合或者同时出现，而且，彼此之间的界限也变得愈来愈模糊。测量它的标尺，正如有些学者所指出的那样，是人们对某一顷刻或某一时间段的延续或停顿的感觉。

小说是时间的艺术。所以，在小说创作，特别是在长篇小说创作中，当作家明确了"时间"不同性质之后，就存在着一个如何处理时间，亦即时间处理的方式问题。从西方长篇小说艺术发展的实践来看，处理时间的方式大约有以下三种情况。

一是谨遵自然，固守"物理时间"的固有时序，坚持物质运动过程的持续性和顺序性，顺着时间刻度直线式表现生活，叙述故事。例如，欧洲早期产生的长篇小说，写一个事件时，总是先写发生，再写发展，最后写结局。写一个家庭，亦必须先写祖父一辈，继写父亲一辈，后写儿孙一辈。写一个事件亦必须先写原因，后写结果。或者先写早先发生的事件，后写晚时发生的事件，时间的自然顺序不能改变。换句话说，欧洲早期出现的长篇小说中的叙事意识，就是以时间的一维性所进行的直线式叙事。是以物理时间的发展为线索把各种事物贯穿起来并加以艺术表现的。

甚至还会出现这种情况，即作家在作品中所依据的现实生活中的事件，常常是同时发生，几个事件之间没有必然的时间上的联系。但是，倘若小说作家固守"物理时间"的严格时序并对之加以描写的时候，那么，这就正如德国作家莱辛以及哲学家黑格尔所说，他们（指作家）为了要把现实中同时发生的许多行动和情节展现在读者眼前，就必然会把同时发生的动作和情节当作先后承续的序列来安排，从而体现时间发展的顺序性和一维性。

对时间处理的第二种方式是，作家常常在坚持"物理时间"的客观性和自然时序的基本性质的同时，又运用自己的主观能动性。换言之，在不破坏"物理时间"的基本原则的同时，对时序进行艺术化调整和重新组装。在许多小说理论著作和写作教科书中，我们常常可以看到有关对顺叙、倒叙、插叙等叙事方法的解释。其实，无论是顺叙，还是倒叙和插叙，其实质都是对时间（即"物理时

---

[1] 引自《外国文学动态》1994年第4期，第43页。

间"）处理方式。如果说，前面所谈到的作家固守"物理时间"的固有时序，在叙事方法上遵循着顺叙方式出现的话，那么，倒叙则是作家有意违反固有时序，先把后来发生的事件描写出来，然后再返回来叙述此前发生的事件的时序调动结果。而插叙则是作家在以顺叙的手法，按自然时序叙述一个故事时，插入与上下文的时间完全不同的、在其他时间内发生的事件，从而使正常时序暂时中断或延宕。由此可见，由于这种叙事时序明显体现出了对客观的"物理时间"自然顺序的有限背离，即带有了明显的作家主观调动的痕迹，所以，这种时间的处理方式与第一种处理方式相比，已具有了对"时间"理解的新质色彩。

对"时间"处理的第三种方式是，完全遵从于"心理时间"的构成规律，通过人的感官来感知一种强度和变动，并根据人的内在心理逻辑，或者说作者根据人的思维演进流程，把时间主观化，把时序心理化。具体来说，在"心理时间"的时序处理方式中，时间可能表现为某种凝固静止的形态；也可能是某一时间段被任意缩短或拉长的形态。更为常见的是，"物理时间"本身常常被分割成许多时间段，然后经过颠倒、跳跃、重叠、交错的处理，导致"物理时间"时序的消解。这样，实则就彻底摧毁了"物理时间"的客观进程和时序规律，结果组成了每个时间段的互不联系，也互不连贯的变形"时间"和多种矛盾时间段的混合体。在西方现代派的小说中，时序的颠倒、跳动、变形可以说是一大特征。作品中的情节（如果说还有情节的话）和事件的发展，常常不再像传统小说那样，按时间排成一条直线，而是成了时间变形的载体。那么，对这种作品的时间流程的把握，只有读者在把握了作家的心理时间流程的轨迹后才能做到。

小说家对不同的"时间"性质的认识及其对时序的不同处理方式的把握，其实质是对现实生活的认识日益深化的结果。同时，它对西方长篇小说不同的结构模式的出现，亦产生着有效的作用和影响。换言之，正如在不同的历史阶段作家集中采用某种叙述视角，可能会导致不同的形态结构模式出现一样，作家在不同时期具有什么性质的时间观，运用什么样的时序处理方式，也在一定程度上决定和制约着某种结构模式的出现。

先看"流浪汉小说式"结构方式与时间和时序的关系。我们说，"流浪汉小说式"结构的"串珠式"构成形态之所以能够产生并成为一种模式，是与当时人们仅有的对"物理时间"的认识，以及偏重于坚持物质运动过程的持续性和顺序性，并顺着时间的刻度直线式地认识生活、表现生活、叙述故事的"时序"观念分不开的。举凡采用西方"流浪汉小说式"结构方式构成的经典性作品，诸如《堂吉诃德》《鲁滨逊漂流记》《格列佛游记》《蓝登传》等，情节发展的直线性流程以及中心结构线索的单一性演进特征，莫不受控于作家本人对这种时间的直观认识和理解。比如，塞万提斯在写他的《堂吉诃德》时，就先交待了主人公吉哈诺是个什么样的人，他是如何自名为"堂吉诃德"然后依次描写了他的三次出游，最终写了他的死。在《鲁滨逊漂流记》中也是先交待了主人公的冒险性格的起源，然后依次写了他的三次海外冒险的经历。尽管头两次冒险写得非常简约，但从时序上看，毫无疑问，也是依据"物理时间"的刻度和进程进行的。就是作家对之详细描写的第三次冒险和被囚困海岛28年的生活场景时，也是以从前到后、年复一年的时间走向依次描摹每年中发生的一个个事件的（甚至作家有时还采用日记的形式来加强这种时间效果）。这样，当我们从时间的角度来看问题，这类小说均是以时间为顺序对种种具体事件做纵向串联描写的。而此种时间处理方式就与"流浪汉小说式"结构方式的构成原则达成了内在的统一。

其实，"流浪汉小说式"结构中体现出来的这种时间观念，或者说，这种时间观念和时序处理方式对"流浪汉小说式"结构方式所起的作用，是与人类早年（指原始社会——笔者）的时间观念以及由此产生出来的艺术形式有着明显的传承关系的。金健人先生谈到这一点时，曾指出："在人类的野蛮时期，尚无文字，但已有各种各样的记事方法。最早的有结绳记事、刻木记事、贝壳珠带记事等，它们都是依照时间序列对事物的串接，将需要记住的各种事项'记录'下来。这种体现时间的一维性的直线式的叙事，成为后来史诗、骑士文学、戏剧、早期小说最普遍的结构形式。"[1]由此也可以看出，文艺复兴时期小说家的时间观念与古代人的时间观念还没有显著的差别。包括到19世纪初期出现的西方小说家，在很大程度上也是在恪守着古老的时间观念传统。这样，反映在小说形式艺术上，形成以直线纵向发展的结构形态，就又不仅仅只是作家个人的兴趣、喜好的纯艺术选择了。

再考察"巴尔扎克小说式"的"网状"结构与时间之间的关系。我们说，"巴尔扎克小说式"结构形态的本质，与"流浪汉小说式"结构形式一样，仍然是客观现实生活运动发展基本轨迹在长篇小说艺术世界中的物化反映。那

---

[1] 金健人：《小说的时间观念》，《文学评论》1985年第2期，第13页。

么，既然是客观生活的反映，就决定着它本身必然会同样受着客观外在的"物理时间"基本规则的影响。这样，"物理时间"本身所具有的持续性和顺序性以及它与空间的密不可分的联系特征，就必须加以保留和维护。也就是说，不管在一部小说中叙事时序如何调整、变化，但必须得让这种"物理时间"的固有时序能够标识和呈现出来。

然而，还要看到，在"巴尔扎克小说式"结构模式出现的时代，由于人们对客观世界的认识日趋深化，特别是人的认识能力、理解能力的增强，对时间本身的认识也得到了新的发展。人们发现，虽然"物理时间"本身运动的固有规律和顺序的"铁的法则"是不可改变的。但是，多种事件可能在同一个时间内发生，乃至人发觉在自己的心灵世界中可以不受"物理时间"规则束缚，能够日趋自由地在过去、现在、未来的时间隧道中穿梭往复的状况，使小说家们意识到，在他们笔下的世界中，完全可以对"物理时间"的时序做出有限的调整，以适应新的艺术审美的需要。这样，在小说创作中，对第二种时序处理方式的运用就是必然而又适时的了。

同样，时序变动手法之所以能够在19世纪之后盛行起来，还在于"为了表现日益繁复的现实生活使然。囿于时间一维性的直线式，纯以因果为连线、时间为次序，常使作者产生顾此失彼又腾挪不开之感，更不必说平铺直叙带来的单调使读者望而生厌。而打破时序，在因果联系难为之处，增以特征对应为补充，取事物间的相似、相反、相向、相背、相合、相离、相包、相嵌……等对应关系为心理线索的客观依据，于是，一反小说叙事结构为直线型垄断的局面，交叠式、复合式、放射式等多种形式争奇斗妍。至此，小说的叙事也渐由时间的承接向空间的并列转移。"[1]我们知道，当时间的一维直线性观念被冲破，小说叙事也由时间的前后承接向空间的并置并列转移之后，这带来长篇小说创作的一个最明显结果，就是小说本身所包含的场面开始变得宏大，事件开始增多，人物数量开始增加。由此，多故事、多人物、多情节的特色开始形成。故事与故事间联系、人物与人物间的纠葛，构成了相对时间内事物发展的扩张性和外延性。而"物理时间"时序的重叠、交替的处理方式所带来的倒叙、插叙等叙述技巧的应用，以又使得多种时间的交织运行成为可能。这样，当我们从时间角度来看问题的时候，就会发现，"巴尔扎克小说式"结构中的

---

[1] 金健人：《小说的时间观念》，《文学评论》1985年第2期，第15页。

诸多结构线的交叉，在某种意义上，莫不如说是"物理时间"和"心理时间"被艺术化处理后运行痕迹纠葛、交叉的反映。

哥伦比亚作家加西亚·马尔克斯的长篇小说《百年孤独》在究竟属于现实主义小说还是现代主义小说问题上，人们的看法一直不统一。现有教科书在分类的时候，有的将其安排在现实主义文学部分，有的则将其安排在现代或后现代文学的部分。假如我们从时间观念上考察，可能会得出更符合实际的结论。为了表现拉丁美洲百年孤独的现实，马尔克斯创造了新的时间观。从全书总体方面来说，作品时间是按照从早到晚、从前到后的物理时间顺序组成的。小说从布恩蒂亚家族中霍塞·阿卡蒂奥·布恩蒂亚第一代写起，到第七代结束，从小镇马孔多初建写起，直到马孔多被一阵飓风吹得无影无踪。这个故事的总体结构毫无疑问是遵从着物理时间来安排的。但是，在具体的情节片段中，则又是按心理时间安排的。他认为，时间本来是流动的，但在拉丁美洲是静止的，是在一个封闭的时间圈里循环的。在《百年孤独》这部小说中，作品的第一句话就是"多年之后，面对着行刑队，奥雷连诺上校将会想起那久远的一天下午，他父亲带他去见识了冰块。"这说明，在具体的场景中，叙述的口吻是站在某一个时间不明确的"现在"，去讲述"多年之后"的一个"将来"，然后又从这个"将来"回顾到"那久远的一天"的"过去"。一句话里包含了现在、将来和过去，形成了一个各种时间的立体交叠。不仅如此，就是作品中人物的相似名字、人物的相似活动乃至不同时代人物的相似命运，都表明着时间的交叠性和交汇性。也就是说，马尔克斯往往写已经发生的事，或已经被预见的事物，但他让它们走着命运注定的路，绕了一圈，往往又回到了原处。因此，可以说，正是在《百年孤独》这样的结构中，体现了两种时间观的交替使用。而这正是拉丁美洲"百年"而又"孤独"复杂现实的艺术体现。从时间的意义上说，这部小说既不完全是现实主义的，也不完全是现代或后现代主义的，它是介于两种小说流派之间的独特小说。

最后，我们再来考察"意识流小说式"的"蛛网状"结构模式的形成与"时间"的关系。由于"心理时间"出现的基础在于用感官来感知时间的强度和变动，强调人的心灵对时间的感知意义，那么，"心理时间"在一部长篇小说中出现，就必须要以作家或作品中的某个人物内心世界为前提，或者说以"自我"为核心。这样，它就与"意识流小说式"结构的最根本的要求高度吻合在一起了。又由于"心理时间"并不表现为"用空间的固定概念来说明时间,把时间看成各个时刻依次延伸的、表现宽度的数量概念",而是表现为"各个时刻相互渗透的表现强度的质量概念",[1]表现为多种时间段或时间点的交互穿插和时序的多级复合的复杂时间机制,那么,这种时间本身的无序及随意的变化,实则就与"意识流小说式"结构中的结构线的特征发生了共鸣,"心理时间"的运动轨迹恰恰物化成了小说结构线的痕迹。就作家而言,要采用"意识流小说式"的"蛛网状"结构来构成一部作品,那么,他就应该深刻地理解"心理时间"的性质以及深刻地把握第三种时序处理方式的精髓。

有人指出,"意识流"小说家普鲁斯特的鸿篇巨制、其代表性作品《追忆逝水年华》是一部典型的"时间"小说,是"心理时间"的文学再现。大家知道,普鲁斯特的创作曾受到了柏格森心理时间学说的直接影响。因此,在他的《追忆逝水年华》中表现出了完全不同于"物理时间"的新的"时间的形式"。小说中,正常"物理时间"的时序被完全打破。例如,小说包含着大量的回忆性片断,但叙述者本人在这些片断的叙述中并非单纯地追忆过去已经发生的东西。貌似回首往事,实则写过去想象中的现在和未来。这样一个个时间段的相互交叉、重叠以及多级时间的复合变化,就超出了一般"物理时间"时序的变异,近乎构成一种无时序。同时,时间发展节奏的人为缓慢以及一个时间内发生事件的叙述的多重重复,"时间"在普鲁斯特的笔下已经完全变形。

乔伊斯的《尤利西斯》,也是一部伟大的"时间"小说。米兰·昆德拉在谈到这部小说"时间"特色时,曾指出:"抓住具体的现在时间,是标志着福楼拜之后小说发展史的倾向之一;它在詹姆斯·乔伊斯的《尤利西斯》中达到了顶峰,竖起了它真正的里程碑。这部作品在将近900页的篇幅中,描述了18个小时的生活;布鲁姆在街上停了下来和麦科伊在一起;在一秒钟的时间里,在两句随之而来的对话中,无穷无尽的事情过去了;布鲁姆的内心独白;他的动作(他的手伸进兜里,触到一封情书的信皮);他所看到的一切(一位女士爬上了一辆四轮马车,露出了她的腿,等等);他所听到的一切;他所感到的一切。一秒钟的现在时间在乔伊斯笔下成了一个小小的永恒。"[2]

---

1 转引自袁可嘉编:《外国现代派作品选》(第1册·上),上海文艺出版社1985年版,第23页。
2 引自《世界文学》1994年第5期,第242页。

第三节
空间观念的变化与结构模式的关系

与时间密切相联系的是空间。从空间的角度来看,正如小说结构离不开时间一样,几乎每一部小说的叙事也都离不开空间。可以说,每一部小说的空间描写都与小说的情节发展和人物塑造乃至主题思想关系密切,更与小说作品中不同结构样态的构成不可分割。目前,不同的长篇小说作品的空间结构方式已经有了成功的实践和丰富的积累。这为我们谈论空间观念的变化与西方长篇小说结构模式之间的关系,提供了可能。

要考察西方长篇小说结构中的空间问题,我们必须首先搞清楚一般物理意义上的"空间"和"空间观念"两个概念。

那么,什么叫"空间"?所谓"空间",从最一般的意义上讲,是物质存在的一种客观形式,是物质存在的物理性表现。因此,我们也可以把空间称为"物理空间"。这是因为事物的运动发展一般由其涉及到的广度(即长度、宽度和高度)所构成。也可以说,事物发展或拓展的程度就是空间。由于空间的存在与时间密不可分,我们也可以说时间扩张的程度就是空间。其实,物理空间与物理时间一样,都是客观存在。它没有所谓的长度、宽度和高度之分,它就是弥漫于宇宙间的客观存在。

那么,什么是"空间观念"呢?所谓"空间观念"是指人在感知物理空间的基础上形成的关于物体的形状、大小和相互位置关系、数量关系等。换言之,通过长度、宽度和高度表现出来的客观事物在人脑里留下的概括的、具体的形象,就是空间观念。应该说,没有"空间观念"的出现,也就无法说明"空间"的概念。

由此可见,"空间"和"空间观念"是一个辩证关系的结构。如果说,"空间"是物理学意义上的存在,是客观的;那么,"空间观念"则是在客观"空间"的基础上产生的,是人感受的产物,或曰主观的产物,是体现为关于空间及其生活意义表征的观念形态。[1]换言之,在我们的日常生活中,空间的客观

---

[1] 这一关于"空间"的看法,在美国后现代地理学家爱德华·索雅1996年出版的《第三空间:去往洛杉矶和其他真实和想象地方的旅程》中有较为详尽的说明。

性存在总是被人的主观性感受到并加以说明和标识的。因此，"空间"既可以被视为具体的物质形式，同时又是可以被感知、被标示和被分析说明的东西，是精神性的建构，空间既是客观的，也是主观的，并在人们的主观感觉中显现出来的。在人们认识和感受的空间时，大约可出现三种空间观念的解释指向：第一种：延续性的空间；第二种：并置性的空间；第三种：交错扭结性的空间。

所谓"延续性的空间"主要指的是空间本身的有序发展性。这一点是和"物理时间"的观念紧密相连的。在人类漫长的生产和生活实践中，人们发现，空间的存在总是和人的活动或行动联系在一起的。对此，当代著名学者米歇尔·德·塞尔托在《空间故事》一文中，将叙事理论化，认为它是"日常生活中的常事"，建筑模块便是它们的空间，这些空间使得发生在时间中的各种文化实践和运动成为可能。[1]假如"我"在一个屋子中不动，那么，"我"所感受到的空间，就是一间屋子的空间。而一旦"我"走出屋子，来到院子里，那么，"我"就会感受到空间扩大了几倍。假如"我"来到了某个城市或乡村，那么，"我"感受到的空间就会极大的扩张。在这种"空间"的感觉里，空间的扩大是随着人的活动和时间的延续而不断蔓延发展的。也可以说，这样感受到的"空间"，形成的是一个绵延的长条式的有序构成。

而"并置性的空间"则是指人们在感受空间时，强调空间并置性的存在状态。我们知道，空间本身是没有延长和并置之分。但在人们的感觉中，则可以把不同人的不同的空间感觉并置在一起，从而使不同人感觉到的空间在一个相对集中的场景中加以表现。这就是并置性的空间的含义。在很多小说中的空间往往是由多种感觉空间组成的，还常常体现为各种感觉空间交叠的现象，即最大的空间中包含几个较大的并列存在的空间，然后这些较大空间中又分别包含一系列小空间和具体的场景。

"交错扭结性的空间"是指人们在感觉空间的时候，常常打破物理空间的界限，将其按着作家主观的认识，让不同散碎的空间交错重叠扭结在一起，形成一种完全不符合物理时间规则的心理空间构成。在这里，空间感是呈碎片化的，空间的排列是混乱无序的和颠倒扭曲的。

以上笔者关于这三种感受空间的阐释指向的看法，美国后现代地理学家爱

---

[1] 参见申丹、马海良、宁一中等编译：《新叙事理论译丛·当代叙事理论指南》，北京大学出版社2007年版，第204页。

德华·索雅在1996年出版的《第三空间：去往洛杉矶和其他真实和想象地方的旅程》一书中也有过类似说明。在该书中，作者提出了他的三个空间认识理论：他认为，"第一空间认识论"是最悠久的理论，它的认识对象主要是人所感知的物质的空间，是可以通过观察、实验等经验手段，来作直接把握和说明。也就是说，第一空间认识论偏重于空间的客观性和物质性。"第二空间认识论"是对第一空间认识论的反驳。它是从构想的或者说想象的地理学中获取观念，进而将人的观念投射向经验世界，使其对空间的阐释偏重于物理性的空间和感知性的空间二者间的平衡。而他所谓的"第三空间认识论"，既是对第一空间和第二空间认识论的解构，同时又是对它们的重构。索雅强调在第三空间里，一切都汇聚在一起：主体性与客体性、抽象与具象、真实与想象、可知与不可知、重复与差异、精神与肉体、意识与无意识、学科与跨学科等等。它的特点是强调各种空间要素的界限被打破。如此而来的一个必然结果便是，任何将第三空间分割成专门类别的知识和学科的做法，都将是损害了它的解构和建构锋芒。换言之，损害了它的无穷的开放性。故此，在他看来，无论是第三空间本身还是第三空间认识论，都将永远保持开放的姿态。

　　搞清楚了"空间"和"空间观念"问题之后，我们可以谈小说结构模式与空间的关系了。我们知道，小说是一种叙事艺术。作为一种叙事艺术，必然离不开时间和空间的存在。在本书前一节中，我们已经专门谈过小说中时间问题。那么本节我们这里要考察的是西方长篇小说的空间问题。

　　小说，既有客观的空间维度，又有空间观念的维度。换言之，在文学作品，尤其是长篇小说作品中，就空间而言，都既有着"物理空间"的要素，同时，这里的"空间"又无不体现着作家对空间的主观感知。例如，在俄罗斯作家普希金的诗体长篇小说《叶甫盖尼·奥涅金》中，作家描写了主人公、贵族青年奥涅金在京城彼得堡的生活。此时的物理空间既包括上流社会的家庭，也包括京城官场。随之他来到乡村，在这个新的空间里，既有着地主拉林家的庄园，也有着乡村森林田野的场景。随着奥涅金与连斯基决斗后离开了乡村空间，奥涅金又到了其他地方漫游，场景转移到俄罗斯广袤的空间地域。当三年后他再次回到彼得堡之后，物理性的空间又转移到了京城。由此可见，整部小说的空间形式是以物理空间为基础的，是随着物理空间的场景转移为特征的。但是，这里的空间，又不完全是物理性的，它同样包含着作家自己理解和感知的空间。例如，普希金写京城彼得堡——乡村——俄罗斯其他地域——京城，其实也是作家自己主观空间的排列。换言之，是经过作家主观过滤的空间。本来这些物理性的空间是没有前后之分的，但是作家却为了叙述的目的，将这些根本没有任何联系的空间组合成了一个有顺序的、彼此有着紧密联系的空间序列。并且在这种空间的描写中，加进了浮华庸俗的贵族生活——恬静的真诚乡村——贫困凋敝的大地——傲慢奢靡的将军府邸等不同的空间感受，由此使得纯粹的物理空间获得了情感的意蕴。

通过上述简略的考察，我们可以说，物理意义上的"空间"是客观存在的，是不以人们的意志为转移的。但这样的空间对小说的创作，进而言之，对一切叙事作品的创作，只是起到了一个类似承载故事发生发展的物理平台的基础作用。而只有在物理空间基础上形成的作家独有的"空间观念"，才对审美创作富有了价值。也可以说，叙事文学（尤其是长篇小说）中，作家对空间的独特感受和作家独有的空间观念，才是决定性的。因为作家的空间观念，换言之，作家对空间的理解和感受，对小说结构的安排、节奏的控制以及人物身份等的展现都会产生决定性的影响。空间的转换不仅可以展现情节发展的多种可能性，而且还可以呈现那些不具有因果逻辑关系、又同时发生的事件，这就更加符合生活的本来面貌。

纵观在西方长篇小说三大结构模式发展演进流程的时候，我们会发现，这种作家空间感受的三种价值指向，恰恰是与西方长篇小说的三大结构模式有着极大的对应性或契合性。

与西方"流浪汉小说式"结构模式相对应的是作家所体验到的"延续性空间"。在对这类小说模式所构成的作品的阅读中，读者们常常体会到以下几个方面的"空间经验"感受：（1）通过主人公活动连续不断描写，在这些小说中展示出来的空间，基本是延续性所形成的狭长型空间。塞尔托在《空间故事》指出："每个故事都是一个旅行的故事——一种空间经验。"在他看来："叙事结构有着空间句法的地位。"就像公共汽车和火车一样，"它们每天穿过不同地方，将它们组织起来；它们选择了地方，将这些地方联系在一起；它们造出句子，从中分出行程路线。它们是空间的轨道。"[1]我们仍然以塞万提

---

[1] 申丹、马海良、宁一中等编译：《新叙事理论译丛·当代叙事理论指南》，北京大学出版社2007年版，第212页。

斯的《堂吉诃德》为例。虽然人们经常说，作家通过堂吉诃德主仆二人多次游侠冒险的描写，反映了西班牙17世纪初期前后广阔的社会生活。但这种广阔的空间，却是围绕着主人公的足迹逐步展示出来的，是一个个具体空间的狭长型有序叠加的延续构成。（2）这种空间的基础是依据物理时间的逻辑而进行的，是按着时间的前后顺序直线型拓展的。我们知道，堂吉诃德主仆二人的游历足迹，基本上是按着从前到后，从一个地方到另外一个地方，从一个具体的场景到另外一个场景来安置的。因此，在这种空间形式中，和物理时间的关系极为紧密。作家必须在把前一个空间里的故事写作完成之后，才能安排下一个空间里发生的事情。例如，只有写完"大战风车"的田野空间之后，才能写他们回到客栈的空间。在英国作家狄更斯非常著名的作品《匹克威克外传》中，也深刻地体现了其中空间是按时间前后顺序延续排列的空间形式。（3）这种空间形式的构成，除了与物理时间密不可分之外，还与作家理解空间的特点有关系。在"流浪汉小说式"结构模式出现和发展的时代，人们还受着"眼见为实"的思维模式制约。即理解空间的时候，主要依附于作品中人物（其实是作家本人）的所见所闻所感受到的经验。也就是说，作品中人物活动所涉及到的空间，才构成了作品中的空间范围或空间界线。为此，我们也可以将此称为"经历或经验空间"。

从上面的分析中可以看出，此时作家对空间的感受和认知，是和当时作家理解的时间以及使用此种结构时的认识水平相一致的。

前面我们说过，随着社会的发展和人们认识能力的增强，人们对"空间"感受和认识也必然有着新的发展。在此时作家对"空间"的感受和认识中，明显地具有了新的特点。在"巴尔扎克小说式"结构模式所构成的长篇作品中，我们也明显可以看到此时作家对"空间"描写出现的新特征。

（1）与西方"巴尔扎克小说式"结构模式相对应的是作家所感受到的"并置性的空间"。这种"并置性的空间"观念，对前面所说的"延续性的空间"观念而言，是作家对"空间"感受与理解上的深化和发展。从西方长篇小说结构艺术发展实践来看，在巴尔扎克等网状结构小说兴起后，"延续性空间"的描写大幅度减少，而"并置性空间"的安排则越来越多，甚至出现了"并置性空间"逐渐取代了"延续性空间"的写作趋势。

所谓"并置性空间"主要是指，作家在小说创作中，不仅看到了空间的

"延续性",而且还看到了在延续性空间中存在着的"并置性"。即我们常常在小说中看到这样的描写:当一个主人公在某处的具体空间中活动的时候,就在此刻,另一些人则在另外一个空间中活动。这样,就等于在一个时间点上,并置了两个空间的存在。美国小说家马克·吐温的《哈克贝利·费恩历险记》中,就有这样并置空间的精彩描写。在小说第七章中,描写了哈克贝利为了躲避父亲的毒打,决定以自杀的假象骗过父亲和镇子里的人,于是他在岸上制造假象,然后乘坐木船顺流而下到密西西比河中的一个孤岛躲避三天三夜的情节。应该说,这里的空间完全是围绕着哈克贝利而设置的,是哈克贝利的空间。但同时,小说在其后几章中,也描写了在他失踪的这几天里,小镇上的人对他失踪的猜测、议论以及寻找乃至下河打捞他"尸体"的情景。这是小镇人的空间。由此可见,哈克贝利在河中荒岛上的"空间"和小镇人寻找他过程中的"空间",完全是发生在同一时间内的两个不同的"空间"。但在小说家的笔下,他将其并置在一起了。这样,就形成了"并置性的空间"状态。

(2)除了上述单纯性的并置外,还有更为复杂的包含并置关系。换言之,在这种复杂的空间结构里,故事往往发生在不同时间的不同空间,或同一时间的不同空间以及同一空间的同一时间中,从而形成更加复杂的空间并置结构关系。例如,在俄国作家列夫·托尔斯泰的长篇小说《战争与和平》《安娜·卡列尼娜》就是这种并置性空间安排的典型范例。例如,福斯特就认为空间才是《战争与和平》的真正主宰:为什么《战争与和平》并不令人沮丧呢?也许因为它超越了时间和空间的界限。那种空间感,只要我们对它不回避,反而会令人精神振奋,其效果与音乐无异。……但那乐曲既不出自情节,也不来自人物,而是来自充满着情节和人物的宽阔的俄罗斯疆土,来自疆土上面各种包括桥梁、冰河、森林、道路、花园以及田野在内的一切空间。而在《安娜·卡列尼娜》这部小说中,并置性空间安排更为复杂。这里有大的并置性空间和小的并置性空间的巧妙安排。从大的空间看,既有安娜生存和活动的城市空间,也有列文从事改革的乡村空间。也就是说,两个人的活动完全是在同一段时间内同时发生的。在这段时间内,当安娜为了自己的爱情和幸福在城市空间中活动时;列文则在乡村的空间里为了自己的改革理想而忙碌着。这两个空间既是对比,也是并置。在这两个大的并置空间中,还有小的空间并置其中。例如安娜与沃伦斯基的幽会场景与卡列宁在家中空间的描写;奥比朗斯基家庭风波的空间与妹妹吉蒂闺房的空间并置等,都被套叠在安娜和列文这个大的并置空间中了。不仅如此,还有不同空间场景的穿插描写,从而形成了空间立体并置的复杂多样性结构,并形成了立体空间图景。这一空间立体并置的特点,正与"巴尔扎克小说式"结构的本质需要高度契合。

(3) 在对这种"并置性空间"的认识中,我们可以看到,作为其并置性空间安排基础的仍然是来自作家对物理性空间的基本认知。换言之,尽管"并置性空间"已经打破了"延续性空间"的刻板理解方式,加大主观想象性的特征。但这种主观性理解的空间,仍然还没有脱离物理性空间理解的制约,因此,这种并置性空间的虽然是并置的和立体的,但仍然是传统理性意识的产物。

20世纪科学技术的高度发展和社会进步,极大地促进了人们认识能力和理解能力的提高。特别是传统的思维方式和认知方式的解体,导致了人们看待世界和解释世界方式的极大改变。此时的人们受现代哲学和现代心理学的影响,热衷于从人的内在心理出发去解释世界。这样的现实,导致了人们开始从传统的空间认知向新的认知方式的转变。

现任教于英国达勒姆大学地理系的麦克·克朗在1998年出版的《文化地理学》中,以"文学景观"为题专门讨论了文学中空间转型的含义。克朗指出,文本并不是单纯反映外部世界。指望文学如何"准确"地和怎样的应和着世界,是将人引入歧途。同样,在克朗看来,文学是参与了这一空间经验的转移。美国当代著名学者约瑟夫·弗兰克也对现代空间叙事理论的出现做出了开拓性贡献。他在《现代小说的空间形式》一文中就提出,现代小说具有打破时间与因果顺序的空间特性。通过对现代派小说的分析,我们可以看到,它们呈现出一种全新的"交错扭结性的空间"。

在这种新型的空间阐释中,凸显出了以下一些新的空间特点:

(1) 现代主义作家们把空间完全理解成了主观的产物。空间的物理属性被突破、被抛弃,空间只是作家感受的产物,并且只有在人的感受中才能临时存在。这正如时间在现代派小说家眼中是无序的和散乱的一样,空间也是如此。以意识流文学为代表的现代长篇小说根本不按照客观现实的时空顺序或事件前后发展过程来结构作品,而是根据下意识或潜意识活动的逻辑,按照无意识的独特流程来安排小说的空间构成,从而使小说的内容与形式相交融。在这样的空间里，人物意识渗透于作品的各个画面中，起到了内在关联作品空间的作用。我们知道，人的意识是复杂的，理性与非理性意识共存。其中有明确、完整的意识，也有朦胧、片断的意识；有言语层面的意识，还有尚未形成语言的、即前语言阶层的意识，等等。这些意识混杂在一起，交替出现，故而很难从中找出逻辑性轨迹。而时间颠倒、空间重叠也就成为意识世界常有的情形。意识流文学企图如实展现人的意识流动，这就使作品的内容无法按照正常的时空顺序——展开，而是根据有别于"空间时间"的"心理时间"（柏格森语）表现意识的流程。福克纳说："我可以像上帝一样，把这些人调来调去，不受空间的限制，也不受时间的限制。我抛开时间的限制，随意调度书中的人物，结果非常成功，至少在我看来效果极好。"[1]这一点，我们在现代小说中可以找到众多而明显的例证。例如，《喧哗与骚动》中班吉和昆丁的意识不断跳跃，不存在现在、过去和未来之间的界限，因此，也不存在空间的转换。书中的空间如同时间一样，颠倒混乱。作者对此不作解释，也不交代，只以变换字体或改换称谓来提醒读者。如小说第一章《1928年4月7日》即"班吉的部分"的一段：

> 我们顺着栅栏，走到花园的栅栏旁，我们的影子落在栅栏上，在栅栏上我的影子比勒斯特的高。我们来到缺口那儿，从那里钻了过去。
>
> "等一等，"勒斯特说，"你又挂在钉子上了。你就不能好好地钻过去不让衣服挂在钉子上吗。"
>
> 凯蒂把我的衣服从钉子上解下来，我们钻了过去。凯蒂说，毛莱舅舅关照了，不要让任何人看见我们，咱们还是猫着腰吧。猫腰呀，班吉。像这样，懂吗。我们猫下了腰，穿过花园，花儿刮着我们，沙沙直响。地绷绷硬。我们又从栅栏上翻过去，几口猪在那儿嗅着闻着，发出了哼哼声。凯蒂说，我猜它们准是在伤心，因为它们的一个伙伴今儿个给宰了。地绷绷硬，是给翻掘过的，有一大块一大块疙瘩。
>
> 把手插在兜里，凯蒂说。不然会冻坏了。快过圣诞节了。你不想让你的手冻坏吧，是吗。
>
> "外面太冷了。"威尔许说，"你不要出去了吧。"

---

[1] 李文俊编选：《福克纳评论集》，中国社会科学出版社1980年版，第274页。

从空间角度来看，上述这段小说引文，其实是两个空间随意重叠的产物。前面一大段说的是班吉在思绪无序流动中展示的他和姐姐凯蒂在一个空间中的活动。而最后一行黑体字则是班吉思绪中的另一个空间发生的事情。但这两个空间则是通过作家的感受随意叠加在一起的。

（2）这种空间的本质不仅完全是人们意识感受的产物，而且更是下意识和潜意识的感受结果。在他们的眼中，所有的空间，包括过去的、现在的和将来的空间，也包括此地的、彼地的空间，乃至物理的和心理的空间都是无序的、散乱的空间存在。因此，各种空间是没有界限的，并且是随意扭结在一起的。也就是说，在现代派小说家笔下，不仅空间完全是作家主观感受的产物，更重要的是潜意识、无意识和下意识感受到的空间。例如，在约瑟夫·海勒的成名作《第二十二条军规》中，故事发生的具体地点（空间）是靠近意大利附近地中海中的一个叫"皮亚诺扎"的小岛。这个空间其实完全是杜撰的具体舞台。正是在这个杜撰的空间里，海勒无拘无束地展开了他的故事：一支美国空军部队驻扎在这个孤岛上，他们的生活内幕构成了作者笔下的那个荒诞、非理性、无秩序的梦魇世界。整部小说由42个章节组成，几乎描写了空军基地、战场、市场、兵营、天空、大海等各种各样的空间。但这些空间几乎都不是现实中存在的，和现实中的物理空间没有任何关系。例如。主人公尤索林上尉参与投弹的战场，根本和真实的战场没有任何相似之处，它只是一个感觉中荒诞存在的象征。其他空间也是如此。因此，这部小说中的每个空间都是某种下意识感受的空间。正是在这样的空间中，才能发生"第22条军规"那些荒唐可笑的事情，才能出现那些现实生活中不可能出现的那些荒诞的人！可以说，正是在这样的空间感受中，原来人们所理解的空间内涵、性质、边界以及完整性等等，都已经被摧毁。这里的空间已经完全变成了混沌一片的潜意识和下意识的承载物或喻体。

（3）当这种空间的基础发展到一定的阶段后，新的空间观念开始表露出端倪。这就是在近年来出现的小说作品中，作家的空间感受开始向多元化发展。主要表现为作家们开始向语言的空间形式、故事的物理空间形式和读者的心理空间形式的多层面来对空间问题进行探索性表达。换言之，此时的空间在以往人们所感受的物理空间和心理空间基础上，进行了新的分类表现。例如，在西方文坛出现的"元小说"中，就主张小说作为语言艺术的虚构本质。元小说"使我们吃惊地意识到,我们正在与之打交道的不是世界本身,而仅仅是世界上的又一种事物,一种由人创造的东西。"[1]虽然作家对"小说从来不是真实的东西"这一点心知肚明,却只有元小说家将其自我暴露。他们不愿回避小说是"文学创作"这一事实,认为"掩盖虚构的企图越是煞费苦心,虚构就变得越是吱嘎作响。"因此,元小说作家在小说中大量采用"露迹"的手法,即"叙述者在叙事文本中自我暴露叙事和虚构的痕迹,甚至公然讨论各种叙述技巧的一种叙事手段",[2] "直截了当地宣布它们是虚构的产物,是所有齿轮都暴露无遗的文学机器。"[3]对以上观点,若我们从空间的角度来看,毫无疑问,空间也是作家语言的产物,是语言用自己独有的方式构建的虚拟空间。若从故事中的空间构成来看,更是作家主观感觉和人为构建的产物。不仅如此,后现代小说家还有一个重要的贡献就是引进了读者的空间感受概念。这也就是说,作家虽然有着自己的空间理解和感受,也用语言展示着自己独有的空间构成。但是,读者也有自己独特的并与作家完全不同的空间感受。这样三个不同的感受叠加在一起,使得小说更成为了空间的迷宫。意大利当代小说家卡尔维诺的小说《寒冬夜行人》中,就是这样一部空间迷宫似的典型杰作。

《寒冬夜行人》几乎是一部不可复述的小说,从故事内容来讲,大致包括以下两个部分。一是小说的主体故事,以"章"为标题,讲述男女两个读者的阅读和相爱过程。第一章讲述"读者"买了卡尔维诺新出版的小说《寒冬夜行人》,开始阅读。《寒冬夜行人》的故事情节发展到关键处却没了下文。第二章讲"读者"去书店问个明白,发现自己刚刚读到的故事开头,并不是原本想买的卡尔维诺的书,而是波兰作家巴察克巴尔的小说《在马尔堡市郊外》。另外一位"女读者"也遇到了同样的情况。于是他们决定找这位波兰作家的小说继续读下去。然而,他们换回去的却是辛梅里亚民族的一位青年作家的小说《昂立枉峭壁上》。这样,两位读者阴差阳错地阅读了十个互不相关的故事的开头。男女读者也在共同寻找故事下文的过程中产生感情,最终结为夫妻。新婚之夜,当"女读者"提出要熄灯就寝时,"读者"却说:"稍等一会儿,我

---

1 [美]华莱士·马丁著:《当代叙事学》伍晓明译,北京大学出版社1990年版,第222页。
2 朱明:《"元小说"的叙事手段及其操作策略》,外国文学评论1998年第3期。
3 曾军:《"元小说"研究在中国》,载于《西北师大学报(社会科学版)》,2000年11月第6期。

马上就读完伊塔洛·卡尔维诺的《寒冬夜行人》了。"

二是在各章之间嵌入的十个故事片断。第一个故事《寒冬夜行人》，写一位神秘的旅行者，在一个陌生的小火车站的一次接头行动，可看作"侦探"小说。第二个故事《在马尔堡市郊外》，是一部以封建世仇为主题的"复仇"小说。第三个故事《从陡壁悬崖上探出身躯》，叙述一位年轻女子帮助一个犯人从海滨监狱越狱潜逃的故事，可谓之"惊险小说"。第四个故事《不怕寒风，不顾眩晕》，以"革命年代"中的动荡、怀疑、背叛、死亡为描写对象，堪称"革命小说"。第五个故事《向着黑魆魆的下边观看》，记述一桩杀人者企图毁尸却屡屡失败的故事，是一部"凶杀小说"。第六个故事《一条条相互连接的线》，讲述一位大学教师对电话铃声的莫名恐惧，是颇具现代性的"心理小说"。第七个故事《一条条相互交叉的线》，讲述主人公"我"依靠镜子的反射、折射原理扩大或隐匿自己的形象，周旋于"我"的竞争者、黑社会和敌人之间，隐喻"有限与无限""真实与虚幻""确定与不确定"等哲理问题，是典型的"寓言小说"。第八个故事《在月光照耀的落叶上》，模拟日本作家伊谷氏的"新感觉派"手法，描述男主人公对于秋日落叶和女主人公肉体的细微体会，可看作"性爱小说"。第九个故事《在空墓穴的周围》，讲述一个儿子寻母归宗的故事，文中描述的山地环境、世代近亲通婚的人群、不死的灵魂等，都显示出拉美"魔幻现实主义小说"的特点。第十个故事《最后结局如何》，讲述厌世的"我"，用意念取消了一切建筑物、人、公共机构甚至自然界，却不想正迎合了右翼力量要毁灭人类迎接"新人"的企图，"我"因此陷入极度的恐惧之中，是一部特点鲜明的"社会幻想"小说。这些故事都只有开头，没有发展，也没有结尾。

卡尔维诺运用嵌套式叙事结构使一部小说变成了十一部小说。不仅如此，作者在小说结尾处把十个故事的名称连缀成短文，又出现了第十二部小说的开头：

> 寒冬夜行人，在马尔堡市郊外，从陡壁悬崖上探出身躯，不怕寒风，不顾眩晕，向着黑魆魆的下边观看，一条条相互连接的线，一条条相互交叉的线，在月光照耀的落叶上，在空墓穴的周围，……最后结局如何？

在这部小说中,语句上下文的疏离和停滞以及语言所造成的情节的上下断裂,导致了不规则空间的出现;而十个各不相干的故事片段,也造成了故事本身空间的断裂;同样读者面对这样的空间也会在陌生中感受到了和自己以往空间感受的游离。这样的空间观念,应该说是对此前空间观念的颠覆性理解。我们从对现代时间观念的说明和分析中,可以看到它与"意识流小说式"结构模式的高度契合。

综上所述,西方三大小说结构的每种模式中,不仅有与之相对应的时间观,也有与之相对应的空间观。这也说明了西方长篇小说三大结构模式的存在,并非是我们的主观臆想。

附录篇

附录一：
西方长篇小说的
三大结构模式概说

自从长篇小说在16世纪的欧洲出现以来，时至今日已成为西方文坛最重要的文学样式之一。它以其浩瀚的篇幅、错综复杂事件的描写、众多人物的刻画和较为广阔的社会历史画面为世人所瞩目。其间经过初创时期的过渡、19世纪中后期的繁荣和20世纪以来的变异，长篇小说在不同历史时期总是以不同面貌和成就呈现在读者面前。尤其是这一文学样式在结构上的演化及变迁过程，更不能不引起人们的充分注意。笔者认为，西方长篇小说在其演进过程中，形成了三种基本的结构模式。追踪探讨这三种基本结构模式的构成原因及影响，将会对我国长篇小说的创作产生有益的启迪。

一

1553年，西班牙一个身世已不可考的无名氏出版了一部薄薄的小说《小癞子》（全称为《托梅尔斯河上的小拉撒路》）。作品主要叙述了一个名叫拉撒路的穷孩子在谋生过程中的复杂经历。小癞子从小离家流浪，作家根据他的足迹所至，在描写了性格成长过程的同时，又先后安排了他给狡黠的瞎子引路、给吝啬的教士当仆人、给虚荣心极重的破落绅士作跟班等种种事件。这样，小说不仅塑造了一个活生生的流浪汉形象，而且还通过小癞子的活动分别展示了西班牙社会各阶层不同的人物的精神面貌和生活场景。《小癞子》的出现，对西方长篇小说的发展产生了重大的影响。一些重要的长篇小说作家，如塞万提斯、菲尔丁等人，无不从《小癞子》所开创的描写方式中受到了启发，开始了自己的长篇创作。所以，从结构学的意义上来说，《小癞子》的结构方式标志着西方长篇小说最初结构模式的诞生，这就是被文学史家们所公认的"流浪汉小说"结构模式。如用图表显示，"流浪汉小说"结构的构成呈现出下述形态：

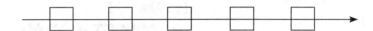

图表中的横直线是作品主人公活动足迹或生活经历的代表；各自独立的方块图形是与之相联系的各种生活事件或场景。根据象形原理，这种结构也可以称之为"葫芦串形"结构。

在这一最初的长篇小说结构模式中，作家所注重的是作品主人公生活足迹的连续运动和唯此为中心描写对象的原则。也就是说，这一结构的基本特征是作家以作品中主人公的活动为线索，按主人公活动的足迹，通过主人公的亲身经历、所见所闻，来安排各种独立的生活场景及各种不同的人物事件。这样，就使得作品中一些独立存在的故事，一些互不相干的场景及事件，由主人公自身的活动联结成了一个有机的整体。所以，那些采用"流浪汉小说"结构进行创作的作家所注意的，首先而且必须是作品主人公性格与经历的纵向发展历程，而不是主人公所见所闻那些事件的前因后果。如受《小癞子》结构影响而写成的西班牙最早的长篇小说《堂吉诃德》，塞万提斯正是通过堂吉诃德主仆二人3次外出游侠的经历，广泛而深刻地描写了西班牙17世纪初期社会生活的各个方面。根据主仆二人的足迹所至，作家既展示了乡村客店的寒酸，也展示了贵族城堡的奢侈；既刻画了农民生活的苦难，也反映了"神圣友爱团"的蛮横，场景之众多，当时前所未有。但就每一个具体故事和场景来看，它的描写则仅限于主人公的目光所见或行动所参与的范围。随着主人公的离去，一个故事的描写便宣告完结。如果不是这样，作品中所描绘的事件就会给人以游离、杂赘之感。

"流浪汉小说"结构的这一特点使作家在创作时具有了极大的灵活性。首先，它使作家可以根据自己对社会生活的认识程度和对材料的掌握程度对原有的结构设想加以随时调整。众所周知，在世界文学史上，曾经有很多作家，开始并没有将某部作品写成长篇的打算，但随着作家对生活理解深入以及小说受到读者欢迎等原因，小说篇幅逐渐增长，甚至最终成为皇皇巨著。综观这些小说，几乎无一不是采用"流浪汉小说"结构创作而成的。因为采用这种结构，作家可以随时让他作品中的主人公多走一些地方，多经历一些事件。甚至只要愿意，可以一直写下去。英国19世纪著名现实主义小说家狄更斯的《匹克威克外传》，就是典型地体现了"流浪汉小说"结构的灵活性的范例。其次，"流浪汉小说"结构灵活性还表现在，作家在小说创作中可以尽情地挑选那些最吸引读者的一个个散在的生活故事写进作品中，以增强作品的可读性。例如堂吉诃德骇人的风车奇险、与猛狮的挑战以及匹克威克所经历的种种滑稽可笑事件，只有在这种不追究每一个具体故事前因后果的结构中才能成为可能。

"流浪汉小说"结构作为长篇小说最初的结构模式出现，应该说，它是与当时社会发展同步的，也是与人们的心理发展和认识发展同步的。众所周知，社会的发展和人们认识能力的提高是一个由低渐高、由单一向纷繁演进的历史过程。文艺复兴时期，当欧洲新的生产力和生产关系出现后，尤其是15世纪的地理大发现，打破了以往那种封闭的、自给自足的自然经济模式，社会生活以其从未有过的丰富性和复杂性映入了人们的视野。这就使得以其浩瀚的篇幅、细致入微的描写和灵巧多变表现视角见长的长篇小说形式应时应运而生。但与后代的社会发展相比，"流良汉小说"产生的时代，生活毕竟还未变得像19世纪以来那样博杂多元。生产力发展水平的限制使人类探索世界和人生奥秘的行为带有浓重的个人冒险、个人游历的特点。无论是哥伦布、麦哲伦发现新大陆的壮举，还是布鲁诺、哥白尼等人对未知空间的探索，几乎都是以个人的独自力量完成的。这样的现实实际上无形地规定着作家或艺术家的认识特征和心态构成。对他们来说，这种以个人探险漫游为特征的行为本身就是人们认识世界的方式。不仅现实中每一个探索者游历过程中所遇到的那些前所未有、闻所未闻的奇异故事可以写入作品，能满足人们的好奇心，富于美学价值；就是从结构学的意义而言，这些旅行者、探索者漫游经历的本身也构成了将众多奇异的故事和事件联结为一个整体的中心线索。

不仅如此，"流浪汉小说"结构特点也是与人类认识自身的发展阶段分不开的。根据心理学观点，人类的认识具有明显的"追踪性"特点，亦即根据某一事物发展过程，来从对至尾地追踪这件事物产生、发展乃至衰亡的特点，以其把握一件客观事物的全貌。这种胶着着某一具体事物来不断把握其全貌的认识模式，也恰好构成了"流浪汉小说"结构产生的心理认识基础。

"流浪汉小说"结构的文学渊源则可以从古代希腊早期的文学作品中找到原型。作为人类早年不自觉艺术创作精品之一，荷马史诗中《奥德修纪》的结构构成，就是以主人公俄底修斯个人10年海上漂泊的经历为主干的。这种人类跨入文明大门之前的民间口头创作的基本结构模式，以其巨大的影响积淀在人们的心里，从而成为了近代西方小说家最主要的、自觉或不自觉借鉴的范本，内在地规定了新出现的长篇小说结构的选择。

　　"流浪汉小说"结构自诞生之日起，立刻成为长篇小说结构的基本模式之一，很多长篇小说作家用这一结构创作出了众多的文学精品，如塞万提斯的《堂吉诃德》、笛福的《鲁滨逊漂流记》、斯威夫特的《格列佛游记》、菲尔丁的《汤姆·琼斯》、狄更斯的《匹克威克外传》《奥列佛·推斯特》以及马克·吐温的"两大历险记"等等。不仅如此，这种结构模式，甚至影响到了非小说的其他长篇叙事作品的结构，如歌德的诗剧《浮士德》、拜伦的"抒情史诗"《恰尔德·哈洛尔德游记》等。这一切，均证明了"流浪汉小说"结构的巨大生命力。

二

　　艺术结构作为文艺作品的组织形式和内部构造的人为安排，必须遵从生活事理的逻辑。19世纪30年代，是欧洲历史上一个特殊的时期。随着资本主义制度在欧洲范围内的胜利和社会生产力的高度发展，社会结构变动日益尖锐，整个社会呈现出纷纭复杂的特征。加之自然科学的进步，人类认识已由搜集材料时期开始向"综合整理"阶段转化。这样的现实带来了人们心理的激变。人们不再满足于过去那种跟随一件事物后面亦步亦趋地去追踪考察其全部过程的思维定势；社会发展的丰富多元也使人们整体地、综合地把握客观世界成为可能。这样的现实要求着长篇小说新的结构模式的产生。

　　巴尔扎克创作的成就不仅在于他以庞大的《人间喜剧》的建造，深刻地反映了1816—1848年间整个法国上流社会的历史，描绘了一幅19世纪中叶法国各阶级、各阶层变动的风俗图画，就小说艺术的贡献而言，他的创作也体现了长篇小说一种新的结构模式的诞生。

　　综观巴尔扎克全部小说的创作，可以看出，他的长篇作品都是一些多故事、多情节、多人物相互交织的社会风俗小说。例如他在1834年写成的《高老头》这样一部篇幅不太长的小说里，巴尔扎克几乎齐头并进式地描写了8个较为完整的故事。它包括拉斯蒂涅的堕落、高老头的惨剧、伏脱冷的重新被捕、鲍赛昂子爵夫人含着眼泪离开巴黎、泰伊番对女儿的绝情、米旭诺与波阿莱良心的出卖、正直医生皮安训的无私美德以及伏盖太太的活动等。这8个故事又彼此联系地发生在3个不同的场景：即以鲍赛昂子爵夫人客厅为代表的上流贵族社会；以伏盖公寓为代表的下层市民社会和以高老头二女儿但斐纳家（银行家纽沁根家）为代表的资产阶级天地。这样，与"流浪汉小说"不同，在巴尔扎克的作品里，构成情节发展的不再是一个主人公直线型游动的足迹，而是众多情节的相互联系和有机交织。同样，巴尔扎克小说所描绘的生活事件，也不再是那种纵向的单一线索上的场景或故事的串挂，每个故事都是整个作品必不可少的一环。这种横向切入角度，就彻底改变了以纵向流程为特色的"流浪汉小说"结构方式。在这样的结构中，社会生活以其前所未有的丰富性和复杂性进入了人们的视野。

由此可见，在我们名之为"巴尔扎克式"小说结构形态中，其图形为：

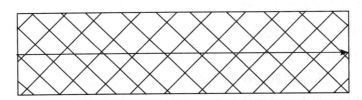

图形类似于一个物体的横断切面，因此，也可以称此为"横断面式"小说结构。最外围方块图形表示作家要描写的一定的生活范围，而图表里的每一条斜线则代表着一个故事、场景或人物。这样，多故事、多情节、多人物活动的相互交织与联结，使小说在结构上呈现出了更丰富、更繁杂的态势。

像"流浪汉小说"一样，"巴尔扎克式"小说结构的基础仍是源自于古希腊美学大师亚里士多德所奠基的文艺社会学理论，究其实际，仍是作家面对生活与作品两极分裂的观照中，用作家全知全能的视觉来反映生活的尝试。但与"流浪汉小说"结构相比，使用这一结构进行创作的作家需要有更为深入地把握生活各种散在事物间联系的能力，需要有更为高超的艺术结构功力。换言之，一个成功的作家或艺术家，首先而且必须是掌握和了解生活本质、规律及联系的高手。就观察生活而言，他必须能在纷纭复杂的生活现象中把握影响事物发展的主要矛盾和主要事件。就艺术结构的安排而言，他必须能够依据生活的逻辑寻找出将众多故事和事件统一起来的中心线索。《高老头》这部作品中，巴尔扎克正是以穷大学生拉斯蒂涅向上爬为主线，把众多的故事、多个情节、多个场景、多个人物的活动有机地组合在一起。例如，拉斯蒂涅出身贵族，这可以使他能够出入以鲍赛昂子爵夫人、雷斯多伯爵家为代表的贵族客厅，从而以能与上流社会发生联系。同时，作为一个破落贵族家庭的子弟，家境的窘迫又使他只好住在伏盖公寓，这一特点又使得他与下流社会的种种事件有了牵连。他为了能够爬上去，走的又是利用资产阶级妇女的道路，这又决定着他与资产阶级世界密不可分。这样，无论3个世界中发生的哪一件事，或通过他的所见所闻，或通过他的亲身参与，都与他的性格发展发生了联系。正是将这一中心线索找到了，巴尔扎克才有条不紊地安排了其他情节线索，从而形成了《高老头》这部作品"横断面式"结构的基本骨架。可见，"巴尔扎克"小说结构的出现，实则是人们的认识更趋于复杂和精密的结果，是作家要用艺术和美学的方式来更为深入地了解客观世界的联系和规律的历史要求的体现。"巴尔扎克式"结构使小说形式上更类似于当时历史条件下的社会生活。

　　当我们今天站在更宏观的角度来审视"巴尔扎克式"小说结构的文学渊源的时候，可以看出，它最直接的是来自于对戏剧结构的借鉴。众所周知，因受舞台时间、空间和面对剧场观众的限制，戏剧艺术特别注重于矛盾冲突，这就使得它在结构上具有多种场景及要素相互联系、极为紧凑的特点。有人指出，巴尔扎克的小说，虽然不是戏剧文学，然而它却与莎士比亚的剧作有许多相似之处。马克思指出，莎士比亚剧作在艺术上的重要特点，是它"情节的生动性和丰富性"。拿他的悲剧《哈姆莱特》来说，它写复仇就安排了3个复仇情节，还有诸多的其他情节要素。在结构的安排上，有主有次，相互推动，不同的复仇见出不同的结果，显示出不同的性格，揭示出不同内容，从而体现了各种矛盾交相构成、齐头并进的结构特征。这种戏剧艺术的特殊性，恰恰在艺术结构上导致了"巴尔扎克式"小说结构模式的生成。所以，可以推测，巴尔扎克将其全部创作名之为《人间喜剧》，其间也蕴含着小说结构戏剧化思想。

　　然而，当我们的眼光再进一步注意到欧洲文学的源头——古代希腊神话与史诗的时候，可以看出，巴尔扎克的小说结构，又何尝不是来源于对人类早期文学结构的借鉴呢？例如，《伊利亚特》就是在结构上最早的截取一段生活并将多种矛盾在相互联系中加以反映的范例。这样的情况使我们可以说，"巴尔扎克式"小说结构的生成，既是时代的要求，是人们认识能力深入发展的产物，同时也是西方文艺传统心理积淀的结果。

三

如前所述，传统的叙事作品自古希腊诞生以来，习惯于人物自身与周围世界两极间的联系与对立，作品一般都是通过对客观事物过程的忠实描摹而逐渐展开，故事由开端经过发展而进入高潮，并随着矛盾的解决而收尾。时间的顺序、空间的联系以及事物发展的因果关系等等，是这类作品为编制完整的故事所共同遵守的原则。但随着19世纪末、20世纪初西方资本主义物质文明的高度发展和精神文明的日趋低下，人被物化、为物所役的人本质异化现象日趋严重。人的内在情感被现实中的物的关系无情取代的现实，使西方一大批现代小说家在心灵深处切实地感到了人是非人的悲哀。他们痛感社会的荒诞与蛮横、恐怖与难以理喻，几乎无一例外地开始向自己的内心逃避，似乎只有人未确定的直觉最为可靠。这样，热衷于从复杂多变的内心世界和潜意识活动中来扭曲地反映客观世界，强调用无序的情节、无序的语言来反映人本质的全面颠倒、全面异化的现实，几乎成了他们共同的心理特征。这样的现实和心理特点就决定了此时传统的创作方法（包括结构模式）无论从观察生活方面，还是在表现生活方面，已不能担负起在新的历史形势下反映难以按常规表现的人的心灵深处的活动的任务了。

因此，20世纪以来错综复杂的社会矛盾和人际关系，尤其是现代西方人受社会暴力损害而产生的那种纷乱复杂的精神世界和漂忽不定的潜意识、下意识的心理活动，就迫切需要与之相适应的新的长篇小说结构模式的出现。这种结构模式必须是不满足于社会事实的人为组织和归纳，必须要求突破生活表象的真实而反映内在"自我"的意识流变。换言之，现代社会人们所意识到的世界的无序感、人本质被全面物化的无着落感、危机感和荒诞感，所需要的将不再是按着摹仿外部世界运动的程序来谋篇布局，表现人的内心活动成了新的小说结构的首先要求。

同时，20世纪影视艺术的出现，也使小说艺术的传统领域被大片侵蚀。无论是叙述生活的故事,还是艺术形象上的鲜明立体,影视艺术都以其视觉特点超越小说之上。这样,小说艺术为了生存,不得不重新开辟新的、亦即影视艺术受到局限的天地。人的主观意识流程,尤其是各种潜意识瞬息万变、漂忽不定的活动,对视觉艺术来说,无疑是难以表现的。

凡此种种,决定着新的小说结构模式——"现代主义小说"结构的诞生。这一小说结构的基本图形为:

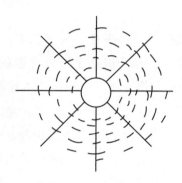

有人根据图形特征,又将此称为"蛛网状"结构。可以说,"蛛网状"结构是对现代主义叙事作品典型结构的形象化比喻。图形中的小圆圈是作家的主观内心的标志;从中心点放射出的每条直线则代表了"自我"的各种思绪;而各个散在短线则是各种重新安排过的社会生活事件、场景的象征。侯维瑞先生在他的著作《现代英国小说史》中,对此曾作过极为明确的阐释:

"所谓'蛛网状结构'就是以现代小说的表现对象"自我"为中心,让这个自我的各种思绪、感觉、遐想、幻觉、梦魇、各种胡思乱想、自言自语从这个中心向四个辐射出去,构成放射性的网状结构。在这种结构里,时间、空间、因果等逻辑关系的观念已被突破,故事情节的完整性和联贯性已被放到可有可无的地位;只有意识在过去、现在和将来的大千世界里往返穿梭,片断的回忆、破碎的现实与残存的梦幻交织成一体,呈现出一派光怪陆离的景象。在个人经验与感觉的无限扩散与复杂运动中,传统概念上的人物性格刻画与故事高潮结局几乎已不复存在,故事的情节(如果说还有一些情节的话)是在对内心世界的描摹中零零碎碎地浮现出来的。"[1]

---

[1] 侯维瑞著:《现代英国小说史》,上海外语教育出版社1985年版,第25页。

应该指出,现代主义作家,从来都是把作品的艺术形式当成内容来看待的。那么,"现代主义小说"结构的无序性和混乱性,在他们眼中正是无序混乱现实的直接反映。具体说来,这些作家正是从自己病态的心灵出发,用这一独特的结构方式像三棱镜一样折射式地映照出了荒诞的世界。恰恰是在这心灵被扭曲的映象中,不仅丰富了小说艺术的表现手段,而且还深刻地揭示了现代资本主义世界混乱颠倒、人本质全面异化的可悲图景。

这一小说结构模式的出现,使西方长篇小说面貌发生了彻底改观。由于"现代主义小说"结构最基本的特点之一是不注重主客观之间的界限,不强调事物之间的因果关系,主要根据人物的自由联想去经营艺术结构,所以,这些小说的每个章节和作品的各个部分,往往追踪着的是主人公(或者作家本人)变化不定的思绪,忽而跳向历史,忽而漂向未来,忽而一个个鲜明意象的跳跃,忽而大堆下意识思绪的涌现。有时甚至在一个小小的层次中,往返莫测地牵扯出许多年月复杂生活的印象和感受。以法国"新小说"派作家米歇尔·布陶的长篇小说《变化》为例,在这部长达300多页的小说中,全部故事写的就是主人公从巴黎乘火车去罗马时在车厢中度过的20个小时的旅途生活。但作品并不是随着时间的推移叙述在火车上发生的事件,而是着重展示了在这段时间内主人公精神活动的过程。他虽然坐在车厢里,但他的意识活动已达到了罗马、巴黎以及他的家庭、他的私人生活和他的事业。各种思绪纷纷涌来,漂无定轨,在思绪与思绪之间,很少联系。正是在这20个小时的叙述时间里展示了主人公20余年的生活感受以及他对未来生活的设想和憧憬。至于"意识流"小说家普鲁斯特、乔伊斯、伍尔芙和福克纳等人的作品,这一特征更为明显。

可见,在这样的小说结构中,事件的有序性、人物性格的丰富性与鲜明性以及语言上的可读性被彻底摧毁,"心理时间"已彻底取代了"客体时间",对小说的解读,只有在把握了作家主观思绪的线索后才成为可能。当然,现代主义小说家也并非不注意艺术结构的整一性,并不是一味强调小说结构各部分的我行我素,独来独往。他们有一套维系整个作品的手段。如前面所言,他们往往借助人物意识活动的内部力量来结构作品。但是,由于潜意识的不自觉性以及种种印象和思绪的纷杂和跳荡,这种结合力量就显得软弱无力,从而使"现代主义小说"结构失去了传统小说结构的种种优点。

综上所述,西方长篇小说在艺术结构上的发展和演变,呈现出相互间各自独立的三大基本结构模式。正是小说结构上的矛盾运动，使长篇小说成为一门独特的艺术形式。但是，三种结构模式的划分又并非是绝对的，在发展过程中又呈现出相互影响，相互交融，你中有我，我中有你的复杂局面。在"巴尔扎克式"小说结构中，主要情节的发展作为带动其他场景和故事的中心线索的结构安排，其实就已经体现出了"流浪汉小说"结构的影响。而"现代主义小说"结构，又何尝不可以将其看成是主观意识"流浪"的外在构成呢？所以，各种小说结构的模式构成又是相对的。唯其如此，我们才能够真正地认识和把握西方长篇小说的结构成就。

原载于《东北师大学报》（哲学社会科学版）1990年第2期

附录二：
中西长篇小说结构模式比较谈

对长篇小说艺术结构模式的研究，近年来已愈来愈引起了国内学者的广泛注意。本文试图在已有研究成果的基础上，对中西长篇小说艺术结构的模式作一番粗略的对比考察，以求寻找出各自的特征，相互间的异同，并力图将这一领域的研究引向深入。

发端于宋元讲史话本的中国长篇小说，在明清两代，就以其恢宏的气势，诞生出像《三国演义》《水浒传》《西游记》《金瓶梅》《儒林外史》《红楼梦》《官场现形记》《二十年目睹之怪现状》等一大批古典皇皇巨著。在现当代文学史中，又出现了诸如《倪焕之》《子夜》《家》《骆驼祥子》及《太阳照在桑干河上》《暴风骤雨》《林海雪原》《青春之歌》《红旗谱》等名作。尤其是在新时期以来，我国文坛更涌现出了诸如《红高粱》《废都》《白鹿原》《古船》等长篇小说杰作，纵观这些产生于不同时期的较有代表性的长篇小说，其艺术结构模式大致呈现出下述几种形态：

（1）以中国最早出现的长篇小说之一《水浒传》为代表的"链条型"结构。施耐庵的《水浒传》主要描写的是发生在北宋末年以晁盖、宋江等人为代表的农民大起义。在对这部长篇小说庞大结构处理上，特别是在前半部分，作家并没有以某一人物或某一具体事件为轴心加以编排、铺衍，形成全篇。而是将晁盖、宋江、林冲、李逵、武松、阮氏三雄等众多重要人物各自的经历、活动，依次单独写来。只在每个人物相对独立的故事中间，镶嵌以梁山英雄的排座次、战斗活动、大聚义及其多种矛盾纠葛等描写，从而使表现每一位英雄的各自独立完整的故事与整个梁山农民起义斗争联结为一个有机的艺术整体。这种结构形式，用图型表示，犹如自行车的链条，形成下述形态：

图中 ⬭ 代表着晁盖、宋江、林冲、武松等人物各自活动的一个个独立故事；而 ◎ 则象征着智取生辰纲、三打祝家庄、英雄大聚义等众多英雄出场的事件。其中，◎ 中的外○代表了这些事件所涉及到的众多英雄人物及反面人物的活动，而其中的·则是战斗过程本身的象征。在这种"链条式"的结构形式中，◎是联结一个个独立人物故事的结，是这一结构的关键所在。这种类型结构的价值在于，它既使每一个独立的性格和故事得到了充分的表现，又使其呈现出了艺术上的完整性。尚应指出，链条型结构，其实质仍然属于直线型的发展模式。因而，小说中每一个具体人物故事的完成，实际上都推动着全书情节的向前发展，终至达到作品的高潮。

（2）辫型结构。在罗贯中所著的著名小说《三国演义》中，作家集中描写了汉末至魏晋时期魏、蜀、吴三足鼎立，后天下归一的历史场景。作品中，三国各自的历史事件、发展演进过程构成了相对独立的情节线索，而三国之间的矛盾斗争、合纵连横等又使其情节相互纠缠。这样，在结构上，三条线索既齐头并进，又相互牵制、相互渗透。图型显示，这类结构犹如一条辫子：

在这种结构模式中，作家所注意的是三条主要情节线索的并重和相互间的纠缠。尤其是三条线索的联结部，对构成这一结构具有极为重要的意义。如"赤壁之战"的描写，就将当时三种主要政治力量的线索集中到了一起，从而对这类结构的形成起了极为重要的作用。

（3）以著名神魔小说《西游记》为代表的"串珠型"结构。这类结构构成的基本图型为：

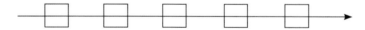

在这种结构中，→线代表了作品一个或数个主人公（数个主人公必须成为一个活动整体）的活动足迹或生活经历。而各自独立的□型则是与之相联系的各种生活场景或具体事件。运用这种结构进行创作的作家，他们所注重的是作品主人公生活足迹的连续运动和唯此为中心描写对象的原则。也就是说，这一结构的基本特征是作家以作品中的主人公的活动为线索，按主人公活动的足迹，通过其所见闻、亲身经历来安排各种独立的生活场景及各种不同的人物、事件。这类结构形成的作品，一般看重的是作品主人公的性格与经历的纵向发展历程，而不是主人公所见所闻的那些事件的前因后果。例如，在《西游记》中，主要结构线索是唐僧师徒四人去西天取经的游历过程，他们所经历的"九九八十一难"，大致均是各自独立的完整故事。各自故事间并没有什么因果联系，唯有师徒四人的取经活动将其贯穿在一起，从而成为艺术上有机的整体。这类结构模式对后来的长篇小说创作产生了较大的影响。

（4）花瓣式结构。吴敬梓在他的长篇小说《儒林外史》的创作中，另辟蹊径，采用了一种独创的结构形式。《儒林外史》的写作特点，诚如鲁迅先生在《中国小说史略》中所言："虽云长篇，颇同短制；但如集诸碎锦，合为贴子。"[1]全书没有一贯到底的中心人物，也没有连接始终的完整事件。作品中的周进、范进、严贡生、严监生、遽公孙等都有各自较为完整的故事。在通读了《儒林外史》全书后，就会发现，作家写作的每一个人物的故事，实际上就是在侧重表现当时儒林丑类的一个侧面。全部故事合在一起，就是儒林败类的面面观。这样，这部长篇小说在结构上就呈现出了下述图型模式：

在这一图型显示中，中间的圆圈可以看作是全书主题的象征。而每个 ▱ 型则表示着各自完全不同的独立的人物故事。在这种结构中，每个独立的故事都是相对完整和封闭的自足体系，故事与故事在情节上没有什么必然的联系。构成这类小说结构的主要原则是依据于作品的内在机制而非人物之间或事件之间的情节联系。运用这一结构模式创作的作家所注重的，主要在于不同的故事

1　鲁迅著：《中国小说史略》，人民文学出版社1973年版，第190页。

在内容上倾斜于一个共有的中心（或主题）即可，这在图中用+型表示。当代作家刘心武的长篇小说《钟鼓楼》在结构形式上亦极类似于此。

（5）网状结构。这类结构的发轫之作和有代表性的中国长篇小说当属《金瓶梅》和《红楼梦》。现当代中国文坛出现的长篇小说《子夜》《家》《四世同堂》等亦属于运用这类结构模式的佼佼者。采用这种结构模式创作出来的作品，一般以多故事、多情节和多人物见长，往往是多种生活场面、情节线索和人物活动的有机交织，来表示一段时间内的社会生活与人物命运。以曹雪芹的长篇小说《红楼梦》为例：此部小说中，既有宝、黛、钗爱情的悲剧，又有诸丫鬟仆从的命运描写；既有贾、王、史、薛四大家族的兴衰起伏，又有主仆之间矛盾的展示和市井风情的刻画。这样，这部作品结构的构成，不仅主要情节线索清晰完整，有始有终，就是各个次要的情节和人物活动，亦编排有致。这些次要线索或次要人物活动，或构成主要情节突进的动因，或构成主要情节发展的契机，或构成其发展的结果。如《红楼梦》中的傻大姐，本来在书中是一个无足轻重的小人物，但正是她无意拾香囊的举动，引出了搜捡大观园的大事件，从而对众多人物的命运起了相当大的影响。由此，这类结构的图型显示为：

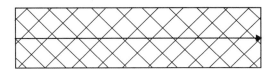

图表中，最外缘的长方形图型代表着作家所截取的某一时期的生活断面。正中的横直线—代表着作品中的主要矛盾线索（在《红楼梦》中亦即宝、黛、钗的爱情悲剧）。而其中的每条交叉短线则象征着诸多次要的情节线索。因这种结构图型类似于鱼网，故以"网状结构"名之。此种结构安排要求缜密，或环环相扣，或前后照应。否则，任何疏忽都会造成结构的破损，从而影响作品的艺术完整性。"网状结构"模式的出现，标志着人们认识能力的深化和作家把握、概括生活能力的提高。

可以说，中国长篇小说，自诞生以来，基本上呈现出上述五种基本构成模式，从而内在地规定了中华民族长篇小说的发展机制和美学特点。

在1990年第2期《东北师大学报》上，我曾发表了题为《西方长篇小说三大结构模式概说》的论文。就西方长篇小说自诞生以来所出现的基本结构模式，作了扫描式的勾勒。我认为，在西方长篇小说问世后的几百年间，它在结构艺术的发展中,呈现出下述几种基本形态。

(1) 以西班牙无名氏的《小癞子》所开创的,以《堂吉诃德》《鲁滨逊漂流记》《汤姆·琼斯历险记》《匹克威克外传》等为代表的"流浪汉小说式"结构模式。它以一个或数个一起活动的主人公的"流浪""漫游""历险"等为主要情节线索,贯穿起众多的独立故事或场景,从而形成一种在欧洲长篇小说创作中影响深远的结构体系。因其基本构成的图型与中国的"串珠型"结构相似,故不赘述。

值得提出的是,以俄国著名长篇小说《安娜·卡列尼娜》为代表的"平行式"结构,在本质上,实则也是这种结构模式的体现,只不过是它的变异形式而已。在这部小说中,列夫·托尔斯泰创造性地描绘了上流社会贵妇人安娜的爱情悲剧和庄园地主列文探索社会出路两条情节线索。就两条情节发展而言,相互间并没有明显的外在的联系,各自基本上是按自己的轨道独立地向前发展的。若用图型表示,其结构构成大致如下:

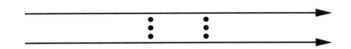

这种结构模式的构成原则是强调各自情节的完整性和独立性。但尚须注意,这种"平行式"结构中的情节又绝非是两股道上跑的车,相互之间没有任何联系。果真如此,实际上就破坏了艺术上的完整性。托尔斯泰艺术功力的高超之处就在于,他恰恰深谙这类结构之奥秘。在表面平行的两条情节之下,他用作品的内在意义(即上面图型中的 ⋮ 形线)将两条独立的线索连结成为有机的整体。这是老托尔斯泰对结构艺术的卓越贡献。他的结构方式是如此的巧妙,以致于两条情节线索的"拱顶"究竟在哪里,甚至在今天仍是文学史中的一桩悬案。

(2) 在19世纪上半叶出现的"巴尔扎克小说式"结构模式。法国著名现实主义作家巴尔扎克的小说,以多故事、多情节、多矛盾纠葛见长。他往往有意识地截取某一社会的横断面,多方面展示当时的社会矛盾和人际关系,展现特定时期的生活画面。这样,与"流浪汉小说式"结构不同,在巴尔扎克的作品里,构成情节发展的,不再是一个主人公直线活动的足迹,而是众多情节的相互联系和有机交织;作品中所描绘的生活事件,也不再是那种纵向的、单一线索上的场景或故事的串挂，每个故事都成了整个作品必不可少的一环。这种横向切入的角度，就彻底改变了以纵向流程为特色的"流浪汉小说式"结构方式的格局，创立了与中国古典小说《金瓶梅》《红楼梦》极为类似的网状结构。

（3）产生于本世纪初的"现代主义小说"结构模式。生活在本世纪初西方世界中的部分知识分子，有感于世界的荒诞和人被物化的现实，开始向内心世界逃避。他们热衷于"自我"的张扬和下意识的宣泄，由此带来了西方长篇小说结构艺术的激变。这种新的小说结构模式的基本出发点，是以作品的创作者"自我"为中心，让这个"自我"的各种思绪、感觉、遐想、幻觉、梦魇，各种胡思乱想、自言自语从这个中心向四外辐射出去，构成一种放射状的结构。时间、空间、事件的秩序和人物的性格，均破破碎碎地、零乱地显现在"自我"意识的放射中。这种结构的图型因为类似于蜘蛛网，故此种结构又可称之为"蛛网状"结构。在现代派作家的创作中，无论是表现主义小说、意识流小说、"新小说"，还是"黑色幽默"小说，运用的均是这种结构模式。

在我们将中西长篇小说的基本结构模式做了大致的勾勒之后，对其对比考察便成为可能。比较研究的基本任务之一，就在于发现两个或两个以上文艺现象之间的共同性和差异性，以求寻找出具有指导意义的结论。

就其共同性方面而言，首先，中西长篇小说的结构模式，均是作家们认识生活的轨迹和思想流变的物质表现形式。也就是说，任何结构模式本身的建构，都客观地体现了作家对生活理解和认识的程度。从中西所共有的"串珠型"结构来看，它表现出了运用这一结构进行创作的作家认识的"直线性"和"追踪性"特点。生活本来是纷纭复杂和头绪万千的，但运用这类结构进行创作的作家，他们并不热衷于对一个个具体事件因果关系的考察和进行综合诸种矛盾纠葛的尝试。对他们而言，认识生活就是排除一切外在的枝蔓而对一两个人物行动本身的把握。可以说，依据某一事物的发展过程，从头至尾追踪考察该事物产生、发展乃至衰亡的特点，以求把握这一客观事物的全貌，正是人类认识本身"追踪性"特点的反映。而那些采用较为复杂的结构（如辫型、网状等）创作的作家，他们的认识特征是更看重于对事物发展的综合把握。生活在他们的眼中，本身就是诸种矛盾关系的综合体，生活的驳元多杂反映了结构形式的丰富复杂。由此，我们可以得出下述结论：任何结构模式的选用都反映了某一时期作家的认识特点，结构本身正是作家认识过程的物质显现。

其二，中西长篇小说结构的建造均遵循着美的造型的一般规律。具体来说，（1）追求和谐。"和谐即美"是东西方传统美学中的一个重要命题。在中西长篇小说的诸种结构模式中，都体现出了对和谐之美的有意识的追求。如上述各种结构图型，无论是中国的，还是西方的；无论是链型的，还是网状的，都体现着"美是和谐与比例"[1]的思想。甚至在西方"现代主义小说"的结构图型中，人们也会得出其"和谐"的结论（亦可理解为，现代主义小说表现的事件虽是零散的，但这些却在人的放射性思绪中被排列成了独特的和谐整体）。而结构和谐的成立，则主要表现为中心线索或中心点的确立及诸种事件、情节、人物活动的有序安排。（2）追求完整。在中西美学理论中，均不乏对"完整即美"的论述。如中国古代著名文艺理论家刘勰在其巨著《文心雕龙》的《附会》篇中提出了"总文理，统首尾，定与夺，合涯际，弥纶一篇，使杂而不越"[2]及"首尾周密，表里一体"[3]的观点，从而揭示了结构美的原则。西方古希腊的亚里士多德亦认为美的形式特征是"秩序、匀称与明确"。[4]同时，他又以史诗为例，认为只有"写一桩完整的事件，有头，有身，有尾，才能像一个活生生的有机体，给人以特殊的快感。"[5]在中西长篇小说结构本身的构成中，这种完整性是极为明显的。每一种结构都可以体现为一个完整的图型，就是其完整性的有力佐证。（3）追求变化与创新。世界上任何事物都是不断发展变化的，艺术的形式美本身也是一个不断寻求变化与创新的过程。中西长篇小说结构不以一种模式而以多种模式出现，实际上体现着艺术形式依据社会生活和作家认识的发展而不断追求更美的建构趋势。从中国的"链条型"结构到"网状"结构，从西方的"流浪汉小说式"到"现代主义小说"结构的出现，无不是作家追求结构变化与创新的结果。

其三，尽管中西文坛出现的长篇小说结构模式众多，但"串珠型"和"网状"结构实际上是两种最基本的构成形态。这不仅因为它们均属于中西最早

---

[1] 引自阎国忠主编：《西方著名美学家评传》（上册），安徽教育出版社1991年版，第443页。

[2] 转引自王向峰主编：《文艺美学辞典》，辽宁大学出版社1987年版，第107页。

[3] 同上书，第633页。

[4] 同上书，第104页。

[5] 同上注。

产生的结构形式之一，更重要的是自诞生之日起，各自均又产生出了难以计数的一系列优秀作品，成为影响深远的两大结构传统。例如，在中国自从《西游记》出现后，就有《镜花缘》《二十年目睹之怪现状》《倪焕之》《围城》《骆驼祥子》《林海雪原》等明显采用"串珠型"结构的作品出现；而自《金瓶梅》《红楼梦》开始，《子夜》《四世同堂》《青春之歌》等，又明显是"网状"结构的力作。在西方，我们只要将塞万提斯、笛福、狄更斯、马克·吐温的代表性作品提出，就会发现"流浪汉小说式"结构的深刻影响；而巴尔扎克、左拉、德莱塞等人的创作，则构成了"网状"结构小说的长河。中西长篇小说作家在创作实践中，几乎不约而同地创造了这两种结构形式，这说明中西作家在认识生活、结构作品上的心态的共同点，也说明了他们在各自艺术活动中，均达到了对长篇小说结构美最基本规律的把握。

我认为，在比较研究中，仅仅指出中西长篇小说在结构之间的相同点还是不够的，而发现二者之间的差异，才能使人们对各自成就与特色有个更为深入的了解。

在对中西长篇小说结构模式的对比考察中，亦有些现象会给我们更深刻的启迪。为了便于说明问题，现将各自结构模式有代表性的作品按时间顺序，对比排列如下：

中国			西方		
作品名称	产生年代	结构类型	作品名称	产生年代	结构类型
《水浒传》	约1330—1370	链条型	《巨人传》	1532—1562	串珠型
《三国演义》	约330—1340	辫型	《堂吉诃德》	1605—1615	串珠型
《西游记》	约1510—1582	串珠型	《鲁滨逊漂流记》	1719	串珠型
《金瓶梅》	约1617—1627	网状	《朱安党人》	1820	网状
《儒林外史》	约1750年前	花瓣型	《高老头》	1834	网状
《红楼梦》	约1791年前后	网状	《安娜·卡列尼娜》	1873—1877	平行式
《子夜》	1928年	网状	《追忆逝水年华》	1913以后	蛛网型

上表首先告诉我们，中西长篇小说的结构模式，实际上分属于两大独立系统，在各自土壤上产生后的几百年间，一直是按自己的轨道向前发展着。根据这一时期所产生的小说形成条件分析，1840年鸦片战争之前，相互间的影响几乎不复存在。尽管在此期间，中西均产生了极为相同的"串珠型"和"网状"

结构的作品，但这只能是创作实践中认识的契合，而非是借鉴的产物。从清末清政府派员留学西洋和林纾译西洋小说开始，尤其是到了现当代，情况才发生了较大的变化。此时中国小说创作中"网状"结构作品的增多，一方面固然是由于《红楼梦》在结构上的示范作用和小说发展的内在机制所决定的，但另一方面受到西方同类结构小说的影响又是不可低估的。

不仅如此，在对比中亦可看出，中国的小说在初创伊始，较之于西方的小说结构呈现出明显的丰富性和多样性。当西方小说家依据"流浪汉小说式"、"巴尔扎克小说式"和"意识流小说式"的不同结构形式一步步向前演进的时候，中国的小说家们已将"链条型""辫型""串珠型""花瓣型""网状"等结构模式呈现在世人面前。然而可惜的是，正如经济上、科技上的落伍一样，19世纪下半叶以后，我们在小说结构的探索上不仅没有什么大的发展，甚至连极富特色的"链条型"和"花瓣型"结构也夭折了。而西方却以"平行式"和"蛛网状"等结构作出了新的贡献。

说中西小说是各自独立的不同结构系统，还体现在结构本身的构成上。一般说来，在每一种结构构成中，中国的长篇小说注重于局部的铺陈，而西方长篇小说则着力于整体的展示。有的学者曾指出，在中国古典长篇名著中，除《红楼梦》等少数作品达到了局部美与整体美的和谐统一外，更多的作品则是局部美较之整体美更为突出。就"链条型""串珠型"和"花瓣型"结构产生出来的作品看，其中许多章节和段落均可相对独立，自成体系。其中或叙事、或状物、或写人，从局部看，大都虚实相间，浓淡得当。但在整体上，总给人以割裂、拼凑之感。在西方小说中，基本没有产生类似于《水浒传》《儒林外史》等结构形式小说的事实表明，其更注重于整体美的把握。

为了便于说明问题，我们试比较一下同属于"串珠型"结构的《西游记》和《堂吉诃德》。《西游记》共100回，对这100回书，可以将其分为三个独立的故事群。前7回，主要叙述孙悟空出世和大闹天宫；第8至12回，主要叙述唐僧的身世命运及去西天取经的由来；后88回，集中描写唐僧师徒四人取经路上的经历。可以说，这三部分均可单独抽出，独立成篇。而每一部分又基本上具备了一部独立作品的起源、发展、高潮及结局诸要素。甚至取经路上发生的每一个降妖故事，也详细地描写了妖怪的由来、降妖的过程和事件的结局。把它们单独抽出，亦可成为一个个结构相当完整的精彩短篇。而在《堂吉诃德》

中，作家虽然也描写了主人公的三次游侠活动，但却很难将其分为三个独立的部分。一是因为前5章虽交待了故事的起源、发展和主人公第一次游侠失败的结局，但叙述语言过多而情节描绘较少，过于单薄，很难成为独立的单篇。而后两次游侠活动虽然着墨较多，然而若不与第一次游侠相联系，主人公的活动似乎又显得突兀。二是在对主人公每次游侠所遇到具体事件进行描写（如大战风车、杀戮羊群、与猛狮决斗等）时，不是因情节较少，难以独立成章；就是缺乏情节的必要完整，作家往往通过主人公一走了之来结束一个故事的写作。之所以有如此不同，主要因为塞万提斯的目的是注意结构的整体美而非局部美。

中西长篇小说结构构成的差异还表现在，中国作家在结构作品时，追求的是线索与线索之间"神"的契合，要达到的是类似于中国散文传统中"形散神不散"的美学效果。这也是其长篇小说结构上注重局部美的原因。如《水浒传》中鲁达的故事与李逵的故事，虽各自独立，但因在反映农民起义这一中心线索上达到了神似，故每个单独的故事并不显得游离。在《儒林外史》中，范进中举与严监生之死亦无情节线索上的联系，然而其表现儒林丑态的主题则使之成为和谐的整体。在《三国演义》《红楼梦》等作品中，虽然表现得不是如此明显，但在诸多关键性的情节线索上亦可看出重视神似的特点。如《三国演义》中曹操的枭雄、刘备的奸雄、孙权的英雄特征及诸葛亮、周瑜、司马懿的计谋韬略等诸条情节线索，均神合于斗智之上。又如《红楼梦》中王熙凤、尤氏姐妹、鸳鸯、司棋诸女子的家庭、爱情悲剧，多比照、衬托着宝、黛、钗的爱情和人生命运。而西方长篇小说在结构上，则更侧重于主要情节线索对全部故事的连缀意义。《堂吉诃德》《匹克威克外传》等之所以能将内涵完全不同的故事排列一起而不显杂乱，其主要原因在于强大的中心线索的贯穿力量。巴尔扎克著名的长篇小说《高老头》，是西方"网状"结构的代表作。与《红楼梦》相比，其中心线索（即拉斯蒂涅向上爬）的作用更为突出。小说描写了上流社会贵妇客厅、银行家家庭和下层社会公寓三个不同的世界，可作家却以既是贵族出身、然家境业已败落，而又想借助资产阶级妇女力量爬上去的拉斯蒂涅的活动，将分属于不同阶级的三个场景有机地统筹联系在一起。由此，我们可以说，正是由于注重神似，才使得中国的长篇小说结构构成更纷繁、更飘逸；而注重主要情节线索连缀统筹的特征，则使西方长篇小说的结构构成更简练、更紧凑。

原载于《北方论丛》1992年第1期

附录三：初版后记

西方长篇小说，是整个人类文明的重要成果之一，也是西方文学中一个极为引人注目的历史文化现象。而其结构艺术，在浩瀚的历史长河中，既形成了模式相对稳固、特色较为鲜明的独立系统，同时，它又是一个充满着活力和变化的开放体系。这部书稿就是在这种认识和思考的基础上写成的。

这部书稿的写作也是在吸取和借鉴国内外诸多研究成果的基础上进行的。一些伟大的思想家和艺术家，不仅在文化精神方面哺育了人们，而且在小说研究的很多重要领域都做出了极其巨大的贡献。可以说，我是站在巨人肩上的幸运者。特别需要指出的是，国内外很多专门研究小说艺术的著作，或更新了我的观念，或拓宽了我的视野，或启发了我的思路，或为我提供了大量的有价值的见解。这一切，都是我须臾不敢忘记的。由于篇幅所限，虽然在此我不能将我所引用过的和我所参考过的，乃至直接和间接影响过我的典籍文献目录一一列出，但在我心中始终保留着一份真诚的感激。我知道，正是这些典籍和文献，造就了我的这本书。

在本书写作过程中，我也得到了众多学者的教诲和鼓励。李忠玉先生、郑克鲁先生、韩耀成先生等学者曾经对本课题提供了极为有价值的意见，并对写作进程十分关心。我的朋友蒋承勇、南平、张树武、高玉秋等也曾给予了很多具体的帮助。特别是本书的责任编辑谢又荣编审，在我大学生的学习时期，就是教我们写作学的教师。在本书出版的过程中，他多次通读书稿，并提出了许多极为中肯的建议，花费了大量辛勤的劳动。在此，让我怀着深挚的感激之情，向他们表示最诚挚的谢意。

本书写作的最初缘起，大约可以追溯到10多年前我在攻读世界文学专业硕士学位研究生的学习期间。在那时，对西方长篇小说的喜爱曾使我集中精力阅读了大量欧美作家创作的经典性作品。同时，又由于当时诸种西方批评方法的大量引入，使我开始集中考虑从艺术角度来探讨西方长篇小说艺术发展和流变的问题。1987年毕业留校任教之后，在教学与科研工作中，对这一问题的思考日益集中在"西方长篇小说结构模式"的领域里。1990年初，我写出了具有本书提纲性质的论文《西方长篇小说三大结构模式概说》，并发表在同年《东北师大学报》第2期上。该论文发表后，曾被国内一些有影响的文摘刊物转载和辑目，这无疑进一步增强了我完成这一课题的信心。1993年初，《西方长篇小说结构模式论》选题被批准为中华人民共和国国家教育委员会资助的"哲学社会科学研究基金项目"。

应该说，这部书稿，我写得很艰难。其间，我曾有过"山重水复疑无路"的困惑；也曾产生过"欲说还休"的彷徨和犹豫。之所以会如此，根本原因恐怕还是在于自己理论基础的薄弱和学识准备的不足吧。更何况，笔者所面对的又是"西方长篇小说"这个庞大深邃的艺术客体。英国杰出女作家维吉尼亚·伍尔芙曾经说过："对现代小说的任何考察，哪怕是做最随便最粗疏的考察，也难免会产生想当然的想法……我们的写作并不比前人高明，我们所做的只能说是不停地走动，时而朝这个方向动一下，时而朝那个方向动一下，可是，倘从一个足以高瞻全局的山顶来看，却有点来回绕圈子的趋势。"[1]我想，在我的这部书稿中，想当然的地方和谬误之处一定很多。我期待着读者诸君的批评。

最后，尚需要说明的是，本书中的少量章节，在成书前曾经在国内一些杂志上以论文的形式分别发表过。这次成书，根据全书的体例和风格的统一要求，对其重新作了内容上的增删和技术上的处理。"附录"中的《中西长篇小说结构模式比较谈》一文，是我写作得较早的一篇论文。虽然其中的个别内容与全书正文中的一些文字有重复之处，但考虑到它与全书内容之间的联系，以及为了能使读者对中西长篇小说结构模式的特征及审美效果的同异之处，有个粗略的了解和把握，所以，我仍将其附在书后了——尽管现在我认为它写得还不很成熟。

是为后记。

刘建军　于东北师范大学

---

[1] [英]戴维·洛奇编：《二十世纪文学评论》（上册），葛林译，上海译文出版社1987年版，第156页。